主编 凌翔

当代作家精品·长篇小说卷

筑 巢

张军峰 著

文化发展出版社
Cultural Development Press

·北京·

图书在版编目（CIP）数据

筑巢 / 张军峰著. — 北京：文化发展出版社，2024.1
ISBN 978-7-5142-4177-8

Ⅰ.①筑… Ⅱ.①张… Ⅲ.①长篇小说-中国-当代 Ⅳ.① I247.5

中国国家版本馆CIP数据核字(2023)第231492号

筑巢

著　者　张军峰

出 版 人：宋　娜
责任编辑：范　炜　张雨嫣　　责任校对：岳智勇
责任印制：邓辉明　　　　　　封面设计：邓小林
出版发行：文化发展出版社（北京市翠微路2号　邮编：100036）
发行电话：010-88275993　　010-88275711
网　　址：www.wenhuafazhan.com
经　　销：全国新华书店
印　　刷：唐山楠萍印务有限公司

开　本：710mm×1000mm　1/16
印　张：22
字　数：369千字
版　次：2024年1月第1版
印　次：2024年1月第1次印刷

定　价：99.90元
ＩＳＢＮ：978-7-5142-4177-8

◆ 如有印装质量问题，请电话联系：010-67290766

屋檐下飞来一只燕子。

它在屋檐下一块废弃的接线盒旁飞来飞去，反复了很久，又飞走了。

第二天清晨，那只燕子飞回来了，嘴上衔着泥巴，它来回地飞呀飞呀，每次都衔一点泥巴粘在上次的泥巴上。还有很多次它衔回的是草枝。到了傍晚，它才垒砌成一个凸起的小半圆形。

次日，它又飞来了，来来回回，衔着泥巴、茅草等。下午，刮风了，又下雨了。燕子飞出去翅膀被打湿了，它栖息在大树的树枝上，一个趔趄，险些跌下来。直到雨小了，它抖抖翅膀，又飞着衔泥。

就这样，日复一日，燕子不紧不慢地来回衔着，它叼着泥球由里向外挤压，用口里的黏液粘牢固。窝外面看着似乎凹凸不平，但里面却较为平整，窝内再铺上残羽、软毛，以及细柔的草屑。大约十天，燕子便做好它的窝。从此，它有了自己的家。

我想有个家

我想有个家
一个不需要华丽的地方
在我疲倦的时候
我会想到它
我想有个家
一个不需要多大的地方
在我受惊吓的时候
我才不会害怕
谁不会想要家
可是就有人没有它
脸上流着眼泪
只能自己轻轻擦
我好羡慕他
受伤后可以回家
而我只能孤单地
孤单地寻找我的家

虽然我不曾有温暖的家
但是我一样渐渐地长大
只要心中充满爱
就会被关怀
无法埋怨谁
一切只能靠自己
虽然你有家什么也不缺
为何看不见你露出笑脸
永远都说没有爱
整天不回家
相同的年纪
不同的心灵
让我拥有一个家

（一）

　　随着文综的考完，这几天方民郁闷的心情渐渐地释然了，下午还有一门英语，自己只有摇头的份了。

　　上午虽然温度不是很高，但闷得很，身上黏糊糊的。他住的这家小旅馆虽有淋浴，可住满了考生。他眼巴巴等了好一阵子，好不容易出来了一个，同屋的刘亮一边做着鬼脸硬是先进去了，里面太小，容不了俩人，他只好作罢。隔壁房间的女生不时探出头，向里面的人说，又有人进去了，真是!

　　肚子并不饿，打开电视，没开声音，风扇呜呜地响着，吹来并不凉快的风。昨个上午考完第一科语文觉得还行，可下午考完数学心情就沉了下来。

　　只怪平时功夫不扎实，也怪最后这一个月心思总静不下来，复习显得苍白无力。今天的文综更是糟糕，他已经意识到，完了完了，十几年的工夫就这样灰飞烟灭了。英语素来就差，已不抱什么希望了。

　　临近高考的这几个月，方民很是惭愧，前排那个叫如的有着黑瀑布般长发的女孩一直让自己的心躁动着。抬起头是黑瀑布，低下头还是黑瀑布。偶尔，随风还飘来淡淡的香味，更是让他魂不守舍。

　　一次地理老师正在上面讲着枯燥的课，他却痴痴地看着她的背影，遐想着。正此时，她突然回眸，纯净脸庞上的杏眼，正和他的双目对上，他一阵慌乱，脸唰地就红了，赶忙移回书上，余光却看见那双杏眼莞尔一笑，又转过去了。这莞尔一笑，方民不知是不是对自己的，这让他想了好一阵子，至今没弄明白。

　　离高考只有一两个月了，方民却一直被黑瀑布困扰着。他痛苦。他的痛苦不止于此。坐在凳子上，母亲殷殷的眼神总在背后闪烁着，搞得他坐在教室如坐针毡，一方面是因为母亲如钉如炬的眼神，另一方面是因为他惶惑愧疚的心情，越是如此，越是不知从何处复习。没学好的太多了。

　　高二的师弟们却不显得紧张，扬帆文学社的主编刘源向方民约稿，他用了一夜饱含深情地写了一篇一万字的小说《风中的承诺》。小说写的是一个很早就失去父亲的孩子对母亲承诺一定用自己还不算坚实的肩膀承担起家庭的希望，然而如今已是高中生的他在早恋中艰难挣扎，学习成绩迟滞不前，面对母亲、情人复杂痛苦的心路历程，最后选择了自杀。小说在校刊上发表后，引起了全校的轰动，指导老师说，写得很好，可调子低沉，太压抑。结果学校针对"早恋"这一课题专门召开了严肃的批评教育会，同时各班都安排了一堂心理辅导课，让心理老师专门讲心理素质教育。方民是这一事件的导火线，因而成了学校里的名人。

然而此时的方民如同文中的主人公一样很是痛苦，这种单相思如同毒瘤一般顽固地占据着他的心。有时他恨，恨不得用一把剪刀剪掉前面的黑瀑布，然而闭上眼，手却想去抚摸它，鼻子却想嗅它。

他因之而痛苦，万分痛苦。

刘亮走来时，方民才回过神。刘亮嬉皮笑脸地说，哥们儿，对不住了，赶紧去。

没等方民动身，就听屋外隔壁女生那脆灵灵的声音喊，丽丽，快进去，先占着。

作罢，作罢，不洗了。他并不怪刘亮，自己好歹昨天还冲了一次。

想到下午还要考英语，方民便说，亮子，吃饭去。

吃啥呢？没胃口，没啥好吃的。刘亮借窗上的玻璃当镜子梳着头说。

不管啥，总得吃，方民懒懒地说，不然的话就没时间了。

刘亮搓了搓瘦削的脸说，好吧，走！

俩人下了楼。县城里他俩并不熟悉。他们住的这家旅馆的旁边就是县城的老街，小饭馆很多，凉皮、米线、胡辣汤、户县软面、泡馍、川菜等小吃都有。

虽然吃的种类很多，俩人却没有什么胃口，毒辣辣的太阳照得人眼都睁不开，转了一会儿，还没决定，汗却上来了。方民便说，这家有空调，吃泡馍吧，咱俩要一大份分开。

行！刘亮也不想转了，就进了这家叫桥梓口老马家牛羊肉泡馍的饭馆。天太热，吃泡馍的人并不很多。

难得奢侈一回，俩人要了一盘凉素拼和一盘肚丝牛筋的拼盘，两瓶宝鸡干啤。

刘亮给自己和方民各倒了一杯，拿起杯说，干！便一饮而尽。方民只是喝了一大口，他不会喝酒，只是觉得酒是调剂和发泄感情的一种很好东西。

没看这几门咋样？方民问。

不要问，哥们儿，谁问我跟谁急，只管喝酒。来，干一杯！刘亮端起杯伸向方民的杯子，碰了一下，移向嘴边喝了一大口。

刘亮是那种绝顶聪明又极不愿学的那种材料。整天踢足球、打篮球、上网，啥时都没见他静静写过作业，可每次考试成绩却总在班上前十名。而自己还算用功，可考试却也是稀皮稀瓢，不差上下，排全年级五六十名，而在全县就排不上名次了。七中近几年虽然教学成绩有所提高，可要和县里一中、二中比起来简直还是一个天一个地。

也许确如班主任李老师所说，一中、二中把全县优秀教师都拔走了，又把全县的尖子生拔光了，要是不出成绩，那才叫怪！

刘亮这小子不得不让方民佩服。

不问就不问。是的，该放下了，身上所有包袱都会随着下午这一场考完卸下了，母亲殷切却不知所措的眼神都将被放下，两天的时间即将将这十几年的四千多个日日夜夜的工夫在顷刻间晃过，让人不觉感慨万千，豪情万丈。

考完，想干啥？方民也碰了一下刘亮的杯子，抿了一口。

考完，我要浪迹天涯，游遍山山水水。刘亮端着杯子笑着说。

我也不想回家，好不容易解放了，想出去耍几天，等填志愿那天再回来。方民说。

准备去哪儿？刘亮问。

还没定下来，师范的一个初中同学，我的好朋友江海波说是去一个同学的老家玩，还不知道去哪里，他今下午就到。方民说。

提起江海波，方民便心里热乎乎的。他向刘亮讲他和江海波之间的事。

江海波是自己初中同学，那时候老家沣水中学的教学水平好，外乡的学生都慕名而来，江海波就是其一。

他俩的成绩在班上相当，又都有共同的爱好——绘画和文学，俩人无所不谈，古今中外，现实与理想，快乐与烦恼，只觉得天上星星好找，地上知音难觅。

后来，江海波上了师范到了平安县城，方民却上了高中，在昆明池就读。俩人也算天各一方，书信却从没间断过。

江海波考了全班第几名，画展得了几等奖，和谁有别扭了，恋爱了，没多久又失恋了，方民都从信中知道得一清二楚，自己的喜怒哀乐也随着鸿雁传了过去。

俩人相约星期六，方民就在昆明池镇上等着，哪怕等到天黑，尽管知道自己离家还有二十里路，也要等。等到了，便一同去书店买些书或一同在街上哪怕吃上一碗凉皮，才依依不舍地分开。

直到临近高考前的这一个多月俩人才少了书信。前两天，方民收到了江海波的来信，说等方民考完，他带方民去玩几天，散散心，让一定在8日下午五点半在县委十字等他。

（二）

从考场出来时，方民轻松极了，英语不难，但自己答得不好，好在重负不再有了，即使是暂时的。

太阳已不像上午那么毒，却依然热得让人受不了，他站在县城老街里的中心小学门口的树荫下等着刘亮，心里却想起了前排那个叫如的女同学。如果能见她一面该多好，他真想大胆表白心迹给她，说他喜欢她。可此时连她在哪个考场也不知道，他遐想着阿如能和他们一起去逛几天，该多好啊！

嘿，伙计，想啥呢！刘亮的叫声吓了方民一跳。

他回过神，笑了笑，说，等你呢！

江海波来了没有？刘亮问。

还不知道，我们赶紧去县委十字，他可能在那等着吧。方民拉着刘亮一边疾走一边说。

中心小学离县委十字并不远，五分钟就到了。这里人很多，车辆川流不息，方民这才后悔没有说在十字哪个角见面。

十字发传单的一个接一个，民办大学的、补习班的、小学英语奥数的、壮阳补肾的，方民手里拿了一大把，还有攥过来塞在手里的，可他的眼睛却在搜寻着江海波。

而刘亮一个接一个叠着纸飞机扔向半空，害得环卫的那个黑瘦女人跟在后面用笤帚簸箕捡拾，边捡边喊，小伙子，小伙子。

刘亮回头一看，嬉皮笑脸地说，Sorry！Sorry！

在那边，在那边，刘亮，快走，在百货商场门口。方民看见了，看见江海波站在东南角百货商场门口也在张望着。

穿过马路，江海波也看见了他们，笑了，说，我还怕你忘了呢！我几个正在说这么多人咋找呢？

方民这才看到，站在旁边的还有两男两女。

江海波指着几个人说，这是马凯，这是康小军，这是王雪妮，这是白佳愉。

叫马凯的握着方民的手说，早听江海波说过，如雷贯耳，今日相见，果然气度非凡，久仰，久仰！几个人都笑起来，江海波拍了一下马凯说，又贫了。

方民冲两个女生点了点头，一个高些瘦些略黑，一个胖些矮些很白，却都有一种美，一时都无法描述。他又握了握康小军的手，然后指着刘亮说，这是我的同班同学，刘亮，也是我的好朋友。

江海波刚想去握刘亮的手，刘亮却"啪"敬了一个军礼，说，我是刘亮，请各位首长多多赐教，本人不胜荣幸！

几个人都大笑，马凯握着刘亮的手苦大仇深似的摇着说，难友啊，难友啊！知音啊，知音啊！人间美景好寻，千里知音难求啊！

哈哈哈……好久没有这么开心地笑了，方民感到很爽。

咱们现在就出发，六点四十分有一趟火车，现在是五点二十多，一个小时左右到火车站，还蛮紧张的，赶快走吧！满脸是汗手里拿着街上发的传单纸摇着的王雪妮说。

好，走！

走！

方民此时还不知道他们要去哪里，手伸进口袋摸了摸，只剩下二十七八元钱，他拉了拉江海波，俩人放慢了脚步，方民说，海波，咱这是去哪儿？

江海波这才说，王雪妮外婆家在山西永济，咱们去那边耍几天，听说那儿有许多名胜古迹，有普救寺、黄河大铁牛等，我也说不好，反正就是玩嘛，风景不风景的不重要，玩的就是个心情。

可我只剩下了几十元，那么远，我怕钱不够。方民有些不好意思地说。

赶紧走，你就不要操这份心了，我们几个算了，加在一起不算你俩的钱都够。江海波拉着方民的胳膊跟着其他几个人依次上了239路公交，239路直达火车站。

刘亮凑过来，说，哥们儿，我还有200元，放心吧！

刘亮他爸是一家乡企的副手，家里经济情况颇好，本来这次高考要住平安饭店，可知道方民要住小旅馆，他无怨无悔也住了进来，钱省了，这时正好派上用场。

公交车上空位不多，只剩下方民和江海波站着，俩人正好一叙几月没见面的衷肠。

　　方民附近江海波耳边问，你信里说的那个女生是哪一个？

　　你想会是哪个？江海波故意卖关子。

　　方民这才仔细打量着这俩女孩，叫王雪妮的穿着白色有些红圆点的连衣裙，圆脸白嫩嫩的像刚剥的荔枝，的确如雪一般让人心动。坐在旁边的白佳愉一头长黑秀发，大大的眼睛，黑黑的眸子，鹅蛋脸上高挺的鼻子，上身的黄色T恤以及下身的牛仔裙更衬托出了她身体线条的流畅，是那种看一眼还想再看第二眼的女生，尤其是乌黑的瞳仁亮晶晶的，仿佛一下能看到别人的心底。方民正端详时，白佳愉的眼神正好转过来，四目相对，方民目光赶紧撤离，那一瞬间让他想起前排那个阿如，也是一双如炬的慧眼，一头乌黑的秀发，和这个白佳愉颇有些像，只是白佳愉略黑点，阿如白。

　　刚才的目光碰撞，虽然几秒，却有一种暖，方民不敢多想。

　　你嘛，爱安静点的，你信中又说她很白，肯定是王雪妮了！方民故意脸背着俩女孩说。

　　江海波拍了一下方民的肩，笑了笑。

　　俩人都会心地笑了。

　　到了火车站，江海波和王雪妮去买票，其他几个人在闲谝，马凯和刘亮谈得很投机，康小军正殷勤地帮白佳愉卸包铺报纸让她坐下来。方民意识到这个康小军肯定暗里恋着白佳愉，而白佳愉客气地谢谢让方民感到康小军和白佳愉有一种距离，这种距离康小军却感觉不到，反倒让方民有一种近，也许就是和白佳愉眸子相对的那几秒，就有了这种近。然而此时他和白佳愉连一句像样的话也未说过，只是一种感觉。

　　方民，你也来坐！白佳愉挪了挪屁股，眸子正对方民的眸子，这种近的感觉一下就对上了。此时方民却有些惶恐，不，不，你坐，你坐，我不累，康小军你坐嘛！

　　方民推了一把康小军，康小军不客气地坐了下来。白佳愉嘴噘了噘，康小军没看到，方民却看到了，心里却有一些暖意，这要是阿如多好啊！

　　刚坐了一会儿，王雪妮和江海波就跑了过来，手上拿着几张票，江海波说，走，估计都检票了！

　　这是一趟慢车，人少得很，可以当卧铺呢！王雪妮解释说。

　　确实已开始检票了，顺着检票口进去，在第三站台上停了一趟绿皮车，几个人鱼贯而上，果然车上很空，一节车厢只有十来个人。

王雪妮和江海波占了一个靠窗的双人座，也不按座位，马凯和刘亮占了一个三个人的长座试着躺了上去。卧铺，真是卧铺呀！马凯叫着。

方民刚想和江海波、王雪妮坐在一起便于聊天，白佳愉却一声，方民同志，不要做电灯泡。顺势推了一把方民。方民明白了，拍了拍脑勺，说，你看我，瓜得很。

江海波指着方民，王雪妮指着白佳愉，手指点了点，笑了。

白佳愉坐在挨着王雪妮和江海波后面的座位上，康小军顺势坐在了白佳愉对面，方民一看，坐在了隔着过道的长座位上。

列车启动了，逐渐快了起来，出了城市，过了二条河，马凯却和刘亮争执起来。马凯说先过了灞河，下来是浐河。刘亮说先是浐河，后是灞河。其他几个人也都不知道，没人留意过这些。这时方民是相信刘亮的，这小子别看玩和谝不误，可一些课外知识总让人刮目相看。

俩人争着，却也没地图可佐证，正此时列车播音员却报灞桥站到了，大家都笑了，过了一条河，你说哪条是灞河。

马凯也笑了，竖了竖大拇指，对着刘亮说，哥们儿，还是你牛！

刘亮说，一般一般，世界第三。大家都笑了，气氛一下热闹了，康小军也加入马凯、刘亮的高谈阔论中。

方民却发现白佳愉静静地坐在那里，兀自盯着窗外，好像车上的一切与她不相干。从康小军刚才不停地搭讪开始，方民似乎就发现白佳愉只是盯着窗外，没有言语。方民面对着这位一头黑瀑布般秀发的女孩，此时还想着自己心中的那个阿如。看着康小军和白佳愉，他仿佛明白了一些道理，自己也只是对阿如有一种单相思，甚至连单相思都不算，只是朦朦胧胧的一种异性相吸的感觉。自己写的那个小说，只是自己的遐想，而阿如根本不知，也许人家连感觉都没有。看到白佳愉这么对康小军，方民似乎认识到自作多情本就是一种错，一种罪，受惩罚的也只能是多情的自己。也许对白佳愉的那几秒多情回眸，也都是自己想得太多。想到此，他心里有一些释然。

他手扶在白佳愉对面座位后背上，说，嗨，白佳愉，谁惹你了？

白佳愉扭过头，平静地看了一会儿方民说，你呀！

我？！方民甚是惊愕，望着这个板着素净脸孔的女孩兀自惶恐起来，低声说，我，我怎么敢？

这时，白佳愉却笑了，说，坐呀，怎么，还非得要本小姐邀请您方先生坐下，是吗？

方民也笑了，听话地坐在了刚才康小军坐的那个位置上。俩人都沉默了，方民似乎不敢看她的脸。

过了好一会儿，方民才鼓足勇气问，我哪儿得罪你了，是因为我吗？

白佳愉说，你说呢？

我不知道！

刚才为什么不坐到这边？

方民知道指的是白佳愉揶揄王雪妮和江海波后推了一下自己时，便说，你和康小军不是坐这儿刚好嘛！

谁跟谁呀！我们只是普通同学。

不过，康先生可是……不待方民说完，白佳愉说，你不要说他了，行不，方——先——生。

望着不施粉黛素净颜面的这个女孩，这种美，较之心中的那个始终只有背影的阿如，一个是黑玫瑰，一个是白芙蓉。

白佳愉问，怎么不说话。

方民想说，你好美，像一朵黑玫瑰。但他不敢，何况女孩最忌人说她黑。

便改口说，你长得像我们班一个同学。

像谁？该不会是你心中的耶利亚女郎吧？！白佳愉似乎一眼看穿地说。

什么呀，坐在我前面的一个女同学。方民暗自庆幸最近晒得有点黑，自己的脸有些热，也许红了，却不易让人觉察。

不是那么简单吧！白佳愉笑着说。

我们七中，哪像你们师范，搞艺术的，谈情说爱，好浪漫啊，我们男女不说话。

不会吧！什么年代了，还……

真的！

不过，你也许说得对，师范谈恋爱的是很多，却也不像你想象的那么乱，都知道不能当真的，东西南北的，将来还不是各回各的地方。

真浪漫！

不过，不全是，像我。

你，不会吧？追你的没一个连起码也一个排！

太抬举我了吧，像我这样的丑小鸭谁会看上呀！白佳愉闪烁着黑眸似乎很满足这种恭维。

至少我看见了一个。

谁，噢，你是说康小军，长得跟包子似的，不过，人家学习很好，画也画得好！

康小军长得不高，有些胖，戴着副眼镜。方民说，那有才情啊，才子对佳人正合适呀！

方民用了"对"，他不愿用"配"，他也似乎觉得康小军不配白佳愉。

白佳愉脸扭向暮色渐浓的窗外，说，不跟你说了。

看白佳愉有些恼，方民轻声说，嗨，小姐，不至于吧！

这时，康小军过来，问，你俩说话呢？这么投机。

白佳愉扭过头说，我们在说包子呢。说完咯咯地笑了，方民也笑了，望着诧异的康小军说，是的，是说包子。

你饿了，是吧，有方便面、火腿肠、苹果，想吃啥？康小军边问边从行李架上去拿。

嗨，嗨，我不饿，你不要拿。白佳愉急忙摆手。

我饿了，拿，拿下来。马凯喊道。

我也有点饿了，咱们吃饭吧！江海波也提议。

东西并不多，康小军拿了一碗面撕开去找水，刘亮和马凯拿了一包锅巴，王雪妮吃着火腿肠，江海波翻着包找着水果刀。康小军接完水边走边喊，来喽，请让让。

康小军把面端到白佳愉跟前，柔声柔气地说，佳愉，吃面吧，你一定饿了吧。

白佳愉推过去说，我真不饿，我不爱吃方便面。见白佳愉硬是不吃，康小军又拿了一根火腿肠递给她，白佳愉有点恼，说，怪不，你自己吃，我真不吃！

方民见状忙圆场说，吃点吧，要不吃个苹果。康小军赶忙递来苹果，白佳愉接过来，放在了桌上。

这时江海波递过水果刀给方民，方民便削了一个，削完，本想递给白佳愉，可怕康小军面子不好过，便大声说，谁还要苹果，现成的哟！见都摇头，便递给白佳愉，白佳愉说，吃一个苹果还行，谢谢！

康小军端过面说，那我吃了，我真饿了。

白佳愉没吱声，康小军吸溜吸溜吃起面来，很香的样子，白佳愉向外挪了挪，给康小军留大了地方。

方民也吃了一个苹果，这时刘亮喊，看，月光下的华山！

大家都朝外望去，夜里只看见耸入云的山的轮廓，月光下更显得峻峭。看见华山，便使人联想到关于它的人和事，沉香劈山救母，令狐冲笑傲江湖，欧阳峰和洪七公华山论剑，等等。

大家都静静地吃着东西，坐着不言语，过了一阵，马凯扭过头问，王雪妮，离外婆家还有多远？

过了黄河就是风陵渡，再过去就到了。这车真慢，可能还要一段时间吧，我也只去过一两次，忘了！王雪妮回答。

没人再言语，康小军靠在窗子上已发出鼾声，白佳愉静静地坐在起初方民坐的座位上，方民坐在对面，四目相对，却很快又分开。方民想，这是怎样一个女孩呢？不知她此时在想什么。他闭上眼，想到那个白的沉静的阿如和此时静默的白佳愉倒是如此地像，不禁微睁开眼，看见白佳愉也闭着眼，姣好的面容，长长的睫毛，高挺的鼻梁，樱桃小口，胸前隆起两座小山，虽然坐靠在椅子上，却依然掩饰不了身体流畅的线条，端端是一位俏佳人。

列车的咔嗒声伴随着康小军的鼾声让方民有些无聊，也有些困倦，不一会儿就迷糊了。

（三）

不知过了多久，一声"到站了，到站了"的喊声惊醒了方民。江海波推了推康小军，起床了，起床了，尿一泡再睡。

康小军揉着眼说，天亮了吗？上操铃响了没？

大家边笑边收拾东西，康小军说，逗你们玩呢！我才没睡着呢。

口水流了一脸还没睡着？马凯推了一把康小军，快走，快走。

下了车，此时已是十一点了，马凯问王雪妮，你说你舅舅接咱们，是吗？

我家没电话，要打到隔几家的小商店，我妈星期天打了，不知接到没有，我也不敢肯定，王雪妮说。

出了车站，广场上呼啦围了好些人，都是拉人的，有问住旅馆吗？有问去哪的？却没有王雪妮他舅舅的影子。

摆脱了纠缠,几个人都犯了傻,王雪妮上几次都是跟着父母一下车打个的,白天还好说,晚上却认不得路。

知道你外婆家村子不?江海波问。

知道,好像是后沟乡小峪河村,走公路十多里,再上坡,二三里。

打车吧!马凯建议。

见他们几个人不走,那群人又围了上来,刘亮问后沟乡小峪河多少钱?司机听说小峪河,都摇摇头说,不去,不去,小峪河,路难走得很。

给你加钱嘛,怕啥!马凯说。

不是加钱的事,到后沟可以,到小峪河加多少钱也不去,上坡路,难走,再说前几天下过雨,更不好走。送你们到后沟吧,你们走上二三里,年轻人嘛,说说笑笑就到了。一个黑瘦的司机说。

出租坐不了,只能坐三摩蹦蹦车。刘亮问,多少钱?到后沟。

二十块嘛,晚上这会儿了,二十块没问多要。那人转动着手上的钥匙说。

二十块,你好黑哟,十块?刘亮讨价还价。

不行,不行,少两块,十八块!

就块,去不去?刘亮不让。

上次也是这时候,王雪妮知道爸妈也给了十块钱,因此觉得刘亮坚持得对。

刘亮不喜欢这个司机的样子,便转向另一个躺在后面的年龄略大的问,十块你去不?

十块有点少?这会儿了,不容易的,我尽量给你多拉点路,十五块吧?这个人显得诚恳地说。

刘亮沉思了片刻,说行,大家上吧。

扶着两位女生先上了车,几个人也坐了上去,司机发动了车,风呼呼的,很凉快,大伙心情很好,马凯还唱着歌。

车子到了一个亮了很多灯的街上,王雪妮说,这是后沟乡政府,马上到土路了,要上坡了。车子拐了一个弯,司机好像换低了挡,车子颠簸着朝前走,王雪妮抓着江海波的肩,车篷里面很黑,白佳愉哎哟叫着,东一碰西一撞的,康小军说,佳愉,拉住我!

车轮咚一下好像被卡住了,司机加大油门可还是不能动,看到费力的样子,男生们都下来了,发现车轱辘陷在被雨水冲刷的深渠里。

你俩也下来吧,咱们把车弄出来,让司机走吧,路确实难走。方民建议。

行!俩女生下来了,几个小伙一抬,车子便出来了。司机听说不用上了,说,路实在上不去了,不好意思啊!

江海波掏十五块钱给了司机,司机说感谢,便发动车,车子嘟嘟地往下去了。

一切归于平静,天上月朗星稀,地上却坑坑洼洼,往上慢坡,确实费力,可眼看快要到了,大家心里都非常高兴。

王雪妮和江海波走在前面带路,由于胖加之背个大包,康小军落在最后。

约莫走了二三十分钟,都有些招架不住了,马凯问王雪妮,王大小姐,还有多远?

快到了,前面有亮着灯光的便是吧!王雪妮似乎也摸不准。这时从前面远处传来喊声,王雪妮说,不要吵,好像叫我呢。大家仔细听听,果然有人喊,妮妮,前头的是不是妮妮?

我舅喊呢,舅呀,我是妮妮。王雪妮用力喊。

雪妮舅舅,是我们。几个人也喊,同时加快了脚步。

雪妮舅舅的喊声如同夜里的航灯,让几个人都心一亮,大家加快脚步,前去会师。

走近,雪妮舅舅便大声说,你妈十点多打电话问你们到了吗,商店的三婶才说前几天你妈就打电话让我接你们,她给忙忘咧,赶紧过来给我说,把你姥急得,把我骂了个鬼催火,这会儿又没车,只好在这条路上望,可盼来咧。

雪妮舅将几个人的包一股脑都拽到了自己肩上,说,走,快走,你们都累坏了吧!

不累,不累,我们就是像黑夜中迷失的羔羊,看到你就像见了牧羊人,才不累呢!马凯说。

大家说着,进了村子,雪妮舅指着一个宽敞平整大院后的几间房说,到家了,到家了。

妮妮,妮妮,你可把姥姥吓死咧,你妈这挨骂的,就放心娃来?屋里跑出一个老人,王雪妮见了赶紧扑上去喊,姥姥,我可想坏了。

几个人都上前叫,姥姥好!姥姥好!

好!好!辛苦娃娃了,老人说。白佳愉也抱了抱老人说,姥姥,雪妮老说来看你,这不我们来了这么多人,你不烦吧?

不烦，姥姥高兴还来不及呢，快叫你舅、你妗子给娃倒水洗洗，饭都好咧，就等你来呢！

屋里一个三十多岁的女人端来一盆水，手里拿着毛巾，雪妮忙叫，舅妈，你好像瘦了，不过漂亮多了。

妮妮可真会说话，舅妈是个乡下人，整天和泥土打交道咋能好看，我妮妮可是长成大姑娘了！雪妮舅妈笑着招呼，来，都洗洗。

在月光和灯光映照下的农家小院，几个年轻人洗着，乐着。江海波看马凯和刘亮用毛巾溅水打着欢，说，唉，你们俩可得珍惜水，这儿水挺缺的。

你咋知道缺水，康小军问。方民说，耳濡目染，听雪妮说的呗！

没关系，没关系。雪妮舅舅猛看起来胡子拉碴，眉宇间却很精神，年龄应该不是很大，憨憨笑着说。

洗罢，饭已摆好，烧的是麦面糊糊，摊的软煎饼，炒的是尖辣椒、洋芋丝。大家都饿了，康小军边吃边说，好吃，好吃。

好吃多吃一点。雪妮姥姥在一边看着说。

姥姥你们也吃。白佳愉说。

我们都吃过了，你们快吃。莫急，莫急，慢慢吃，甭噎着。姥姥摆着手说。

吃罢都抢着端碗筷，妗妈一边收拾一边笑着说，这些娃真懂事，不要你们动。

舅舅在姥姥、妗妈吩咐下已铺好大炕和一间房子的大床。

已经子夜十二点过了，可大家丝毫没有睡意。月亮下的大杨树叶子哗哗响着，一阵一阵轻风，好美的月色，好爽的风，几个人都嚷着不想睡，雪妮舅舅拉来两张凉席铺在院子里，几个人围成个圆圈，说着笑着。

雪妮姥姥和舅妈、舅舅陪了一会儿，舅妈说累了，你们玩吧，要累了就去睡，雪妮她舅明早还要上班，姥姥催他去睡。

打了招呼，舅舅一家都去睡了，姥姥已快七十了，可从起身的样子看身体还硬朗。

几个人玩起了行酒令，没有酒，却有的是兴致。逢七过是酒场上经常玩的，百位数以内逢七或七的倍数要说过，谁错了、慢了就罚表演一个节目，唱歌、说笑话，什么都行。

江海波、王雪妮、白佳愉、康小军、马凯、刘亮、方民依次围了一个圈，王雪妮算半个东道主，先从她开始，谁错了就从错的下一个数开始。

结果康小军在十七就错了,马凯又接了十八,因此两人都得表演节目。

康小军忸怩了半天,唱道:"我曾用心地来爱着你,为何不见你对我用真情,无数次在梦里与你相见,惊醒之后你到底在哪里。"高音部分康小军唱不上去,虽然不太好听,众人却鼓起掌,只有白佳愉没有拍手。大家都明白,康小军唱时,眼神不时瞄着白佳愉,他是专门唱给她的。

马凯站起身说,各位女士、先生,ladies and gentlemen,我给大家讲一个笑话吧。说是猴子捡到一张卡片,它想看清楚是啥卡,就爬到树枝上看,这时一声雷响击中了它。猴子哭丧着说,原来是挨劈(IP)卡!

这个笑话逗得大家大笑,笑完游戏继续进行。

这回说到二十七、二十八时,马凯特别留意,二十七喊了过,二十八刘亮接得快,输了,自己也愿说一个笑话。说是一个四岁男孩亲了一个三岁女孩,女孩说,你可要对我负责哟!四岁男孩拍了拍女孩的肩膀说,你放心,我们又不是一两岁的小孩了。

结果没一个人笑,刘亮环顾了一圈说,嘿,哥们儿姐们儿,怎么我倒成一两岁小孩了?

大家被他的话逗笑了,江海波说算过关。

接下来王雪妮输了,她邀请江海波同唱林子祥、叶倩文的《选择》。江海波拉着王雪妮的手唱,风起的日子笑看落花,雪舞的时节,举杯向月。王雪妮唱,这样的心情这样的路,我们一起走过,希望你能爱我到地老到天荒,希望你能陪我到海角到天涯,就算一切从来,我也不会改变决定,我选择了你,你选择了我……

几个人随着歌声一起用手和着节拍伴奏,唱完了还沉浸在这种氛围里。

康小军说,有些困了,睡吧。马凯说,兴致正好呢。王雪妮也说还没轮完呢,方民和白佳愉还没表演呢,白佳愉可是班上的歌后,不唱怎么能行?

康小军听说白佳愉要表演,拍手说,行,那就直接来一个吧。众人都说好,江海波说,不行,这便宜方民了。方民说,要不,白佳愉唱,我用口琴伴奏如何,大家都说好。

口琴不好听,有啥听的。康小军不乐意地说。

来吧来吧,别听他瞎的。马凯说。

方民问白佳愉想唱啥,白佳愉想了一会儿,说《橄榄树》行吧?方民说,行,可以。方民先调试了口琴,吹起了《橄榄树》的前奏,当白佳愉随着伴奏动情唱起时，一下子把全场人拉进了这一曲有些忧伤而委婉的歌声里：不要问我从哪里来，我的故乡在远方，为什么流浪，流浪远方，流浪……

歌唱完了，一个吭声的都没有，方民自顾自还在吹着，好久才停住，只有月光下的树叶不时哗哗轻响。江海波说，太好了，只是有些伤感，太好了！

大家静默了一会儿。睡吧，江海波提议。两个女生起身向屋里走去，刘亮、马凯不愿意睡屋里，说凉席这好，就睡这儿。结果康小军和江海波睡到了屋里去了，方民也睡在外面。江海波拿了两张被单扔到席上，却没一个人愿意盖。刘亮、马凯叽叽咕咕还在聊着，方民将 T 恤脱下，盖在肚脐上，望着天上的星星，想着不着边际的心事。

（四）

方民睁开眼时，旁边的刘亮和马凯还睡着，不知何时他们身上多了一条被子。雪妮舅舅担着一担水颤悠悠地过来，看见方民醒了，说咋不多睡会儿，才六点多。方民赶紧起身要帮舅舅，舅舅不让，说你不会用这玩意儿。

看着舅舅将桶里的水倒进一个大瓷缸中，昨晚水已被用得少一半了，这时却已是三分之二了，可见雪妮舅已担了好多趟了。

方民匆匆洗了把脸，水清清凉凉的，一下子清爽了许多。看着舅舅担着担又要出去，方民也要去。舅舅说，远着呢，不用，再担一回就差不多了。方民不依，还要再拎桶，扭不过，舅舅只好让他提了一个塑料桶跟着。

出了门，方民才看见满眼的玉米地，绿油油的有一尺多高，虽参差不齐，却也壮实。

方民跟在雪妮舅后面出了村，沿着一条不宽的路向前走，不时有担水的男的、女的，雪妮舅边走边打招呼。村边多的是柿子树，且都有几十年的样子，走了约二百米看见一条沟，沟里长满了灌木杂树，沟道中心有一条两米多宽的小河。方民问，你们这儿都要跑这么远担水吗？是的，舅舅回答，沟里的水是从几十里以外的大山流出来的，水不大，却四季不断，水质好，祖祖辈辈都如此，可能过个一年半载情况要好，政府投资在这里打井，要装水塔，那时就不用跑这么远担水了。雪妮舅说到这话时，一脸的憧憬。

俩人顺着小道东一拐西一拐下到沟底，一位妇女正在不大的一个水坑里舀水，舀满了，冲雪妮舅舅笑笑说，你们舀吧。看着妇女吃力地担着水向沟上走,方民才感觉到这儿吃水如此不容易。

沟底一块一块的菜地被一圈一圈的土埂围着,有西红柿、韭菜、黄瓜,还有豇豆、辣子等,苹果树、梨树已挂了果,一幅小江南景色的感觉。舅舅说,沟底水方便,家家种一点蔬菜,基本自给自足。

水桶满了,俩人看了一会儿风景,方民要担担子,舅舅笑着说,这个你可不会用,你没习惯。你提半桶水,咱们回。

舅舅走在前,方民跟在后,俩人沿着小路朝沟上走。

方民起初并没想着重,提了多半桶,而七拐八拐后才感到不容易,多亏没担水,要不能连人带桶滚下去。看着舅舅猫着腰,一步一步朝上走,方民才有些怪自己,昨晚自己舀了一瓢水,喝了几口,便倒掉了,真不该!

刚上坡上,看见雪妮领着几个人,有拿盆、有拎桶的,都来了。

几个人叽叽喳喳的,有说远的,有说风景好的,有说玉米苗长得没平安县好的。

舅舅要他们下沟小心点,少盛一点,刘亮却不以为然说,小菜一碟。几乎是和马凯跑下去的。

白佳愉走过时,方民看着这个清秀纯净的女孩掠过的一刹那不禁冲口说了句,白佳愉,小心点,路不好走!白佳愉冲他莞尔一笑,用手敲了敲脸盆,笑着说,谢谢了!便跑了下去。

等了二十分钟,几个人才上来,都喊累死了。只有马凯提了半桶水,可裤子湿了大半截,其他四个也都端了半盆水,白佳愉却只拿了个空盆,噘着嘴,康小军一身湿透了,也端了个空盆。方民被逗笑了,忙问咋回事,康小军抹着脸上的水打着寒噤说,没事,没事。近山的乡村早上凉,康小军发着抖,马凯、刘亮、江海波都一脸诡异的笑容,不吭声。

在舅舅的带领下,他们后面一串跟着,方民故意和江海波落在后面,江海波说,上坡时,康小军要帮白佳愉端,白佳愉不愿意,说自己能行,康小军非要帮,上到半坡,俩人不知咋的,康小军一滑,拉了白佳愉一把,白佳愉站得高,盆子里的水正好掀了康小军一身,结果两人的水都倒光了,真是献个勤打碎盆。方民也被逗得想笑,却忍住了。

雪妮舅看了一下表,已七点四十了,便赶着要去上班。这时舅妈和姥姥已将早饭做好,端到了小方桌上,还摆了一圈小凳子,招呼着大家坐下吃饭。刘亮问舅舅在哪儿上班,舅舅说在一家保温材料厂,不远,翻一个沟,有五里多路，骑车二十多分钟就到了，今耽搁了一些，得赶紧走。说罢便拿了一张烙馍，夹了一些洋芋丝，说，你们慢慢吃，我要走了，下午回来再领你们到城里转。雪妮说不用了，我知道咋走，我带他们去。

舅舅骑了一辆破旧的二八车走了，走了老远还能听见脆灵灵的响声。

吃罢早饭，几个人正在踌躇去哪儿，雪妮舅却推着破车回来了，说，你还没走？半路上遇见了厂里同事说，停电了，厂里放半天假，正好，我带你们玩半天。

你要有事，就不要管我们了，我们自己找，反正就是玩呗。方民说。

没事，走吧，我今儿正好有时间，也放松放松。舅舅笑着说。

舅舅的村子叫胡寨，大概姓胡的多吧，方民想。

村子并不大，百十来户人吧，村西二百米挨着沟。由西向东是坡，隐约一直延伸到远处的山地，西面下坡直到公路上。村子被各种老树掩映着，有老柿树、核桃树、槐树、榆树等。家家门前都种了许多花，美人蕉有一人多高，有些认识有些不认识。村外的地里，大部分麦茬伴着黄土裸露着，极个别种着玉米，苗却并不齐整，不像方民早上见到村边的玉米地，长得还壮实。舅舅也看出了几个人的疑惑，说，这儿是塬地，又是斜坡，靠天吃饭，一般不种秋庄稼，只种一茬麦子，也是靠天吃饭。老天高兴了，风调雨顺，收成就好些，旱了，有时收一些，有时颗粒无收。秋里苞谷苗长不起来，别看这时还壮实，过一阵天旱大部分还是死。长起来的也结很小的穗子，还影响地的肥力。

噢，想不到还有这么多学问，之前完全不知道。

看着上坡路上的一道道深渠，舅舅说，这儿旱时旱，下雨时山上的水冲下来，哗啦啦地拌着泥水，这路上的沟沟就是前几天下雨冲的，这还算小的。今儿天气预报说还有雨呢，不知道能下来雨不？雪妮舅仿佛自言自语说。

上了一道坡，上面还是坡，满眼的草和树伴着黄土甚是壮观。

远远地方民看见一座塔，孤零零的，周围并没有什么建筑，方民问那是什么塔，舅舅。舅舅说，那叫永固塔，可能是隋朝建的吧，先前还有破庙，可现在只剩这座塔了，听说最近从塔下发现了舍利子，要重建，还没结果。

舅舅，你们这儿除了农业，其他靠什么，工业有啥？方民问。

没有啥好东西，靠旅游，可老百姓沾不上边，还有开砖窑的，这儿黄土到处都是，土质好，开砖瓦窑的多，舅舅边说边指向不远处。

我们这儿人管砖窑叫"黑窑"，都骗外地人，还有没成年的童工，黑得很。

那就没人管？江海波问。谁管？他们都有钱，钱能买权，谁管？管得了吗？外头有大狼狗，铁丝网，里面有打手，老百姓跟前都不敢去。舅舅抹了一把汗边走边说。

都啥社会了吗，还有这黑暗的地方，白佳愉说。

这些人迟早都得完蛋，一定会的。舅舅说。

咱几个不如打入黑窑里面，把这黑暗捅出去。刘亮说。

千万不敢，你不想要小命了？赶紧走。舅舅说。

舅舅，咱这是去哪儿？雪妮问。大家这才回过神。

我带你们去一个正开发的风景点，人很少，可风景还不错，在那边山沟，沟里有个湖，还有瀑布，这儿人把它叫"沉香瀑"。说是沉香到华山救母路过这儿，口渴找不到水，从这断崖处有一股汨汨的水流下来，可沉香太渴了，不够喝，天神感其孝，使了些法，水便大了，沉香解了渴，精力大增，磕了几个头，又用斧削去多余的山包，瀑布便大了起来，下面形成一个湖，方便百姓取水，后人念其恩，便叫"沉香瀑"。

一行人并未走正门，而是从其后面上了一座小山，山上林木茂盛，郁郁葱葱，沿着小路翻过小山，舅舅说他们这儿人去玩都是从这儿走的，没人走正门，也没人管。

前面杂草丛生，铁丝网和水泥桩拉着一直通向山半崖边，接口处好像被人撕开过，有一大口子，好像已有人刚通过，杂草被压倒了许多，几个人弯身鱼贯而入，园里的草好像是专门种的，杂草很少，甚是齐整。

又穿过一片林子，顺着沟边往前走，沟里的水不是很大，再往前却突然开阔起来，形成了一个大湖。沿边上继续前行，却突兀地垂直下去，陡峭如斧劈一般，湖上的水急驰而下，形成落差十五六米的瀑布，几个人都欢呼起来，真美呀！太好了！

瀑布落处又是一处湖泊，有人在划船，湖边有几座红顶的房子，舅舅说，那是租船的地方，咱们不到那儿去，那些人看见装作没看见，知道是当地人，你去了反倒会问。几个人下到底下，站在湖边，看着瀑布，水雾飘在脸上，凉飕飕的。

王雪妮、江海波、刘亮下到水边去摸鱼，马凯拿着石子和康小军打着水漂，方民也拿起一个扔去，打了七八个漂，便激起了马凯和康小军的胜负欲，要和方民比一比。几个人扔着，都扔不过方民，王雪妮和江海波也扔了一通，没一个能赢。方民便神气地说,小时候,我村头有个大涝池,我经常玩,这不光要力气,还要有技巧。

你就吹吧,马凯不服气,还在找那些扁石子。舅舅却笑着说,我试试。舅舅接过白佳愉递过的石子,甩了出去,湖面上一串由大到小的水漂,足有十三四个。太棒了,几个都喊好。马凯说,吹吧,不吹了?方民自认为还可以,不服气还要扔。舅舅说了,小时候他经常逃学一个人跑到这儿玩,这个纪录估计暂时还没人能打破。舅舅说的大家都信。

玩了一会儿,舅舅说上后面那座山吧,上面有座庵,有两个老尼姑,去求个签,看看你能交什么运。舅舅边说边带路,向后面山上走去。几个人边走边闹,一路欢歌笑语。

爬到半山时,出现了两条路,舅舅说,都能上山。刘亮说,咱们分开吧,看谁先爬上去。大家都说行,比就比。

结果刘亮一拨拉,王雪妮、马凯、康小军、舅舅一组,方民、白佳愉、江海波、刘亮一组,康小军似乎不情愿,可看几个人说完就各自朝自己的路上走去,只好跟在舅舅几个人后边,边走边回头看白佳愉。

刘亮和江海波走得飞快,白佳愉在后面说慢点,等等我,我害怕。刘亮说,女人真麻烦。方民你走慢点照顾白佳愉,我俩先上去,不要输给他们。

不等俩人同意,刘亮、江海波便快步朝山上爬去。

小路旁边的小溪水哗哗流着,鱼儿忽而远忽而近,十分自在。

白佳愉说真美呀,是不是。是的,真美。方民环顾四周,捶了捶腰说,真累,歇会吧!白佳愉边说边坐在石头上。方民也蹲下身用清澈的溪水撩了一把在自己脸上,真爽!

白佳愉却脱了鞋,褪去袜子,露出一双小巧而白嫩嫩的脚,伸进水里,惊得小鱼倏地远逃。

方民看着茂密的丛林中,清澈的溪水旁,一位美人临水而坐,濯足嬉水于其中,这是一幅多么美的画面,恨不得有个相机,拍下这美丽的瞬间。

方民,你发什么呆,过来,洗洗脚,放松一下嘛!白佳愉说。

方民听话地脱掉鞋,将脚伸进水里,真凉快,舒服极了。

白佳愉用脚将水撩向方民,方民用手弹水,俩人嬉笑着,方民满脸水珠,白佳愉还在用脚撩,方民一手挡着水,一手抓住白佳愉的脚,白佳愉那只脚才乖了下来,方民却不饶,用手挠着她的脚心,白佳愉咯咯大笑,笑出了眼泪,连说，求饶了求饶了，方民饶了我，好哥呢，饶了我！看到白佳愉这么叫，他才停下手，才感觉手上捏着一只细嫩光滑的纤足，看到白佳愉不说话了，才轻轻放下，显得有些窘。停了一会儿，问，佳愉，你生气了。白佳愉不吭声，方民只好用袜子擦了擦脚，又穿上，再穿上鞋。看着真像生气的白佳愉，不知所措，只是向不远处扔着石子。

  山上的天说变就变，一片乌云飘过来，雨点便下了来，白佳愉忙喊，嘿，把我袜子鞋递一下嘛，快点，下雨了。

  白佳愉迅速穿上鞋袜，俩人四下瞅，见远处有个小棚子，赶紧朝小棚子跑去，小棚子门上有锁，方民拉了一下便开了，推开门，里面很小，搁着些农具，有铁锹、锄头等，可能是园里工人放工具的地方，东西占满了屋里，勉强容下俩人，雨点已将俩人的厚衣服打湿，白佳愉两手抱紧双臂说，这鬼天气，太凉了。边说边靠紧方民。方民也感到冷，挨紧了白佳愉。屋外雨下得大了，不知他们几个现在到顶上了吗，别也淋着吧，方民说。不会吧，白佳愉应着。白佳愉靠得更紧，方民轻轻揽着白佳愉，他手能感觉到她起伏的喘息随着身体一张一弛，低下头时却正好看见白佳愉由于胳膊勒紧胸前出现的乳沟，脸上一热，赶紧移向外面，手上却将她搂得更紧了。

  雨停了，太阳又钻了出来，这鬼天气。

  然而俩人都没有要走出去的样子，方民搂着佳愉，白佳愉脸贴在方民的胸前，一只手揽着方民的背，方民感到异常温馨，人生第一次搂着一个美丽的女子，这个和阿如有些像的女子，真想永远就这样下去。四目相对，白佳愉闭上眼，方民一阵眩晕，便用唇凑到白佳愉唇上，虽是第一次接吻，但一些书和影视似乎已教会了他们，俩人极其默契。

  一阵长吻后，白佳愉将脸埋在方民的脖子里，俩人静静地都没有再说什么。

  走吧，方民说，要不他们等急了。嗯，白佳愉轻轻应着，站起来，理了理有些乱的头发。

  方民又将锁挂好，望了一眼这小屋，这座不起眼却足以让自己永铭的小屋，再见了。

  俩人手拉着手向山上爬，快到山顶时，才松开，看见江海波他们在屋檐下有的站着、有的坐着，衣服也被风都吹干了。马凯说，我们还以为你俩被山上的野兽吃了呢！正着急呢！

  怎么会呢？下雨了，我们躲了躲雨。方民解释着，却不敢看大家不敢看康小军，仿佛做了贼似的。

你们淋雨了吗？白佳愉问王雪妮。没有，我刚到山顶，雨刚下来着，你在后面干啥呢？是不是下大雨，一对才子佳人，钻进了同一个山洞，造就了一段佳话。后面的话是轻声说的，可大伙都听见了。白佳愉用包打着王雪妮，王雪妮赶紧跑，几个人却哈哈大笑。唯独康小军青着脸，没吭气。

一行人到庵里去求签，有上签、中签的，也还不错，只有康小军求了个上上签，高兴得一扫刚才的乌云，大叫，老天眷顾我，上上签啊，注定我今生一帆风顺。几个人给功德箱放了些香火钱，又磕了头，老尼姑敲响了磬。

下山时，方民又深深地望了一眼那座小房子，白佳愉也边走边看着，其他人都不知，这儿在一小时前上演了一段孤男寡女的激情剧，没有观众只有演员，却让俩演员终生难忘。

别人一路上嬉嬉闹闹，方民和白佳愉却只是赶着路，很少掺和，毕竟还没有从刚才的温馨中回味过来。

下了山，一行人不约而同朝身后望去，小山、瀑布、湖水、尼姑庵，再见了，不知今生还有没有机会再来这里！

方民望着左边远处的塔，孤零零地屹立在那里，也许此后的人生，也如这座孤塔，孤独而坚强，任风任雨，无怨无悔。

（五）

六月十五，方民估完分，填了志愿，知道自己考得不好，心里沉沉地，填完便骑自行车回了家，不想见任何人。在家晃荡了二十多天，听说成绩下来了，母亲催他去看，方民不想去，却不好说什么，只好硬着头皮去了。

听老师说成绩可以在网上查，可农村的孩子98%还没计算机，所以学校统一查，考生要到学校来看。

方民到学校时，已不见多少学生，班主任李老师的房子在后排，他犹豫着不想去，想到自己考的那点成绩，脸上烧烘烘的，怕见李老师，怕见同学，尤其是最好莫撞见阿如。和白佳愉有了那次吻之后，虽然在自己深念中还是阿如的影子，可觉得此时若见了阿如，自己有愧对于她的感觉。正惶惑间，有人喊，方民，方民。他回头一看，见是班上最活跃的刘晶。刘晶劈头就问，你咋也才来，看分数了没有？考了多少？

没呢，我考得太差，不想看，方民实说。

怕啥，看个分数么像上刀山，又不要命，走，咱俩一起去看。说完不由分说拽着方民胳膊朝学校后院走。

方民从来还没有这样和女生亲近走过，当然除了白佳愉外，那是偶然事件。这时刘晶见方民有些扭捏，便说，方民，是不是我辱没了你，你这样不自在！

没有，没有，我，我……方民说的是真实想法，刘晶非常漂亮，又大方开朗，青春阳光，自己反而整天一副忧国忧民的样子，的确能和这样漂亮的女孩走在一起，是一种幸福、开心。本来他还想说，只要我不辱没你就行，却说不出口。

走到李老师门口，刚想掀开帘子，里面却突兀出来一个人，几乎和他们碰了个正着。谁呀，这是谁呀，刘晶大叫。俩人不由得后退了一步，出来的却是方民日夜思念的阿如。阿如一身素白的连衣裙，乌黑的长发，突然凝固的笑容，四目相对，方民原先还不想见又想见的，但和白佳愉有了那次之后，更觉得自己不纯洁了，不敢面对纯洁的她，加之刘晶还拽着他的胳膊，这更让方民难堪。然而，再不想不愿如今都堆在跟前，方民似乎从阿如眼里看到了一丝不易察觉的哀怨，还是刘晶先开了口，好你个廖如，唬人一跳，成绩看了吧，你可能考得好，我觉得我考得肯定不好。这时刘晶松开手又去挽廖如的胳膊。廖如说，我也不太好，你快去看，我先走了。刘晶却不依，说，走啥嘛，不要走，看完一块走。俩人关系在班上本就不赖，没等廖如说啥，便被刘晶拉进了房子。这时李老师喊，方民，你还不进来，还怕见老师？！

刘晶嗔声说，李老师，我这么一个大活人进来，你也不招呼我，你却方民方民地说个不停，方民是你的好学生，我就不是了。方民进来，挠着头，叫了一声老师。李老师扶了扶眼镜说，你三个都是我看好的，唯独方民我看走眼了，方民，你咋考的，唉，你呀你，让我说啥好呢？

李老师叹着气，指了指成绩单，方民斜了一眼单子，脚都没动，刘晶拿来先看到自己的说，才505分，太惨了，我回去老爸肯定要骂我，完了完了。说完又找方民的，说，呀！方民，你也够惨了，478分，完了，完了。廖如的，我看，537分，你真棒，廖如！

廖如说，也不好。不过，没关系，我不打算走，我准备再复习一年，考个更好的！

你决心够大的，我可不，我能走就走，我可不想再受一年罪了。

李老师笑着说，人各有志，想走就走，想补习我也不反对，明年走个更好的，方民，我看你危险，你准备咋办？

我还不知道，没想好，也许补习吧。方民低声说。

当然，咱们这学校，不是重点，能考得像今年这样就不错了。咱们班不错，三四个一本，十五六个专科，这和你们自身的努力是分不开的。李老师有些沾沾自喜地说。

我想明年复习一年肯定行的，方民平常成绩不错，复习一年应该行，廖如边说边看方民。方民隐约感到廖如是邀请自己也复习，可他还不知道将如何打算，想着自己的家，家中操劳的老母亲，现在说为时尚早。

聊了一会儿，大家向李老师道了别，方民心情却有些郁闷，现在一切释然了，成绩也看了，想见不想见的人也见了，自己此后的路将如何去走，他感到迷茫，不知所措。

刘晶说，方民，不要这样嘛，面包会有的，一切都会有的，想那么多干吗！

见方民不语，几个人默然走着，路过操场，几个同学正打着羽毛球，平日下课，方民便经常被活泼好动的刘晶拉去打羽毛球当陪练，水平练得不一般。正打的是一班几个女生，其中一个喊，哎，刘晶，你几个过来打一会儿。

刘晶说，走，去打羽毛球。廖如说不打，我水平太差。方民也连说不打，没心情。

刘晶拗不动俩人，说，那你俩先走，我玩一会儿。

廖如说，你去吧，别管我俩。

刘晶说了句拜拜，便跑了过去。俩人向校门口走，出了校门，沿着巷道默默地走着，还是廖如先开了口，方民，我希望你还是补习一年，我想补习一年，走个好学校，不过我爸我妈不太同意，也许我也会今年走。

祝福你，你走之前，打个招呼，我去给你祝贺！方民显得认真地说。他知道，廖如是个心气很高的女生。

你一定要考上，思想不要开小差，好好下一年功夫，行吗？这样行吗？这些话让方民一振，看似恳求的语气却似乎是一种期待，又是一种要求，期待一同步入更高的殿堂，然而又似乎是在说，考不上，便再见。

唉，这就是最残酷的现实，让方民心里更痛苦，一方面鲜花般的佳人在召唤，另一方面却是荆棘密布不能有丝毫马虎的三百六十天的复习长路。

方民心里有一丝失望，这样高心气的女孩到底是不是懂生活的人，再说这半年开小差，还不都是因为你廖如，搞得我方民思想抛了锚。唉，怨谁呢，怨自己，这些都是不会怨，乱怨一气。莫怨一切，路还是要走的，既然上天安排一个人如此，就走到哪儿说到哪儿吧！

心情不好，俩人没说话，走到镇十字街时，公交车开过来了，廖如说，方民，我要走了，车来了。

方民点点头说，好，走吧！

廖如跳上车，立在车门口望着方民时，方民突然间有些冲动，看着回眸的廖如，仿佛又回到了心仪的那个女孩的样子，此一别还不知何年何月再见。他紧跑几步大胆地说，阿如，保重，记着，走时告我一声。

廖如也仿佛意识到什么，大声说，方民，八月十五是我的生日，记着我，记着我……廖如隔着窗子还说着啥，方民已听不清，他站在原地，看着车渐渐地开远了。

（六）

太阳毒辣辣地照着，玉米苗被晒得蔫蔫的。老妈弯腰在前面一棵苗一棵苗地点着化肥，汗珠顺着老妈布满皱纹的脸上直往下淌，散出的肥料冲得她眼睛眯着。方民在后面用锄刨着土掩着肥料，不时看见老妈用衣角拭去流进眼里的汗水。点完了一盆，老妈又准备去路边上袋子里再挖一盆继续点，看着满头是汗的儿子说，民，喝口水去，喝点再刨。方民心里有些酸，就这样在毒毒的太阳下已好几天了，天天如此，估计再有一晌就结束了。加紧干吧。方民说，我不渴，你去喝点水，在树底下歇会儿再点。肥料不能暴晒，得及时盖住，如果几日不下雨，还得再浇一水，肥力才能进入苗的根系。

我不要紧，把这盆点完咱回，下午再干一晌就完了。母亲一边走，一边扶起被方民偶尔不小心压歪了的玉米苗。

从地里到家有半里路，一回来，方民便倒在竹床上四脚朝天。

母亲打好洗脸水，拿来毛巾，说，洗一把脸吃饭，吃完歇着。

方民不想吃，只想睡，其实肚子早饿得咕咕叫了。

懒洋洋地起来，洗了一把脸，母亲已端来大苞谷糁，这是母亲早上起来煮在锅里的，还有炒好的线线辣子和锅盔，都是自己最爱吃的。方民吃了三片锅盔，喝了一大碗温温的苞谷糁。肚子有些撑得慌。睡意也好像没了，便说，太撑了，出去转转。

斜对门秀英婶坐在门槛上也正吃早饭，秀英婶老远就喊，民娃子，吃咧吗，来，尝尝婶摊的煎饼。

刚吃了，撑得很，没处吃。方民边应边坐在门墩上，问，小刚呢，咋没见小刚吃。

那懒怂喝了一碗稀糁糁睡去了，今儿干活也把娃累的，叫睡去，睡起再吃。秀英婶边吃边说。

小刚最近干啥活呢？方民问。

没去，跟战战去工地干了几天，地里要上化肥，这几天在家呢！秀英婶说。

小刚干得动吗，工地活多累，今年小刚十七吧？方民问。

干不动咋的，穷人穷命，他不干能干啥，上学不好好上，你看没文化就得干苦累活，你要有啥好事情，把娃也带上，婶相信你，你上咧高中的嘛，脑子又活，有啥好事可记着带上小刚。秀英婶边收拾碗筷边对方民说。

方民笑着说，婶，别开玩笑了，我还不是地里干着呢，能有啥好事。有了一定带小刚。

东头街道口有一帮人在树荫下打着麻将，这年月有人忙得要死，有人还消停打着麻将，方民走过去看了一会儿，却提不起兴趣，最近几天常去看，也偶尔上上场，学也学会了，可总觉得太浪费时间，坐了一会儿，有些困，便回来去睡了。

母亲端来老大一碗干面叫方民时，他依然困意未解。

快，醒来吃，多搅一下，调料菜都在底下呢，下午还要去干活呢，吃饱。

是的，吃饱，每天似乎就这样重复着过活，早上干到十一二点，吃饭，睡午觉，再吃午饭，三四点下地再收拾，吃晚饭，睡觉。方民已麻木了。

下午的活却早早干完了，终于可以歇一口气了，方民急于回家，真累呀，母亲却在地里拔着多余的玉米苗，迟迟不肯回去。

方民说，妈，你也不困，歇歇吧，改天我拔。

你先回，我再拔拔，苗太稠了，长不好，你先回。

方民只好拉着肥料袋子和锄等家什先回来了。

（七）

天将黑前，方民到自留地里转了一会儿，种了三分甜瓜，有的已结了蛋蛋，刚拔没几日的杂草又长起来，方民捡旺处拔了几把，听到母亲在村东门口大声喊，民娃，回来吃饭哟——！

方民没有应。母亲说娘的喊声儿子千里外都能听见，她一喊，儿子准能听见。

吃晚饭时，娘说，明个你还得把上完肥料的那块地浇一水，你看天旱的，地也像冒了烟的样子。苗苗都晒得要死，肥料进不到地里，晒干了就白上咧！

方民没吭声，只是听着。浇地不是轻松活，得先找几个人下水泵，找电工放电，麻烦着呢！唉，父亲去得早，母亲种庄稼不愿意落人后，什么都要先行，还要让人说好。可方民心里十二分的不情愿种这些地，他七尺男儿，觉得整日把地平了又翻，翻了又平，空有一番志向都要埋在这土里了。中国种地的人还少吗？不少一个外行人，但他又不愿违母亲的意愿，只是自顾自吃着饭，并不吭声。

母亲见他不吭气，就说，听见了吗，也不回个声。

听见了——方民拉长声说。

这几天好困，方民总觉得睡不够，吃完饭，倦意又袭来，便去睡了。

风吹窗页将方民惊醒时，已是第二天天亮了，方民隔窗玻璃向外一瞄，喜上眉梢，院子的地上水汪汪的，昨夜下了一场大雨，由于困乏，自己浑然不知。这下好，不用浇地了，太好了，方民长伸了一个懒腰，心情比天气好。

洗脸时，母亲却一身泥巴回来了。

方民问，妈，你这是咋了？咋弄的？

母亲说，没事，我去自留地拔草，都长荒了，回来不小心滑了一跤，没事。

方民说，妈，你看你，夜黑个下了雨，你还去地里，摔坏了咋办？

没事，妈还能成，缓缓就好了，饭在锅里你赶快吃。

方民叹口气，想着啥时能不再让老妈干这些活了该多好。

天渐渐地进入伏里，更热了，庄稼却一天一个样子地长高了，自留地的甜瓜一天天熟了，方民给地里搭了一座简易棚，支了一张竹床，没事时，便拿一本小说，说是看瓜，怕贼偷，可就那点东西，有啥看头呢，偷就偷了，不就几个甜瓜吗？可方民全是为了躲避街道的乡邻，也是一种能让自己清静的好机会。看书累了,便看看斜阳,想想心事,偶尔也动动笔,写首诗什么的。

同一条街上的叔婶们见了方民常问,考得咋样吗,你看狗剩家的小子都走了,考到北京了。建设家的闺女考上了西京交大。方民没考好,被每个见了的人千篇一律地问,烦透了。

母亲也似乎知道儿子的心事,便不再勉强方民回家来,做好饭送了去,下午送时再将中午的空碗捎回家。

日子无聊地如地里的草,一不留神就又长出来。

瓜熟了,也是为了岔心,方民在母亲的催促下借二哥的三轮车拉了半车甜瓜去渭阳市卖,自己也不会叫卖,叫一块钱一斤,给八毛也行,卖了七八十块钱,却在一天间将方民本来白净的脸晒得黝黑,回到家里,母亲见了都快认不出来了。老娘心疼地说,看把我娃晒得,咋就不知到树底下避一避呢,叫你拿顶帽子,你嫌破,看晒成这样子,明儿还有一回,就别去咧。听着母亲的唠叨,方民说,晒黑好,前一阵都捂白了,晒黑健康。

还健康呢,过两天褪一层皮就不嘴犟了。母亲边说边把方民脱下的衣服拿去泡了。

第二天早上方民依旧去了,不过这回学乖了,戴了一顶帽子。

方民感觉自己这回真像一个农民了,皮肤晒得红黑红黑的。

他的瓜是用家肥上的,瓜长的形不好,但很甜,俗话说歪瓜裂枣,因此挤了很多人。没多长时间便卖完了,今儿拉得少卖的价却好,和昨天卖的差不多。中午,方民吃了一碗凉皮,一笼小包子,喝了一小碗稀饭,饭馆风扇呼呼扇着,比外面凉多了,方民吃完坐了好一会儿才出来。

回来的路上,方民一扫近来烦闷的心情,哼着流行歌曲,蹬着借来的破三轮车,顶着依旧毒辣的太阳,却不一样的心情往回骑。

(八)

中午正睡午觉时,方民接到一封信,信是村委会门口的商店让捎回来的,每次邮递员都将村里人的信件搁到商店,有买东西顺路的便让捎回去。信是江海波寄来的,问最近方民干些啥,下一步打算如何,可不能就这样沉迷下去,天下这么大,何不创一番事业,莫要气馁。

海波的话让方民又一次振奋起来,是呀,最近已好像逐渐适应了去做一个农民，做农民需要许多知识，许多书本里没有的知识，而有了书本的知识并不代表能真正修好地球。

接下来的几天，方民一直思考着下一步该何去何从。

一日，小刚离老远便急匆匆喊，民哥，民哥，你的录取通知书来了。小刚手里拿着一个信封，走了过来。可方民接过来一看，却大失所望，是一家职业技术学校发来的。方民虽不懂也没见过录取通知书，可他知道录取通知书是要送到家里的，需要签字的。这都是那些民办的学校，这类学校只要交钱就能进去，至于学到学不到真正知识，就只有天知道了。

一周里方民又接到类似如西京外语学院、长江汽车技术学院、西京电子科技学院等多张通知书，也不知他们是从哪儿搞到的地址。

村里有些不懂的父母，逢人便夸自己孩子被哪儿哪儿录取了，好几个呢，还看孩子心情愿意去哪个呢！

有些懂点的，还在犹豫或者挑选着，你说不上这些，不学点技术，即使被那些没有名气的正规学校录取了，以后分配还是个问题。还不如选一家，让孩子学点技术，见见世面，多个机会，将来能找个工作就行。可怜天下父母心啊！

方民对这些不屑，自己虽没考上，但他不愿去这些学校，一则家里没有钱，虽然母亲说只要考上借钱也要上，可方民不愿为这样的学校让母亲借钱，受人脸色。如今钱也不是那么容易借的。

二则听在外面做事的堂哥讲过，好多学校虽说讲包分配，可实际是什么情况呢，譬如说毕业后分到某医院当个护士或在某酒店干个厨师，学校每年向这些酒店医院拿个一二十万元，医院酒店便用上一部分人，讲实习期间不发工资，只给生活费，到了一年，又以种种借口辞退了，白用了劳动力不说，还落了学校一些钱。而学校呢，对外堂而皇之宣传，分配就业率可达98%以上。来年又如此这般，两相情愿，被骗的只是学生的青春、家长的钱财。尤其是不懂的农村人，挣钱本不容易，好不容易望子成龙、盼女成凤，可结果多数是大失所望。

方民虽不十分懂，可他相信堂哥的话，与其这样，还不如自己去闯荡一番，找一份适合自己的工作，虽然难，但如果成功了，心里也踏实。

这样想之后，方民便有了新的想法，他想到西京城里去打工，西京是西部地区改革开放的前沿城市，作为西部的桥头堡，也日益焕发出新的活力，自己不正好可以创一番自己的天地吗。

江海波没隔几日便直接来看望方民，方民那日正在地里拔黄豆秆，海波便一同拔一同聊，晚上俩人在平房顶铺了一张草席，聊了几乎一整夜，天亮时才睡着了。

江海波走了，方民更坚定了决心，他决定九月初便出去打工，村里人问便说去补习，等混好了回来，村里人便不再议论什么了。如今的人都这样，什么事都要叽叽喳喳去议论个沸沸扬扬。传了一天、两天、三天，过了新鲜劲，也就没什么人再提了。

八月下旬时，方民去了邻村的姐家，交代让姐多来陪陪母亲，自己要去外面闯荡，最放心不下的便是老娘。老母亲听说后，便说，娃呀，你去吧，不要管我，我身体还精神着呢，你出息了，就是妈最大的幸福。

方民要出去的消息只有秀英婶知道，秀英婶一再让方民带上小刚。

秀英婶的丈夫老闷叔人真的很老实，木讷，只知道干活，仿佛有永远干不完的活，家里还有一个十岁左右上小学的丫头娟子，就小刚一个小子。秀英婶娘家穷，当初迫不得已嫁给了老闷叔，这是她一辈子的痛，自从有了一双儿女后，便一心扑在了儿女身上。所以她对小刚期待很大，总希望小刚不要只会在地上刨，或只会干劳累活，要能出人头地，也不枉自己一生的心气。

方民心里着实不愿意，自己这次去外面闯荡谁知咋样呢，怎么顾得了小刚？再说，出息了还好，没出息的话，回来了，自己脸上很无光的。可秀英婶不依不饶，一连多日总对方民讲，方民实拗不过，便答应了。

九月一日，和学生上学同步，方民觉得就这日子，决定要走了。他不想待家里了，别人以为自己上学了，也就不再问这问那。他什么都不想带，当然小刚除外。在母亲千叮咛万嘱咐之下才拿了一身换洗衣服，母亲硬塞给他一百五十元钱，可他没要，偷偷又塞到母亲席沿下，他身上还有几十元钱。一切妥当了，便去喊小刚，小刚背了满满一兜衣服，秀英婶眼湿了。小刚说，你看你，哭啥，我又不是没去过西京，就百十里路，有啥呢，大不了回来继续在工地上干活嘛。

秀英婶一抹脸，笑了，说，刚子，你一定要听民哥的话，你俩人互相照应，外面混不下去了，就回来，混好了，妈还等着让你接到城里逛逛呢，也逛一回那大雁塔、钟楼、古城墙啥的。

成嘛，我到时开个小车回来接你，还有我爸、娟子，把那西京城美美逛一回，吃一回。小刚笑着说。

在小刚门口，几个人正欲送别，大梧桐树上一只老鸹"呱呱"叫了几声，小刚仰起头，刚想开骂，一摊粪便落了小刚一头一脸，也落到了方民的肩上。

出门不利，老子打你。小刚抹了一把脸，便用土坷垃去打，老鸹应声飞走了。

秀英婶赶紧去取毛巾，沾了些水，擦净了小刚头上的老鸹屎，又洗了一把给小刚擦了脸，方民也用毛巾擦了肩上的。

真晦气。这一下让方民的心不好受起来，今天说不去吧，都三番五次和家人道了别，不就是一不留神落了一摊屎么，一个高中生，干吗还恁迷信，说走还得走嘛。

俩人在村口挡了一辆去镇上的三轮摩托让捎个脚，再到镇上坐去西京的车。车直达火车站，十一二点的时候便到了。人都说城里工作好找，可真的进了城却傻了眼，方民不知偌大个西京，自己该先找些什么活去干。来时想给昔日初中的一个同学打电话，可到了在公用电话亭拨了几遍，才知道已成了空号。

在家里方民也想过一些比较适合自己做的事。他酷爱美术，想最好能找一家广告装潢公司干着，学好手艺，将来自己也开一家。或者去哪家修理电器或汽车的行当打个杂，学个技术再说。

方民和小刚在街上转悠着。走了两家修理车行都说不要人，又跑了几家广告装潢公司，人家听说他没有干过的经验，也没有什么证书之类的根本就不相信，还有的干脆就说，去去一边去，没看正忙着呢！

碰了一鼻子灰，俩人漫无目的地走在街上，才感到在家千般好，出门实不易。

俩人买了两瓶水，一人一瓶，坐在护城河的跨栏上喝着。不行就去工地，先有个落脚地再说，方民想。

小刚此时有些后悔没问村里在西京那些工地干活的人，具体在哪儿。这大个城市，上哪儿找他们呢？

方民说，先去碰碰吧，你后悔了吗？

小刚说，民哥，我从来不知什么叫后悔，我既然出来了，就跟定你了，你都能吃苦，我咋还不能呢。

方民拍了拍小刚的肩，问，小刚，你今年多大了？

民哥，我十八了，在外面我就说我二十了，我面相老气，人家都信呢，农历八月十五我才正儿八经过十八个生日呢，小刚笑着说。

八月十五？那不是没多少日子了吗？方民问。突然间记起廖如也说是八月十五，可不知是阴历还是公历，自己可真给忘了。不过，农村大多说农历。不知此时的廖如在干什么，是考到了哪个学校，还是又去补习了？

大约还有一个月吧。小刚喝完最后一口，将瓶子扔向了垃圾桶，却没扔进去，又跑上前拾起来塞到筒口里，说，不敢乱扔，城管看见可要罚钱呢，还没挣钱让罚个一二十元可不划算。

方民站起身，将小刚的大包自己背着，说，走，咱去工地上问问。

俩人来到一处正施工的工地，门口有人拦住了，问，干啥？方民说找活干。看门人问，有身份证吗？

小刚已经照了相，还没拿到身份证件。

干个活嘛，还要啥身份证？小刚说。

前几天，一个小工头和几个工人打了一架，工头被打成了重伤，工人却跑了，连啥地方的都不知道，所以最近新工头要求每个外来的都要身份证，没的不要。

这让俩人傻了眼，这可咋办！俩人无精打采出来了。

小刚，没事，天无绝人之路，先吃饭去，肚子混饱再说。方民安慰小刚。

走到一家面馆一问，臊子面三块五一小碗，四块一大碗。这么贵，不就一碗面吗，太黑了。小刚嘟囔着。

又转了一圈，见有卖蒸馍的，方民说小刚不如咱俩吃麻辣米线和蒸馍，又便宜又好吃。

小刚说行，然后一块钱买了五个蒸馍，三块钱买了两碗米线，小刚早饿了，急不可耐地吃起来。

方民边吃边想着如何先挣一点钱，他突然想出了一个主意，今天是九月一日，好多外地来的新生刚下火车不知道如何坐车，他可以给引导一下，收一两元劳务费，虽然这样有点不那个，但如今也顾不了这么多了。

方民吃完拉上小刚一路小跑到了火车站广场，在报刊亭买了一张西京市地图，地图有些公交车乘车路线都标明了目的地及过往站点。

俩人坐在僻静地方先自己熟悉起来，并且跑到火车站站点亲身体验验证了一番，估摸差不多了，又给商店卖货的一位小姑娘要了一张纸板，方民用自带的钢笔写上学生问路咨询处,用笔描粗了,在树上折了一根树棍,把棍子顶头划开,夹着纸板,还蛮像模像样的呢!

俩人举着牌子站在出站口,果然下来的学生不断有人询问,问完了,方民或指着公交车始发处,或指明坐几路在哪儿再倒车,其实方民自己也是糊里糊涂,好在记忆力向来就好,地图他也会看,还不明白的,就让小刚带到站点。

一般问完要一两块大家都会爽快地给他,有的却也感到诧异,说还要钱呀,结果,摸个五角的也将就给了。有的实在没零钱,方民也就算了,说就算学雷锋尽义务了,换来一声"谢谢"也不错嘛。

由于俩人像个学生,所以也便于沟通,学生也不太提防,因此天黑时,俩人已挣了四五十块钱了。

大约九点时,俩人决定不干了,找个地方歇着。小刚很高兴,民哥,你真行,这比我干一天搬砖活可轻松多了。

小刚,这不是咱的理想,这钱也有点失去了做人的美德,可总没昧良心,不说了,找个地方住下来歇着吧。方民边走边说。

俩人兴致勃勃地沿着城墙根走着,想找一家便宜的旅馆先住下再说,太累了!

小伙子,能帮个忙不?有个大约四十岁的男的冲他俩说。

俩人被这突如其来的声音吓了一跳,小刚问,干啥?

那个人指着地上一个大纸箱说,你俩能不能把这纸箱给我抬到前面那辆车上,我的脚崴了,算帮个忙吧,我给十块钱,成不!

方民向远处看,果然前面不远处停了一辆红色的昌河。小刚一听就一百来米能挣十元钱,就说成嘛。见方民还在犹豫,说民哥,走嘛,你抬那角,我抬这角。

方民见小刚已动手,想想就是个顺手嘛,就抬起箱子,箱子并不十分重。抬到车跟前,那人从后面说,好事做到底嘛,抬上车嘛。

方民刚想拉车门时,车门却突然开了,里面有俩人拽着他和小刚的胳膊往车上拉,车下那个人过来把他俩往车上推,俩人惊了,箱子摔到地上,原来里面装了些烂报纸和砖头块块。

小刚喊,干啥,你们干啥。车上的人朝小刚脸上抡,喊啥,再喊弄死你,不准喊。车门被关上的同时,车也同时启动向前飞快地开走。

方民适应了一会儿,借着路灯的光才看清连司机一共四个人,都五大三粗的样子,便低声问,大哥,你们这是把我俩弄到哪儿去。

问啥呢,闭上嘴!后面有一个人凶凶地说。

看到这样子,方民便不敢多问了,思量着这伙人究竟想干啥,难道是贩子。听说过贩卖女人,哪有贩卖男人的,方民搞不懂。

车子东转西转,终于停下了,俩人被分别用一个布套蒙住了眼。随即又被推了下来,然后被人拽着胳膊朝前走,方民感觉是进了一个房屋。

只听有个声音说,这是第十七、十八个了,再弄俩凑个整数,把这俩搜搜,搜完再辛苦一趟,一定不能大意,不要出事,听到吗?

听到了,没麻达,熊哥放心,准保弄够。其中一个答道。

完了,方民自己装了100多元,小刚也装了200多元,加上今儿下午挣的,全完了。

钱被搜走了,他俩又被推着向前走,在卸头套的同时,被塞到了一所漆黑的屋子里。俩人啥也看不见,只觉得空气很污浊,一股臭味。

门咣一声从外面被锁上了。听见里面有人说,又来了两个。方民才感到房子里还关着其他人。好一阵子,方民才适应了,看见有一堆人,有坐的,蹲的、站的,便问,这是啥地方?你们都是干啥的?

只听一个声音说,兄弟,我们有的是被黑中介所骗来的,有的是被骗说抬东西推上来的,都来了几天了,谁知道要把人弄到啥地方去。

交谈了一阵,才知道,这里有年老的,有青年有中年,最小的一个才十三岁,在火车站他给他爸说上个厕所,结果出来迷了路,找不到他爸,这时有个人说帮他找,结果被领到了这儿。

屋外的窗户被堵得只剩两巴掌大的窟窿,顺着窟窿透着两缕光进来,不过屋外隐约能听见广播报火车到站检票的声音,方民才感觉这儿离火车站不太远。那会儿车子东转西转只是为了不让他俩记着路线。

屋里黑,空气浊,想上厕所了就在另一处的墙角随意解大小手。

解完大手就靠着墙的棱角处屁股贴着蹭蹭。

立困了,他和小刚背靠背蹲在地上,蹲了一会儿腿麻了,方民干脆脱了一只鞋坐着。

小刚问,他们不会杀了咱们吧。

别瞎想,没事的。方民嘴上说心里却也没有底气。

过了好长时间,屋里的人都不再说话,方民迷糊起来,突然间被一阵声音惊醒。

起来，起来，一个接一个，出来，不准吭声。

出了房子，天依然黑着，路灯昏昏地照着，方民跟着大伙朝大门外走，不禁偷着打量着这房子。这是个两层两间的独院房子，紧挨着城墙根，二楼的窗子也被砖封得严严实实。房顶临街的那户墙上是一幅巨大的广告，上面画的是一张血红的唇，旁边是唇膏，没等方民看清楚，被人从后面推了一把。

一行人又被推到了那辆面包车上，车上的座位都被卸掉了，车厢里塞得满满的。方民死死记住了那个大红唇，也记住了有个叫熊哥的。

没问题，熊哥，你就放心好了。和司机并排坐的一个人对车下一个人说。

方民想努力看车下那个叫熊哥的，可被挡着，看不见。

那辆车已经启动了，却又停下了，里面伸出一张脸，对着这边喊，要注意安全，黑子，不行就溜，不能让抓住。

车前头的黑胖子说，熊哥知道了，你放心吧。

方民就是这一眼，他深深地记住了熊哥的模样。那辆车又启动了，渐渐远了。

防护网将车厢和前面俩人隔开了。方民不知道他们要将他和这一二十人带到哪里。

（九）

不知开了多久，天渐渐地麻麻亮了。挡风玻璃是深色的，车厢里依然很暗，方民只能从护栏网孔看见车头玻璃才感觉天是要亮了。

车厢里很闷，挨着方民的是一个很秀气的人，方民欠欠身想舒服一点，便直面对着这个人，这个人转了转身，身旁却是一个蓬头垢面的老头，这人身体又转过来，和方民几乎贴着站着，这人的帽檐顶着方民的脸，方民用下巴移了移帽檐，这人头发散发出一股劣质香皂的味儿，这总比那些似乎是脚臭又像是臭鸡蛋的味道好些。

车子开得很快，又过了好长时间，方民和那人几乎头挨着头迷糊了一阵，突然车嘎一声停了下来，车门随之被打开。阳光刺眼地射了进来，凉风也随之吹进来，方民长舒一口气。

你，下来，一个黑胖子指着方民，还有你，那人又指着方民身旁这个秀气的男人。

方民和这个人下来了，跟前站着三个人，方民看出来了一个是司机，另一个就是黑胖子，还有一个没见过，穿的白短袖T恤，下面是黑裤子，只是从叼烟的手上粗大的金箍子可以看出这人不是一般人，不是个二球就是个暴发户大款。

方民站在一个斜坡上，他向四周环视了一眼，看到斜坡下是一座砖窑，齐整整的砖坯一排排堆放着，窑上是玉米地，苗又矮又小，结着很瘦的穗子。远处的山绿郁郁的，方民不知道这是什么地方。

黑胖子又拉那个糟老头，老头往后缩，黑胖子骂着，你个老家伙，下来。边说边用脚踩在车厢沿边上往下拽，老头被拽了下来。老头一口四川话，拉啥子吗，下来不就是了吗。

嘟囔个球，你个老东西。黑胖子朝老头踢了一脚。

戴金箍子的那人说，这老货，有用吗？又指着那个秀气的人说，这个细皮嫩肉的，能干动活吗？你老熊弄的货越来越不行了，价还越来越高，再这样子我可不给钱了。

黑胖子说，范老板，这两天风紧得很，货不好弄，将就点。

不成，不成，我不能出那么多。姓范的摇摇头说。

黑胖子和车司机对视了一眼，赔着笑脸说，要不是这，范老板，再给你搭个壮实的，但得按原来的价钱付，成不？

姓范的没表态，黑胖子赶紧在车上准备去拉。方民猛意识到不能和小刚分开，忙喊小刚，小刚从车上钻了出来。黑胖子刚想发火，一看小刚长得敦实，一把拉过小刚走到姓范的跟前说，范老板，这个没麻达，你看这胳膊。说着捏了捏小刚的胳膊，小刚一抖，黑胖子说，噢哟哟，还不敢动咧。说完又转向姓范的说，壮实得很，咋样？

姓范的点点头，说，行，看在老关系的份上，算了，回去告诉老熊，就说我老范问候他，多发财哟。说完从口袋掏了一沓钱，估计有四五千元，递给黑胖子，黑胖子接过也不数，递给姓范的一根烟说，多谢范老板，我这还要去几家，就先走了，不敢耽搁，都七八点咧！

两个人钻上车，车拉着其他人开走了，方民不知道这些人又会被拉向哪里。

方民这才用心环顾了一下四周，这是一个砖窑，一群衣着破烂的人正在不远处堆着砖垛子，另有几个人往窑里用车拉着砖坯子。窑底很大，四周都是挖得如崖一般陡峭的黄土绝壁，二三丈高，顶上拉着铁丝网，每个角上还有个小房子，似乎还有人看着。

这时姓范的开了腔，你几个听着，看见这是啥地方了吗，这里是砖场，你们从今往后就是我的工人了，在这里干活就要老老实实干活，不要耍滑头，我管你们吃住，还发工资，每个月六百元，以后还可以涨，干够一年，可以走人，干不够不要想走。

姓范的领着下到坡底，大声喊，二蛋，二蛋。叫二蛋的从一个小屋跑出来，二十四五岁，一脸横肉，还没睡醒的样子。

二蛋，你个愣娃子，都啥时候咧，还睡呢，昨黑又闹啥去咧？这几个人交给你，可得招呼好。姓范的指着方民几个说。

没做甚，今早睡失觉了，你放心，范哥，交给我尽管放心。二蛋揉着眼满脸堆笑说。

那我先走咧，这儿你和根娃子招呼好，我还有事呢。姓范的边说边发动场子墙角的摩托车，启动后一溜烟跑了。

小刚虽然长得粗壮，可毕竟还是个娃娃，然而方民自己何尝又不是个娃呢！他大小刚两岁，论知识比小刚多点，论走上社会，和小刚差不多，小刚有些胆怯，和方民挨紧了些。

叫二蛋的说，过来，过来，你几个站好，从今往后，你们就在这儿干活，每人每天四万五千块砖，好好干活，有吃有喝有处睡，干不完不准睡觉，干完为止，听到没有？见没人吭声，又狠声说，听到没有，哑巴了是？

听到咧，几个人有气无力地回答。

都叫啥？报上名字单位。老头你叫啥？

我叫刘川古，今年五十六岁。老头说。

流窜狗，哈哈，好名字，二蛋笑着说。

刘老头嘴角动了动，喘了一口粗气，没吱声。

二蛋又指着秀气的男人问，你叫啥？这人用手捂了捂帽子说，我叫王华，今年二十八岁。

王华，看你就像个女人，名字也和女人一样嘛，你这货色能干啥吗，咋把你这样的货色也弄了来。

你呢，二蛋又指方民，问。

我叫方白，二十岁，方民故意说。

方白，方伯，他达的你这是故意占老子便宜呢，二蛋叫了两声觉得不对，看到小刚和其他二人都想笑不敢笑的样子，过来朝方民抡胳膊，方民一闪说，我真叫方白，黑白的白，你不信问他，方民指了指小刚。小刚眼一睁说，是的就是叫方白，黑白的白。

二蛋收了手，说，他妈的，以后不准叫这名，你又不白，黑乎乎叫啥白吗。你，你叫啥？多大咧。二蛋指着小刚问。快说，没时间跟你磨蹭。

我叫小刚，十八岁，小刚说。

你几个听着，今后好好干活，有偷懒的严惩不贷，有逃跑的，抓回来喂狗，看见了吗，东墙拐角拴着几只大家伙，正饿着呢，二蛋用手指着，几个人看到拐角拴着几只狼狗，正追逐着好像在抢骨头。

方民这才意识到，自己进了一座魔窟。看着几丈高的土崖上还拦着铁丝网，想着今后是否还能活着出去，他不禁有些后悔，后悔一时大意，最后悔的是带小刚出来，自己倒也罢，小刚要有个三长两短，咋对得起秀英婶和老闷叔，还有娟子。

老刘头在老家就打过砖坯，被派去制作砖坯，方民让和院里那些脏兮兮的人们一起拉砖坯到窑里。

方民看着有的衣着褴褛，有的光着膀子，有一个拿着黑乌乌的毛巾擦着从额头流下的汗珠，目光呆滞。方民想问一下这里的情况，故意搭讪一个人，那个人低着头，摇了摇，害怕似的躲远了他。

（十）

一声哨子响，说吃午饭了。午饭是被两个工人从坡上抬下来的。方民累得坐在一块砖上没动，小刚走过去，看了看，骂了一句后说，这是人吃的饭吗？这喂猪还差不多。可其他人却争抢着从一堆砖头上似乎连洗都没洗过的碗筷中分一个过去，打饭的那个工人麻木而机械，每人一瓢，其他人也似乎不敢多要，舀完就或蹲或坐在角落吃了起来。

那个叫王华的人拿了两个缺了大块的瓷碗过来递给刘刚和方民，方民冲他点点头，算是谢过，方民起身拉着刘刚的胳膊说，走，得吃饱，咱不能饿死到这儿。

方民看到桶里的饭时，只剩下个底儿，锅里的面片可以数得出来，连一个菜叶子也不得见，打汤的人斜了斜桶，三个人将就着整了多半碗汤水。

饭里只有盐味，方民饿了，喝了一口，不禁长叹一声，虽然家里不富裕，可哪吃过这样的饭啊，当年渣子洞里饭也不过如此。刘刚端着半天没动，用一根树棍棍折成两根去了皮当作筷子拨拉着碗里，边拨拉边嘟囔，这叫饭吗，民哥，这能吃个球啊。

叫王华的轻声对小刚说，兄弟，凑合吃吧，填饱肚子要紧。

谁在说不能吃呢？二蛋提着一瓶酒，叫根娃的那个手拿着一根皮带跟他一起走了回来，根娃指着小刚说，你说的吗？小刚说，是我说的。王华拉了拉小刚，示意他别说，根娃一抢打掉了小刚手里的碗，稀汤撒了一地，狠狠地说，我叫你吃，吃屎去，还犟嘴呢。小刚瞪着眼。咋的，不服气，二蛋说，想熟悉熟悉这儿的规矩是吧。小刚拳头攥着，方民赶紧上前挡在前面说，二位大哥，他不懂事，多原谅多原谅。王华也紧随着方民，但没吭声。

正吃的那些人，傻呆呆地站着，眼睛露出惊恐的表情。

二蛋说，今心情好，你们也才来，算咧，饶了你，滚一边去，没吃，下午也不能偷懒。

方民赶紧赔着笑脸，将小刚拉到一边，二蛋和根娃骂骂咧咧去了西角的小屋。小刚说，民哥，你不拉的话，我和他俩干一场，未必输给那货。

方民说，你打得过他俩，你打得出去吗，你打得上高墙吗，你打得过狼狗吗，刚子，听民哥的，要忍，千万不要感情用事。王华也劝，兄弟，不敢动手，你没看个个凶神恶煞，你打不过的。

方民将碗里剩下的稠一点的递给小刚，小刚不要，但拗不过，王华还没吃，也将碗里倒了一半给小刚，看着他吃起来，俩人才笑了笑。

中午休息时间是半个小时，吃完饭，就地休息了一会儿，二蛋便吹哨子了。工地一共有十一二个人，加上他俩也就十五个人左右，干着枯燥而重复的体力活，周而复始，方民不敢想，抬头望望天，天蓝蓝的，鸟儿在天上自由地飞翔，而自己何时才能逃离这个魔窟。妈，你还好吗？这时，他多么希望江海波或者是谁带着警察来解救他们。

快干活，想偷懒得是？二蛋喊声惊醒了方民，方民赶紧继续装砖坯。

晚上九点半才终于听到了哨子响，方民眼冒着金星，勉强坐到地上，小刚过来坐在他的身边，有气无力地说，民哥，这样不是等死吗，还不如逃出去。方民赶紧捂住小刚的嘴，说，小声点，逃一定要逃，可现在还不是时候。

饭桶被中午那两个人咣当一声放到地上,又是一窝蜂挤上去,根娃一边大喊,甭抢都有份,谁抢今黑儿就别想吃。

一个四五十岁的满脸油黑,只看出两只眼珠转动的人刚端出一碗饭,根娃一皮带打掉在地上,说,挤啥,就你挤得欢,吃屎去。

根娃,咱还算一块出来的,你如今狗仗人势。这人骂完却蹲在地上呜呜哭了起来。

根娃青了脸,一边用皮带抽,一边用脚踢,一边骂,薛占奎,你个狗东西,我要不是看一个村的份上,早把你喂狗咧,我看你是活烦了。踢得叫占奎的在地上打滚,嗷嗷直叫。

算咧,根娃哥,打死咧挨老板骂呢,把他绑到吊杆上,让他清醒清醒,二蛋说。

根娃拽住占奎的胳膊朝西面呼风吊杆走去。

其他人见状排好队,依次打饭,晚饭是一碗面糊糊,一块发酸的馒头,两个人半碗绿颜色的菜。

方民吃了一口,这哪是菜呀,这分明是红薯叶嘛,硬硬的秆,只有苦味。

王华、小刚、方民蹲着在地上吃着,四个角的大灯泡的光照在偌大的场子,并不见亮,窑洞门口一盏十五瓦的灯发出昏暗的光,一群人在灯下不吭声地吃着馒头,月牙在天际被星星包围着,不远处狼狗正汪汪地叫着。

突然王华哇一声吐了起来,方民问咋的,王华指了指菜里,方民用手上的棍子夹起来,也差点没吐出来,原来这分明是一只老鼠的脚。小刚问咋了,方民扔到了远处,说,一只虫子。小刚说,咋不给我,我正想吃肉呢。方民苦笑,想说给你,给你你就不吃了。但他没说,他无心开玩笑。小刚还年轻,要是吃不饱,晚上也睡不着,别说明儿还要干那么重的活。

(十一)

窑洞里依然挂了一盏十五瓦灯泡,方民几个人进去,适应了一阵才看清,地上摞了一排排砖块,铺了些麦秸秆、纸箱子等,只有四五床被子,其余都是和衣而睡。地方被占完了,刘川古、小刚、王华还有方民却站在那里,不知所措,窑洞里的浊气恶臭阵阵扑入鼻里,王华捂着鼻子,方民寻找着铺的东西。

这时,一个看不出年龄的大个子男人说,去外面墙角抱一抱麦秸,凑合吧。

方民和刘刚走了出来，发现墙角有一麦秸垛，俩人一人抱了一抱进来挨着边上那个人铺平，那人又把身下的纸箱板分了一块给他们，这时里面一个又递过一张报纸，其中一个人说，把被子给他们吧，结果又传来一床被子，说是被子，已破得几乎没了棉絮，里面疙疙瘩瘩还算有点棉花，薄得只剩下皮了。

方民这才感觉了一些温暖，这伙人不全都是麻木不仁的。

老刘头、方民、小刚、王华依次躺下，王华背对着他们和衣而卧，小刚却脱得只剩下裤衩，不时用手搓着身上的泥垢。

方民想和大个子说话，便和老刘头掉了过，挨着那人躺下。问，叔，你多岁了，家里都有谁？

那人说，甭问了，赶紧睡，明儿还要干活呢。

方民缄口了，沉默了半天，那人却也没睡着，便主动说，娃呀，在这儿，不敢多说话，要装傻，甚至要装疯，你没看那边那几个傻子，那可都是活生生的好人啊，一个个都被打成那样，哪个没挨过打，你看。说着那人撸起裤腿，方民借着昏暗的灯看到满腿是疤，有的几寸长。还有头上，那人撩起乱长的头发，头上明显有处掉了头发，红肿肿的一大块。

聊了一会儿，方民才知道这人叫陈昌富，陕南人，在这儿已两年多了。这里最长的已七年了，你看那个叫王振法的都六十七岁了，现在跟傻子一样，唉，不敢提呀。

陈昌富叹了一口气又继续低声说，这家砖窑有十来个人，这是个小的，还有大的，他原先就在一个大的，有四五十人，三孔破窑洞就是栖身之所。屋外拴着狗，整夜都有监工巡夜，谁敢逃跑就是一顿毒打。他干的是"滑板"工，将一板板成形的砖推上架子车，有时累得实在不行，刚歇了一会儿，就被一顿猛抽。有一次，很多人忍受不了，趁夜里逃跑，逃了两个，其余被追回来，第二天被当着所有工人的面打得哭爹喊娘啊。可能是有一个逃出去了找了派出所，派出所和劳动监察大队的人去解救，倒是走了几个人，可自己被一个胖胖的劳动监察队员又卖到了这家，这家比那家更惨。

这儿是啥地方，方民问。

这儿是永济栲栳镇，这儿老板叫范新昌，和派出所、劳动监察大队都有关系。也经常被检查，到检查时，他将工人藏到别处或其他已查过的窑场干活，完了再拉回来。

前一阵有个叫刘宝的就是被活活打死的，你别看窑场里只有二蛋和根娃两个，窑顶还有几辆摩托车，随时抓逃跑的，抓回来打不死也将脱层皮。

里面睡的那个娃才十六岁，刚来没一月，来时机灵鬼一个，现在跟傻子一样，那是被二蛋打的，一砖拍在后脑勺上，当时就晕了过去，醒来就神志不清了。还有薛占奎和根娃一块儿来的，根娃经常打小报告谁偷懒谁想跑，最后才成了范新昌的打手。

那发工资不？方民又问。

工资？还工资，哪来的工资，一分钱都甭想。恐怕这辈子能活着回去就不错了。

方民扭过头，看见王华静静地听着，露出惊恐的神色。

你是咋被弄到这儿来的，方民问。在西京火车站，陈昌富说，他在西京火车站打盹时，一个胖子过来问他干活不，一月能挣六七百元。问啥工作，他不说，只说去了就知道，晚上他和另外两个被安排了吃住，到了第二天又和十几个人被送到了原先那个大窑场，才知道上当了。后悔呀，为了活命，白天只好装疯卖傻，活一天算一天，就看老天有眼不，还能不能出去。

方民好久都没睡着，可周围却发出了很响的呼噜声。陈昌富也睡着了。方民晚上做着噩梦，听到哨声时，还在梦里，小刚喊他，他才赶紧爬起来。

起来想洗脸，哪来的水啊，屋外一阵凉风吹来，感觉好冷，星星还挂在天上，估计也就五点多。个个都打着哈欠，又开始了一天的劳作。

每天的饭是由场子里表现老实的两个人到坡上门口去接，抬过来分。二蛋和几个人坐在西拐角的屋里打牌喝啤酒，不时轮换出来监督，见偷懒的就上前一顿毒打，吃饭有抢的，不仅挨打，还不能吃，还得接着干活，每天十四五个小时，小刚有些熬不住了，又提出来要逃，可方民认为不了解地形，不是时候。

（十二）

这天中午，王华突然晕倒在砖车旁，方民和小刚赶紧上去扶，想这样一个瘦弱的人，哪能挨住这么累的活，早上还给小刚了半拉馒头。半天，王华才缓过神坐了起来。

这时屋里二蛋和三四个人走了出来，叫王华站起，其他人干活。王华踉踉跄跄站了起来。二蛋说，他妈的，你这怂样，想偷懒是不？整天戴个帽子，跟个女人似的，说完便一抡皮带，王华的帽子被打掉在了地上，露出了齐整整的一头秀发，一张显得清秀的脸展现在大家的眼前。

是个女的，哎哟哟，啧啧啧，二蛋一脸坏笑，说，今儿个爷们算是开眼了，来了几天，竟然还不知有个女的，叫我看真的假的。说着上前一把扯开王华的工作服，里面露出了红格子衬衣，虽然不丰满却依然凸起的胸让方民也吃了一惊。怪不得看王华少言寡语的，原来是个女人，她怎么会被骗？方民一脸疑惑。

哎哟，还不赖嘛，几个打手都一脸淫笑。

根娃说，走，弄到屋里问问，咋到了咱这儿，这分明是内奸嘛，一定得问清。边说边给二蛋使眼色。

二蛋说，看啥呢，干活去，不去得是想挨揍呢，快滚开。说完要拉王华，王华不肯。

这时小刚站到王华跟前，说，你想干啥？方民也过来，说，不能进去。

几个人见有人挡将，过来揪住小刚衣领说，找揍是不？小刚甩开那人说，反正不能带人。

方民站在小刚跟前，护着小刚、王华。

二蛋几个见状，拿皮带就照小刚抽，小刚挡着，根娃过来冲方民就是一拳，方民闪开了，结果众人打成一团，方民、小刚二人本就筋疲力尽，加之寡不敌众，被打倒在地上，几个人用皮带抽，用脚踢，直到不动弹了，才住手。

方民醒来时，已被绑在了那天薛占奎被绑的那个吊杆上，小刚也醒了。天渐渐暗下来，小房子里传来二蛋几个人的嬉笑声、猜拳喝酒声。

方民不知道王华现在在哪儿，情况如何。

第二天早上，方民和小刚才被放了下来，二人冻得直打战，好在喝了一碗稀汤，才止住颤抖。吃完饭接着干活，却不见王华踪影。

方民偷着问陈昌富，陈昌富说被拉进了小屋，再没出来过。方民一直担心着王华，毕竟是一块来的，王华还一直关怀着小刚，看到小刚也呆呆的样子，方民长叹了一口气。

晚上方民和小刚都迷糊了，却听见窑洞口开门的声音，有一个人被架着扔在了角落。

其他人都惊恐地看着，方民上去借着门缝的灯光看清是王华，赶忙叫小刚。

王华，华姐。方民和小刚轻轻喊着，王华却没见动静。方民用手摸了摸王华的手腕，脉搏在跳，还活着。王华大半个胸脯露在外面，方民脱下自己的夹克盖在王华身上。

其他人逐渐安静了，方民和小刚轮流着看护着王华，都眯了一会儿。直到后半夜，王华才轻轻咳了几声，醒了过来，方民让她不要动。

天渐渐麻麻亮了，由于二蛋几个几乎闹腾了一夜，所有屋里安静起来，估计都睡死了，过了头。大家巴不得如此，都没动，几个傻子想出去，被方民喊住了。

屋里光线明了，薛占奎说，把王华抬到里面，里面是个小间，潮些，搁了些人的行李。几个人铺了些麦秸和纸板，将王华抬了进去。里面虽然很狭小，却比外面安静，王华一个衣服都不全的女人和一帮男人处一起也不好看，看得出王华感激的眼光盯着大家。安顿完大家都出去了，方民也想去，却被王华拉住了。

半天王华才沙哑地说，兄弟谢谢你了。王大姐，不要说这客气话，谁叫咱们都是苦命人，又都是一块被骗来的，方民说。

我真悔呀，为什么就死犟要出来，结果，结果……王华哽咽起来。

别说了，好好休息，方民想抽出手，王华却不让。说，兄弟，他们不是人，是畜生，五六个人一天一夜，浑蛋，畜生……看着王华激动的样子，方民赶紧又安慰，不知何时小刚站在身后，静静地听着，怒目圆睁，手攥得紧紧的。

哨子响了，传来二蛋的骂声，他妈的，偷懒呢，趁老子没起来都偷懒呢，我看你们是活得不耐烦咧。

方民赶紧站起身，说，大姐，你休息别动，养好再说。说完拉着小刚向窑洞外走去。

每个人出去都挨了两皮带，又开始了一天的苦累活儿。

（十三）

一连三天，王华没起来，中午都是方民和小刚打饭喂的，直到第四天早上，王华才重新爬起来，穿上方民的夹克出来了。小刚很高兴，赶紧打来饭端给王华，王华感激地接过去，吃了起来。

又是几天平安无事，方民还被安排上坡挨门口接了一回饭桶，趁着交换的当口，他观察了一下窑顶，周围是大片的苞谷地，太阳落下去的地方应该是西边，翻过玉米地是一片荒土岭，东面是隐隐的大山。北面顶上小房子是望风的监工住的。

方民暗暗记住了这些，拉着桶下来了，吃饭时，他拉过王华和小刚，说了逃的想法，俩人很兴奋，可要逃还有许多关要过，一是必须等小屋人少，还要熟睡的晚上，二是小屋靠土崖，必须有东西能爬上去，因为小屋背后刚刚挡住窑顶上监工的视线。

几天里，方民才知道王华今年二十八岁，是陕西蓝田人，她丈夫酗酒赌博，晚上醉醺醺回来看不顺眼就打她，实在无法忍受才跑到西京城，白天在一家公厕打扫卫生，一月给个三百元，晚上出来捡塑料瓶子卖钱。为了不引人注意，她剪短了头发，穿了一身男人的工作服，戴着一顶帽子，好在几个月就这样平平安安地过着，直到九月一日那天晚上，被人从身后套上麻袋才和方民他们一块儿到了这里。

王华说，她什么都不在乎了，就是孩子，家里还有个十岁的孩子，正在上小学，她想攒些钱再接小孩出来，可没想到……

二蛋几个见王华好了，又让王华到房里去，小刚要挡，王华不让，从容地去了，第二天早上回来，王华躺上半天，二蛋他们也不管，下午爬起来又接着干活。一连几天都如此。

这天中午，王华小声叫方民和小刚过来，低声而神秘地说，她有了一个办法，说这几天晚上只有根娃和一个打手值班，谁给二蛋说了个对象，二蛋这几日整天外面欢呢，她看见屋后有一根大椽，椽上有几个杈，竖起来靠在崖上可以爬上去，说等她消息再动手。方民、小刚都很兴奋，现在不能走漏任何风声，临跑时再告诉其他人也跟着逃。

又过了一天，王华说，今天晚上动手，等她消息。

然而中午吃过午饭，二蛋却骑着摩托回来了，进了屋和根娃在大声说话，说媳妇吹了，说连手都不让拉，把人能急死，今甩下那女的就先回来了。

二蛋过来喊王华，王华只好站起来，进了屋，一进屋就听见王华大叫的声音，二蛋淫荡的声音满场都能听见，又不是没弄过，这两天把我饥荒得，都想疯了，赶快叫我快活快活。

小刚的手捏得咯嘣咯嘣响。

里面传来王华悲凉的叫声，呻吟声，方民眼泪都出来了。

里面根娃也传来淫声，来，我也不行了，二蛋，够了吗，叫我也弄嘛。

里面又传来王华一声凄惨的叫声。

小刚再也忍不住了，捡起一块木头，朝小屋大步走去，方民愣过神忙喊小刚，小刚已一脚踹开门，里面传来哎哟哎哟的叫声。

方民赶紧跑过去，看见王华赤条条地被扔在大竹床上，根娃瘫在地上，二蛋抱着头，顾不得提裤子，跑了出来，大喊，来人哟，打人了，快下来——上面传来哨子声，方民趁乱赶紧找衣服给王华穿上。

这时顶上已下来了好几个凶神恶煞的打手，二蛋捂着流血的头说，打，把这货朝死里打。

一伙人扑向小刚，小刚反抗着，被打倒在地上。

一个拿着铁锹朝躺在地上的小刚的胳膊狠劲铲去，小刚啊了一声便没了声。

方民冲上去，用身子护住小刚，却被从身后一闷棍打得倒了下去。

方民醒来，发现王华静静地坐在身旁。方民忙问小刚呢，王华摇了摇头说，不知道，他们把小刚装上车拉走了。

方民想坐起来，却感到头疼得厉害，王华扶他躺下，让他别动，从身旁端了一个破碗，碗里盛了半碗米汤，喂给方民，方民喝了一口，摇了摇头，他不想喝，只想知道小刚在哪里。

屋里其他人却在干着活，只有他俩在屋里，王华说，好好歇着，今晚一定要逃。可小刚，方民欲言又止。先逃吧，逃出去再说，王华说。

兄弟，假如你先走了，记着我家在蓝田曳湖镇马家村，我丈夫叫马德龙，儿子叫马小飞，记着去看看我儿子，跟他说妈妈永远爱他。

不，王大姐，要逃一块逃，我们一起逃，方民说。

大姐知道，要是万一我逃不出去，你就记住这些，王华坚定地说。王华接着解开自己的上衣，让方民看，方民看见两个乳房时，脸一下红了。王华说，你看这里。方民看时才发现王华的乳头已没了，红肿得厉害，王华说这是被二蛋这畜生给咬掉的。她的尖叫便是那时的事，方民当时并没注意。这时他才知王华忍受着多大的痛苦。

晚上的时候，方民感到精神了许多，他心里想着如何去逃。

王华主动去了小屋，二蛋头上缠着纱布出来撒完尿水又进去了，里面传来王华和二蛋的笑声，不一会儿同屋的一个人骑摩托走了，只有二蛋和王华在屋里大声叫着笑着闹着。

窑洞里的人骂道，这婊子，也不是个东西。

薛占奎、陈昌富也骂着难听的话，说王华原来也是个妓女，荡妇。

方民想制止，但听着王华的浪笑声，也叹了一口气，莫非王华真的也变了。

众人都睡去时，方民却迟迟不能入睡，小屋里传来王华满足的呻吟声和二蛋淫荡的笑声。

方民捂住耳朵，尽力不去听，终于安静了的时候，方民才迷糊了。

（十四）

方民，方民，耳边有人在叫方民，方民爬了起来，才发现是王华。王华说，走，赶紧走，那畜生睡死了。

方民此时才明白王华的用意，她用自己的身体把二蛋伺候得睡死过去，才能从容逃走。

方民推了推陈昌富，说，逃吧，二蛋睡死了，赶紧逃。陈昌富摇摇头，说，往哪逃，逃得出吗，追回来又得被打得半死，我不逃。

方民急了说，走吧，要不没机会了。他的声音惊醒了许多人，可大家都不敢动。方民对同来的刘川古老头说，逃跑，老刘头。老刘头木然地坐在那里。

方民没办法，不敢耽搁，和王华到了小屋后面。

俩人费力地竖起大椽，树杈太高，王华蹲下，让方民踩在自己肩上上，方民让王华上，他扶她，王华不肯，说不要争了，二蛋起来，谁都走不了。

方民的眼泪便下来了，叫了一声，姐。

王华说赶快。

方民只好踩在王华的肩上到了椽的杈丫处，他回头望了望王华，王华眼里充满了平静和坚定。他说，华姐，走吧，我拉你上来，我们逃出这里。

王华笑了笑，但方民看出了其中的苦涩，只听王华说，兄弟，记着别忘了姐给你的嘱托，快走吧，再晚就来不及了！方民眼里含着泪轻轻叫了一声华姐——，已然泪流满面。他抹了一把眼睛，毅然顺着椽丫爬了上去，爬到崖顶，隔着铁丝网，方民已顾不了许多，铁丝网外边是苞谷地，他用手狠扯出容自己钻出的大窟窿，猫了猫身出去了。

这时东崖顶角上的小屋响起了紧急的哨声，崖下砖场里，也是哨声一片，狼狗叫成一片，二蛋大叫的声音听得格外明显，方民已顾不得这许多，他穿梭在青纱帐里，不辨方向，自顾自跑着。

不知多久，跑出了苞谷地，面前是一望无边的撂荒的黄土地，爬上一片高地时，他向砖场方向望了望，只见苞谷地里人头攒动，苞谷秆摇摆着，方民喘了一口气，赶紧又跑。他顺着一处低洼坑道向前跑，跑着跑着却停了下来，他看见不远处几只野狗正在撕扯着一件东西，津津有味地啃着，可能是只野猫野猪吧，但老远就能看见血淋淋的。野狗被他惊到，顺着坑道向前跑去，跑了不远又停了下来，好像舍不得刚才那东西，回头直直地盯着方民。方民也不敢贸然前行，便拿起一瓦片扔了过去，野狗一看没了希望，便飞奔着跑出了坑道。

狗跑远了，方民却不敢前行，他怕前面血淋淋的东西，但他更怕折回去，也不敢上坑道，只有硬着头皮前行。走到跟前时，他扭着头想跨过去，可瞄了一眼时却让他魂飞魄散，原来野狗啃的是一只人的胳膊，骨头碴露在外面，皮肉已被啃光，跟前还有两个手指头，方民一阵恶心呕吐，他只想逃。刚跨过时他却停住了脚，他看见从土堆里伸出的一只脚穿的鞋袜是那样熟悉，还有那牛仔裤，虽然都黑乎乎的，可他还是认出来了，那是小刚的，是小刚，这是小刚呀！方民大哭，小刚！小刚！他跪在地上，用手去拉，小刚只是被虚土掩着，头被拉了出来，小刚青紫的脸上眼睛怒睁着，没被咬的胳膊折成直角，分明是被强行弄断的，脖子上还套着皮带圈，这不正是根娃常打人的那条皮带吗？方民只是哽咽着，已没了眼泪，他用手轻轻抚上小刚怒睁的眼睛，取掉脖颈上的皮带，看到昨天还活生生的在自己眼前的小刚如今四肢不全地躺在这里，死不瞑目。方民此时只想喊，苍天啊苍天，你为什么这么残酷？！让坏蛋逞凶，让无辜含冤，何等不公，天理何在啊！苍天啊，你若有知，就让雷劈这些杀人凶手吧，让砖场那些无辜的人都能生还而出吧！

然而，头顶上太阳高照着，天气闷热闷热的，远处的狗叫惊醒了悲愤失常的方民，他爬上坡望了望，见远处一群人牵着狗朝另一处撵去，才松了一口气，折了回来。他把原先的坑用手刨去了崖土，又刨大了些，将小刚拉到坑里，说，小刚，哥一定回来看你，你放心，从今往后，你娘、你爹、你妹都是我的家人，我一定照顾好他们，你就安心去吧，坏人终有一天会遭到惩罚的，一定会的。方民将土堆向小刚身上，土太少，他又向四处瞧了瞧，一棵大杨树和一棵榆树正好和小刚被埋处成等边三角形，他记住了此处，然后一步一回头向前跑去。

天渐渐暗了下来，月亮圆圆地挂在天上，方民又困又饿，今天是八月十五，这个日子还是二蛋他们在小屋里嚷嚷今晚看文艺晚会被方民无意听到的。八月十五不正是小刚的生日吗？一想到这儿，方民心里又悲愤起来，小刚才十八岁呀，今日是他整十八的生日，却成了他乡的孤魂冤鬼。小刚，我对不起你！方民难过地穿行在这明亮的月夜中。

他想着天下好多家庭都在今晚团聚一堂，吃着月饼，喝着小酒，还有柿子、葡萄、苹果等，可又饥又饿又冷又悲愤的他此时还在野地里穿行着，虽然筋疲力尽，可总得找个落脚处吧。

八月十五，廖如不也是今天的生日吗？方民还曾想着自己很快找到一个工作，在这个日子，他左手捧鲜花，右手提一盒生日蛋糕去廖如家里，和她及她的朋友们共聚欢乐，可现在……

方民顺手掰过一个玉米棒，又老又硬，他啃了两口，勉强咽下，出了这片苞谷地，远远看见月下山的影子，没有了庄稼，树却渐渐多了起来。

今晚的月色很明亮，在异乡荒山野岭中方民穿行着，这一天他经历得太多也太沉重，心情就像他此时的步履一样踉踉跄跄，踽踽而行。

突然，一座孤塔映入眼帘，方民似曾相识，走近才看见有一块石碑上写着永固塔，底下是永济市重点保护文物，立碑时间为一九八四年。

这不是王雪妮舅舅的老家吗？方民想到此一阵心热，迅速环顾四下，寻找曾经走过的路，那里他曾留意过，塔在西边，而南面应该有他们曾走过的路。

小路，就是这条小路，这周围的柿树、核桃树，都是那么熟悉。

方民想着就是从这儿往前，穿过铁丝网进入园里看瀑布又上山的，还有那个搁满工具的小木屋，记忆一下子温馨起来，和白佳愉的第一次初吻也是在那儿的。漂亮的佳愉你在哪里，还记得这儿吗？踌躇了一阵子，方民便大步流星顺着这条路朝下坡方向走去，舅舅的家就在不太远的地方。

接近村子时，方民却犹豫了，这个大半夜，自己褴褛的样子，舅舅会接纳他吗？然而自己又冷又饿，又身无分文，又该如何呢？他长出了一口气，勇敢地朝舅舅家走去。

虽然月如白昼，可毕竟是后半夜，村里人早已入睡，小的动静便招来狗吠，引起全村狗都叫了起来。

方民看见熟悉的木门，他敲了几下，里面并无动静，他又捏着门环敲了几下，从门缝里看见窗户的灯亮了。

谁呀，好像是外婆的声音。方民不知如何报自己，只听外婆叫，红娃，红娃，去开门，看谁敲门呢。红娃是雪妮舅的小名。

舅舅应了一声，打开二门问，谁呀？方民回答，舅舅是我。

舅舅打开了门，吓了一跳，问，你是谁？方民说，我是王雪妮的同学，两三个月前来过的，叫方民。舅舅仔细看着，猛然记起的样子，方民，对是方民，你咋成了这样子？赶快进来，咋成这样子了？舅舅拉方民进来，随手关上大门，边走边问。

外婆也应声下来，舅舅忙说，这是妮妮的同学方民，还记得吗？

外婆眯眼看了一会儿，说记得记得，娃呀，你咋成这样子唡，咋弄唡，看可怜的。

方民如同见了亲人一般大哭起来，把这半个月以来的委屈、恐惧、饥饿、寒冷一股脑哭了出来。

外婆赶紧招呼舅舅拿水洗，换衣服，舅妈也闻声起来了。方民洗完脸，换上舅舅的衬衣，舅妈端来一杯热水又去弄饭了。

外婆说，几个月不见，娃瘦了也黑了。舅舅问这到底发生了啥事？外婆说让娃吃点再说，娃一定饿了，是不？方民点点头。舅妈下了一碗面条，里面还有臊子，下了些青菜，方民大口吃起来，美美一大碗，吃完抹了一把嘴，长舒一口气。

外婆问饱了吗，还要不？方民连说不了，够了。

方民便把这几天的种种磨难说给了舅舅一家，外婆和舅妈边听边流泪，舅舅也是长吁短叹。

舅舅说，永济砖窑百十来座，光听说黑得很，可没想到会这样，这都啥年代了嘛，去告他。方民想起了陈昌富的话，说没用的，他们上边都有人，不管用。不过我会在合适时机反映给政府，里面毕竟还有那么多受苦受难的人。

方民躺在舅舅家暖和的竹床上，心里热乎乎的，不一会儿便睡着了，这晚他做了一个梦，梦见还是江海波、马凯、王雪妮和他几个人开着警车来抓这些窑主，二蛋被自己三拳两脚打趴下了，王华也被救了出来。

方民在舅舅家歇了三天，觉得身体恢复如初，便要告辞，舅舅一家让他再多待些日子，他执意要走，舅舅便递给他二百元钱，又用自行车带着他到永济火车站，买了票，看着他上了火车。火车启动了，方民隔着玻璃窗向舅舅招着手，他心里像打了五味瓶一样，一切苦难结束了，他将重新开始生活。

（十五）

　　方民和众多忙忙碌碌的人一样，骑车穿行在熙熙攘攘的人群中时，心情格外地和往日不一样，他感到此时自己也成了这座城市中的一员，红灯亮了，他随人们停在斑马线外，绿灯亮了，随着人群向前蹬去。尽管此时他的身份只是一名临时送奶工，这辆半新的自行车是他花了五十元在文艺路买的。他每天早上从奶站将瓶装的新鲜牛奶和订单带上挨户去送奶，工资虽然低点，一天十五元，但有了新用户老板答应给提成，何况这是他的第一份工作，因此他非常珍惜，也很卖力。

　　厄运过去运气将会降临，方民还不敢谈运气，可从山西坐火车回来的当天便碰到了一个骑车的老人，老人骑得并不快，可迎面过来一辆急速的小车，差点挤着老人，老人车头一摆，眼看要倒下来，方民眼疾手快，一把扶住老人。老人看他的样子不像本市人，问他愿意当个送奶工不？他忙说愿意，老人说他年龄大了，快跑不动了，但又不愿舍弃这份工作，看方民实在本分，像个好人。奶站看是老人介绍的，认为错不了，便答应了，而且晚上还可以住在奶站里兼顾看门，这更让方民高兴。然而送奶的自行车是必须自己买，方民还有雪妮舅给的钱没用完，听人介绍文艺路有卖旧自行车的，便掏五十元买了一辆，就这样正式成了一名送奶工。

　　送奶活并不易，一般早上七点多就得送完了，有时候耽搁到八点多，但中午下午便没事了。

　　方民便骑着车在街上转悠，看到从身边一辆辆飞驰而过的漂亮小车，他心里一阵羡慕，不知道何年何月自己也能有这么一辆车，那将是多么风光啊！路过肯德基时看见一对对情侣坐在小桌前吃着笑着，他想有朝一日挣了钱，也去吃一吃，看看到底和自己吃过的鸡有啥子不同？当然也最好能带上自己的女友，体会一下那里的气氛。然而更让他羡慕的是环城公园里，有老人在悠闲地或打着太极或唱一段秦腔或几个一堆闲聊着，悠悠然然，当然更有年轻夫妇携着小孩坐在草坪上，幸福地看着小家伙满场子跑着，这是怎样一种幸福啊！然而这些与自己又是那么不相干和遥远，他如一只孤雁，好不容易栖在了一棵树的枝头，看着其他鸟儿在欢唱，没有一个朋友，是如此形单影只，他渴望有一个自己的巢，一个不太大，能栖身而已的巢。他可以在这座巢穴里养儿育女，赡养老人，可以有自己一方空间，听听音乐，写写诗歌，品一杯茶。

这时洒水车不觉间开过来，方民回过头时已然被喷了一身，他没有像其他被喷洒在身上的人一样用陕西话去骂上一句，裤子是脏了，溅满了泥点，可这并没妨碍他刚涌上心头的温馨。

当然他也并没忘记在火车站城墙附近去寻找那个关了自己半夜而后又被卖到山西的小房子，可是结果令他很失望，类似的房子很多，却并不是自己印象中的那个。他渴望找到它，只有找到了它，才能知道和这座房子有关的熊老板的消息，那时他将到有关部门去揭发它，尽管直到现在他尚不知该去向哪个部门揭发，公安局或者是工商局或是政府部门，但是一想到还有许许多多人在山西受难，以及王华大姐还有死不瞑目的小刚，他就心痛，愤恨。可毕竟那些发生在很遥远的地方，在这儿又该告谁呢？因此他努力着，努力着去找那所房子，想由此找出元凶，从而牵出其他线索。

有时他恨自己无能，恨自己孤单，他渴望成为一个大侠，去解救那些还在承受苦难的人，可现实让他不得不先让自己活下去，活下去才有希望。

国庆前的一个日子，他在展览馆前溜达着，到处都是为节日做着准备的人们，有摆放花卉的，有挂横幅的，有拉彩球的。他看到一家公司正在展览馆前装着气囊垫，有几个人正满头是汗地奔忙着，这边刚弄好，那边绳子又开了，鼓风机刚开，那儿又没固定好，他便帮了一把手。他和那人忙活着，终于大功告成，那人头都没抬说谢谢了，他说不用谢。刚要离开，那人抬起头看了他一眼说，小伙子，你是找工作吗，到我们广告公司来，这几天正好缺人手，咋样？方民一喜，自己本就爱这一行，能去学学，不给工资都行。忙说，行啊。那人从身上摸了半天掏出一张名片说，明天按这个地址来找我。方民接过来连说，谢谢！

走在路上才仔细看了这张名片，西京市天地广告装饰公司，郝云龙经理，地址是文昌门外。方民很是高兴，终于又找到了另一份工作。晚上的时候，他很久都睡不着，憧憬着未来。

第二天早上，方民早早地就起了床，他要在最短时间内送完奶，由于他一向认真负责的态度，客源又增加了不少，他暗暗下了决心，要更早地起来。

赶到文昌门外时，他没费啥神就找到了这家天地广告装饰公司的门头，进了门，几个工人正在忙着抬出一个大广告牌准备装车，他问其中一个人，郝经理在不？那个人说在里面，里面隔开的是个套间，他猜想这可能就是经理办公室。便敲敲门，里面有人说进来。他推开门，看见一张老板桌后坐着一个女人，正和一个男人说着什么。方民说我找郝经理，那男人扭过头，原来正是昨天那个人，那个人见方民先是一愣，之后回过神说，噢，差点忘了。他给那女的说，这是我昨天在展览馆门前碰见的一个小伙子，人很实在，也很麻利，咱正缺人，所以我就叫他来了。然后又对方民说，你叫啥？这位是我们的郑总经理。方民忙说，郑总你好，我叫方民，今年二十岁。

那女的点点头对郝经理说，看着挺机灵的，行，你看着办，这几日确实缺人手。

那好，我就先走了，今还得把这家活干完呢，方民你跟我走，说完便向门外走，方民冲郑总点点头跟着郝经理到了外面，冲刚才那几个人其中一个喊，小王，来，这个是方民，这个是王晨，你俩认识认识，方民，你听王晨安排。王晨说，好。便过来握了一下方民的手，说咱们走吧，今天活还紧呢。

今天的活是给一家公司做门头装潢，王晨一进入现场便投入了紧张的工作，方民不懂便在底下递东西，很快便与大家混熟了。中午吃的是盒饭，和大家一起吃的感觉让方民感到兴奋，便很快融入了其中，有说有笑。

下午五点半多总算干完了，小王便打电话告诉郝经理，郝经理让大家早点回去休息，都累了一天。虽然很累，但方民很高兴，回来洗了洗，在门口要了一个饼子和一碗凉皮吃了，这时和他晚上一同值班的老刘也来了，他说了今天找了个活的事，老刘说没事的，你睡吧，有我呢！不过娃呀，可得珍惜身体。方民说我年轻没事的，便去睡了。

这天早上，方民刚送完奶回来，准备去广告公司，却被奶站会计毛阿姨喊了过去，原来奶站发工资了，方民这一个月来成绩很明显，本份工资连同效益工资总共拿了六百零几元。他很高兴，这是自己挣的第一笔钱，毛阿姨也鼓励他说，方民好样的，有出息嘛，你比干了一两年的人还拿得多。

方民冲毛阿姨笑了笑，把钱装进内衣口袋，用手压了压，骑上车便往文昌门赶去。

广告的活一阵一阵的，有时忙得还要加班，有时却一连几天在店里干些零活。方民便时常在电脑旁和两个女孩子学，学她们怎样制版制图，怎样设计图案，怎样操作喷绘机，看到方民很虚心，两个女孩也愿意教，郝经理开玩笑说，给你俩师姐中午买点好吃的，你俩可要好好教。方民果不其然去买了两个鸡排，自己也没舍得，女孩一人拿一个非要让方民在上面各咬一口才行。方民一个上面咬了一口，看着方民满足的样子，两个女孩咯咯地笑起来。

月底方民领了工资才知道自己发了五百元，他已知足了，毕竟自己什么都不懂，再说自己本来就没想着发工资，如今这么多，他心里美滋滋的。

回来的路上，方民摸了摸贴在胸口的一千余元，生怕掉了似的，拍了拍才放心。晚上躺在床上，他想着一个人在家的老妈，妈啊妈，你还好吗？儿子想你啊！可方民一想起小刚，便心里一阵阵刺痛。对于秀英婶和老闷叔他已下了决心，这辈子把他们当作自己的亲人去孝敬他们，服侍他们，可同时又怕面对他们。他心里每想到小刚便就痛苦，泪不由自主地在眼眶打转，他决定瞒下去，永远不告诉他们，他以后就是他们的儿子。以后情况稍好点，他就接上秀英婶一家三口和自己的母亲一块来城里，他要服侍他们一生一世。

第二天，方民拣了个空，去了趟邮局，给老妈和秀英婶各汇了二百元，秀英婶的注明是小刚汇的，他要秀英婶一家一辈子对小刚都有个念想。他不敢想象秀英婶听到这个噩耗之后会怎样，他害怕。同时他决心攒一些钱，在合适的时候自己也能开个公司，尽管他到现在还不知道他能干什么，可他内心创业的念头一刻都没终止过。

天渐渐凉了，看到树上的叶子一天天掉光了，方民时常渴望回一趟家，他不光想看看自己日夜思念的老母亲，同时还想去拿一下自己的身份证。这个年代干什么都要身份证，没有是不行的，这也越来越成为一件重要的事情。

一天晚上，干完活已很晚了，回来的路上他看见到处有烧纸钱的，才隐约想到是不是十月一到了。十月一是鬼节，一些无法回到老家的人都要在十字路口或大树下烧一些冥币，寄托对亲人的哀思。此情此景让方民想起早逝的父亲，更想到失去父亲后不易的母亲，天凉了，母亲怎么样了，有棉衣吗？

他想偷偷回一趟家，神不知鬼不觉，晚上回，第二天早点走。因此第二天方民请了半天假，抽空买了一件老人的毛衣和绒裤，同时也给秀英婶一家三口一人买了一身，装好一个大包，下午便坐上了开往老家的班车。冬天黑得早，七点已黑了下来，方民到镇上时已黑严实了，他还要走四五里路才能到家。方民一路走着小路，生怕撞见熟人，九点多他摸到家门口。

母亲房子窗户透着昏暗的灯光，方民不喜欢昏昏的灯，曾经换了个大的，可自己一走，母亲怕费电又换了个小的。他敲了敲窗，母亲问谁呀。方民忙说，妈，是我——民娃子。

母亲很快地开了门，一看果真是，说娃呀你一走两三个月，啥音讯都没得，把妈担心死了。

方民关好门，进了房子说，妈，我好着呢，只不过忙得很才没回来看你。

方民摸着老妈胳膊的薄衣服，赶紧把毛衣拿出来，非要现在就穿，妈说我不冷。马上睡觉了，穿啥呢！说归说，可往身上套时还是很高兴的。方民看到毛衣有些大，便有些懊恼，为啥不拿那个小号的。可母亲笑着说刚合适，好着呢。

方民便眼湿了。

老妈非要去做饭，方民本不饿，可要不吃一碗老妈的擀面条，恐怕明早一走，就不知啥时才能吃上，儿就是吃一口，母亲心里也会暖很长时间。他深深知道这些，便不再推辞。

他给灶塘煨火，母亲擀着面条，边擀边问，民娃你回来小刚咋没回来？方民怕的就是这宗，可知道避不过。便轻声说，小刚忙，一时回不来，让我带了几件毛衣毛裤给秀英婶一家，明儿妈你送过去，不要说我回来了，就说托人捎回来的。

为啥，你秀英婶还想问问小刚咋样呢。老妈将面下到锅里说。

妈，我让你咋说你就咋说。方民急了说。停了一会儿又说，我只怕秀英婶见了我没见小刚心里不好受，所以让你这么说。

行，妈听你的。老妈往滚开的锅加了一瓢水说。

方民心里难受得紧，自己还能回来看看家里，而小刚……

妈挑好面，将碗递给方民说，趁热吃吧，多搅搅。

方民缓过神接过饭，面条又筋又细，正是方民爱吃的，方民大口大口吃起来。

炕被母亲烧得热腾腾的，方民靠着被子将脚伸到褥子下，好烫呀，赶紧又伸到上面，老妈纳着鞋垫说，再过三天就纳好了，就能穿了，走时就带上。

方民顿了顿轻声说，妈，我明早一大早就走，我最近很忙，给人家干活不能老请假。

明早就走？咋这忙的，唉，我还以为你能多待几天呢，妈停了手中的活看着他说。

方民不敢看妈，眼移向墙上，墙上糊着报纸。

睡吧，那就趁早睡，老妈一边说一边用笤帚扫了扫褥子。

方民下了炕，去自己房里拿了身份证，又看了看毕业证，犹豫了片刻也装在了包里。

方民醒来时天已麻麻亮,赶紧爬起,说,妈,你咋不叫我。

老妈说,我想让你多睡会儿。

方民迅速穿好下来洗了把脸,母亲已把饭做好,馏了些红芋,烧的是他最爱吃的苞谷糁,就的是酸菜。方民看了看表,七点整,为了不使母亲心不好受,他以最快速度喝了一小碗糁子,又拿了两个红薯说,妈我得走了。

母亲叹了一声说,走吧。

方民出门时不由得望了望隔了几家的秀英婶门口,街道还有些黑,没一个人。方民拎着包,说了声妈你回吧,便大步快速地走向村外。

(十六)

今天的奶是吴姐帮他送的,他到时吴姐也刚回来,方民说,谢谢你了吴大姐,明早我顶你的班。吴姐说,不用,我又没事,谁没个事情呀!方民把母亲给自己的红苕硬塞给了吴姐。

这几天,一股寒流突袭而来,温度急剧下降。早上起来,方民看到灰蒙蒙的天,估计有可能下雨,便多穿了些衣服。果不其然中午在去给一家招待所安装门头时天就下起了小雨,接着夹杂着雪花,而且愈来愈大了。这个时节,就已下开了雪,今年的雪下得可有些早!

干完活回到公司,公司的小玉一个人在电脑上查着资料,他问小玉其他人呢?小玉说,郑总、郝经理一看天这么冷又没多少事,交代了一声便走了,让我等你。今儿太冷了,谁不想早早回去呀!好方民,求你了,我今儿穿得少,你就帮姐一回嘛,小玉连哀求带撒娇说。方民说,我见不得人求,尤其女人求,不过你多大呀,整天叫我叫你姐,今儿得叫我哥才成。

好哥,我的方民哥,行不?小玉拽着方民的胳膊说。

好受用啊,好妹子,你去吧,我答应了,方民笑了起来,坐在电脑前的椅子上。

小玉拎起自己的小包,拿手指戳了一下方民的头说,死方民,叫你占我便宜。说完跑了出去,老远又喊,谢谢了,方民——

方民一个人在偌大个办公室里,心里很快活,现在自己可以想干什么就干什么。他脱了鞋将脚搭在旁边的椅子上摇晃着,一边翻看着足球信息。

方民正兴致勃勃欣赏着以马明宇为队长的全兴队和河南建业踢的一场球

赛，马明宇中场一脚劲射，足球飞驰直入死角，一记世界波，使马明宇由此美名传扬了好些年，真爽啊！

有人吗？一个声音突然打断了方民的兴致。方民扭过头，看到一位外面穿着风衣里面是黑色西服并且打着领带的男人走了进来。

方民赶紧放下搭在椅子上的脚穿到鞋里，问，您有事吗？

我是咱们城市城墙管委会的，想给城墙上装上彩灯，并且配置一些公益广告牌，给咱们的古城晚上增添一些亮点，多一些人文气息，想让你们做这项工程，过来看看行不行，大概预算一下，工钱是多少，工和料一起要多少。这个人一脸诚恳，并且一口气说完了这么多。

方民这段时间由于好学所以了解了许多行业知识，并且知道该如何去谈价钱，也想接成这些活，虽然不敢说什么都会干，可的确对材料、对具体干活都还是蛮有信心的。

但是面对这么一个大的工程，方民还是不敢私下做主，便说请示一下总经理。可方民给郑总打手机，却是无法接通，不在服务区。又给郝经理打，郝经理也关机了。

见到这种情形，他又不想让这项工程因此而失去，便给这个人倒水让座，一边又问了许多详细的要求，从用什么材料到达到什么样的效果，都一一作了询问，心里便有了些底。这个工程看似浩大，却简单，只是费时费力些。便自己把用什么样的材料得花多少费用一一列了出来，供他参考，又把什么样的材料需要如何去干，得多少工人干多长时间都详细作了介绍，并且给他建议哪种材料合适价格又不贵，而且效果也好。这个人仔细听着，并不断问些问题，方民都作了解答，这个人很满意。他说他到了几家公司，都只说得多少钱，别的介绍很少，今天听了方民的才感觉这里面学问真大。他诚心地说，小兄弟，那你就预算一下得多少钱？

方民仔细地列了一下清单，又估了一个大概的市场价，最后说，你干完这个工程得四十万元到五十万元材料费，得三十多万元工钱，有些东西我们还得租。这个人说，行，其他人家连工带料都要二百万元，就你说的实实在在，我相信你，明天咱签个合同，你们工料一起包最好，不愿意光包工也行。

这个人又说，今天太晚了，明天我来签合同，还要验证你们的资质，小兄弟明天见。

那人都走了半天，方民还没回过神来，就这么简单，这就成了？他不敢相信。自己刚才侃侃而谈，把自己所知一股脑说了出来，并没有夸张和虚构，也许就是因为这样，那个人才相信了他。

他不禁有些后怕，果然成了，真的能干得了吗？再说郝经理、郑总会不会怪罪自己自作主张？自己是否报的价合适？他有些忐忑不安。

第二天早上，天虽然很冷，却并没再下雪，毕竟还是初冬，雪还存不住。他照常很早起来先去送奶，到八点赶到了公司。郝经理、郑总都在，他便将昨下午的事详详细细说给了他们两人，郑总很兴奋，仔细和郝经理重新做了预算，和方民所预算不差上下，工钱报得实实在在，没有水分。再说如果连工带料一起包，材料虽然不赚啥钱，可厂方会返还五到十个百分点，又是几万元，完全可以干。

郝经理说，方民，我没看错你嘛，你小子真行嘛，平时这娃就有股钻劲。

郑总说，如果这次活真揽下来，材料费返还的五个点给方民作为奖励。

方民心里也喜滋滋的。小玉说，方民你昨天占我便宜才揽了一大宗活，你赚了可得分给我，这要是我在，这还不是我揽的吗，你还不感谢我？

同屋的小菲说，你在？你成吗？你懂不懂材料，你会预算吗？方民别听她的，她这是红眼病犯了。

方民说，八字还没一撇呢，这人还没来呢。

九点半过了，十点也过了，还不见昨天的那个人来，郑总用手上的铅笔敲了敲桌子，又问方民，昨天咋说的，方民说他也不知道为啥没来。

看来是空欢喜一场，大家有些丧气。

郑总看了看表，都快十一点了，便对郝经理说，看来是没影了，我先走，还有个事要去办呢。

突然方民在外面说，您好，您总算来了，我还以为你不来了呢。

那个人边进屋边说，我们几个人又研究了一下，开了一会儿会，所以耽搁了，说好的，咋能不来，你老板在不？

在，在里面。方民带着路，哦，郑总，郝经理，人来了。

郑总、郝经理都准备出来，见方民已将人领了进来，便赶紧让座倒茶。方民对那个人说，这是我们郑总，这是郝经理。

那个人同郑总、郝经理分别握了手，并报了自己的名字，方民此时才知道这个人姓张，是个主任。

张主任坐在沙发上说，昨天你这位小师傅十分详尽地说了你们的预算，我很满意，不过我得先看看你们的手续全不。

行，绝对齐全，你放心，郑总说。这是营业执照，这是税务登记证，这是资格证。一大摞证照递给张主任手上，张主任仔细看着。

那你们对预算还有啥异议吗？张主任说。

既然我们小方报了那个价，我们虽然觉得低了一点，可还是能做，我们决定做，并且保证质量地去做，既然应了，一定就会把它干好，这个也是我们公司的宗旨。郑总说。

好，那就签合同，连工带料总共八十万元，我是按上限给你的，只希望不要以劣充优，把质量弄好。这是市上要求的点亮工程中的一个重中之重，不光是城墙增了光彩，更是古城增了光彩，古城的所有人都有了光彩。张主任说。

张主任拿出早备好的合同让郑总过目，郑总看完又递给郝经理，郝经理看完说没有啥异议，又递给方民，让方民也看看。方民感到受宠若惊的样子，自己搓了搓手说，我不看了。

郑总说，你看看，看还有哪点不同意见吗。

方民只好接过认真看了一遍，看来张主任确实是个爽快正直的人，完全按昨天下午说的打印的。方民看完说，没啥。

签完字，张主任同郑总、郝经理连同方民一一握了个手，便要告辞。

郑总非要请吃饭。

张主任说，不了，咱现在你不请我，我不请你，干完了，我做东，好好请，成不？

郑总、郝经理对视了一下，点了点头，郑总说，那咱来日方长，就攒到以后吧。

张主任告辞走了。

几个人将张主任送到门外，郑总回来拿着合同高兴地说，这是方民给咱立的功嘛！今儿中午姐给你请功，走，全体一块儿到外面去吃，你们可都是沾了方民的光哟！

小玉、小菲都高兴地欢呼，小菲说，我好久都没下馆子了，老板请客，真难得呀，你们看，我最近都瘦了。说着拍着自己脸蛋。

小玉说，你还瘦？你不瘦。我可不能多吃，最近又长了两斤。小玉捏了捏她的腹部。

郑总又让郝经理给小王打电话，小王中午去一家公司要剩余的工钱。

小玉问，老板，咱今儿到哪去吃？

郑总兴致很好地说，你们说，不，应该方民说。

方民腼腆地说，我不懂，哪儿都行。

郝经理说，去阿瓦山寨吃吧，鱼头还有面，面还不错的。

行，那就阿瓦山寨，郑总说。

小玉噘了噘嘴似乎不愿意，小菲说阿瓦山寨蛮好的。

没多远路，走了大约十分钟便到了。结果小王在门口等着，一共六个人坐了一个大桌子。要了一盘凉搅团，郑总说她想吃，小菲要了一盘蕨根粉，小玉说要日本豆腐吧，小王点了一个椒盐蘑菇，郝经理点了一盘冻肉。轮到方民，方民没进过这样的店，看了半天，都太贵，便说不用了这么多，吃不完的。郑总非要他点一个，他看到情人泪便宜，六元钱一份，便说就这个吧。小菲说，方民你为谁流泪呀，要这个流眼泪的，你的情人是谁呀？小玉咯咯笑着说，是你呗。指着小菲。大家都笑了，方民脸红了。郑总说，你两个就欺负方民，方民肯定能找个很好的，反正你俩没戏。谁叫你俩大呢。

女大三抱金砖，是不，郝经理？小王说。

郝经理笑了说，别瞎说，看把方民弄得不好意思了。

几个女孩喝的是姜丝可乐，而三个男人喝的是汉斯2000。

小玉也不说怕吃胖了，吃得津津有味。鱼头好吃，下在鱼头汤里的面条更好吃。方民没吃过这种味的面条，感觉别有一番风味。

快吃完时郑总说，咱这个工程不小，郝经理牵头，方民和小王配合好，咱工人不够，还得去找，搭架的东西得提前找。材料方民、小王、郝经理你们合计列出个清单，先采购东西，大东西我下午便打电话。小菲、小玉要做好后勤，随时听他们三人的，要啥你俩先在电脑上制作效果图，随时配合。今天就到这儿，下午就行动。

下午方民又到装饰城问了一下彩管灯的行情，这儿的厂方代理和自己都熟，然而原来用的都少，也就在价格上没太深究，如今用的可不是一点，得好好计算一下，而且原来郝经理交代用的质量也大多是些中低档的，而现在关乎古城形象，用就用好的。

方民在心里已对两家的产品有所选择，还在犹豫着，广州的一家代理胡经理看出了方民的心思，把方民拉向一边，说，兄弟，用我们厂的没问题，除承兑的明着给十个百分点外，另外给你三个点怎么样。

三个点那可是近万元呀。方民心想这些家伙，这里面猫腻大着呢，还不知他们赚了多少。

可方民不想要这些，郑总、郝经理相信自己，自己不能这么干。

他说，胡经理，这三个点就不要了，你把价格便宜下来。胡经理说，这个价是最低的了，厂里最低定价，不能再低了。你要也是这个价，不要也是。

方民说那我再问问。胡经理一听这话拍着胸脯又是南方人那种客套说，哎呀，这个事我做主了，再降三个点给你。你这个人呀，真是个君子呀，不贪财，我交你这个朋友啦，就是厂里不降，我哪怕贴上也给你降，谁叫咱们从今往后是朋友啦。

方民回来时拿了一些样品让郑总过目，郑总很满意。

四十多个日日夜夜，方民一直紧跟着工程的进度，每天早上依旧很早起来去送奶，送完便照样上工地，时常是通红的眼睛。

接近尾声时，张主任携有关人员来检查，发现了几个问题。一是广告牌上景物的色调喧宾夺主，主题是打造山川秀美工程，造福古城人民，然而背景的花卉却影住了秀美的"秀"字，"秀"字很不明显。另一处是城墙转角处应加一些垂吊灯饰才能使墙角不那么生硬。当时郑总、方民都陪同着，郑总说领导们说得对，一定修改，一定修改。

可是下来却迟迟不动，方民问怎么办？郑总说，这得加钱，这要增加材料，还得动用其他辅助设备，让方民去跟张主任说。方民很为难，在他认为这都是没做完善的，应该自己修正。而郑总的口气坚定，方民只好硬着头皮去了。

张主任一听发了脾气，这是你们的过失嘛！广告背景应是蓝天碧水、远山近草，那才是山川秀美，也不影响字的清楚。至于城墙转角，那是合同上写的，其他不尽之处，工程方根据情况须达到满意为止。你们做到了吗？

方民觉得理本来就有些亏，便灰溜溜地走了。而郑总也不高兴，便说，那你看着办吧，这事交给你办。

方民感到无所适从。但是他决定更换广告，另外在城墙角加灯饰。

终于结束了。张主任也不食言，工程款如数打到了公司的账上。

在公司举行庆祝的宴会上，郑总奖励了方民一部手机，手机是西门子1108，大家都很羡慕，毕竟公司现在只有郑总和郝经理有手机，这年月手机还只是一部分人拥有。

方民只是兴奋了一阵子，便失落起来，当初郑总承诺的五个点给自己，到如今却只字不提，方民脸皮薄，不好意思去要，可又心不甘。

到了月底，工资倒领了不少，领了一千八百元，这个月大家工资都高，因为有加班费。

让方民更郁闷的是，预存的五十元手机费没有几天便打光了，要这样打下去，自己可受不了，可你不打，公司任何人打的话你都得接，接还得掏钱。郝经理、郑总的手机有公司交钱，可方民的是自己掏。能买得起马却配不起鞍，唉，方民摇头又叹息。

方民抽空又去汇了钱，他刻意给秀英婶多汇了一百元，给母亲还是老样子。

以后他都要如此，毕竟秀英婶一家人多，全靠地里，而庄稼没有什么利，靠打的粮食喂的猪有一些收入而已。

方民更没忘记在山西的那些死去的人和活着的人，他依旧寻找着那座小房子，可每次都很失望，他知道这个黑房子一日不除，就会有更多的兄弟姐妹被送入魔窟。

这天，郝经理一个人在屋里翻着资料，方民害羞地进到内间，说，郝经理，郑总过后再没有说关于我的啥吗？

没说，说啥呢？郝经理诧异地问。

方民没吱声，半天鼓足勇气又问，郝经理，那郑总不是说干完活给我有几个百分点提成吗？

郝经理说，提成？啥提成？不是给了你一部手机吗？

郑总说这个活是我揽的嘛，当初答应给我百分之五的提成，不是给手机，方民解释道。

方民，公司本来就在修改中多花了钱，郑总为此心中很不愉快，你就别提那档事了。郝经理显得诚恳地说。

那不是一码事，郝经理，修改是郑总在检查时答应人家的，本来就应该嘛，提成是当初郑总说的，你不说我也不要，既然说了，就应当给我。方民说。

方民，郑总还让我问你呢，送材料的胡经理就没给你什么好处？郝经理问。

当初胡经理要给我，我不要，都给咱便宜到材料里了，你不信去问胡经理。方民说。

那事胡经理会说？那事是说不清的，你就不要提了，郑总很看重你，今后挣钱的路多着呢。郝经理拍了拍方民的肩说。

方民很愤然，便站起来说，要是你们信不过我，我就不干了，以示我清白。

你不干了，正好说明你有事，你可不能这样做，要不行你得跟郑总说，不要感情用事。兄弟，你人聪明，这行里你会大有用武之地。郝经理站起端着水杯呷了一口说。

方民离开了办公室，他心里很烦，人怎么都会这样呢？

晚上方民独自一个喝着闷酒，直喝得酩酊大醉。晚上睡了一夜，第二天醒来时，却发现手机有五六个未接电话，一看都是公司的。

方民想，他要是不干了，真的再没有合适的去家，不就是一点钱吗，钱是王八蛋，没了再去赚。想到这儿，他赶忙起来，洗了把脸，骑上那辆破车，直奔公司。

（十七）

元旦的夜晚，古城被装饰得灯火通明，尤其是城墙，成了一道美丽的夜间风景。城墙上正举办灯展，各种颜色的灯和城墙的彩灯相映生辉，给这个城市增添了喜庆祥和的气氛。方民看到这些由衷地喜悦，这美丽的夜景有着自己的一份功劳呢！

近来公司的业务也逐渐多了起来，业务范围也大了。包括一些大一点的工程也找上了门，这和给城墙装饰这件活是分不开的。这个工程不仅给古城添了光彩，也成为公司的一张名片。

小王也专负责起了门头、婚庆以及小装潢这些工程，而方民也成为一名业务经理，专门负责协助郝经理进行较大工程的签约和合作。

由于太忙，他辞了夜间给奶站看门的事，剩下老刘头一个人看门，方民还住在奶站，只是经常回来得很晚。奶站也没让他搬走，虽然他辞了守夜，可其实还是给老刘头作着伴，壮着胆。

渐渐地近了年关，人们都忙碌了。一天，他走在小寨十字时，看见一个冻得瑟瑟发抖约莫十岁的孩子在街上乞讨，他一阵心酸，便给了二十元。旁边有个老者说，小伙子，不要相信这些，这些娃背后都有人控制着，要来钱自己落不了多少，都交给了那个幕后的老大。方民半信半疑，可他还是很同情这孩子，即使真的如此，方民也愿意给，他们站在冷风中发抖的样子看着着实可怜。

他心里突然想起了王华大姐，王华姐的孩子也像这么大，自己得去看看，想着为了让自己逃出而甘愿受辱的王华姐，心里便激愤。他一定要去看看她的孩子。

腊月二十四那天，公司没有多少事，方民请了假，便搭车想去蓝田。在水司车站坐了一辆开往蓝田的车，蓝田并不远，一个多小时就到了。王华的老家在曳湖镇马家村，方民又坐了一辆城乡小中巴。到了曳湖，一打听马家村不通车，他只好走着去车站，离马家村有四五里路，一路的沟沟坎坎，和方民到山西王雪妮舅舅家的路很相似。到了马家村，村子土房仍不少，有少数人也盖起了楼房。他打听马德龙家住的地方。王华的丈夫叫马德龙，儿子叫马小飞，方民在心里一直记着这些。

村里有个大婶在门口纳着鞋底，大婶指着前方说，向前再朝右第三家，院子有棵大梧桐树，没门，二间土房就是。

拐弯第三家有个小院子，满院树叶脏兮兮的，二间土房上面还长着已干枯的草，门闭着。方民敲了两下，问，有人吗？

里面传出声音，问谁呀。

这儿是不是马德龙家？方民问。就是，你进来吧。一个苍老的妇女声。

屋里光线很暗，方民适应了一会儿才看清，床上躺了一个老太婆，挣扎着想起来，方民赶紧上前，扶着她让她靠在墙上。

你是谁？老人问。

我……方民不想说关于自己以及王华，便说，婆婆，这是马小飞家吗？

是，就是。老人回答。

那小飞呢？方民问。

小飞上学去了。老人有气无力地说。

那他爸呢？方民又问。

他爸，唉，谁知道呢，恐怕又去赌博了，已经三天没回来了。老人叹着气说。

婆婆，你生病了吗？方民问。

也没啥大病，一直是这样，这几天寒病又犯了，胳膊腿都疼，唉，要不是孙子，我早该走了。老人说着抹起了眼泪。

方民想寒病可能就是风湿病吧。方民一摸炕，还是冰凉冰凉的，便问，婆婆，没有啥烧炕吗？

有，昨晚小飞给炕填了些火，还有点温度呢。婆婆说。

方民拿来水壶，找了个瓷碗，倒了些水，递给婆婆。婆婆连说，谢谢娃，娃来了，我给你没倒水，反让你倒。

方民又到院子抱了一捆苞谷秆，塞到婆婆炕洞里，点燃了，屋里弥漫着烟味，方民说，婆婆，你忍一会儿，炕热了就没烟了。

不烟，不烟，你娃烟着，快出去站着，我不要紧。婆婆说。

方民问，婆婆你吃东西了吗？

婆婆说，吃了，隔壁他婶给端了一碗面条，刚吃了，我也快好了，比夜个强多了。婆婆似乎有了些力气说。

方民心里有些酸，没有再说什么，将自己带来的鸡蛋糕、罐头水果等给婆婆放到炕边，便告辞了。

婆婆说，我也不知你叫啥，你是谁，要是我媳妇在家就好了，屋里拾掇得干干净净，也能招待你。

方民没吭声，出了门，抹了抹眼泪。

学校在村西南角，方民在校门口，问了一个正要的同学谁叫马小飞。那小孩没吭声，飞也似的跑了，方民正纳闷，那个小孩领着一个和他年龄相仿的小孩来了，对着方民说，这就是马小飞。

马小飞问，你是谁？

叔叔是你妈妈的一个朋友，来看看你。方民拉着小飞的手说。

那我妈妈呢？小孩问。

你妈妈叔叔现在也不知道，但是她会回来的，她一直惦记着你。方民说。

我想我妈妈，叔叔，你能不能让我妈回来。小飞说着便哭了。

方民赶紧说，不要哭，你哭，妈妈就不回来了。

小飞止了哭，方民看着这是个很乖巧的孩子，像她妈的样子。

他摸了摸小飞的头，说，小飞，好好上学，你妈将来回来了，你拿个好成绩给她看，她一定很高兴。

嗯，小飞低着头，摆弄着衣角，像个小女生。

勇敢点，要像个男子汉，叔叔走了，叔叔以后还会来看你。

方民边说边掏出五百元钱塞到小飞口袋，低声说，小飞，这里有五百元钱，回去要给你奶奶，让她保管，你想用就问奶奶要，千万不要交给你爸爸，你爸爸会赌输的，我来你也不要告诉你爸，成不？

小飞说，我知道了。

把钱一定装好，别丢了，再见。方民笑了笑说，听奶奶话，好好学习。

方民走远了，回过头，还见小飞在门口看着他，他又想流泪，忍了忍，硬是没让眼泪下来。

方民迷迷糊糊回到了城里，回来天也黑了，他便早早睡了觉，他今天太累了。

过年时，方民没有回家，不是不想回，而是不能回，他怕面对秀英婶一家，怕看见老闷叔直勾勾盯着他的眼睛，甚至怕娟子笑吟吟地站到他面前问，民哥，我小刚哥呢？

他白天在公司玩玩电脑，晚上便在门房和老刘谝一谝，看看晚会。听着屋外的爆竹声，他便想着小时候在家里过年的情景，一帮孩子还有小刚，每天迟迟不睡，早早起来，天天高高兴兴的。

如今大了，多了心事，也多了烦恼。

初八公司才正式上班，小玉、小菲都来了，小王、郝经理、郑总也都来了，方民并没告诉他们他没回家，只说自己来早了两天。

二月二龙抬头那天，方民偷偷又回了一次家里，趁着夜色回去，第二天早上又早早回来，母亲装了一大兜脐子豆和爆玉米花。临走方民留了自己的手机号，让万一有事去东头商店李婶家打给自己。

方民拿到公司里给大家分了。小玉、小菲就爱吃个零食，都说好吃，嚼得咯嘣咯嘣的。看着大家高兴的样子，方民却想起如贼一样的回家，不敢面对秀英婶一家，心便阵阵隐痛。

（十八）

天渐渐暖了起来，日子平凡而忙碌，转眼已是阳春三月了。方民站在护城河边，看着渐渐绿了的柳枝，看着挂满树的榆钱，还有杨槐花已结出了小朵朵。记得小时候，他和伙伴们用柳条编成凉帽，爬上树够槐花，再由母亲把槐花蒸成槐花疙瘩，可好吃了。

然而这个春天却出现了一种疯牛病并很快蔓延了起来。大批的牛被屠杀掩埋，人们开始是不吃牛肉，最后波及牛奶，牛奶大量囤积卖不出去，奶站一下子冷清了，只好临时关闭，而方民也因此失去了送奶这个活儿。奶站是租赁别人的，现在连房租也交不起了，方民只能是搬出去了。

他在南门围墙巷里找了一间小房子，说是小房间，其实是楼道下的杂物间，一个月六十元。房子很小，仅能放一张床，一张小桌子，方民还是感到高兴，毕竟别处稍好一点的都要一百多，而这点空间也够了，毕竟是自己的独立空间。

住在这儿虽然空间狭小，可方民很惬意，偶尔下班了没事还去南门外溜达一圈。这儿离南门很近，南门转角有个公园，里面有山有水，老人悠然自得，或三三两两闲聊，或活动着身子，或提着鸟笼，方民感受到一种放松，这可以让身上的浮躁气少些，多一些安静，多一些思考。

方民在这个春天感到了温暖，在这个小群体里，大家能谈得来，最重要的是没有人嫌弃他是个农村来的。这也许就是城市的魅力，广泛地包容接纳。

五月二十八是小玉的生日，小玉今年二十四岁。她一大早就下了口头请柬，晚上在王子酒吧举行生日派对。

方民买了一个大布猪娃娃，今年女生都喜欢猪，缘起香香唱的那首《猪》歌，也许是猪的无忧无虑，自在快乐感染着大家吧。

王子酒吧的包间里已挤满了人，见是方民，小菲、小玉、小王等招呼他。小菲说，今儿个方民真帅，怎么眼红人家小玉了？要不看上哪个美眉，姐给你介绍。

方民说，我看上你，看你身边这位大哥答应不？

成嘛，方民也会油嘴滑舌了，姐跟你走。小菲一边说一边拉了拉身旁帅哥的胳膊，你愿意不？

好嘛，我也正想换一个。帅哥戏谑说。

你敢，你敢！小菲使劲拧了一把帅哥。

不敢，不敢，你这么漂亮，我怎么看上别人呢？帅哥搂过小菲在她脸上哂了一口。

方民扭向一边。小玉说，咋这不要脸的，在小孩面前要注意影响，看把小孩弄得不好意思了。

说完拉着方民坐在自己身边说，都不准欺负他，谁欺负我跟谁急。

小菲说，等王伟来看见你和方民亲热的样子，有你好的。

我才不怕呢！王伟敢说啥，我立马甩了他，方民咱俩好，行不？小玉故意将头靠紧方民的肩膀。方民不好意思起来，说，小玉姐别拿我开心了！

哟，还说我呢！你这是引诱少年，方民你可要头脑清醒哟！小菲说。

正说间，一个小伙抱了一束花进来了，进来的小伙和方民所想的却不一样，矮而胖，穿着却入时，显得有些贵气，听说是在一外企上班的白领。

叫王伟的小伙走到小玉跟前说，小玉，祝你生日快乐！说完将鲜花递到小玉面前。

小玉大叫，这是什么花？你会不会送人花？

大家仔细一看才领悟到，王伟拿的是一束康乃馨，并不是玫瑰，的确有点那个！

王伟尴尬地说，花店没有玫瑰了，卖花人说，这也挺好！

可康乃馨也不错呀！方民倒没觉什么。可小玉心里却不一样，大发雷霆，你说，咱俩算啥关系？康乃馨，康你个头，送你妈去！说完将花束扬向空中，撒得王伟一身。

王伟一脸苦相，欲辩不能，方民有些同情这小伙便说，小玉，康乃馨也挺好，温馨、健康！不都符合今天你的生日气氛嘛，不要生气了。说完俯下身拾起地上的花，重新还给小玉。小玉放在桌上，又指着王伟的鼻子问，蛋糕呢？你不是早说订一个最大的蛋糕吗，蛋糕呢？

王伟说，我给忘了，下班后我去了，人家说特大蛋糕要等一个小时，我怕来晚了，就没等。

你早干吗了？早干吗了！小玉指着王伟说。

别生气，咱不是有一个吗，有了就行了。小菲说着拽了拽小玉。

我去买，我去买，我知道有一家，不远，十一点才打烊呢！方民说。说完就往外走。

小玉说，方民，不买！你回来！

方民跑了出来，里面的喧闹声顿时小了很多。

方民知道一家蛋糕店，老板人也随和，关门很晚。

这家店里生意火爆，小桌上三三两两坐的还真不少，一边吃着蛋糕，一边喝着冷饮。

等了约十分钟，就做好了，面上方民让特意写上，祝小玉生日快乐！王伟。

方民兴冲冲地回到王子酒吧，推开包间却看到的是另一番景象。王伟满身满脸蛋糕，小玉涕泪满脸说，你走，你走，我再不想见你！

王伟也异常激动，小玉，你太过分了，你想散就散，何必这么整人呢？

你得是心瞎了？

就是，怎么样？你管得着吗！小玉在气头上。众人不知所措。

看到满桌子狼藉，方民赶紧说，别吵了，大家收拾一下，重新吃蛋糕。

你说你又跟谁好？王伟问。

你管得着吗，我跟谁好，跟他好，怎么了！小玉一把拉过方民，方民不知所措，小玉紧靠着方民说，怎么了，就跟他好了，满意了吧！

好，好，我走——王伟满脸悲愤冲向外面。

小菲在后面叫，王伟，王伟——

别叫，让他走，我再也不想见他。说完小玉趴在桌上哭了起来。

众人赶紧劝，方民和同样不知所措的服务生打扫房间。

方民收拾完，重新点起了蜡烛，看着方民的举动，大家才重新坐好，小玉抹了抹眼说，来，没什么，举起杯，谢谢各位，大家干一杯！

说完小玉一饮而尽，接着又倒了一杯啤酒，举向方民，说，方民来咱俩干一杯。没等方民反应，小玉碰了一下他的杯子，又饮完一杯。

结果小菲也喝得有点话多了。小菲说，方民，今儿小玉对你的一番情谊你也看见了，今天人就交给你了，明天保证完好无缺。

方民说，你说哪里话，我可没招谁惹谁。

小菲的男友扶着小菲，小王还有小玉的其他朋友相继离去，反正都醉醺醺的。

小玉一个劲儿还要喝，方民问她住哪里，小玉含糊地说，住哪里？就住这里，上酒，方民，来，陪我再喝一杯。

方民怕纠缠不清，拿了一瓶说，我们出去喝，好不好！他架着她向外走去。街上霓虹闪烁，方民却不知该向哪里，看来问小玉已问不出什么了，离自己住处还有一段路。小玉还在大喊大叫，方民摸出小玉的手机想查一下她家的电话，手机却早已没了电关机了。

小玉是被方民架上出租拉到租的房间的，看着醉得人事不省的小玉，小玉大他三岁，人长得也漂亮，可方民没想过和这样生长在城里的女孩过一辈子。平常都有好感，也许在老家老娘硬要他娶一个大三岁的女人做妻，他也会答应。人说，女大三抱金砖，娶一个大的女人知道疼人。方民努力清醒了一下，这都想了些啥嘛，不禁不好意思起来。

他渴望有一个家，有一个属于自己真正的家，家里有个伊人般的女人，还有老娘，再生一双儿女，该多幸福！

一觉醒来，方民看了一下表，已是七点多了，天已大亮。他推了推小玉，小玉睁开眼，一惊，问，这是哪里？

这是我的租住房，昨晚你醉了，又不知道你住哪儿，只好在我这儿过了一夜！方民边找脸盆倒水边说。

小玉看着一脸倦容的方民，想起了昨晚的事，再看着自己占据单人床，有些脸红起来，便说，方民，谢谢你。

不，不用，昨晚你睡得太死，我也喝得有些多，趴在桌上就睡到了现在。方民自己洗过又打好水让小玉洗。

小玉洗罢，梳着头发。收拾好了，准备去上班。小玉让方民转过来闭上眼，方民不知干什么，听话地闭上，结果小玉在方民的脸上来了一吻，方民脸唰地就红了。

小玉拉着方民说，走，该上班了。

这一个吻方民一个礼拜心里都甜丝丝的，上班由于忙，方民也顾不得多想，下了班，小玉就大大咧咧地喊，方民，走，陪我去开元买个东西。

小菲和其他人都挤眉弄眼地笑笑。方民脸红了，小玉却拽着他的胳膊旁若无人的样子。

小玉是个娇纵惯了的城里女孩，父亲是一家制药厂的副手，母亲是药厂里质检科长，整天很忙，回来老训小玉，因此，小玉下班便疯玩直到很晚才回去。家对她来说纯粹是旅馆而已。她挣的钱自给自足，倒也很少要父母的，便更少了与父母接触的机会。

小玉倒也不是爱买化妆品的那种，化妆品太贵，有一套即可，她主要爱买些小玩意，一条丝巾或一个新式的拎包，或者是一串手链之类。

方民要掏钱，她不让，她说干吗让你掏，你又不是我男朋友。

方民便问，王伟呢，这几天没找你或打电话？

别提他，今后不准提他。小玉坚决地说。

看到方民默声的样子，小玉便笑着说，如今我的男朋友就是你，不辱没你吧！

小玉，我……方民也不知自己想说啥，只是觉得还没准备好。

时间过得很快，方民也觉得这些日子和小玉在一起很快乐，尽管他不知以后会是什么个样子，和小玉结婚？往哪里结？难道要去农村家里？想起就头大，走一天算一天吧。

方民觉得爱情来得太突然，虽然觉得像雾一般，可心情却很好，一如蓝蓝的天。西京原先上空的天总是灰蒙蒙的，小时候见的蓝天白云很难得再见。工业是越来越发达了，城市也越来越大，可环境污染日益严重。这几年国家号召关掉污染的化工厂、造纸厂。西京也加大了治理力度，着力打造山川秀美工程。当人们再次看到这久违了的蓝天白云时，才感到环境好是多么重要。

方民这几天干的是拆卸二环立交广告牌的活，由于和甲方关系搞得好，甲方干脆将换新牌的活也交给了天地公司。郑总很高兴，表扬了方民。郑总不轻易表扬谁，总是训斥得多。

方民的得意却让小王心里更加不满和愤慨。郑总在会上总是批评小王，你看你同样带一个队，怎么就不如方民呢？干活上还老留尾巴，你要再在活上出问题，我将你这一队和方民合一起，归方民管。

小王面上不敢顶嘴，可遇见方民时，头仰得老高。方民想搭讪，见如此光景，叹了一口气，反正又没利害冲突，自己没做什么对不住他的事，不理就不理呗。

一个人得意也许是一种危险的预兆。方民并没意识到，事业的危机正一步步向他袭来。

最近方民只管干活，小玉说郑总最近好像有事，公司也来得少了，来了也坐在桌前愣神儿。

方民仔细想了想，昨天中午去汇报工程情况，郑总不知所云，好半天才醒过神，说让方民看着办。

方民干的工程提前交工，对方高兴，爽快地又扔给了一张支票。方民兴冲冲地回来了，到公司见小王几个正忙着。问郑总在不，几个人一努嘴。方民想可能郑总心情不好，大家也不敢张扬，都规规矩矩做事，推开门，见郑总正摇着椅子闭目养神。方民叫了一声，郑总。

郑总睁开眼，方民递过支票。郑总露出了笑脸让方民坐，自己拿出一个纸杯放了一些茶叶，在饮水机接了一杯水递给方民，说，你辛苦了！月底还要多发些奖金。奖金不奖金的，方民并不十分在意，他在意他的辛苦得到了尊重与认可，这让方民很感动。

最近我有些私事，也没好好和你坐，你的辛苦我都看见了。郑总又坐回她的老板椅。

方民来了已一年多了,却从没好好看过郑总。郑总的年龄他已知道,三十五岁,有一种方民说不出的成熟美,皮肤不白却不显黑,总是一种风姿绰约的感觉,今天方民却看到了这个女人眼角一丝不易觉察的疲倦。

方民便轻轻地问,郑总,最近有什么事吗,我看你好像有心事?

没什么,谢谢你。一点小事,不碍事,郑总浅浅一笑说。

你呢?听老郝说和小玉在谈恋爱?郑总问。

没,没有的事。方民对这段爱情还把握不住,所以并不想承认。

小玉人倒不错,也漂亮,可我觉得你俩不合适,郑总看着方民说。

方民不解,看着这个女人。

小玉爱疯玩疯乐,却没思想,你应该找一个有思想的女孩儿!郑总燃起一根烟,她不常抽,只是偶尔见之。

方民不知该附和还是反对这种见解。

你是一个有思想的年轻人,你是终究要飞走的,这我知道!不过,找对象要找真爱你的,对一个有思想的人来说,经济和漂亮都不重要。不要找你爱的。女人吐了一口烟,便形成了一串烟圈,方民没想到不常抽烟的她却有这样的本事。这个女人的确深邃,看不透参不明白。

方民依旧每天干着活儿,下班和小玉一道去玩儿,日子倒也快乐而充实。

小菲却要结婚了,婚礼来的人很多,郑总、郝经理都来了。看到小菲穿着漂亮的婚纱和新郎进来时,方民被这一美丽快乐时刻感动,眼睛有些湿,他祝福这对新人,却不知自己的幸福在哪里。想到小刚,方民心又一沉,自己的使命还很多。他努力让自己不去想这些,最近不是也很快乐吗?何必想那么多。

快开席时,方民却意外地看到了王伟,他有些尴尬,自己占据了王伟原来的位置,像一个偷盗者,趁别人受伤的机会偷了东西。而且不是东西,是一个人。

身旁的小玉看到王伟的瞬间,也是愣了数秒钟。方民看到眼里,却伤在心里。方民想不到自己对感情这么敏感,数秒钟就让自己受了伤。他从这数秒钟读到了小玉心里对王伟的牵挂与思念。

小菲和新郎走了过来,大家都纷纷说些祝福的话。小菲和新郎连说谢谢。小菲对方民说,啥时吃你们的喜糖?方民支吾着,看到王伟伤心的眼神,心里是如此地酸涩。小玉拿起一颗糖剥掉纸说,先吃你的再吃别人的。将糖塞到了方民嘴里,方民机械地受了,这个气氛下他不愿驳小玉的脸面,更何况是在小菲的婚宴上。

你们吃好啊！小菲和新郎又走到其他桌招呼客人。

小玉在桌上不断地给方民又是夹菜又是喂菜，越是这样，方民越是心冷。

方民挡住了小玉送到嘴边的一块排骨，低低地说，你这是给王伟看吗？没必要的。

小玉脸变了变，说，好心当成驴肝肺，不吃拉倒。

小王阴不阴阳不阳地说，小玉，给我夹一口，我可是早都想着呢。

你想啥？想菜还是想人？有一个人说。

小王一副淫笑说，都想都想！

想你个头！小玉把盘子里没人吃的鸡屁股夹起直塞到小王嘴里。

小王说，真香！看到众人笑得前仰后合，有的捂着肚子，才发现盘子里的鸡屁股没了，赶紧吐，更惹得人大笑。

方民却笑不起来，王伟附和着笑，显得有些勉强。

宴席散了，方民很机械地和小菲道了别，独自一个人出来，顺着街边走着。方民的手机响了，他知道是小玉的，他不想接，过了一会儿又响了，方民又按掉了。当再响起时，方民接了电话，他没有吭声，小玉说她去了一趟卫生间，出来就不见人了。咋不接电话，现在哪儿？方民没说一句话，挂掉了，并关了机。他一边走一边想和小玉这一段的幸福时光。他想哭，爱对他来说只是一阵风，幸福太快也太短暂。他想着和小玉在开元商城买东西，和她吃肯德基，和她逛环城公园的情景，便有一阵阵幸福感觉向他袭来。可想到小玉只是为排解和王伟分手的寂寞才和自己一直疯玩疯乐，心就一阵阵地痛。他不知道他爱谁，谁又爱他。爱仿佛唾手可得，又似乎遥不可及。他想起郑总的话，也许那些话是郑总的人生经验，是对的。

方民，方民。有人叫方民。方民一看，一辆车和自己并排行着，一个女人开着车喊自己，仔细一看，原来是郑总，自己迷迷糊糊的，竟一时没认出郑总的车。

上到车上，郑总问，怎么你一个人，小玉呢？方民不置可否地摇了摇头。

怎么了，吵架了？郑总又问。

没有。方民不知如何去说，也许您说得对，我和小玉真不适合。

车缓缓地开着，郑总说，能说说吗？发生什么事了？

没有丁点事，也许是我的直觉而已。从今天她看见前男友的眸子里，虽然是短短几秒钟,我感觉到了。方民幽幽地说。

你是一个有思想的小伙子,而小玉只是一个漂亮爱玩女孩儿,你们不会有结果的。

方民点点头。

走,到那家酒吧坐坐,反正我一个人,最近心情也不好。郑总说着,方民放眼望去,这儿有好几家酒吧。

有服务生过来指引泊了车,俩人跟着进了这家叫万紫千红的酒吧。

俩人坐在了靠窗的小桌旁,灯光摇曳,音乐轻柔。

坐定,服务生问,小姐、先生需要点什么?

张裕干红!郑总直接说。方民想说自己不会喝酒,可他张了张嘴,又想也许酒真能解此时郁郁的心情,因而并未吭声。

酒上来了,并且附送了一个果盘,是圣女果。

看着服务生熟练地开瓶,添酒。红色的汁液流入透明的玻璃杯,红得像女人的嘴唇。

郑总端起来,说,来,碰一下。

方民端起杯,碰了一下,抿了一口,一股甜甜的、略带些酸涩的味道直入口里,正如他此时的心情和氛围。

您,最近好像也有心事?方民仔细端详起面前这个女人,这是怎样的一个女人,对他来说像一个谜。女人平常坚毅的目光此时有些慵懒,也许如此,才更多了一分女人味。

女人没有回答,拿出一盒烟,抽出一根,递给方民,方民摇摇头。她便自己点上吸了一口,又端起杯,将杯里的酒一口咽下,方民赶紧去倒,她摆了摆手,自己倒上了。

方民有些怕,他怕一个人的深邃,尤其是女人。

女人轻轻讲起一段故事。

她和丈夫是大学同学,后来一同留了校,结合却是女校长牵的线,成了一对令人羡慕的神仙伴侣。日子忙碌而幸福,后来有了小孩,是个男孩,胖乎乎的,可逗人了。长到两岁时,便送到了乡下外婆那里,一到寒暑假才接回来。丈夫是研究力学的,在一些权威杂志上发表了好几篇论文,引起了国外一些机构的重视,便力邀她丈夫去国外搞研究。她丈夫早就想去国外深造,可学校不放,看到丈夫沮丧的神情,她便去求撮合她们成为夫妻的老校长,老校长本就对他们有些偏爱,便应允了请求。

那天回来,丈夫抱着她又搂又亲,说等他的好消息,到时将她娘俩也接过去。

丈夫要走了,她才慌起来,过惯了双宿双飞的日子,即将一个人过,自己有些后悔,后悔去求老校长。

机场送别时,她哭得像泪人,丈夫安慰说,郑丽欣,我的亲爱的欣,等着我,我会回来的。方民一直不知也没问过,此时才知女人叫郑丽欣。

飞机上了天,她还呆呆地在那儿站着。

去的前半年,丈夫在那边的风光让她喜悦而激动。丈夫和她几乎三五天一个电话,可下半年时,丈夫却多了抱怨,还有几分无奈,甚至有些悔心。国外的饭不好吃,你得拿出实际成果,可出成果并非容易,便有些受冷落。她在这边不断地鼓励,实在不行就回来,可丈夫不愿回来,他一定要坚持。丈夫是在自己不断地加油中坚持的。第三年丈夫又有了些成绩,电话里便得意,口气也大了起来,电话却少了,电话少倒也罢,可直觉告诉她,丈夫在那边有了别的女人,可她无法证实。打电话,丈夫偶尔回之,问急了,便说,你要是寂寞,也可以找一个人陪,我不会怪你的。

郑丽欣这才真正明白,丈夫在外面真的有了女人。她牙咬得咯噔咯噔,自己这是亲自断送了自己的婚姻,恨不得飞往那边,立即给男人一个耳光。

男人也自知理亏,钱倒汇得多了起来,郑丽欣便时常去泡酒吧。这家酒吧就有着她的许多喜怒哀乐。

讲到这里,郑丽欣淡然一笑说,是不是很可笑?方民听得入神,他不知郑丽欣居然有这样的经历,便问那后来呢?

郑丽欣又呷了一口酒,方民也喝了一口。

前几天,她丈夫回来了,给了她一笔钱,离了。她甚至连闹都未闹一下,她知道,一旦一个人死了心,九头牛都拉不回来。她恨,她恨这个薄情寡义的男人,她恨所有男人。说到这里,郑丽欣笑了笑,不要见怪,不指你。方民知道,他还算不上坏男人,至少此时在郑丽欣心里。方民端起杯,很绅士地碰了一下郑丽欣的杯子,说,我知道。怪不得郑总这几天心情不大好,原来出了这些事。

唉,人生就是这样,得过且过吧。郑丽欣又给自己和方民添上酒。

方民说,郑总,那……没等方民说,郑丽欣纠正说,今晚不是郑总,叫姐。

方民脸红了红，说，郑姐，那郝总呢，我觉得……

你是说郝云龙吧，郑丽欣撇了撇嘴说，我就是在这酒吧认识他的，他主动接近我，你知道，我有点钱，不知去干啥，这个人建议我搞广告公司，我问他咋不自己搞？他说没钱，结果就合作了，就这么回事。

看着方民，郑丽欣说，我知道你不信，说白了，我们只是性伙伴而已。

方民一惊，望了望四周，没人注意他俩，方民看着镇静的女人，自己倒一番慌乱。他怎么也没想到这么一位风韵犹存的女老板竟然也是一位受伤的女人。他感动于这种真实，同时又觉得这女人更是深邃难以见底。

方民感慨人生，浮想联翩，一口接一口地喝。红酒的劲来得慢些，方民眼睛蒙眬起来，他已看不清坐在对面郑丽欣的面目，只看见红红的唇，和酒杯里红红的酒。

方民只觉得迷迷糊糊地他成了新郎，坐在车上，随着音乐去娶新媳妇，媳妇好像是小玉，又变成了白佳愉，不知怎么又成了廖如，人们散去，他躺在床上，今天他要和自己的爱人双宿双栖。他觉得有人在解他的上衣，还有裤子，他只看见一张鲜红的红唇，他觉得好像不是小玉，小玉的唇是紫色的，白佳愉很白的，不是她，这是廖如，廖如几时添了如此红的唇？方民感觉有手在抚摩自己的胸膛，有脸贴过来，是一具赤裸的身体，方民搂着光滑的身体，他感到无比幸福，他随着这滑滑的身体起伏，他感觉自己轻飘飘，只是一个劲儿地拔高，他像鸟儿一样，在空中飞着。

当方民感到一阵阵口渴时，却摸不到他熟悉地方的开关，睁开蒙眬的醉眼，头隐隐地疼，却发现自己处在一个完全陌生的环境里，屋里亮着一盏台灯，褐黄的绒布窗帘拉得严严实实，室内却显得温馨异常。再看自己却是赤条条躺在这偌大的双人床上，而旁边的被子里仿佛还有一人蜷缩在被窝里。方民轻轻掀开被子，映入眼帘的是一具同样赤裸的女人，女人也是睡眼惺忪，坐了起来，方民才看清是郑丽欣，方民的头发都竖了起来，他赶紧找衣服。衣服就在沙发上，他慌乱地穿着上衣，裤子，他不知自己做了什么，也不知她做了什么，他的脑子只是一片空白。

你干什么，这会儿都几点了？郑丽欣找表，看了看说，这会儿都快四点了，你去哪里？

方民也不知穿好没有，扣错没有，他甚至不敢看郑丽欣，就拉开门逃了出来。街上冷冷清清，尽管此时已是春天，可北方的春天来得早去得迟，接近五月的夜却依然让人感到冷。

方民努力在想着昨晚的事，可只想到他和郑丽欣在酒吧喝酒，以后的事怎么也想不起来。他只觉得，这下完了，这郑丽欣会恨自己吧，他实在记不起他做了什么，但是他清楚他肯定做了。方民感到没有丝毫愉悦，自己像猪八戒吃人参果，吃了，的确吃了，却不知是什么味道。

方民第二天没上班，他在自己的小房间闷在被子里睡了又醒，醒了又睡，手机响了无数遍，方民始终没有去接。

小玉一天没来找他倒让方民心开始很痛，小玉知道他的住处，可是这个也算是他爱的女人却一天没有出现，更印证了小玉其实真正的心没有离开王伟，他只不过把自己当作一时的排解对象。方民感到了阵阵可恶，小玉强奸了他的爱情，郑丽欣强奸了他的身体，可都是自己心甘情愿或者不知不觉，不知不觉似乎也是一种默许，他的爱情和身体就这样被两个女人玷污了，而他却不能申诉，也不想申诉。

到了晚上，方民才有饥饿的感觉，他下了床，有些眩晕，洗了把脸，走出了小房子。

在街上吃了一碗岐山面后，他朝着城墙方向溜达，街道两边地射绿光将树映照得绿森森很是刺眼，而不远处的城墙霓虹闪烁，车流如梭，方民在南门广场转到十点才回到住处。

方民早上被手机的闹铃叫醒，他决定去上班。当他来到公司时，小菲第一个问他，方民，你去哪儿了？病了吗？方民知道，小菲是作为一个工作很长时间的同事关心他。而小玉也跑到跟前，说，你去了哪儿？知道的说你干啥去了，不知道的还以为我把你咋了！方民眉头皱了皱，他没有吭声。这时郝云龙出来看见方民说，方民你来了，今天你和小王一块去把谢老板的活儿干了，要快，注意安全，去吧！小王骑上他的摩托车准备出发，看见方民骑他的破车子，便说，你骑你那破车，啥时候到呀！你还是坐我的车吧。方民没吱声，想了想也是。便和另一个工友一同坐在小王的摩托车上，车子发动了半天才起火。路上，小王开得飞快，他想趁早穿小街走背巷，一则他带了两个人，二则他驾照早该审验了，却一直没审，怕逮着，现在警察还没上班。要是一个人骑，大摇大摆，警察看见也不会拦，谁知他有没有证呢。

平时都是方民领导小王，可今天方民懒散的样子，小王便指前道后，趁机发挥一番，方民倒也乐意，俨然一个工人，愿意被指使，小王也不亦乐乎。

今天是给谢老板的丽都酒店换招牌，将原来的换成新式的霓虹灯，过几天丽都准备举行三周年庆典，丽都平常也有不少活都是他们做的，这次门头以及侧墙的霓虹灯都给了他们，还有庆典的舞台、花篮、彩门、气球等。

这几天就一直干这活，公司的工人以及临时雇来的几个人统一在方民领导下，不，如今是在小王领导下如火如荼地干着。

今天是最后一天了，早早地各处都已停当，只剩下最后调试。这时郝总、郑总都过来了，郝总说一定检查仔细了，谢老板可是千叮咛万嘱咐了。郑丽欣手上拿了两瓶矿泉水，看见方民，递过来一瓶，方民犹豫了一下，还是接了。郑丽欣说，这两天辛苦你了。俨然忘了前面的事。方民觉得其实这女人如今和他自己算是最亲近的人了，想啊，身体都亲密了，可他又看不透墨镜后女人的眼睛，他还是远离的好。方民抬眼时，却发现小王在不远处踢了一脚地上的工具。小王以为自己在抢功，他哪知道他和郑总之间的事。

这时开始试灯了，方民要上到灯的背后，如果哪个管子有问题，他随时可以检查。郝总说，小王你上去，检查去，听我这命令。小王一脸的不高兴，还是上去了，调试了半天，终于好了。

郑总走时要拉方民一道走，方民看了看自己满身的脏污，说，你走吧，我和他几个一块走，郑丽欣上车时说，晚上我给你打电话。

可小王收拾完东西，独自骑着摩托车先走了，撇下了方民和另一个工友，方民的车子还在公司，他只好坐公交车回来了。

吃了碗面，方民便去洗澡，几天下来，累得要命，脏得一塌糊涂，洗完澡，天已麻麻黑，这时手机响了，方民看是郑丽欣的，他没接，他不想接，接也不知说啥，总之他要远离这女人。

手机响第二遍时，他接了，他毕竟只是个员工，不接也不好。郑丽欣问为啥不接她电话，是不是还是因为那件事，那件事已过去了，那天她也醉了。今天是请你喝酒，是庆祝谢老板的活竣工，同时也是感谢你。方民说，刚才他洗澡，所以没听见。等会儿小玉要来和她有事。郑丽欣说，那你忙吧！就挂了电话。方民没想到自己会面不改色地撒谎，他为自己的谎有些小得意。

丽都庆典开始了，客人陆续到了会场。谢老板要求在他宣布庆典活动开始的瞬间，鸽子放出来，霓虹灯亮起来，礼炮鸣起来。

郑总作为特邀嘉宾出席庆典。郝总在亲自指挥，方民协调各部门，小王和其他人各就各位。

当谢老板宣布庆典开始时，礼炮响了，鸽子飞上了天，方民按启了霓虹灯的开关，可灯却没亮，这时谢老板还给一位贵宾指着招牌说着什么。方民又试，还是不亮，郝总也跑过来，问咋回事。咋回事，方民心里急，他咋知道咋回事。试了几下不亮，方民和许多人看见谢老板翻了翻白眼，指示主持人继续下面节目。

方民攀梯子的时候，却也发现小王一副二五不挂看热闹的样子，他知道，小王嘴里肯定说，你不是领导吗，这下可有你的了。

方民爬到上面时，一搭眼就发现线头连接处松松拉拉，缠的防雨胶带有剥开的痕迹，他瞬间明白了，肯定是小王，小王最后检查的，他一定是要自己难堪，加之昨晚后半夜下了点雨，接头钻进了水，才致如此。方民心里愤然，你可以报复我，但你没想到后果吗？你没想到公司的利益吗？

方民重新拧紧缠好胶布，下来了。郝总问咋回事，方民看见小王站在跟前，便说，可能是昨晚下雨了，线头进了水。

这时庆典也到了尾声，客人们陆续走进了大厅。灯此时却亮了，郝总去汇报给郑总，郑总不好意思去给谢老板说，让郝总去。郝总跑到谢总跟前说，谢总，灯亮了，亮了。谢总哼了一声，理也没理和客人进了酒店。

郑总面子挂不住，开车先走了。郝总随后也走了，只留下方民和其他人在收拾。

此后的一个礼拜，方民都见公司鸦雀无声，见到郝总也是阴着个脸，匆匆地来去，这几天郑丽欣连个影子也没见。有一天远远瞥见她，她也瞥见了方民，钻进车一溜烟走了。

方民觉得这样也不行，在中午他看见郝总在，便问，郝总，咱们还有啥活，闲着也不是个事吧。郝云龙大声说，干，干啥呢，都干成丽都的样子，还咋干呢？方民，你要负全部责任，知道不？

方民知道说不清了，这一切责任都怪到他头上了。接下来几天，方民都快憋疯了，他甚至想找郝云龙、郑丽欣去理论。这样不把人整死才怪呢！中午吃饭的时候，公司只剩下了小菲，方民便和小菲一起到对面的面馆去吃饭，方民对小菲说，如今也只有小菲在公司还算个朋友，说他不想干了。

小菲诧异说，不干了，为啥？就为丽都的事吗？丽都的事怎么能怪你，要怪你也只是一部分责任，郝总、郑总都有，小王也有，还有那些工人，谁没有！再说，你是公司顶梁柱，你不干了，就凭小王那几个，哼！

方民便说了丽都霓虹灯的事,小菲说,那给郑总去说呀,不能冤枉了你,便宜了小王,你不说我说。

不说了,你不要说。这个时间,事情已发生了,谁会信呢?再说那天最后我再检查一遍不是没事了吗?我也有责任,方民说。

一碗面拨来拨去,俩人都吃得没味道,这家吃的人多,做得也就差了,太硬,调味也不好。

出来的路上,小菲同情地问,那你和小玉的事怎么样?方民摇摇头不置可否。

小菲说,其实我那天也问小玉,也许我不应该说,但是我还是要对你说,你也好早打算。她说似乎你们俩人不合适,她还是对王伟没死心。我还说,那你这不是要笑人家方民吗?小玉说,她也不想这样,可感情的事谁又能说得清呢?

方民说,我知道,我也早在心中对这段感情死心了,王伟是个好小伙。

这对你有些不公平。小菲说。

方民叹了一口气说,也许这都是老天的安排吧!

方民提出不干了时,郝云龙并没阻拦,也闭口不提工资奖金,只说,那看你,天要下雨,娘要嫁人,也挡不住。

方民从小菲那里知道,郝云龙去要了几次账,谢老板都是以种种理由搪塞,至今钱没拿到手。

方民想,算了,反正自己也有过错,谁叫自己也算个工头呢?不给就不给了,他不想再吵闹,他觉得没意思。

(十九)

如今很轻松,街上的景色不错,曾经忙忙碌碌没时间看,闲了几天可以好好欣赏一番了。

闲了几天,方民反而觉得轻松了许多。其实,许多事达不到预想结果,都是缘分不够,与其怨天尤人,不如反省自己。放下了,也就想开了。再说自己在公司也得到了锻炼,这岂是金钱所能换来的?原先预想着有了这笔钱自己干自己的事业,也可以好好给秀英婶一笔,那是他心里最大的痛啊。可是现在不能了,不能就不想了,重新再来。

话虽如此，一连闲了半个月，小雁塔、大雁塔、大明宫遗址、兴善寺他统统转了一遍，可转完了，他才的确有些慌乱，房费又该交了，自己每天在花费，那点积蓄又怎么经得起花呢？

他开始四下找工作，对广告这行是熟手了，他便在这一行寻找。可是几家开始都很热情，看了他的个人简介，却推托开来，说人手已满或者说他学历太低。这一行要什么学历，他不懂这些人到底是怎么了。跑了几天一无所获，他只好去当初拉他的几家公司。记得有一天他正在吉祥村干活，突然一个人走到他跟前问，你就是方民吧？他说是。那人说，我是翔龙公司的，姓魏。翔龙，是这一行当里的又一家翘楚，方民当然知道了，问，你是魏钟会魏老板吧。你怎么知道？这个人感到诧异。翔龙魏钟会谁不知道？方民握了握魏总伸过来的手。又问，你找我有什么事吗？当然有，魏总笑着说，天地一个月给你多钱？

这个……方民不知他什么意思，有些迟疑。我和你们郑总是朋友，郑总在我面前夸过你好几次，你在这个行当里也算是小有名气了，今天一见果然是个精神小伙子。魏总掏出红塔山递给方民，方民摆摆手，说不会。魏总点着了深深吸了一口，盯着他。方民知道他等他回答。便说，在您面前，哪敢名气啊，我呢，一个月 1500 元，呵呵。1500 元，没想到郑总看着很大方的一个人，给你这么点工资，你可是他的顶梁柱啊，真抠门。魏总半笑半认真地说。然后看了看方民，大声说，小方，怎么样，给你 2000 元，外加报手机费，跟我干，考虑一下。方民没想到这样，2000 元，一年多 6000 元，确实很不赖，还报手机费。然而他又一想，郑总很信任他，他在这里能发挥自己所长，何况在公司他的工资算最高了，自己若是为了工资，有点太那个了。想了想，他说，魏总，谢谢你的抬举，可是我觉得这样不好，对不起郑总，郑总待我不薄。所以不能答应您，很抱歉啊。

魏总见他态度坚决，说，好吧，你再考虑一下，我也不能强拉你，如果考虑哪一天想过来了，随时欢迎你。说完，拍拍方民的肩头，说，我走了，好好干。

方民此时想到了魏总，便找到在小寨跟前的翔龙公司。翔龙的门面比天地看起来要有气势，他推开门，一位女士迎了上来，问，请问先生你需要做点什么？

我找魏总，他在吗？方民问。

在二楼，靠右边第二个，女士说。方民说了句谢谢就上了楼，右边第二个门写着总经理室，他敲了敲门。

请进，里面传来声音。方民推开门，魏钟会正在电脑前，看是方民，他说，这不是方民吗，来，快来，请坐。说完又给他拿了一个纸杯，放了点茶叶，倒了一杯水，递给他。

方民道了谢，接过来有点烫，他放到茶几上。看着屋内窗明几净，这正是他想要的办公室的样子，什么时候他要是能像这样该多好。这只是个念头，看着墙上有著名书法家石宪章先生的字，他更觉得有文化气息。

魏总坐到他自己座位上，问，怎么样？最近好吧。他不知怎么说，想了想说，我辞职了。

怎么了，郑总不是待你不错吗？魏总看着他，显得有些诡秘。

这个怎么说呢，方民真不知如何去说，我就是现在不在那儿干了，看您这边要不要人，我想给你干，行不行？

魏总笑着，眼睛似乎亮了一些，方民似乎看到希望，接着眼睛又暗了下去，他说，小方，你来我当然很高兴，求之不得，可是呢，我……怎么说呢。

方民在魏总眼神黯淡的瞬间觉得似乎就没戏了，他说，没什么，您直说。

我这里呢，暂时不需要人，或者你过一段时间再过来，现在我还不能要你，原因吗，你就别问，总之现在我不能要你。魏总显得很不自然。

方民不明白魏总是什么意思，广告公司也并不是什么说满员就不能进的特殊行业，再说自己对业务熟悉，魏总吞吞吐吐，似乎不是人员够用的问题。但是看着魏总为难，他站了起来，说，我明白了，谢谢，那我就先走了。说完就站起了身。魏总连忙说，小方，喝口茶嘛，还没喝口水，着什么急。

不了，谢谢。方民点了点头，起了身，拉开门，走了出来。魏总送到门口，看着方民说，小方，回去和郑总再好好谈谈。

方民摇摇手，下了楼，他有些沮丧，自己也算一把好手，竟然被拒绝了。走出大门，身后传来刚才那位女士先生慢走的声音，他也没吭声，他从没想过自己竟然会这么没礼貌。

走到吉祥村，这儿还有一家红叶公司，也是家很不错的公司，吴总他也见过面，也曾经跟他说过让他过去他那里，工资面谈。可他没去，如今也只好去试试。

他走到门口，正好看见一个人走出来，正是吴总，他迎了上去，说，吴总，还认识我吗？吴总看了看他，好面熟，他说。我是天地公司的小方，方民。哦，我想起了，是你啊，你好。吴总握了握方民的手。方民说，您这是要出去吗，那我打扰您两分钟，行不？

好的，你说。吴总看着他笑了笑说。

我在天地辞职了，想在您这里混口饭吃，可以吗？

哦，你来呢，我是很高兴，可是我不能收留你，呵呵，爱莫能助啊。吴总也是有些诡秘。方民忽然明白了，刚才在魏总那里他真的没懂，这会儿似乎明白了，他问，是不是郑总给你们打了招呼，不准要我，是真的吗？

你不要问了，不全是这样，对不起啊，小方，爱莫能助，吴总拍拍方民的肩膀，说我还有事，不好意思啊。方民摆摆手，他都没听清吴总还说了什么，只是心里想，郑总给他的同行们都打了招呼，怪不得魏总诡秘的样子，郑丽欣怎么是这样，他都离开天地了。

此时，方民很气愤，他想去找郑丽欣，问她这是干什么，他甚至想骂她，可是，他又不想见她，只是愤恨。

他一个人坐在烤肉摊上，要了一瓶酒，机械而茫然地吃着喝着，他突然泪奔了，想起出来这一段时间所经历的一切，他号啕起来，没有父亲的孩子的确像根草，此时父亲若在，又怎么会让他受这么些苦难。想着可怜的母亲，可怜的自己，还有小刚，他不知怎样去面对，谁能告诉他？

摊主看他这个样子来劝他，他似乎清醒了些，付了钱，五十多元，搁在平日，他怎么舍得，可是今日里，钱是他妈什么玩意儿。他说，不用找了，说完就往外走。摊主把找来的钱塞进他的口袋，他站在街上大唱：我曾经问个不休，你何时跟我走，可你总是笑我，一无所有……他一连唱了许多遍，街上许多人投来异样的目光，他无所顾忌，我行我素。

（二十）

不能依赖别人，方民很清楚这一点。不知哪位哲人说过，这世界为你关上一扇门的同时也就为你打开一扇窗。可这扇窗在哪儿，他不清楚，他只知道，该交房费了，房东催了他三次。他要抓紧找工作，西京城这么大，岂容不下一个小方民。

方民从《西京晚报》上找了几家招聘的，几乎每家都要大专以上文凭，方民很沮丧，尽管文凭不能代表一切，可此时文凭就是他致命的伤。谁叫这是一个重文凭的时代呢？他只好退而求其次，找那些只要高中毕业证的。可这些都是些钳工、电工带技术之类的，这类他又不懂，他几乎找遍了报纸的角角落落，只要哪家店门前写着招聘，他就很留心。可这类不是端盘子洗碗的就是保安或者保洁的。他找了多半天，很累，主要是沮丧，他想歇一会儿。环城公园人很多，出出进进，他走了进去，阳光暖暖地照着，椅子都被占着，看见一对年轻的情侣相拥着站起身，他迅速坐了上去，很舒服。要是他也和自己心爱的人一起浪漫地漫步在这里该多好，可是他的情人在哪里，他不知。小玉，或者白佳愉、廖如，抑或郑丽欣都很遥远，似乎也很陌生。他的爱人也许还在他的丈母娘那里保管着，现在哪还有心思想爱人，当前最主要是找个工作干着，他已经放低了目标，只要能挣到钱，啥工作都行。

他翻着报纸，报纸都是些事不关己的新闻，就时事和体育还能有些许看点，其余都很乏味。椅子上有一张刚才那对情侣遗留下的破报纸，他没别的可看，就乱翻看着。这是一张大半张都是广告的报纸，他的眼睛亮了起来，可是找来找去，依然没有自己符合的，他都有去制作假文凭的念头了。满电杆上贴的都是制作各种证件文凭的电话号码，他一度产生过自己也制一个的念头，可是到了需要时，却迟疑了，他又不是去机关单位，可以凭文凭升职加薪什么的，有了文凭难道能力会相等吗，到时间人家发现了咋办，给私人干讲的是能力，所以刚刚升起的念头又打消了。他继续找，突然眼睛一闪，有一家制药企业招聘业务员，高中以上学历即可，但是有经验者优先。他没有，可是有没有凭什么考证？他不管了，就这家，他要试试，说点假话，只要应聘上，他会加倍努力。

他找了一家报刊亭，按报纸上的电话打给这家公司，人家问了他一些情况，让他拿了高中毕业证和身份证去面试。他很兴奋，站起身就跑，报刊亭老板大喊，小伙子，还没给钱呢！

他转回身，说对不起。才打了几分钟，要两元钱，搁平日，他会和老板理论，今天他没有，而且还礼貌地说实在对不起，付了钱，飞也似的往回跑。回来翻出他的证件，拿到外面又复印了一份，又折回放了毕业证。他记得这家医药公司在东郊纺织城，南门外有公交车，过来几辆都满满的，他不能再等了，过去估计要一个多小时，他不敢耽搁，只好在这一辆过来时往上挤。挤车的时候他发现有两个人拥在门口故意制造拥挤，他下意识反应是两个小偷，他觉得他的衣服被人死死拽着，他也狠力裹紧，挤了上去，而且顺着人群尽量向后，远离他们。

一个女孩似乎也发觉了，用力朝方民挤，那两个人也挤过来，女孩很害怕，和方民挨得很近，脸几乎贴在他的胸前，他从她的头发闻到一股淡淡的洗发水味道。女孩是素颜娇美的那种，这种女孩他很有好感。女孩将她的包用手夹在他俩中间。方民一手扶着栏杆一手捂住口袋，他的口袋还装着手机，虽然欠费已停，可是他没有放在家里，这年月手机依然是一种身份的象征，许多人把手机套在皮带上，他不习惯，于是裤子口袋就是手机的家。他此时只要松开扶着栏杆的手，就可以揽着这个女孩，而且这个女孩此时绝对不反对，他猜想。不知情的人看见他俩的样子绝对会以为是一对情侣，方民任由女孩紧紧贴着他。小偷无机可乘，只好在下一站溜了下去。刚一下去，就有人说，看你们丢了什么没有，刚才有两个小偷。这些人都是些事后君子，其实连君子都不是，当时如果只是说一句话也许小偷早就被逮住了。如果人人都能挺身而出，天下怎么会有那么多贼，可是人人只求自保，情愿做个缩头乌龟。其实自己也是这样，能提醒的人已很难能可贵了。有人传来声音说他被偷了，好在钱不多。算了，自认倒霉吧。谁有工夫为几十元钱去公安局报案，再说小偷跑了也抓不住了。有人衣服被割了一个口子，却没装什么，只是一些票票，可是好端端的衣服破了。

女孩有些羞涩，冲方民点点头，方民也微笑了一下。过了一站，女孩要下车了，回过头看了看方民，方民知道这个意思，是要道别了，他也笑了笑。女孩下车了，方民的目光也跟她下了车，女孩冲他摆摆手，他又点了点头。车子继续前行。这也许就是邂逅吧，可是邂逅随着车子的前行结束了。如果他搭讪了，这会不会造就一段感情，也许会。也许命运从此就是另外一个结果吧。可是他没有，他没有这个资本，他只是这个城市的过客，怎么能有资格呢。正是这些，使他少了勇气，也许是老天还未让他有自己命中的女孩到来，还在考验他，他虽然有些遗憾，但是没有后悔。

费了好大力气找到这家药厂，这里其实不是药厂，是他们在这里的办事处，据说厂子还在东边很远的地方。方民进去时，一间办公室外坐着几个人，有一位女孩收了他递过的复印件让他等会儿，里面正在面试。

面试者有男有女，年龄有大有小，几乎都拥有着那种渴望与茫然并存的眼神，他知道他们和他一样，都是这个城市的底层，怀揣着一些梦想却不得不面对现实的一些人。

方民，传来那个女孩叫他的声音。他敲了门，走了进去。里面坐着一男一女，男的西装革履，约莫四十岁，女的很年轻很富态，约莫三十岁。

多大了？女的问。

二十一。方民说。他们是知道的，还问。

什么学历？男的问。

高中。他回答。

都做过哪些工作？女的问。

干过广告公司业务经理，还干过几个月药店促销。方民觉得他脸有些烧。

销什么药？在哪里药店？女的继续问。

就是保健品一类的，在南郊金光大药房。方民看见过南门外金光大药房有促销，好像就是卖保健品的，他只好继续撒谎。

业绩怎么样？收入能达到多少？男的问。

业绩不好不坏，收入能到1800元左右。方民说的是他的广告公司的工资。

如果我们底薪1000元，差费另外按规定报销，然后按业绩提成，你能接受吗？男的问。

方民其实一直对销售提成情有独钟，按业绩提成就是多劳多得或者就是成绩越好收入越好。

我愿意。方民爽快地说。那两个人点了点头。

你愿意到外地工作吗？半年或者几个月回家一次的那种。女的微笑着说。

我……我……方民不知如何回答，他不知道要去外地，他很难回答。他一下子想到要离开母亲会是什么样子，还有小刚的事还没有着落，还有似乎很多的事。

你是不愿意？女的问。

不是，我还没想好，请让我考虑一下可以吗？方民真的没考虑好。

好吧，你先回去，在外面填一张表，等我们消息吧，你自己也再考虑考虑吧。

方民说好吧。冲两个人点点头，两个人也冲他点点头。

出来时，外面的女孩递给他一张表，他填了他的相关资料，后面还有一个问题，谈谈你对医药市场的看法？方民不知道怎么填，只是按自己的理解对市场的认识和对医药的有限理解谈了些观点。

方民在回来的车上很矛盾,说实在的,这家公司他很愿意去,还算满意。可是他觉得他有使命,尤其是小刚的事。他走了,就是撇下秀英婶一家不管了,这不成。他知道这次应聘又完了。

第二天一早,房东大喊他的名字,让他接电话。房东开了一个小商店,商店有电话,他留的是房东的电话。

他跑过去,电话里是一个女的声音,你是方民吧,根据昨天的面试加上你对医药销售的看法,我们决定录取你,你后天来公司报到,我们开始为期十五天的培训,你自己考虑得怎么样?

方民听了有点激动,终于有家企业愿意要自己,可是自己已经想好了,不去了。他对电话里的女的说,实在对不起,谢谢你们,我考虑了,我还有许多困难,不能到外地去。所以很抱歉。

很遗憾啊,你很优秀,我们很看好你,你能不能再考虑一下,那边很诚恳地说。

谢谢,不用了,真的很抱歉。方民很坚定地回答。

那好吧,祝你成功,很遗憾,再见。女的声音很惋惜。

挂了电话,方民步履沉重,他还得面对现实,重新找工作。

(二十一)

方民终于找到了一个工作,他很兴奋。明天就可以上班了,这是一家保险公司,确切地说,方民找了一个保险推销员的工作。公司让他交了二百元押金,他虽然很心疼,还没上班先交钱,可是人家发一身公司制服,还有一个公文包。穿上这身衣服的时候,方民感到很别扭,虽然自己显得很帅气,然而他觉得自己还不配这么整齐的衣服。

培训师说,穿上这身行头,你就是白领了,要有白领的范儿。从说话语气到行为准则都要把自己当作一个成功的人士。要坚定地相信,这是一个朝阳产业,是一个给投保人产生保障带来利益的事业。

几天的培训,让方民信心倍增,他觉得自己一定能干出一份成绩来。培训老师在培训的最后问,有没有信心?

有。大家一起回答。

有气无力,有没有信心?老师不满意。

有！大伙都大声回答。

还是没力气，重来，有没有信心？老师还是不满意。

有！！！这一次几乎震塌房间。

好，有信心就好。大家跟着喊，我们一定会成功！老师继续，本来该结束了，可是老师觉得意犹未尽。

我们一定会成功！喊了四遍，几乎声嘶力竭，老师才算满意。

第二天，方民在一个老保险员老马的带领下跑客户。他带方民先去看望了一个老客户，其实没有什么事，他说这是联络感情，很有必要。或许老客户会给家里其他人也买上，这叫"感情投资"。

第二个是一个新客户，他已经跑了几次，没有拿下来。客户很客气地接待了他们，然而一说买保险，客户就顾左右而言他。方民看到一点希望都没有，可是带他的还是不想走，虽然说着一些言不由衷的假客套话，可是目的还是一样，客户显得有些烦躁，最后终于告辞了。方民出来很不明白，老马说，这叫"软磨硬泡"，觉得我们诚恳，过意不去会买，觉得烦得不行，也可能买，总之，达到目的才是成功。方民觉得自己做不来，真的做不来。

第三个客户是老马刚刚认识的一家公司的副总。人家几乎不记得他，可老马说认识的，那天我们聊过。那人不太耐烦，说他有事。老马说，你很忙，更应该买一份保险，忙要注意身体，做到未雨绸缪。

那人不耐烦地说，这不是咒我自己死吗！

可不能这么说，任何人都有可能有意外，谁也不敢保证，成功人士更应该考虑，为了家庭也应该考虑。老马继续说。

方民觉得自己说不了这些，他很佩服带他的老马。可是这样看着人家不高兴依然还要说，他不敢恭维。

我都没了，还谈什么家庭。不要说了，我还有事，再见。这个人似乎忍耐到了极限，下了逐客令。

他们只好出来了。方民觉得灰溜溜的，可是老马说，没关系，时间长了就习惯了。

到了下午，方民很疲惫，可是还要到公司汇报一天的情况。经理鼓励大家，不要气馁，一定会成功。

第二天早上，首先要到公司来报到，经理还是鼓励的话，大家手聚拢一起，大声喊，我们一定会成功，连喊三遍。方民一下像吃了兴奋剂，大家这么团结一致，怎么会不成功呢？

接连两天之后老马让他自己跑，他觉得还不行，老马说，小鹰终究要自己翱翔天空，总要飞的，自己跑吧。

方民跑了三家，都是被客客气气拒绝了，方民也是客客气气出来了。下午跑了两家，第一家和中午一个样，第二家刚进去一听说保险，就说出去出去。方民还想缠着进去，人家一句滚，让方民自尊心受到极大伤害。自己客客气气，他怎么能这样，不买也就算了，态度这么恶劣。

他很沮丧地回到公司，经理安慰了他，说，社会形形色色的人很多，有素质高的有素质低的，难免受委屈。咱们不和他一般见识，振作起来，我们战无不胜。

方民好了许多，他觉得有人理解就成了，也是的，怎么能要求每个人素质都一样呢，不和他一般见识。

方民情绪好了几天，可是依然没成绩。

下来几天，有个别人出成绩了，也有人下午回到办公室就号啕大哭，受了委屈。有成绩的高兴，经理也高兴。委屈的经理安慰，可是经理这几天的态度也有了一点改变，明显是要出成绩。

每天早上在公司都要喊我们一定会成功，打了一肚子的气，信心百倍，可是跑了一天，又累又饿，身心疲惫，像泄了气的皮球。早上打，下午泄，日复一日。方民几乎崩溃了。

第十三天，是个可喜可贺的日子，谁说十三不吉利，在这一天，方民拿下了他的第一份单子。他跑这个客户用了八天，几乎天天一个电话，隔两天跑一趟，可是他没有一句谈保险，第一次谈了后，人家肯定明白意思，他只是问候。

这位先生说，方民，让你受累了，本来就要买的，你那天正好来说，只是这几天钱不到位，让你跑这么多趟打这么多电话，不好意思。

方民很激动，说，谢谢，我应该的。

这个单子是一家三口的保险，两口子每年各一万多元，孩子买的是子女教育保险，也有几千元，一共近乎两万元的单子。虽然不是很大，还是让他高兴。没白跑，再不拿单子，他要逃了。

方民到月底的时候连同底薪拿了一千五百元，可是三个月后没了底薪会是什么样子，他不敢想，也不想想。

第二个月，方民看着有些希望的都以失败告吹。他依然每天的疲惫，口干舌燥，回来一句话都不想说。

他觉得这个不适合自己干。最近几天一同来的走得只剩下了三个人，今天还有一个说他也不想干了，这给方民打击很大。公司又新招了一批人员，下午回来他听到培训室传来慷慨激昂的声音，他们几天后又将是下一个自己。

方民挣扎着干满第二个月，就辞职了。工资还没拿到，他也不在乎了，毕竟是自己不干了，迟几天也很应该。方民后来才明白，辞职的工资要厚着脸皮要，不是一两回就能拿得回来的。他要了800多元，说是什么东西要扣，他也不在乎，扣就扣吧，好歹给了。他还想说他的那个业务一个月还能有几百元钱呢，可是都走了，就成了别人的菜，谁叫自己要走呢，可是不走又能如何，走了也是一种解放。

干了一段保险最大的收获就是自己的耐性好了。这是一个表面光鲜的行业，里面却充满汗水、泪水，每天在鼓励和掌声中获得勇气，又在每一天的现实中打回原形，周而复始。有神话，更多的是走马灯。

方民又这样找了三天，还是没有合适自己的工作，城市里人来人往的身影，总是让自己孤独，没有朋友，远离家人，心中还留着伤。他和好友江海波也见不了面，听说他被分在南山里一所中学教学，那儿连信也不好抵达。江海波写过一封信，而收到江海波的回信和信里的日子竟然差了一个月。两人虽然说了许多想说的，但为了不给对方造成不如意的感觉，都是谈些理想的多。所以方民心里空落落的，自己又是这种境况，因此他很少联系那些还算要好的同学，包括据说去了深圳的刘亮。

黄叶乱舞，秋在不经意间就深了。他顺着环城路人行道走着，低着头，忽然，他的面前飘来一张名片，他想可能是谁扔了不要的，刚想踩着走过去，一只手却伸过来，叫道，我的名片，别踩别踩。他低下身也去帮着拾，两只手将要碰着时，他迅速退了回来。一个穿着风衣的女人拾起了名片，咯咯笑着说，谢谢，谢谢。方民笑了笑，自己没有做什么，何谈谢呢。可是和这个女人目光相对时，他觉得有些面善，这个女人指着他说，你是方民，不会吧，真巧啊，还认识我吗？方民感到有些熟悉，却想不起来。你是？方民有点窘。

我是三班的刘梅，你不记得了？这个女人眼睛发光似的盯着他。

方民回忆着，刘梅，高中的同学在脑海中搜了一个遍，没有啊，初中的似乎也没有。他忽然想起一个人，刘红梅，他初三的同学，像，有些像。方民说，你该不是刘红梅吧。

是呀，我就是刘红梅，噢，忘了，高中以后我就改为刘梅了，我还以为你知道，哈哈哈。刘梅捂着嘴笑起来。只是脸庞还有些当年的样子，现在这个打扮时髦的女人和当年那个傻不拉叽的刘红梅判若两人，要是自己，即使先看见也真不敢认。

方民说，你变化挺大，比原来漂亮了，呵呵。

刘梅笑着说，是吗，你也挺精神的，没太大变化。

你这是去哪里，刘梅接着问。方民不知如何说，就说随便转转。

那随我去听课吧，随便听听，多结识些朋友嘛，走，在新城广场凯乐大厦。说罢就来拽方民。方民想说不去，他又不认识这些人。转念又一想，去看看也行，自己正无聊呢，就被刘梅拽着进了南门。

他俩上了电梯来到十三楼，一间房门前站了一位女士，问，你们找谁？刘梅说找张某某，那人便推开门，让他们进了来。

这是一间有五间房大的厅，一位西装革履的男士正在主席台上讲着什么，台下约莫三百人在听。这时过来一个人，给他指了一个地方，让他们坐下。刘梅说今天是北京来的一位大师讲课，所以想听的人特别多。大师是这个行业中的佼佼者，有千万元资产了，我们以前也只是听说，终于见上他本人了。方民不敢问讲什么，看着台下人热情洋溢地听着，气氛似乎很热烈。

大师讲，金狮汇聚了最尖端技术生产出的精华浓缩系列产品，是当今世上最前沿、最科学、最合理的保健食品。他给我们每个成员带来切切实实的身体健康，你们在使用了它以后，也可以把这份健康分享给你的家人和亲戚朋友，最终让更多的人使用。使用的同时，你还可以得到效益，既得健康又得效益的产品哪里去找啊，这世界你就不要跑了，就在这儿，就在你跟前，他就是金狮。如今在北京一百多万人使用金狮产品，拥有几十万的人不胜枚举，有二三万人成了百万富翁，有近百人成了千万富翁，有十几人身价过了几千万元，百万富翁的概率是百分之二三啊，就是说，我们在座的这些人中，每一百人会产生两三个，我们这儿可以产生十个左右百万富翁，也许明天就是你，你们有这个信心没？

有——

台下声音很大，每个人洋溢着喜悦的神情，仿佛自己就是那个他所说的百万富翁。

声音不大，我看还是不自信，再大声一点，有没有？台上的这个三十来岁的大师一下子站到了他坐的板凳上。

群情激昂，有——

声音震耳欲聋。方民觉得这个和保险有点像，也是群情激昂，保险比这要逊色些。

好，很好。那人下了来，继续说，西京的朋友都是最棒的，我在这里看到了希望，金狮的希望，民族产业的希望，祖国的希望。今天就到此为止，谢谢大家。

场上出现了长久的掌声，欢送那位大师退场。

下来几十个人分一组，一组又分成小组，各人把带来的人集中到一起，分组讨论今天的感受。

这时一位长得白皙的丰腴女人走过来，刘梅给方民介绍，这是我的经理，马姐。

马姐说，你好，早听说你了，说你很棒，今日一见果然名不虚传，很帅，怎么，今天的感受如何？来，我们欢迎帅哥讲几句，大家鼓掌。

这从哪里说起，在什么地方见过我呀？方民心想，说得真不靠谱。让自己谈，谈什么，他一概不知，可是又不好驳面子，他望了望刘梅。刘梅微笑着说，随便说说，没事，都是自家姐妹，一圈人又鼓起了掌。

方民当着这么多人还真没讲过话，他想了想说，今天气氛很热烈，我在这儿深受感染，这说明你们做的事很吸引人，我第一次来，主要是学习，希望你们大家多指导。

马经理说，讲得好不好——

好——大伙齐声答应。

讲得真好，欢迎加入我们这个大家庭，以后就是兄弟姊妹了。说完马经理过来拥抱了方民一下，方民面红了，可是灯光下，好像没人在意他。接着大家你一句他一句讲今天的感受。方民只是听，他从中也了解了一些产品知识，好像这是一种保健食品，有益健康，每天吃用系列产品，将健康一生。花钱不是太多，每天七八元到十七八元钱不等。方民想，这些一般老百姓怎么用得起，这是白领阶层用的产品。正疑惑，一位学员正好提出这个问题，是不是贵了点。马经理给大家算了一笔账，得病了要花多少钱，这比上医院要便宜得多了，使小钱，得健康，还能创效益，最划算了。

方民逐步才明白，所谓的效益是加入成为会员，必须买够三千八百元产品才能成为会员，然后介绍给其他人，其他人也成为会员，以此类推，也要让你的会员或者会员的会员都来加入这个消费行列。这样你便既是消费者又是销售员，从而达到赚钱的目的。

他们说这是当前最好的销售方式——直销，国外流行着，在国内还是起步。先进的产业被认识总有过程，早认识早加入早健康早受益。

听起来很美，方民也晕晕乎乎，他第一次见这种场合，可是隐隐约约有人说现在流行传销，他不明白两者的区别，人家说是直销就是直销。

回来的路上，刘梅问他怎么样，方民说试试吧，我不一定干好，先看看。

刘梅说，你是老同学，我做个好产品，不能忘了老同学，你挣了钱，别忘了我就行。

方民说，怎么会，怎么会，谢谢你。尽管他还迷茫，但还是感谢刘梅，让他长了见识，也许真的能挣大钱。

方民一连一个礼拜，都是在刘梅带领下去听课开会，开完会就有人要买产品的，几次他都心动了，可是他卡上只有三千元，他前天也无意中透给了刘梅，刘梅说，你先交了，剩下的我先帮你垫上。这让他很感动，和刘梅五六年没见面了，人家还能帮自己，太感动了。他决定明天取钱就交。

第二天，方民咬了咬牙，取了全部的三千元钱，交给了刘梅。刘梅很兴奋，马经理也过来鼓励她，顺便和方民握了握手。

当他拿到几盒金狮产品，望着螺旋藻、高蛋白、VC等时，他觉得是不是自己太盲目了，自己是吃呢，还是卖给其他人？刘梅告诉他，一边吃一边物色新成员，要够三条线，每条都要不断加入新人才能赚到钱。最好从自己的亲戚朋友入手，介绍他们也到这个家庭来，这里的学员都是这样开始的。方民哪有亲戚朋友啊，自己举目无亲，他开始茫然不知所措了。要是没有业绩，自己也就没有收入，那么就真的到了绝境。

又这样混了十天左右，方民傻了，自己多么幼稚啊，看着别人的慷慨激昂自己怎么就头脑发了热呢。

打刘梅的电话，刘梅说她很忙，让他自己跑。他要这样下去，自己的一条腿就断了，她还得重新发展下线。

直到一个月时，方民崩溃了，他几乎身无分文，他打电话给刘梅，他自己也没舍得吃产品，能不能退了。

退了？这怎么行，公司有规定不能退，你本来还欠我八百元呢，我还替你垫着呢！刘梅有些激动。

能不能退我两千元，其余算我欠你的，我也不要了，行不？方民几乎哀求。

我自己的还有呢，再说我的钱全压了货，我没钱，你自己跑呀，拉新人呀！刘梅几乎喊着说。

这一行业，自己为了防止那条线断，就需要弥补，要得月底如期打到工资，就得自己掏钱买上产品，直到把这个产品卖给下线新人，才能解脱出自己的资金，刘梅也许是真的压着钱了。

方民绝望了，他该怎么办？口袋只剩下了二十元钱。

晚上他用五毛钱买了一碗馄饨，又买了一个坨坨馍，馄饨真好吃，如果油再多一点，盐再少一点就更好了。

回来后他翻来覆去睡不着，他要找个能换来哪怕一碗饭的活儿，可是干什么呢？在饭馆干吧，一想到饭馆，他的肚子就咕噜咕噜又响起来。可是饭馆刷碗端盘子是自己最最不情愿干的了，他觉得还不到那个时候，那是他最后的选择。

卖报纸，好，就卖报纸，他突然想到这一阵街上有卖报纸的了，5角钱一份。他自己也买过，看着生意还不错。

和其他一些老人、小姑娘、小孩子一样，他拿的最少，七十份，用了他身上所有的钱了。有些人只在一个地方固定卖，他却走饭馆，串公园，哪儿有人就往哪儿跑，一上午就卖完了，挣了十几元，吃了一碗凉皮，最近凉皮成了他的主食，怎么就出了这样一个好东西，既便宜又好吃，饿了再加一碗稀饭，干的稀的就都有了。

下午就百无聊赖了，还得干点啥，否则这也维持不了，他在钟楼瞎转悠，看到鼓楼旁有擦皮鞋的，这也是个好营生，他便仔细观察，看了这个看那个，他觉得这有什么难，自己也能，他记下了，鞋油、蜡、刷子、抹布，再弄一瓶水，锥个眼眼，有的鞋太脏的还要清洗。

他迅速跑到杂货铺和房子里备齐了所有东西，从房东处扛了两把带背的凳子，来到南门洞地下，城门洞时常有好几个妇女都是擦鞋的，并成一排。今天不知什么原因只有一个老年妇女，正在忙活。

方民迅速摆好他的所有家什，准备开张他的第一个生意。那个妇女似乎也看见了，对面来了一位小伙子，也干这一行，她笑了笑。

有人驻足在他摊前看，他就马上招呼，可是看的人似乎不相信他，又跑到了对面，对面正忙着，那人就等在旁边，妇女挪过小凳子招呼那人坐。

方民处仍然没人，那边又围上了人，等的人又多了几个，方民眼巴巴地看着，他不明白，他们又没有见他擦过，为何就不信他呢。过了有一个多钟头了，方民仍然没开张。他有些沮丧起来，原以为只要摆好了摊就有人有生意，可是这个情形他没想到，或者他没想到竟然没一个人。

方民无聊地打量着形形色色的过路人，忽然他看见一个外国人，黑如焦炭，肯定是个非洲人，坦桑尼亚或者南非的，他敢肯定，坦桑尼亚是中国传统伙伴，南非是非洲富裕的国家，只有这些国家才有留学生来中国，他这样认为。这个人很年轻，他不好判断年龄，他觉得年轻，穿一件白颜色裤子，深灰色外套里面是一件花衬衫，你说这么黑为啥还穿这么白的裤子，显得更黑。

老外看着方民在看他，他冲他笑了笑，露出一口洁白的牙齿，方民倒不好意思了起来，也笑了笑。这人看了看他，仿佛沉默了一下，看了看他自己的脚，微笑着走过来，坐在了小凳子上。方民兴奋了，他是要擦鞋，他只怪自己英语太差，光会说哈喽，最多说个你需要帮助吗？下来就不会了，因此他没说，指了指他的脚，这人也指了指他的脚。方民心里高兴了，想说你真是白求恩，不远万里来到这儿帮助中国人民。中国人民感谢你，不，至少我这个中国人感谢你。他的鞋并不算脏，可以说，几乎没有擦的必要，他似乎不懂了，那他是做什么，同情他？或者是钱多了，撑的了，或者是逗他玩。要是这样，这个家伙非善良之辈，方民才不要他的同情，快回你的国家去，你们还在水深火热中吧？他们在不在，方民不知，可是自己确实在，那还清高个鸟。只要给钱，不能是非洲币，人民币他还是不应该拒绝的。

这人真唠叨，他指指这儿指指那儿，方民心想这家伙还蛮仔细，的确是自己没擦到位。可是他要打蜡，少了还不行，就让方民不舒服了，对面女人们打得那么一点点，这家伙用了他这么多，唉，忍忍，这是他的第一单生意啊。

终于完成了，皮鞋在灯光下显得倍儿亮，这家伙跺跺脚，似乎很满意，他从口袋掏出一个皮夹，拿出一张崭新的五元钞票递给方民，然后用英文说了一句谢谢，就冲他摇了摇手，迈开脚就走。方民说唉——还没找钱呢。这人似乎没听到或者没听懂只管走。方民找了三元撵上他，递给他，这个不能坏了规矩。他似乎明白了，说，No，no。

方民说这怎么行呢，你们才是可怜的非洲人民，你们也不富裕，至少我们比你们还好点吧。

这人也听不明白，只管叽里呱啦，方民也不懂。不过最后收下了，冲他竖竖大拇指。然后大声叽里呱啦，人们都朝他看，方民明白了，他是给人们宣传自己。方民有些惭愧，那边围的人还真过来了一个，方民赶紧招呼。

那位大妈在拾掇完一个客人之后，站起身说，我回家喽，你们过去擦吧，剩下的两个客人也过了来。方民冲对面的女人点点头，他知道，人家大妈是照顾他，故意让客人过来。他有时回来很晚见还有擦鞋的。方民心里想大妈一定认为自己有了很大的困难，否则一个大小伙谁干这个呀，不管咋的，他还是心存感激。

擦完了这几个，方民盘点了一下，十九元，还不错，三个小时，他觉得要这样干，一天也能挣个三四十元。

一只脚伸了过来，方民头也没抬，说请坐。就找刷子，可是看到这么倍儿亮的鞋他有些奇怪，抬起头，他惊愕地张大嘴巴。

（二十二）

两个人紧紧拥抱在了一起。

方民拥抱的这个人是刘亮。两个人分开时，刘亮一脚踢飞了方民的鞋油盒子和装东西的袋子，说，走，咱俩喝一杯去。说完又要踢凳子，方民赶紧拦住，拾起鞋油，说，凳子是房东的，不敢踢坏了，鞋油还有很多，别浪费了。

刘亮笑了笑，和方民一道收拾。

刘亮拎着一把凳子，方民抱着其他物什，俩人一道先回到住处，还了房东，放好东西。

两个人出来，刘亮像昔日上学时一样，手搂住他的肩，边走边聊。

你怎么会在这里？啥时候回来的？方民问。

我回来一个礼拜了，别提了，回来第三天就跑到你家，结果见了你妈，你妈给了我你留的电话，谁知回来咋都打不通，今天胡球溜达，真是踏破铁鞋无觅处，我都看了好一会儿，真让我心酸，方大才子竟然落魄到这个地步，唉！

我的手机欠费了，一言难尽啊，方民长叹一口气。

靠近南门东面护城河边上有一家烤肉摊,今天人不多,院子很大,分为两部分,一部分是凉棚广场,稀疏疏坐了两拨人。还有一块是在树荫下,挨着河,能看见河水,甚至可以看见对面公园里的人。俩人找了个幽处坐了下来,刘亮喊来服务生,要了一盘煮花生,要了十元钱腰子,十元钱筋,十元钱肉,四瓶啤酒,俩人边吃着,刘亮先自己讲了自己的经历。

刘亮毕业后就去了深圳,在父亲的公司销售部做销售,业绩不好不坏,自己没想着赚钱,啥好玩他就玩啥,刚时兴的卡拉 OK 全套家庭音响,香港过来的;松下照相机,爱好了一阵子摄影;买了一辆二手摩托跑车,拉风了一阵子。总之,就是啥好玩就玩啥,父亲老是训斥他,让他好好跑出业绩,说他的贪玩有人都告了状,玩得都不知道工作了。

刘亮只想自己干点事,不想在父亲的荫护下工作,自己干好了人家说是父亲的照顾,他们哪知道父亲是一个一丝不苟、不徇私情的严谨人。万一干不好,父亲还嫌丢了他的人,回到家里就是数落他。

加之公司效益下滑,裁了不少人,刘亮不想干了,他写了一封信,让父亲不要管他,他自己要回到西京老家闯荡,自己干一番事业。

他拿着自己这两年来积攒的五万余元回到了西京。西郊老家的房子闲着,他打扫了一番,住了下来。

这几天老在钟楼南门附近溜达,一则看看西京的变化,二则寻找商机,三则期许遇见方民。

刘亮一边说一边一口气喝了大半杯啤酒,喝完,才觉得还没有和方民碰杯呢。他说,来来,碰一下,酒花在碰撞下半杯成了一杯,刘亮喝完了剩下的。

方民也喝了一大口,秋天有些凉,啤酒凉得有点冰牙。在刘亮的催促下,方民讲述了他的经历。

讲到黑砖窑,方民声音很低,却满含悲愤,说到小刚的死以及惨厉的残骸情形时,已是泣不成声。他这两年一直压在心头,从没有给人说起,也没有忘记过。压在心头,几乎喘不过气来。尤其回到老家,怎么对秀英婶一家交代。

怎么不报案呢?让警察抓他们呀!刘亮瞪大眼睛急切地问。

报了,没用。方民脸上的泪珠像断了线,哽咽着说。

方民报过案,回到西京在车站派出所报了案,派出所说那是山西公安的事情,他们只能向上面反映。这几年被骗到山西的民工很多,但都是鞭长莫及,没有证据。方民说他有,他说有一处窝藏点他知道,就在城墙边上。派出所两个民警跟着他去找,可是他转了不下十圈,就是找不到那个地方,相似的很多,一问都不是。那个广告牌也都不像,没有了那个鲜艳的红唇。

公安看他找不到,只好让他回去再想想。他过了一段时间去问,公安依然是爱莫能助。

他很失落,但是没有办法,只能压在心底。他渴望出现奇迹,那些受苦的民工和王华姐都能被解救出来。他甚至希望有一把枪,去把他们解救出来。

他在出租房间还做了一个小沙袋,每天回来打一阵子,他渴望练成绝世武功,去解救他们。房东来问他,晚上干什么,咚咚的,有人反映了,吵得睡不成觉。他只好作罢。他觉得挣钱,挣很多钱,雇人去解救他们,或者自己可以到健身俱乐部去锻炼,至少解救他们时可以打上三两个的。

他也知道这些想法是多么不切实际,可是他只是藏在心底。刘亮就像亲人,他才把这一年多的苦水全倒了出来。

说到天地公司,他简单说了过程,说了他离开的缘由。

刘亮一手搭在方民的肩头,搂住他的头,说,你受了这么多苦,太苦了。而我在那边享着福,却不自知。过去了,会好的,我们从头再来。

俩人喝完四瓶,又拿来四瓶,啤酒虽然不至于喝醉,但也是有些恍惚了。刘亮又大谈起理想来,说我们自己干一番事业,青春不能虚度,你看瓜子大王的发家史,就是炒瓜子,就成了事。牟其中用日用品换飞机,何其威武。方民,你说说我们干什么,我们两个脑袋瓜,不比他们少什么,你说嘛。

哪来的钱啊?方民说,干什么也得要钱。

你先说干什么?刘亮盯着方民说。

我还是想干广告装饰,我对这方面熟悉点,其他我也不懂。

好,就是它。你说第一步做什么?刘亮追着问。

没钱,说了也没有用。方民喝一口酒,夹着菜,不理刘亮了。

刘亮从内衣口袋掏出来一张卡片,扔在了方民这一边的桌子上。

方民看着卡片说,这是什么?

刘亮说,钱?

多少?

五万多一点。够不够?

方民像看外星人一样,看着刘亮说,这么多,真的?

当然真的，够不够？

方民睁大了眼睛说，够了够了。租房子一年两万元，置办电脑、喷绘机等大概两万元，还有余呢。

好，那咱就说干就干，还犹豫什么。刘亮端起杯子又要碰。

你不给家里说，这么多钱呢，万一赔了？方民迟疑地说。

家里才不管呢，赔了有我爸呢。他们能看他儿子喝西北风？刘亮满不在乎地说。

你就这么相信我，我要是干不好呢？方民还是狐疑地问。

你咋婆婆妈妈的？我不相信你相信谁，你就是从背后开枪打死了我，我认为你是擦枪走火，绝对相信，刘亮坚定地说。

方民很受感动，五万元对他和这个年龄段的他们都不是小数目。他紧紧握住刘亮的手，谢谢，谢谢。方民已经说不出什么话了，任何语言都是那么苍白无力，就连这一句谢谢也是。

（二十三）

按刘亮原来的想法，要在繁华闹市租房子，贵点就贵点，地段好，人流多生意也就好。而方民说，酒香不怕巷子深，何况咱们是广告装饰也不是卖商品，不需要繁华地段。当然，也不能太偏。

不过方民考虑最多的是租金，能节省一点是一点。刘亮在南门里外问了两三家，一打听房费，高得吓人，他终于打消了租好地段的念头。

围墙巷口有一家包子铺转让，房费和周围相比不算高，但是必须带家什。俩人转到了八里村附近，离电视塔不远。这里大多是外来务工人口，俨然是一个鱼龙混杂的小王国。

有一家卖小电子产品的店正好不干了，房费要每月一千六百元，面积和围墙巷的差不多。也就是二十平方米，好在门面后面有一个小门，小门外面是一个很窄小的院子，可以隔离开，一间做厨房，一间做库房。围墙巷的没有这些，虽然房费这里高了一百元，但是要在八里村里面租住的房子，不方便，而且租金算下来差不多。

方民心里还有一点，这里离平安县城近，自己还是想到平安发展。他在那里上的高中，自己的许多同学都在那里。

房子一切安顿好了，刘亮也在八里村租了一间房，里面两张床。工作在店里，回来这里就是家了。方民说，我住店里就行了，晚上撑开床，第二天合起来，省了租房钱。

刘亮说，租房子呢，不算在店里。算我自己的，你住就是了。我们俩还算得那么清。再说，我们要干大事情，连间房子都不敢租，还怎么行？

方民不再说什么，他心里想到很多事情，钱有很多用到的地方。家里秀英婶子，还有王华的孩子。他没有吭声，下午拿回了他在围墙巷的东西，也就是铺盖和一点杂物。

方民知道一家店里的旧喷绘机要退，他联系了一下，两千元买回了机子。另外买了打印机复印机等其他需要的东西花了四五千元，交了半年房费。总共才花了两万元，比预想的省了一半。

当然，机子原来按新的算的，房费按一年算的。总之现钱花了两万元就置好了所有东西，也没有雇人。

他俩想了半天名字，都没有定下来。最后，方民说，就叫天人广告装饰部怎么样？天人，天人合一，再说他们天地广告公司，咱们是天人，天地人是一体的，有客户不知道内情，也能借用他们的资源。

好，就天人吧，蛮好。刘亮说，就这么定了。

方民觉得自己脑子谋事还可以，但是有时候多犹豫，有些瞻前顾后，刘亮有魄力，说话干脆利落，正好互补可以配合。也算是方谋刘断了。

刘亮说，咱们还要印上名片，明天开始你就是方经理了，方经理，咱们晚上要不庆祝一下。

方民严肃着说，这可不成，你是经理，我给咱们干活就行。钱是你出的，你这人又能拿主意，你就是咱们的经理。

刘亮瞪着眼说，还这么生分，你的我的，这是咱俩的，你是经理，就这么定了。

方民头摇得像拨浪鼓似的，不行，必须你是，否则我不干。这一点他态度很坚决。

刘亮一看方民很认真，就说，好好好，我当经理，你是副经理，你这人真是。

第二天，刘亮去办营业执照，方民打电话揽活儿。

刘亮回来了，满嘴的牢骚，他说在深圳政府工作人员服务热情，办事效率也高，可在西京，咋就一点不一样。你去了，没人搭理你，你问一句人家麻得像王老五，害得他光复印证件就跑了三四回，他说你们不能一次说完吗？人家说，那个不归他管。里面女的打毛衣，男的看报纸，还有里面隐隐约约还有打扑克的声音。

明天还得跑，真累。刘亮在后院的水龙头接了一点水，摆了摆毛巾，擦了一把脸。接着又问，今天有人来吗？

上午复印了两张身份证，再没有人来。我打了几个电话，也都没有谈成。方民有点懊丧。

刘亮说，有人来就好，才第一天，不要急嘛。

方民说，过一阵子还得雇个人看店，他得自己出去跑市场，这样不行。

过一阵子再说，毕竟还没人知道这里开了个店，知道的人多了，就会有上门生意。

一连一个多礼拜，刘亮都跑工商局了，办完营业执照又去办税务登记。傍晚刘亮兴致勃勃拿回了照，方民正在做名片，看见刘亮拿着一个框子里面写着天人广告装饰部的执照也很高兴，他放下活儿，说，我们应该庆祝一下。刘亮说，要不是我给那个副科长送了一只电子表，估计还拿不回来。其实都已经好了几天，那个副科长就是不给，说还得考察一下。我就提前拿了两只我带回来的电子表，这可不是一般的电子表，很先进的，只出口不内销。运动版的，国内要一百元左右。

方民说，办下来就好。这么看，我们的电子表很先进嘛。现在是大多数咱们学人家，咱们先进的东西不多。以后会好的，咱们这儿的人圆融，好学，有朝一日，他们不屑做的事反过来会求咱们。就像现在的政府办事效率，会好的，人嘛，不能一蹴而就，会越来越好。

刘亮迅速买来一包花生米，一包榨菜，两听啤酒，两个人坐在桌子上喝开了。

这十来天，复印的人明显多了，每天都有十来个，有人做了几面锦旗，还有一个做了一个灯箱，下来就是两个人做名片。半个月下来营业额估计有两千元。虽然还差得远，但是刘亮听了很高兴，说，不错不错。你辛苦了，我都没有顾上，有啥活，你吩咐，我给咱也一起动手。

你也辛苦啦，办执照是大事，方民说，你先歇歇，也没有多少活。不过，明天你给咱守店，我去出门找找原来的客户，看有啥大活也能让咱做的。

刘亮塞了一嘴花生米说，好好，你去，别管了，这里交给我。有些我做不了，留着，晚上回来一块儿加班。

（二十四）

方民跑了几个原来的客户，都对接不上，人家做的都是大活，自己的设备简陋，没有能力承接。还有的需要技术工或者劳力，自己现在不是单干，不能应承。

晚上回来，刘亮说他接了不少活儿，得加班干了。上午刘亮只是复印了一些，有些无聊，他站在门口，盘算着门头，自己是做广告的，门头却很寒酸，这怎么行。隔壁是家茶叶店，来的时间长了，由于门头做得早，占据了广告部这边的少半拉，另一边是一家理发店，门头也占了他们一些，所以自己这边就显得特别狭窄。

他转了一会儿，溜达到了隔壁，隔壁的男老板坐在茶桌正给一位客人介绍茶叶，他进来，老板问，先生买茶叶吗？先尝尝这一款福建的乌龙茶，特级的，味道纯正香浓。说着倒进一只瓷杯茶水递给刘亮。刘亮接过来品了一口，说，真的好香哦，顶级的，顶级的。其实他不懂，只是顺着店老板说而已。店老板一看是行家，满脸堆笑，真的吧，没骗你吧，好茶哎！

那位客人正在犹豫，听刘亮一说，下了决心，就说来一斤吧。一斤四百八十元，老板喜笑眉开忙着称茶。

送走了客人，老板招呼刘亮，先生，谢谢啦，您要什么茶？

刘亮笑着说，我不要，我是你隔壁的，我叫刘亮，隔壁广告装饰。

哦，好好。我看着一个小伙子，不是你呀。喝茶，喝茶，老板诧异地说。

我俩合作的，我这几天忙，没在。刘亮端起杯喝了一口，这才真的感觉到了茶叶的香味直入肺腑。

俩人聊了聊生意，茶叶店老板是河南信阳人，夫妻俩在这里做生意，生意不好也不坏。

刘亮说，老板，你的门头有好多年了吧。

是的，刚来时做的，已经四年了吧。

给你换换，我们就是做这个的，保证给你新颖特别的设计，咱们是邻居，我不要钱，免费给你做，怎么样？往后买茶叶便宜一点就行。

103

这怎么好意思？门帘里出来一位女人，长得文文静静，满脸笑容。

这是我的爱人，我们商量就是最近要换换，这不，一直忙。店老板接着女人的话说。

我们给你设计得和别人不一样，保证一看到门头就像进入绿水青山，茶叶清香扑面而来。

好哎，女人很高兴。

只是有一点点要求，刘亮停住了，没有继续往下说。

你说，没问题的。女人给刘亮续了茶问。

就是把您的门头略略往中间移那么一点点，绝不会影响你们，而且比原来更科学合理地设计布置。

男人听了说，这个——

女人看了一眼老板，说，没问题，兄弟，都是邻居，互相关照嘛。

刘亮说，好，那就说定了，保证给你做得满满意意。

如法炮制，刘亮又到隔壁理发店如此游说一番，那边也是爽快答应了。皆大欢喜。

方民回来听说后大加赞赏，说，还是你鬼点子多。

刘亮说，我是这么想的，你让人家挪显然不现实，虽然他们不掏钱。可是咱们客人来了，可以给人家说像隔壁茶叶店的多少钱，理发店的多少钱，客人就有了可比性，这也是宣传嘛。

方民说，就是的，我也是看到了，想到了，但是做不到，不知道怎么去说，还是你行。

咱们俩是自卖自夸。刘亮笑着说。

晚上俩人一起加班，方民焊接三脚铁架，刘亮打下手，两人都是满脸脏污，虽然天气很寒冷，却是一身汗，一直干到十二点，才去出租屋休息了。

上午方民揽到了一摊大活，小寨有一家商贸公司开业，正好想做一批祝贺单位的条幅，还有彩门彩飘的活儿。本来人家给了一家大公司做，最后这边的庆典压缩了，剩下都是些不挣钱的活，那一家就不愿做了。正好方民过去，这家公司的主管原来在南门里的公司上班，认识方民，以为方民还在天地公司，就说你们做很放心，就交给了方民。

对大公司这是不赚钱的活儿，可对方民刘亮来说这是一笔大单，肯定不能放过。

回来时，刘亮正在挂三家门头，门口顿时觉得宽敞了很多。而且都很醒目，反而他们的显得最不扎眼。这也是方民的意思，让那两家心里更好受。而且正适合给自家宣传。

两人站在门口欣赏了一会儿，方民顺便说了今天的收获，刘亮一听说揽了这么大一宗活儿，很高兴。

然而两人合计时，却还是犯难了。这么长的条幅他们做不了。五层楼高，条幅起码得拉到二层，还有彩门也没有，彩飘也没有，租赁不合算，买吧，下来要是一直不用就是浪费。

刘亮说，买，这个不能犹豫，这次全当置办了家当，以后就省了。

好，那就买，方民也下了决心，要扩大经营，就得舍得投入。

方民说，好像康复路轻工那边有。

刘亮说，那边也是从南方进的，从厂家买最便宜。我已经查了，福建那边多，估计发货得一个礼拜才能到，离开业还有三天，只要加班加点能来得及。

方民略皱眉头说，就是人手不够。雇人都是些生手，出活儿慢，还干不好。

这个没办法，尽量盯紧点就是。没有十全十美，只能尽人事听天命，刘亮伸了伸懒腰说。

接下来几日，俩人也不敢贪多再接其他活，干好上门的活路，等着东西回来。

然而随着西京商圈南移，南郊小寨人越来越多，八里村住的外来务工人员也越来越多，电视塔周边也逐渐有了人气，和长安县的距离也越来越短了。

一到晚上，疯狂的中巴车飞驰而过，乘务员立在车门口，喊着：余曲，余曲，余曲一元，一元，一元，走了。看见有人，几个中巴围着乘客互相拽着拉着，谁力气大谁说辞好就被架上了车，飞车而去。马路对面一样，乘务员大多是彪形大汉，喊着：南门，南门一元。

每天白天晚上，疯狂的中巴成了一道风景线，晚上一直到十点多甚至十一二点。

自从考完试看了成绩，方民还没有到余曲去过一回，每日听着余曲的喊叫声，总觉得那里是一个既熟悉又陌生的地方。他觉得余曲和他注定有一段宿怨，或许还没有开始。

105

（二十五）

　　这天方民在店里忙活着，刘亮也在给一个顾客复印东西，有几个年轻人进来问：老板，要不要临时工？

　　刘亮问，你们是学生吧？

　　有一个个子高一点的说，是的，我们想利用礼拜天打工，不知你们需要人不？

　　周天，正好是那家商场开业的时间。方民很高兴，说，好啊，正好我们需要人。不过你们礼拜六能来吧，能提前最好。

　　可以可以，其中一个矮一点的抢着回答。

　　中等个的小声说，我星期六还说去——他很小声，没有说出来，思考了一下说，行，我换个时间再去。

　　老板，我们可以的，三个人都要吗？那给我们多少工资呢？高个子地说。

　　刘亮说，都要。

　　方民说，你们想要多少？

　　一天能给八十元吧，最少不低于五十元吧！矮个子的说。

　　刘亮说，给八十元，不过活儿有点多，但忙也就是一阵子。

　　好，谢谢老板。几个人异口同声说。

　　刘亮一个人发了一张名片，上面有他们的呼机号。方民并没有开通天地公司给他的诺基亚1180，他觉得手机话费太高。两个人都只办了BB机。

　　初冬的天有些冷，听说秦岭山已经下雪了。这几天天变了，看来冬天的第一场雪就在这几天。

　　方民只期望这几天不要下，让他们顺顺利利办完这场活动。

　　虽然忙，也有闲着的时候，方民就拉一把椅子，坐在门口看来来往往的人流。

　　八里村恐怕是古城西京最著名的城中村了。据说是离城只有八里，所以名八里村。距离小寨新商圈只有一步之遥，处在电视塔和小寨之间。周边是陕师大、政法大学、外语学院等几所大学。

　　有人说，八里村是梦想者的乐园；有人说，八里村是西漂的集聚地；还有一种说法，说八里村是藏污纳垢之所，是痞子混混的天堂，是大学生同居的根据地。当然也是小商贩们、打工仔过日子养家糊口的安乐窝。

人多、车多、商贩多，每天出出进进，人流络绎不绝。早晨，早点摊前红男绿女，穿戴整洁的和衣物油垢的人在一起用餐。傍晚，摊贩们的各种叫卖声，汽车喇叭声混成一片。

穿着暴露的摩登女和蹬三轮的车夫互相打量着，摩登女任三轮车夫肆意的目光在她们胸前瞟来瞟去，她们依旧昂着头挺着胸穿街而过。

游戏厅里疯狂的叫喊声，麻将室里噼里啪啦的骨牌声，卡拉OK的嘶叫声，按摩店里的白胳膊白大腿女人们的招喊声，烧烤摊的划拳声，走街串巷的拨浪鼓声，收破烂的河南腔，没有一处可以与八里村比拟。肉夹馍、豆腐脑、麻辣烫、豆花泡馍、岐山臊子面、拉条子拌面还有两元一杯的扎啤，完了还可以花一元一小时网吧冲浪。

据说，八里村下水道经常堵，清洁工打捞出的卫生巾、避孕套一拉就是半车。

方民对八里村没有好感，当然也不能说坏，只是觉得人在这里活一阵也算是见识和经历。

这里一切都是廉价的，当然也是时尚的、前沿的，不管八卦新闻还是流行前沿，这里最先感知。

八里村，是这座古城一个时代的缩影。

冬天的第一场雪就这样不期而至，方民和刘亮直睡到第二天上午十二点多，方民几乎没有这样好好睡过，也没有这样累过，有时候刘亮还睡着，他已经起来，洗把脸，就去了店里，收拾好店里的物品，刘亮才过来，一准儿带着早点，说，你那么早干吗？谁有事等一会儿不就得了。

方民笑笑，他知道还是勤一点好，母亲一辈子都是第一个起来，晚上最后一个睡觉，她告诉方民，勤快能生财。方民老记着这句话。

但是今天，他要睡，看着还在酣睡的刘亮，他拽了拽被角。想起昨天和前天，前天忙得热火朝天，虽然天气冷，但是上高爬低，一点没有冷的感觉，多亏了三个小伙子，也非常给力。昨天庆祝活动一切都很顺利，下午收拾完彩飘和拱门等物件，天就飘起了雪花，等回到店里，已是灯火阑珊，方民让几个小伙子和他们一起吃晚饭，他们坚持要走，也许是他们累了，也许是他们同学还有约，方民不再勉强，让刘亮给了一人两百元，他们还不好意思拿。

方民说，你们很卖力，也帮了很大忙，拿上吧。

几个小伙子高兴地说，谢谢两位老板。下次有活通知我们，我们还来。

看着他们的背影，刘亮想着自己如果上了大学也许也是这个样子，他们真的很幸运，能上大学。方民虽然心里有些遗憾，但是他觉得时间是公平的，你没有得到说明你还欠缺着什么，而你得到了别人得不到的另一些东西。

雪大了起来，两个人美美吃了一顿火锅，火锅就是雪天最好的美食。

回来方民洗了脚，他又给刘亮倒了一盆热水，可是刘亮早钻到被窝里一动都懒得动了。他笑了笑，没有喊他，刘亮从来都没有受过这么大的苦累，他已经够拼的了。

方民盘算着第一个月的收益，估计营业额超过了两万五千元，买机器等东西花费和各种投资三万元左右，但是这些都是家当，已经够可以了，如果照这样，一年下来能挣个五六万元、七八万元的，或许还能更好。

想着想着，他的脸上露出了微笑，甜蜜的微笑。刘亮不知何时醒来了，看着方民说，你没有睡觉还做着美梦，我睡着了咋就没有呢，你是做梦娶媳妇还是咋的？乐啥呢？

第一个月不错呢。方民笑着说。

刘亮点了一支烟，吐了一口烟圈，说，我们的明天将会更灿烂！

外面雪大得很，方民说。

瑞雪兆丰年，好兆头，今天咱俩放一天假吧，我们好像没有休息过一天呢。

方民说，好，放一天就一天。

一点半的时候，方民拽起了刘亮，起来吃饭，昨天店里还很乱，去收拾吧。

刘亮说，不是说好放一天假吗。你真是周扒皮。

你是老板哎。方民说，赶紧洗脸。中午吃啥？

刘亮伸了伸懒腰，说，我是老板，放假都不由我。吃那一家炒面吧，有一家新疆拉条子炒面不错。

（二十六）

日子在忙碌中就显得飞快，转眼已经进入了腊月。常言说，过了腊八就是年。

明天就是腊八，在这里也吃不到娘的腊八饭，现在好多人把腊八饭和腊八粥混淆了。腊八粥是用糯米、红小豆、花生米、小红枣、桂圆、葡萄干等做的粥。而腊八饭是汤面片，是很薄的尖尖面片，里面有黄豆、红萝卜，甚至还有大苞谷米混在一起的饭，一年也只是这么一次这样吃，里面还有炒熟的大葱，很香。现在没有了，几乎很难吃到了。

或许在老家，娘还会做，可是她一个人，也断然不做的，太费时间也费料。

方民觉得回家是一件很难的事情，越是离年关近，越是惶惑。不知道该怎么办，一着急，就上火，嘴上起了个泡。

腊月十五，方民决定先去看看王华的儿子和她的婆婆，他给刘亮说想在柜台先拿两千元，说了他的想法。刘亮说，这事还给我说，你该拿多少拿多少，看够不够，多拿点。然后他要打一个借条，刘亮说，你这就过了，打什么借条啊！

看刘亮真急了，方民没有打。拎了一个军用挎包就出门了。方民坐603路到火车站下了车，然后走到三府湾车站，坐上到蓝田县去的车，到了县城，又倒了一辆蹦蹦车，本来到曳湖也有班车，可是不知要等多长时间，方民知道从曳湖到马家村还要走四五里地，所以雇一辆蹦蹦车还可以直接拉到。

到马家村时已是上午十二点多了，方民的肚子咕咕叫开了。早上本来想先吃一点再走，结果匆忙上了车，到了车站买了票，本来说吃点，可刚好有一辆车出发，他就上了车，也没有来得及吃。到了县城，又想现在正好赶上马小飞放学，所以一路阴阳差错都没有吃成。

找到马小飞家时，看见婆婆正在烧锅做饭，马小飞在锅头前拉风箱。

方民喊，小飞——

小飞扭过头看着他，仿佛不认识。

婆婆也扭过头，问，娃呀，你找谁？

方民走到跟前说，婆婆，我去年来过，小飞，不认识叔叔了吗？

婆婆说，我知道了，你就是那天来我生病着，你给我倒水，后来小飞拿回来五百元钱的小伙子。

是我，方民笑着，抚摸着小飞的头说，不认识叔叔了？

小飞红了脸，说，认识。小飞端起跟前的板凳递给方民，叔叔坐。

婆婆说，你坐着，谢谢。跑了大老远，没吃饭吧。马上就好。

方民说，您不忙，我吃了。

婆婆说，你骗人，哪有吃这么早的？村里现在都是跟着娃娃放学走，娃们一吃还要上学呢。你那能吃这么早，你去年的五百元是救命钱哪，你是我们家的恩人。咋能不吃饭？

方民只好不再说什么。一会儿饭熟了,婆婆用了一只大布碗美美舀了一大碗,递给方民,说,看盐淡不？要辣子醋不？

方民不好意思地端过碗,尝了一口,说,好着呢。你们也舀了吃。

三个人坐在房屋里一起吃着饭,小飞很高兴。

方民问,考试怎么样？

小飞又脸红了,说,不好。班里昨天排了名次,第十一名。

方民笑着说,不错嘛,不过下次来你要至少到第五名,可以不。

小飞不吭声,只顾刨碗里的饭。

那第八名可以吧？方民问。

嗯嗯,小飞连续点着头。

方民放下碗,从内衣口袋掏出两千元递给婆婆,说,嬷嬷呀,你们把生活弄好一点,特别是小飞正在长身体,弄啥都要花钱,这是一点钱,你们拿下,小飞妈妈在很远的地方打工,寄过来的。

婆婆说,小飞他妈到底在哪里？把娃留给我,都是他爸不好,孩子,真是小飞他妈寄的钱吗？要是你的我们可不能要。

真是的,你就拿上,方民想塞进婆婆口袋,找不见,又塞到她手上。

方民端起吃完的碗要去洗,婆婆赶紧把钱压在炕沿下,说,那怎么行？我刷,我刷。说着夺过碗,一股脑放在盆里,又说,收拾完一块刷。

方民要走了,他说回去还有好多事。

婆婆说,你是好人。你忙去吧,谢谢你来看我们婆孙。

方民回到店里已经是下午四点了。总算完成了一件事,可是他的心没有高兴起来,反而更加忧心,王华姐看来还是没有回来,她还在魔窟,她现在怎么样了？

刘亮看他回来一句话不说,轻轻地问,还顺利吧！见到孩子了吗？

方民点点头算是回答。刘亮也就不打扰他,各自干着活。

离年关越近,八里村愈加热闹,各种年货也上了街头,让人有紧迫感。

方民更是越来越惶惑,他是那么想回到老家看看老娘,当然,也想看看秀英婶一家。可是怎么说呢？

每想到这儿,就心里在滴血。这种痛,痛彻心扉,可是又让自己一筹莫展。

他感觉到无力无助,不知道该怎么办。现在自己越是安定,生意平稳,越是如针扎在心头。

腊月二十三，就是小年了，除过张王李赵要到二十四，人们都在这一天晚上祭灶爷。

娘肯定晚上在灶窑窝早早点了香蜡，旁边还是自己写的"上天言好事，下地保平安"，口中念叨着，磕上三个头，还要让他也磕。

八里村却在这几日，一天比一天人少了，到了腊月二十六，街上恓惶得连自己都不认得了。刘亮说咱们也关门吧。都回去过年了，咱们也歇歇。

方民说，再等等，多一天是一天。其实他是不知如何安顿自己。刘亮也似乎知道了他的心事。说，我准备明天就到深圳，我爸肯定也担心我，虽然我们父子说不到一起，但是毕竟是我的老子，我还得回去让他放心啊。

方民说，你走吧！这儿有我呢。你不要着急回来，在家多待几天，好好陪陪老人。回去买点礼物，表示一下，不要空手。老人不想要你什么，但是看到你的心意肯定高兴。

好，知道了。你也一样，如果能回去看看一定回去，你妈都七十好几了，她肯定想你。抽空回去一趟，哪怕不待，看一眼也行。刘亮重重地拍拍方民的肩说。

（二十七）

腊月二十八，西隔壁的几家都关门了，只有东隔壁理发店还开着。

天阴沉沉的，估计又要下雪了。

方民在钢炭炉旁边坐着，水壶滋滋冒着气。洋瓷缸里是他煮的砖茶，这还是在天地的时候，郑总给他的一块，说这茶刮肠油，喝了肚子咕咕响，对胃好，帮助消化。他不会喝，也没有时间煮，就一直撂着，从出租屋出来没舍得扔。

今天实在无聊，就拿了出来。没有容器煮，他找到一个洋瓷缸子，在缸子里放了些茶叶，洋瓷缸还是前面店户留下的。砖茶饼不好弄开，他用一只起子撬了一块。他喝过郑总的这个茶，有时苦得很，有时却油油的，非常爽口。

茶缸冒着热气，热气掀翻了茶盖，茶水冒出来，落在炉沿上吱吱作响。方民赶紧挪开，一着急，手忙脚乱，手指被烫了一道白印。洋瓷缸的水却冒得只剩下了一半。

方民找了一个纸杯，倒了半杯，呷了一口，很苦，不好喝。方民便将水壶的开水加到洋瓷缸，成了满满一茶缸。

重新倒了一杯，这回味道淡了很多，有清香味，似乎还有一股油油的味道，方民露出了微笑。

喝着茶，想着心事，给茶缸重新加上水，煮的不仅仅是茶，还有自己浓浓的心事。

风吹打着门帘，偶尔飘进一丝雪花，方民从窗子望出去，雪花洋洋洒洒，看来，今年注定是一场湿年了。怪不得整个冬天只有一场雪，俗语说，干冬湿年。瑞雪兆丰年，预示着今年将是一个风调雨顺的年景。方民希望店里的生意也借着年里的瑞雪，来年有个好年景好收成。

不知雪中家里老娘好吧，门口的雪估计会很厚，最好娘不要扫，免得滑倒，要是自己在就好了。

他想起小时候的冬天，早上自己醒来的时候，窗外下了很厚一层雪，父亲正在一边扫雪，一边和隔壁康劳叔说着话。

他爬起来，在雪白的窗户纸上用舌头舔了一个小洞洞，舔完才意识到一会儿娘来了又要数落自己，每次都是自己把白白的窗户纸舔得满是洞洞，害得娘糊了一回又一回。可是一到窗子边，他就忘了，舔完就记起了。那年，他七岁。

十岁那年，父亲就去了。他只是流着眼泪，不知道什么是悲伤，跟着哥哥姐姐学着磕头作揖奠酒，还觉得蛮好玩。

到初三过后，他才慢慢明白，没有父亲的生活原来就是不一样。他渐渐懂事，意识到没有父亲，许多棘手事都得像个男子汉一样扛着，没有人可以询问，没有人可以依靠。母亲用羸弱的肩膀维系着这个家，而自己早早懂得了什么是担当，从此他变得沉默寡言。在别人眼里，自己成熟，沉稳，而不知他有时候是那么孤苦无助，渴望被呵护，可是他觉得上苍是公平的，给了自己不幸，却也让他变得异常坚强。

这时，隔壁理发店传来歌曲声，正是刘德华的《男人哭吧不是罪》。

  在我年少的时候
  身边的人说不可以流泪
  在我成熟了以后
  对镜子说我不可以后悔
  在一个范围不停地徘徊

心在生命线上不断地轮回
人在日日夜夜撑着面具睡
我心力交瘁
明明流泪的时候
却忘了眼睛怎样去流泪
明明后悔的时候
却忘了心里怎样去后悔
无形的压力压得我好累
开始觉得呼吸有一点难为
开始慢慢卸下防卫慢慢后悔慢慢流泪
男人哭吧哭吧哭吧不是罪
再强的人也有权利去疲惫
微笑背后若只剩心碎
做人何必撑得那么狼狈
男人哭吧哭吧哭吧不是罪
尝尝阔别已久眼泪的滋味
就算下雨也是一种美不如好好把握这个机会
痛哭一回
……

  方民抱着茶缸竟然泪流满面，他哽咽着，让泪像水一样淌着，他觉得他真的不够坚强，他渴望帮助，渴望把小刚的骨骸接回来，渴望秀英婶一家原谅他，渴望王华姐一切安好，渴望那些坏人都被抓了，他不要荣华富贵，他只想好好有一个家，过安安稳稳的日子。

  方民号啕大哭，他的眼泪和雪一起飞舞。

  二十九早上，方民醒来时，已是十点多了。他赖在床上不想起来。天晴了，却非常寒冷。方民知道外面连卖早点的都没有了，这里还有一包方便面，他决定到店里去煮面吃，那边炉火旺，暖和，不知为什么方民待在店里就踏实些。他还可以继续煮茶喝，那种感觉很好，能让自己可以思考许多事情，也许，自己想想，脑瓜子就说不准开窍了呢。

  方民踩着雪，这种咯吱声是一种久违的温暖。自己小时候就这样喜欢在雪地玩，那种感觉很奇妙，他甚至喜欢在雪地里滚蛋蛋，滚雪也是小时候最快乐的事了。

还有打雪仗，尽管灌一脖子雪，他还是玩得很高兴，满身汗水，一点都感觉不到冷。

后来，慢慢地自己内向起来，好多年都没有滚雪了。想到这里，他在路过一片空地时，空地成了白茫茫一片。他抓了一把雪，揉成雪蛋蛋，扔向远方。

他放下手中面盒，拥了一小堆雪，用手挤压成一疙瘩，然后用脚在雪地滚动着，随着滚动，雪疙瘩渐渐成了雪球，随着滚动越来越大，最后成了一个大雪球。他非常高兴，继续滚动着，仿佛回到了小时候，他和小刚几个伙伴一起滚雪球，还把雪球做成雪人。他做成一个老爷爷，小刚却要做成一个小女孩，最后把老爷爷变成了一个小姑娘。小刚还把娟子的红围脖挂在雪人脖颈上。惹得许多孩子都来看。

方民不知不觉做成了一个小姑娘形状，他正在琢磨着，可惜没有红围脖。这时候，不知哪儿来了一大一小两个人，站在他身后，正专注看着他做雪人。

原来是一对父女，女孩有五六岁，女孩走到雪人跟前，问，叔叔，我可以摸摸她不？

方民看着她，笑着说，可以呀。

小女孩很高兴，用自己带着厚手套的手摸着雪人的手说，你冷不，你连个手套都没有带，一定很冷吧。

方民看着雪人和小女孩说，它属于你了。

小女孩高兴地拍着手说，爸爸，它属于咱们了。

女孩爸爸说，谢谢叔叔。女孩盯着方民说，谢谢叔叔。

方民说，再见！

小女孩也说，叔叔再见！

方民捡回了自己的康师傅方便面，他的手这时才感觉到了烧疼，手指头红彤彤的。

回过头，他发现小女孩的爸爸把围在他脖子上的橘黄色围巾围在了雪人脖子上，小女孩高兴地跳着。很像小时候的情景，小刚和他还有娟子几个小伙伴也是为这雪人欢跳。

到了店里，他拉开火炉炉门，火苗腾一下蹿了上来，不一会儿，火就旺了。水壶发出了吱吱声。没多大会儿，水就开了。方民撕开碗面，倒进水，

114

又倒出来，重新倒满，然后把盒盖扣严，压上塑料袋，等了大约五分钟，然后把料包放进去，搅拌了几下，一碗香喷喷的面就好了。屋里还有一包上次剩下的榨菜，他撕开，放进去一些，味道真不错。

方民吸溜吸溜吃完了面，吃完浑身也热乎多了。

可是这种放松的心情并没有维持多久，随着他的搪瓷杯子腾腾冒着热气，那种焦虑又涌上心头。

为了缓解这种惶恐，他开始整理后面的小屋，他把杂货都堆在靠墙的地方，又打扫干净角角落落。他计划着明年把东边的小屋做成小厨房，西边的小屋如果不堆杂货最好，可以支一张床，有时候太忙就不用回村里出租屋了。再说两个大男人，不能整天没有个人空间待在一起吧。

但是随着业务、货物增多，这个愿望暂时恐怕难以实现。方民渴望有一个自己的家，哪怕不需要很大，可是有自己的空间，自己和母亲能住在一起，过平和而温暖的日子，他知道，这是多么大的奢望，没有从考学出来，要在城市里立住头脚，难啊！但是他有一天在自家房檐下，看燕子衔泥，一粒一粒，竟然在二十多天后建成一座崭新的巢，他很惊异，也很喜悦。这对于燕子无疑是一项巨大的工程，而且精雕细琢，很有创意。

这对他很有触动，只要你坚定不移地去努力，一定会实现自己的理想。

方民又把门面里收拾了一番，摆放整齐的屋子顿时豁亮多了，也显得宽敞多了。他终于舒了一口气，看着营业执照，他心里和身上一样暖和多了。

屋外不时传来一两声爆竹声，还有钻天猴的叫声，随着一声长嘶，飞向苍穹。

晚上的时候，噼里啪啦的花炮声响虽然不激烈，但是断断续续就没有停过，虽然只是二十九，可是年的气氛已经临近。方民在远处的一家商店里采购了不少东西，商店旁竟然有一家饸饹店没有关门，他走进去，要了一碗羊血饸饹，味道还真不错，他问店主怎么没有回家过年。店主是一个小伙子，还有一个女的，两人的年龄都是二十多一点，和自己差不多。

小伙子说，家里没人了，老房子也没有收拾，回去还得收拾，费劲，想想就不回去了。

那也是家啊，回家过年，多好啊！你是哪里人？方民边吃边问。

小伙子说，我是泾阳的，她和我一个村，不瞒你说，她和我是一个街道的，她爸妈就不同意我俩在一起，她跑了出来，所以更不敢回去了。

女子出来说，我妈嫌他穷。

方民看了一眼女孩，白白净净，眼睛很漂亮，他想着他们都是有难言之隐的人，顿时有点同是天涯沦落人之感了。

小伙子问，哥，你咋也没有回？你是这个村的？

方民停下筷子，喃喃说道，不是，我也是一个人。

说着眼睛有些发酸。他回过神，继续吃面。

小伙子说，不容易呀，哥，我叫小刚，过年没去处就来店里，跟前也都关门了，我自家压的饸饹，随时有。

小刚？！方民一惊，筷子掉在地上，他怔怔地看着这个小伙子。

哥，没事，给你换一双，小刚在筷子盒里取了一双递给方民，说，没事吧。

方民说，没事，没事，谢谢。

方民一口刨完剩下的，拿出六元钱，放在桌子上。小刚说，哥，见外了，不收你的钱，随时来。

方民一边往外跑，一边说，一定收，大过年下雪的，多不容易啊！

说着就跑出了门外，小刚大声说，哥，有时间过来啊！

方民答应着，逃了出来。

他一瞬间觉得小刚和娟子站在他面前，他只有逃。

一晚上，他辗转反侧，他几乎崩溃了。他决定，明天回家，就是万一碰见秀英婶，他就说出来，迟早这一天会来到。

到了五点多，他才迷迷糊糊睡着了。

刚睡下就被炮声震醒了，直到八点多，才又睡着了。

（二十八）

方民起来时，已是下午一点半了。他洗完脸，收拾了一些东西，他前几日去轻工进货时，看见有卖保暖内衣的，看着宣传得很好，不知怎么样，他一下子买了两个型号的三身，一身老娘的，一身秀英婶的，还有一个小一点号的给娟子。

方民临行前又迟疑了，他思忖了片刻，还是下了决心，回家一趟，不回去，这种煎熬他受不了，回去了，如能避过或者搪塞秀英婶的询问就最好了。如若不能，可能是一种灾难，也许是一种放下。

班车到处都是人满满的，向西去的302路更是人挤人，方民觉得他的脸是紧贴着前面一个高个子的脊背的，几乎喘不过气，过了制药厂才稍微松了一些，过了王寺镇，他的跟前正好有人下车，他才坐上了座。

到了沣西镇，没有了车，他还得坐蹦蹦车，然后到乡上，再就要走路了。

蹦蹦车今天有些贵，平常五六元，今天却要十五元，但是没办法。蹦蹦车一路颠簸，方民就想到了在永济王雪妮舅舅家的情形。什么时候再去看看舅舅和姥姥，多谢他一家人救了自己。

下了车，付了钱。方民又在街上买了一点水果，他拎着两个大包往家的方向走去。

他用围巾包住嘴和半边脸，风呼呼的，虽然天气晴好，西北风刮在脸上，像刀子割一样。耳朵也冻得生疼，他提了提围巾，遮住耳朵，才稍微好了些。另外还有个意思，他是不想让人认出自己。

进巷道时，他下意识瞅瞅，街道很远处有一个人，近处一个人都没有，空中飘来包子味儿，不知谁家的包子刚出锅，方民咽了一咽口水，不知娘蒸包子了吗？

方民推开自家的木门，门虚掩着，方民舒了一口气。

他已经听见锅碗瓢盆的声音了。他在地桌上放下手上的包，向灶房走去。

他已经看见了老娘的背影，他大声喊了一句，老娘似乎没有听见，他又喊了一声。老娘回过头，脸上立刻有了笑容，说，民娃，你回来咧。撂下铲子，用抹布擦了一把手，方民一把抓住娘的胳膊说，瘦了，咋瘦了，是不是生病了？

娘说，好着呢。你瘦了。

我好着呢，方民赶紧拉过一把凳子让娘坐上，自己也拉来一把，坐在对面。

老妈说，我刚蒸好包子，蒸得不多，你二姐不知从哪弄来些地软，我加了些蒜苗豆腐，锅底熬了一碗稀饭，我刚吃了，我给你再做点，你想吃面，妈这给你擀。

我不吃，不饥，等会儿，和你说说话。

都几点了，快五点了，咋能不饿？老妈要起身，方民按住不让，她不依，说，那我给你拾两个包子。

方民按不住，只好任她忙活，老娘拾了三个包子，又倒了一碗热开水，说，边吃边喝。

方民应着，嗯嗯。拿起包子，包子虽然不是很热，也不凉。真香，方民对着母亲说，香，就是香！

香就多吃点，都吃了，包子不大。

方民三下五除二吃了一个，又拿起第二个，吃得太快，有点噎，他喝了一大口水，很快吃完了第二个。

原来不打算吃第三个了，可是肚子饱了，嘴还想吃，他又拿起来，咬了一口，说，这个是加的。

娘说，离黑还早，吃饱。

吃饱喝足了，他问着村里的一些事，娘只要说一个话题，就一直顺着说了很多，说到舅舅，大姐二姐，还有姨妈。方民只是听，偶尔插一句。

灶房暗下来了，也有些冷了。娘说，炕热着，赶紧上炕，这儿冷飕飕的。

方民进到娘的房间，自己的小屋冷呼呼的，娘也没有收拾吧，知道自己可能不会回来。

娘说，你的房子我也收拾了，就是冷。你就睡到炕上，这么大的地方呢。

方民上了炕，真热乎，方民伸长了腰，斜靠在另一床被子上。这准是娘已经给自己备好了，万一自己回来用。

方民听见老娘又抱回了一捆苞谷秆，塞进了炕洞，他喊，炕热着呢！

娘添完进来说，烧热，天冷，你害冷。

方民心里就暖暖的，他让娘也上来。娘说她等一会儿。

直到八点多，娘才进了屋，方民也睡了一觉。醒了，问娘还做啥呢？这么大工夫。

娘退了鞋，拿棕发条子扫了扫炕沿说，我剁了些饺子馅，白萝卜和大肉还有葱花，明天咱吃饺子。

方民说，你赶紧上来，冷得啥一样，明天再弄嘛。

娘没有吭声，上了炕，说，那小刚呢，小刚咋没有回来？

方民不知咋回答，嘴里咕哝说，不知道嘛，我们没在一起。

娘没有看他，又拿起一只鞋垫，照着铰样子。一边说，娟子上午端过来几个包子，你秀英婶让端的，我估计是顺便看看你回来吗，我没要，硬让端回去了。我一个人吃不了，我都准备好了，起了面，包子馅也好了，下午才蒸呢。

方民半天沉思着，没有吭声，他思考着怎样隐瞒母亲，不让她担心，他也想给母亲说出来，但是就怕她和秀英婶说话时流露出来，让母亲难堪，这个事情最终要他面对。

他思考了一阵说，妈，我给你说一件事，我在城里和我同学开了一个店，他回家了，店里好多东西，得有人去看，倒不是说有人偷，怕万一着火啥的，所以我不能待，明早上我就要走。

娘说，有这么紧要吗？至少过了初六七嘛。你还不明天见见你秀英婶，给他说说小刚的事，都两年了，你秀英婶很着急。

方民大声说，妈，我就是不能见她，小刚和我走丢了，我回来了，他没有回来。我咋向秀英婶交代？

啥？走丢了？咋丢了，这么大个人，鼻子底下有嘴，问嘛，是不是在外头挣两年钱再回来，这娃硬气。但是也得有个信嘛。

方民下了炕，娘已把包拿到了房间，放在柜子上了。方民取出三套内衣说，我羞于见人家。我买了几身内衣，你一套，秀英婶和娟子各一套，你完了给他们。

好吧，儿大了，也留不住，你走吧，说完，娘有些落寞。

方民说，妈，我在外面多挣一点钱，还要在外面买房子，到时候把你接去，也过一阵子城市生活。

娘说，我才不稀罕，城里有啥好的，车多人多。农村，平天平地。一把野菜几根葱也能凑合一顿。城里啥都贵，有啥好的。

方民又躺进了被窝，他不再言语，自己也舍不得走，想多陪陪娘。他思绪万千，却在这热被窝里一会儿就迷糊了。

一觉醒来，方民看了看柜子上的小闹钟，已经八点了，方民起来了，娘正在灶房做饭。看见他，说，你也不多睡会儿。

方民说，醒了，睡不着了。

方民拿了一把扫帚开始扫院子的雪，娘说，不用扫，我都扫出了个路。天一晴，就化了。

方民没吭声，他要扫，至少干点活他才踏实。再说，满院子雪，万一娘滑倒了呢？即使雪化了。也会满院水迹，扫干净了，院子也干得早。

等方民扫完，娘已经倒好洗脸水，饭也好了。

娘包的饺子，热腾腾的，还有碟子的辣子水水。

方民说，妈，咋不弄苞谷糁，糁子就酸黄菜最美咧！

过年咧，还吃苞谷糁？换换嘛，我都把饺子馅弄好了，趁热赶紧吃。

方民吃了一口说，饺子也好，香。

方民吃完，又坐了一会儿，他真想多陪陪母亲。可是他又怕娟子或者秀英婶过来，他同时面对母亲和秀英婶，他都不知道怎么办。

他望了望收拾碗筷的老娘，不得不说，妈，我要走了。

没想到老娘很爽快地说，走吧。不让你走，你也坐不住。说不准等一会儿秀英婶来了你也难堪，走吧。

那你要照顾好自己，不要太累！方民瞬间眼睛有些湿。

他起身，母亲已经用塑料袋装好了一大袋包子，他接过来。俩人走向前屋，他拿出自己的包，将包子袋塞进去。

娘说，不要放时间长，吃的时候弄热，里面有肉呢。

方民答了一声，知道了，你就放心吧。

说完，拉开头门，头也不回走了。他不敢回头，怕看到娘遗憾的神情，怕自己流下泪。

娘在身后说，不要挂念我，我好着，你把自己照顾好。

他的家离秀英婶家隔了三四家，街道有几个小孩在玩。临转弯时，他望了一眼秀英婶的家，这时有一个人出来了，是娟子，娟子也朝这边望了一眼，他赶紧闪过转弯，他不知道娟子看见他了吗。他的心揪了起来。

他拉紧围脖，心里有些乱。他只是低着头顺着路踩着积雪朝前走。

他正走着，大约有二里路的样子，忽然听见后面有喊声，民娃——民娃——停一下——

民哥，民哥，等一下——

方民僵在了哪里，他知道娟子看见了自己。

秀英婶和娟子跑过来时，方民还愣在那里。

秀英婶气喘吁吁地说，娟子说你回来了，我过去问你妈，才知道真的是你回来了。你咋就不见见婶子，去年给我的毛衣我收到了，是小刚寄的吗？他怎么不寄给我？你有什么瞒着婶子，你说小刚现在哪里，你回来了，他为啥不回来！

方民只是不吭声，娟子也是气喘吁吁，说，快说呀，民哥，有啥事你就说嘛。

方民知道再也瞒不过了，他放下围巾，对着秀英婶说，婶，我不瞒您了，咱们回家再说。

120

方民步履沉重，和秀英婶往回走。

走到门口时，看见了娘，娘无奈地望着他，他叫了一声，妈，我去秀英婶家和他说说小刚的事情。

他把包递给母亲，跟着秀英婶和娟子走向对面。

（二十九）

秀英婶坐在床沿上，老闷叔蹲在地上，娟子坐在椅子上，娟子让方民坐，方民扑通跪在了地上，大声号啕起来，我对不起你，婶呀，我对不起你一家子，我该死，我对不起小刚。

这情形把所有人吓了一跳，娟子赶紧扶方民，方民不起来，秀英婶说，娃呀，有啥你就说，这样干啥啊！

方民哭着说，我不起来，我对不起你一家子，我跪着说。

方民擦了一把眼泪，镇定了一下，说，我从头说吧。那天我们到了火车站，结果……

讲到被骗上黑车，几个人都瞪大了眼睛，方民看见娘不知什么时候站在了房间门口，也是仔细听着他讲。

他继续讲，讲到被骗到黑砖窑，小刚的冲动，娟子站起来，瞪大眼睛看着他。

当讲到一个拿着铁锨的打手朝躺在地上的小刚的胳膊狠劲铲去，小刚啊了一声便没了声。方民冲上去，用身子护住小刚，却被从身后一闷棍打得倒了下去的时候，秀英婶哭了，娘和老闷叔抹着眼泪。娟子抓着方民的肩流着泪问，后来呢，后来怎么了。

方民讲到自己如何在王华的帮助下逃出来，在玉米地沟壕里遇到小刚尸体时，秀英婶大叫一声，小刚娃呀，昏死了过去。娟子哭着喊，妈，妈，你怎么了，你要是有个三长两短，我也不活了。

娘赶紧掐人中，方民跟跟跄跄站起来，一起帮忙，还是娘用一根大老针扎在秀英婶人中，几下子挤出了血，秀英婶才出了声，娃呀，娃呀！

等秀英婶安定了一会儿，方民知道再说也无益，也不吭声了，娘拉着他回到了家里。

他浑浑噩噩被脱了鞋，娘盖好被子，方民都在恍惚中，好久，才被说话声惊醒了。他听见娟子的声音，他咳嗽声娘听见了，说，醒来了，进来吧，娟子。

娟子走了进来，眼睛红肿着，方民声音嘶哑，问，你妈好点了吗？

娟子说，好点了，睡了。

沉默了一会儿，娟子问，民哥，那为啥不报警呢？

方民就讲了这儿警察有他们的人，回来报了案，就是没有有用线索的情况。

娟子说，民哥，那我哥尸体会不会被野狗叼走了或者找不到了。

方民说，我掩埋好了，应该不会。一定能找到，我也一定会把小刚接回来，只是还要把那帮坏人一网打尽，会有结果的。

娟子说，好，我知道了，你好好休息，我回去了。民哥，这是我哥的命，你也受苦了，好好休息。

方民浑身无力，也没有下炕，娘送走了娟子。

娘回来坐在炕沿摸着方民的脸说，娃呀，我都不知道你受了这么大的苦，娘错怪你了。

妈，我瞒着你，怕你受不了，担心。

妈知道，妈知道。

方民知道暂时也无法安慰秀英婶一家，第二天，他要走，娘也不拦他，老娘说，外面如果累了，就回来。如果干不下去了，这儿是你的家，咱们够吃就行。

嗯嗯，方民应着，背起包，出了门。

回到八里村，方民睡了两天一夜，直到初三傍晚才爬起床，暖壶里也没有水，他起来打了一些水，用烧水器烧开了，倒了一杯，才觉得有些饿，他想到娘拿的包子，但是也没有地方弄热，店里火炉早灭了。

他得出去转转，他不能倒下，还有许多事情等着他完成。这会估计小刚的饸饹点还开着，他一边转转，顺便吃一点。

街上家家户户挂着灯笼，灯笼的光照着路面红彤彤一片，小街道的雪已荡然无存，只是角落偶尔还有一点雪后的水渍。

小刚店里有一个人正在吃着，小刚一看是他，说，哥，你来了，赶紧坐，外面冷，进来暖和。朝着里面喊，娟娟，来一碗羊血饸饹。

方民苦笑，真是孽缘，这女的竟然也叫娟。

不一会儿，叫娟的女子端出来一碗热气腾腾的饸饹，看见他，说，哥，你来了，趁热吃。你这几天咋没在？是不是回家了？

方民只是嗯嗯，顺口问，这几天生意咋样？

娟娟说，不咋样，没有人。今天才有几个人。也省事，当过年咧。

吃完，小刚递过来一支烟，他没有抽过烟，但是他没有拒绝，任由小刚点着，结果一口下去，呛得接连咳嗽。小刚过来给他捶着背，说，慢点，慢点。

他自嘲说，谢谢，平时不太抽，一口猛了。

小刚依旧给他念叨他自己的故事，方民似听非听，想着前天发生的一切。

他都不知怎么和小刚告的别，他都不知道他没有给饸饹钱，就出来了。

方民浑浑噩噩一直到初六，才打开店门。他找了一些废木板，用电工刀削成木屑，削了一大堆，估摸着引炉火应该够了，他先架了一块蜂窝煤烧，直到蜂窝煤烧得通红，才架上钢炭烧。不多久，炉火就旺了，他又架上水壶，屋子也渐渐暖和了。

他拿出他的老茶砖，撬下一块，放入洋瓷缸，将水壶的开水倒进洋瓷缸，水壶放到炉盘一边，又将洋瓷缸放在炉火上，由于是开水，没几分钟茶水便扑哧扑哧溢了出来，方民将瓷缸移到炉边，拿出洗好的玻璃杯，玻璃杯是昨晚出来在刚刚开门的小商店买的，他买了两只，一个给刘亮，一个自己用。

倒好一杯茶水，看着澄亮的茶水，他觉得很是奇妙，就是个树叶子，却让许多人为之痴迷，而且刚开始喝或者是第一道茶水，多半是苦涩的，有人浅尝辄止，心想这么苦，就不再喝了。而有些人，特别是四十岁之后的人，感觉第一道茶就像人生，年轻时候要受苦，第二道时，就不那么苦了，第三四道就有些清香，甚至绵长，就出来了。真是不历苦寒，哪来清香，所以方民此刻才明白，之所以人们喜欢喝茶，不仅仅是茶的营养，主要是体会那份苦，苦尽甘才能来。想到这里，他有些喜欢茶了，尽管他还没有品茶的资历，但是他也算是有经历的人了，他是不是未老先衰了？他端起杯，刚放到嘴边，忽然一个声音传来，哎呀，还品上了，给我也来一杯嘛。

方民回过头一看，竟然是刘亮，他高兴地说，呀，怎么是你，我还以为你起码到初八九了，咋这么快！

刘亮说，看来你不想让我回来呀，待着没意思，就回来了。说完放下他的手提箱，去端洋瓷缸。方民赶紧说，别急别急，有你的杯子呢。

刘亮看见方民拿来洗过的玻璃杯说，还有我的，谢谢啦！你这些东西都是从哪里弄来的？太寒碜了。

方民给他倒好递给他说，你就将就点吧，有喝就得了。

咱们将来要弄一个大茶海，客户来了一看就很高端、时尚，也能提高咱的档次，你说是不？刘亮品了一口说，茶还不错嘛，老茶。

方民说，你还很内行嘛，这个可以有，不过不是现在，当下是开年我们的方向，这样仅凭做个锦旗、名片复印之类的挣不了钱。咱们得向大广告进军。

刘亮问，你说什么是大广告？

方民沉思了一下说，广告业的经营范围包括喷绘、广告灯箱及各类广告需要的灯光制作、各类媒体投放，譬如户外擎天柱、路边广告灯箱、亚克力吸塑字、雕刻字、水晶字、钛金铁皮字等。当然还有企业画册、展板海报、彩页印刷、不干胶、霓虹灯、LED 电子显屏、电子灯箱等。

这么多？刘亮很惊异，我原来理解狭隘了，那么还应该有礼仪服务、公关活动策划、电脑图文设计制作、企业形象策划、商务咨询、企业管理咨询等等，是不是？

是啊，你真聪明！方民想不到刘亮还知道这么多。

刘亮笑着说，你是凭经历经验，我呢，在深圳这个花花世界，我们国家经济探索的前沿阵地，啥都见过，所以才会英雄所见略同嘛。

干杯！方民说，专门为了天人的未来，干一杯！

干杯！为了理想，为了未来，干杯！刘亮端起来碰了一下。

碰完俩人笑了。

刘亮说，咱们上午庆祝一下，为久别重逢还有我们灿烂的未来。

行，你的公司你做主！方民说。

刘亮说，又来了，我再次警告你，这是咱俩的。我是暂时代理，下不为例！

好，好！方民拉起刘亮的胳膊说，知道了，咱们走！

（三十）

初八的时候，八里村又热闹了。街道上红男绿女又多了起来。当然，那些下苦力的水电泥瓦工、拉三轮的也陆陆续续进了城，还有学生，西漂的，一到晚上，香水和汗水混合在一起，打扮得像白领的灰领和那些衣着油污的在一个饭馆用餐，方民感慨这里的时尚与落后并存，麻将声和流行乐一同入耳，人生百态尽显。

他漫步在南大街，刚刚去了几家老客户，不是说天地正在做，就是刚过完年还没有活，虽然碰了壁，他坚信只要坚持不懈，一定会有业务的。

南大街是钟楼东西南北最宽阔的街道，也最能把这座古城特色显示出来的一条街，钟楼和南门还有书院门、湘子街都是这个古城最具历史文化特色的标志建筑。而百货大楼和钟楼大厦具有现代化商业特点，所以南大街虽然最短，却最具西京特色。西大街虽然也有许多独特建筑，但有些狭窄，东大街有些乱，北大街太普通。

方民走到百货大楼门口停下了脚步，他望着这座劫后余生的商厦时，有些百感交集，如今已经焕然一新，但是他还是觉得百货大楼没有把地段优势发挥出来，比不上唐城和民生，他不懂这些，也说不上原因，也许最大的是体制问题吧，不过听说百货大楼已经改制，改成股份制了。

方民，你怎么在这儿？听见有人叫他的名字，方民才回过神，回头一看，一位时尚的穿着貂皮大衣的女人站在他的面前，他迟疑着。

不认识我了，女人笑着说。

郑总，是你吗？方民依然不敢认。

是我呀！郑丽欣笑着，露出洁白的牙齿。

你怎么在这里？！俩人几乎同时说。还是郑丽欣又开口了，要不，这上面有家会所，我有卡，咱们坐坐。

方民不知怎么应对，就被郑丽欣拽着上了电梯，到了十二楼，里面金碧辉煌，有穿着红马甲的服务生过来问，老板好，你们喝茶还是……

郑丽欣说，喝茶吧，要个小一点包间。

好嘞！服务生高兴地应着，前面着带路。

小包间是临着窗户的，能看见南大街的街景，很亮堂。郑丽欣说，就这儿吧，来两杯咖啡，一杯加糖一杯不加。

方民没有喝过咖啡，也不能说没有，喝过小玉给他的速溶咖啡。郑丽欣说，这家咖啡是非洲的咖啡豆现磨的，很正宗。

郑丽欣脱掉大衣，挂在衣钩上。郑丽欣笔直的秀发垂过了肩膀，转过身白毛衣衬托出傲人的胸部，方民不好意思地低下头。郑丽欣看他的样子，笑了，说，是不是老了，臃肿了？

方民抬头看着郑丽欣依然光滑圆润的脸蛋和端庄的仪态，心里面奇怪，这个女人一点都没有显老，而且更加丰盈。他羞涩地说，郑总哪里是恰恰好，确实很美！方民自己都诧异，怎么自己能说这么肉麻的话，可是的确是这样，难道让他说她长得哪儿不好的瞎话吗？

郑丽欣眸子亮着光说，你学会说话了，看来你真的成熟了。

咖啡来了，杯子里面是一颗白色的心形，很可人的样子。郑丽欣先端起来喝了一口，说，不错，你尝尝。

方民也喝了一小口，很涩很苦，他皱了皱眉头。郑丽欣说，你不喜欢吗？要不加点糖，她递过来糖条，方民接过来却没有撕开。他不想破坏这个心形，很好看，如果搅拌，肯定心形就没了。

郑丽欣说，怎么不加？

方民盯着杯子说，很好看，这个心。

是很好看。郑丽欣忽然眼光变得更加柔和了，她停顿了一下说，还记得那次喝红酒吗？

哦。方民看了一眼她，提起那次，他不敢面对她的眼睛，尽管他怨恨这个女人，可是这个女人给他付出了，他已经深埋在心底了，已经几乎忘却了。

不说它了，你现在怎么样？郑丽欣迅速正了正色问。

方民支支吾吾，最后还是老老实实说了现在他和同学开店的情况。

我就知道你会有出息的，我没看错，郑丽欣自信地说。

咖啡喝了一半，方民都没有加糖，原来不加也可以喝，而且这种苦苦的后味却是绵香的。

郑丽欣说，创业不容易，你一定能干得出色，一定也会成功。不过现在是你的瓶颈期，我给你一点活吧，曾经公司对不起你，没有给你提成，是郝云龙要扣，不是我的本意。我说这个没有推脱的意思。

郑总，不说这个了，都过去了。你给了我工作学习的机会，也感谢你栽培我。

郑丽欣说，我后来也刁难过你，让你找不到工作。那一阵子，我和我的丈夫彻底分崩离析，财产也是分割得彻彻底底，我恨男人，所以那一阵子，有些报复心理。后来我想通了，一切都是命，一切都是因果。我为我造的孽向你道歉。为了补偿我的错和造的孽，我想给你一点活，就是把城墙的周边的广告牌都换成新的内容，你呢，把从东门到北门的广告牌都换掉，内容我给你。你们负责拆卸包括垃圾处理,并且装上新的内容。怎么样?

方民没想到时隔一年后郑丽欣会忏悔,反而让他觉得不是郑丽欣了,但是这个话题点到为止,他不能再继续。因而他略显迟疑地说,郑总,我不知有没有这能力。

你有能力。有没有实力我不敢说,你要克服困难。当然我也是刚过完年没有人手,所以给你也是减轻我的人力缺乏的压力。你不用感谢我,不要背负谢我的包袱!干好这个活,你就会另有一个天地!郑丽欣端起杯子喝了一大口。

方民知道这一次郑丽欣是真实帮自己,虽然自己还从来没有干过这么大的活,也还有种种困难需要面对,可是这是挑战,也是机遇。他说,谢谢你,郑总。

叫我姐。郑丽欣斩钉截铁地说。

郑姐,不,丽欣姐,谢谢你。方民真的感觉到郑丽欣对自己的关照,她能让他叫她姐,说明郑丽欣已经在心里过去了,这一次真把他当作一个弟弟。

如果资金有问题,那账号给我,我先打给你一些,过了十五过来对接,二月就得动工,赶五一节前必须完成。郑丽欣像对自己员工安排任务一样对方民说。

方民留了自己的名片,郑丽欣看了看名片说,天人,天地,好,咱们还是一家子嘛。

方民回来的路上既兴奋又忐忑,他都不知道和郑丽欣怎么下的楼,怎么道的别。

回来他立即说给了刘亮,刘亮说好啊,看来你人缘不错,这么大个活人家都愿意给咱这个小店,这女老板对你有意思啊。

说什么呢,方民佯装恼怒地说,赶紧想办法咱们怎么完成这个任务,而且需要一个大的电力检修车,从哪儿来呀?

你原来在天地公司他们是怎么来的?刘亮问。

方民说,租的呗,我只经历过一次。我也不知道从哪儿租。

电力公司或者林业局,你不看他们装路灯伐树枝都用那种车吗?!刘亮说。

对啊!咱们找找,这个你在行,你来找,我负责找三四个工人,你看这样行不行?方民问。

行,就是这些工人会不会,敢爬高下低不?刘亮疑惑着问。

方民回答道,我招工人就问他当过电工吗,而且是高空作业的电工,或

127

者要问好他们有恐高症吗？这个简单，一教就会，只要敢登高。

刘亮说，好，事不宜迟，我们马上行动。

方民说，好，这几天还没有人市，等正月十三四人市就应该开了，咱们去人市招工人，我呢明天先去天地公司对接，再说咱们资金还是问题，要垫资的。

刘亮说，你估计得多少，咱们账上的，加我跟前的，还有两万元。我这次回去单位还给像我这样的补贴了三千多元，就这些了。

方民没有给刘亮说郑丽欣对他说的预支，因为他都不知道会不会兑现，现在只能是自己先筹资，所以他说，前期差不多，后期估计不够。

两个人分手后，方民拿了公章，以备签合同，随后就来到了天地公司。自从离开天地之后，就一直没有再来过。每次路过这里，他禁不住多看两眼，毕竟这儿有过悲伤也有过欢快，尽管自己走得有些尴尬，但是郑丽欣也算是道了歉，自己还是感谢天地的。

走到门口，他迟疑了一会儿，鼓起勇气走进了门，他一眼就看见了小玉，小玉坐在电脑前，画着口红，小玉一抬眼，见是方民，很吃惊的样子，有些口吃地说，方、方民，你咋来了？

方民此时已经不恨小玉了，他说，郑总在吗？

刚在呢，你进去看看，小玉朝里面望了望。

谢谢，你还好吧？方民微笑着说。

小玉说，方民，我，我对不起你，你还好吧？

方民说，好着呢。

两个人都不说话了，有点尴尬，方民说，我先进去看看，有点事，回见。

好好，小玉把她的口红迅速收入抽屉。

方民走到郑总办公室，刚想敲门，却出来一个人，差点撞个满怀。

方民，是你！小菲惊喜地说，你怎么过来了，最近好吧？！

小菲姐啊。原来好像叫惯了，虽然她只比自己大两岁，可是习惯了，方民还是这么叫她，接着说道，你还是老样子，没变啊！

老样子？啥样子？老了还是丑了，小菲不依不饶地问。

还是那么漂亮！方民笑着说。

现在会说话了，听说你当老板了？小菲问。

方民知道一定是郑总给小菲说见他了，他就说，哪儿呀，我就是打工呢！

你找郑总吧！在里面呢。

方民说，是的，谢谢，一会儿聊。

小菲点点头，连说，嗯嗯，一会儿见。

方民敲了敲门，郑总说，进来吧，方民。

方民推开门，郑丽欣坐在办公桌后看着电脑，见他进来，说，我已经听见你的声音了。

坐吧，郑丽欣一边招呼一边站起来，拿了一个纸杯，给方民倒了一杯白开水。她递过来，方民赶紧起身接过来，说，谢谢！

郑丽欣又坐回自己的椅子上，盯着方民，面带微笑，说，准备得怎么样？

方民说，谢谢您，我们已经着手准备了。您看和谁对接？

郑丽欣说，不急，一会儿你和郝总对接，放心，他不会为难你，我已经交代他了。

好的，谢谢！方民说。

郑丽欣给他交代了一些注意事项，还有用的材料等，又接着说，这个活儿一定要干好，这是市政府督办的，包括城墙点亮工程，大广告牌都要以宣传"秀美山川，美好西京"为主题，更换过去旧的，有些还要加灯饰，点亮城墙周边，包括点亮广告牌。

好，您放心，我一定不辱使命！方民保证着。

郑丽欣一手端着自己精巧的水杯，一只手又给方民续了一些水，然后说，我马上出去，你和郝总具体谈。

方民站起身说，好，你忙，我这就找郝总。

出门时，郑丽欣说，你回去查查，我按你名片上的账号让小菲给你转了五万元，算是预付。

方民有点诧异，郑丽欣好像变了一个人似的，这次这么好，而且一副公事公办的样子。

方民还真有点感动说，谢谢丽欣姐！

这一叫郑丽欣好像还不适应，脸一红，说，你是兄弟嘛，客气啥。

方民又到郝总办公室谈了半天，都是些具体事宜，有些材料是天地提供，有些是自己购买。

天地和天人签了合同，不光是擎天柱广告牌，还有部分灯饰，总共造价四十七万多元。这对方民来说是真正意义上的第一桶金。方民很高兴，他觉得未来不是梦。也许梦很难实现，但是人生也许不是实现梦的刹那间，而是坚持

129

梦的过程。

郝总也似乎变了一个人似的,难道天地的人都脱胎换骨了吗?

方民出来后又和小玉小菲聊了一会儿,看着天渐渐黑了下来,他告了别,坐了一趟215路,回到了八里村。

刘亮也是刚回来不一会儿,见方民回来了,他问,对接了吗?怎么样?

方民说,对接了?你的怎么样?联系上了吗?

刘亮说,我是谁呀,圆满完成任务。你知道吗?我去电力公司找负责的,谁知碰见了我表哥,他是电力公司的总工,我原来都不知道,也不关心这些。谁知会遇见他?他们公司本身就是把检修车外租赚钱,一说没问题,还优惠了很多。

方民说,那敢情好,多亏你去,估计我去都办不成。说完忽然记起什么似的,说,亮子,你明天查查,郑丽欣说给咱预支了五万元,你看到了没有。

好嘛,你才办了大事情,合同拿到手了,还预支了五万元,大功臣哪!刘亮竖起大拇指。

咱们是王婆卖瓜,自卖自夸!方民笑着说。

(三十一)

方民这两天不断准备各项工作,什么事情都是看起来容易做起来难。光是招工人,就不太顺利,有会高空作业的,但是人家不愿意再做了,才转入了家庭装电这一行。给他高工资他都不愿意干。不过他说,他们村有好多人干他曾经干的这一行,他回去问有没有闲的、愿意干的。方民留了电话,继续找。普通干活的很多,但是要找的技术工却真是凤毛麟角。

有一个小伙子蹿上来,问方民,哥,我干过,我可以吗?

你干过什么?方民很恼火他横过来挡路,没有好脸色地问。

干过电工,就是高空的那种!小伙子说。

干过多长时间?方民问。

小伙子挠着头不好意思地说,一天。

方民被他逗乐了,一天?一天也算干过?

这个小伙子说,那儿的活,一天就结束了,给了我一百元。我去上班人家就剩一天的活了。

方民说，你还是继续找吧。

小伙子说，不会也可以学嘛，谁都是从不会到会，我边干边学，你只要给我一碗饭就行，我爸把我撵出来了，我回不去了，你就行行好吧，我会好好干的。

这娃倒老实，方民突然感觉这娃和小刚眉宇间还有点像，他一想到小刚，心就咯噔一下。

他问小伙子，你多大了？

二十，真的二十。

你住哪里呢？方民相信他说的，同时小刚今年也是二十，可是他要是没有地方住也是问题，店里没有任何铺盖，冬天也不适宜。

小伙子说，我和村里两个伙伴租房，在八里村。他们都找到活了，我没有找到呢。

你叫啥名？方民已经心里接纳他了，便问。

我叫罗小民，这是我的身份证，罗小民说着从外面口袋掏出他的身份证递给方民。

方民看了看的确说的都是，又还给了他，说，装好，别丢了，出门在外身份证别丢了。

罗小民接过身份证又装回了外口袋说，是的，我注意着呢，不会丢。

方民说，你明天来吧。

罗小民说，今天我就跟你走，管一碗饭就行，你让干啥就干啥。

方民看着他，罗小民憨憨地看着他，有点不好意思地说，哥，我没钱了，昨天上午吃了一碗面，到现在还没吃呢。

方民突然眼眶有点湿，说，走吧！

罗小民跟着方民来到了店里，方民看见店门口有一个招聘启事，谁把招聘放到了自家门口，估计是隔壁的吧。刘亮正在忙活复印。

等一拨复印的走了，方民给刘亮介绍了见罗小民的过程。刘亮过来拍拍罗小民的肩膀，欢迎你，小民。

你是大民，他是小民。刘亮指着方民哈哈笑，方民和罗小民也都笑了。

下午，方民仔细看了合同附件所要的材料，他和刘亮俩人就细节交流了一番。

有个人探头进来，问，是你们这儿招人吗？

131

方民诧异，说没有啊。

刘亮说，是的，进来，你是应聘哪一个项目？

这个人说，电工，我原来是挂线工，蹬高上低咱不怕，你们需要哪方面？

这个人看上去三十多岁，黝黑的皮肤，很实在的样子。

你在哪里干的？刘亮问。

我在陕南干，跟原来一个老板，有电力的活还有电信局的活，干的多了。老板是个女的，老板男人死了，是心梗，老板打击大，就不干了。

好，你想一个月多少钱工资？方民问。

我原来是一个月七千元，有时候还能拿一万元，你们几天活？一天最低五百元，你们看着给吧！那个人一口气说了几个意思。

方民说，我们有两个月或者两个月多左右的活，你如果愿意，就按你以前的，如果顺利，还可以有奖金。

那行，什么时间上班呢？那个人说。

刘亮说，你十六把身份证拿过来，估计二十左右就开工，你这几天愿意打零工就先干着，等我们通知，有电话没有，留一个。

那个人从内衣口袋掏出他的身份证，递给刘亮，说，行，正好老家有个亲戚盖房子，我回去帮几天忙，你看看身份证，我十六就不来了，二十过来我找你们。

刘亮接过来，看了看，然后用复印机复印了一张，回过头递给他，说，你叫陈平里，家是户县的！

是，是。陈平里答道，身份证又塞进了内衣口袋，然后堆着笑说，那你们忙，我走了。

等陈平里出了门，方民才说，怪不得我看门前有一个招聘启事，你弄的，我还以为隔壁的。

刘亮笑着说，你走了，我就弄了一个，咱们这儿是出村必经之地，人来人往，本身这地方就是打工的天堂，还不比人市强？所以我就弄了一个，还真就起作用了。

方民竖了竖大拇指说，你真行，有你的。方民看了看闹钟，说，都十二点多了，赶紧吃饭。罗小民都快饿晕了吧。

罗小民说，哥，饿过了，不饿了。

三个人出了来，拉上卷闸门，方民说，走，去吃老马那家羊肉泡馍。

给罗小民要了三个馍,他俩一人两个,要了一盘拼盘,三瓶啤酒。刘亮要掰馍,方民嫌麻烦,罗小民也不掰。

刘亮说,你们不懂,掰的好吃,大厨师看见是掰的,一看是行家,煮的也用心。你譬如说吃兰州拉面,到店里你坐下,说来一碗韭叶,或者来一碗毛细,人家就知道你是内行,保证拉得认真,吃得爽口。

方民知道拉面这个,这个他听人说过,泡馍还真不知。

刘亮吃了一口菜,开始掰馍,接着说,譬如你俩泡馍,你给他说,小炒,汤宽。人家就会给你煮得稀一点,吃到最后,饭完汤完。

吃饱就行。罗小民嘿嘿地傻笑着。

方民还真不知道有这么些学问,哎,有时也想吃得从容些,可是穷人忙身子,哪还顾了这么多。

下午的时候,刘亮忽然说,你那个手机还在吗?

方民正在裁三合板,他仰起头,什么手机?

就是你的那个西门子嘛!刘亮说。

方民停下说,在呢,在房间我的包里。怎么了?

刘亮说,把它开通啊!我也准备买一个,你看,咱们下来要干活,许多事情要联系,呼机都过时了。许多人都有手机了,生意主要靠信息,有了信息,就等于有了机会。

嗯,有道理,你去买一个吧,或者你就用我的那个,有一个就行了,你说呢?方民边挪动板子边说。

不行,我也买一个,这是有价值的投资,我买,用我自己的钱,电话费呢,一个月先一人一百元,你看行不行?刘亮说。

你定吧,我还忙着呢!方民说完又忙着他的活了。

刘亮说,你把身份证给我,我顺便给你重新办个号码。你那个不是说是天地公司给你办的吗?早都作废了。

方民想想也对,就掏出自己的身份证给了刘亮,刘亮借了人家茶叶店的自行车去了小寨。

傍晚时候,方民刚到住处,刘亮就进来了,他手上拿着一个崭新的手机。方民一看是诺基亚,就说,咋不买摩托罗拉呢?

刘亮说,摩托罗拉没有诺基亚皮实。赶紧把你的手机拿出来,给你的卡,你的号码要记住哦!

133

多少？方民一边寻找手机一边问。

刘亮说，我哪记得住？你插上卡拨给我，就知道了。

刘亮接过方民的西门子，退掉后盖，装上卡，屏上出现了中国移动几个字，还有时间日期。顺便拨了一通号码，接着就听见铃声响。

接啊！刘亮说。

方民说，浪费话费。

哪跟哪呀，快接！刘亮说。

方民听到了久违的手机声，他也很高兴，明明能听见，他俩故意地说，喂，你是哪一位？土豆土豆，我是地瓜。地瓜地瓜，我是土豆。

方民记住了自己的号码，他后面四位是1108，而刘亮的是1109。

方民在录原来的客户号码，刘亮熟悉机子的功能，俩人顾不得说话，各忙各的。

一直玩到十二点，方民说困了，睡吧！刘亮才依依不舍地放下了手机。

（三十二）

十五没有开店门，刘亮本来说早上起来去大雁塔转转，听说要建亚洲最大的音乐喷泉广场，现在看看，等建成了，看看有啥变化。可是俩人起来就已经是上午十一点多了，刘亮还赖着，试看他的手机，不肯起来。方民下去买了两份拉条子回来，刘亮也不洗脸刷牙，就在床上吃起来。

吃完看着刘亮不想动，方民自己去了店里，他知道今天不会有人，但是他可以一边干点零活，一边还可以喝茶，想到十五本来是团聚的日子，可是什么时候自己能爽爽快快过一个团圆的元宵节呢？他不知道，他向往着，有朝一日，他和老娘，还有自己的孩子，当然还有秀英婶一家子，一起吃着元宵，一起看着电视，是多么美好的一件事。

到了傍晚，刘亮才过到店里来了，喝了一口茶，方民就被刘亮拽着说去上电视塔。刘亮说，咱们在它眼皮底下，看着它的雄姿，却没有上过，是不是遗憾啊！听说电视塔塔楼上有猜字谜游戏，还有奖品呢。

顺着电梯，他俩和许多游客被拉上了顶层，没想到上面还蛮宽敞，外面的八角棱形在里面全然感觉不到。

方民首先跑到窗户边，看到地下街道如棋盘，长安路灯光衬托着夜色，大雁塔方向有一片亮光，城墙的灯带虽然只是两条线，可是还是很美。白天肯定能望见终南山，可惜是晚上，南面一片亮光的估计就是韦曲了。

塔楼上已经有几十人在上面了。听说上顶的人数控制着，不能过多。顶上挂满了字谜，方民看着这些字谜，有的已经画上了勾，说明已经被人猜对了，领了奖品。

刘亮说，这个你在行，猜两个，也弄上两个奖品，没白来。

你也猜嘛，不难的，你看这个你知道吗？方民指着一个对刘亮说，千年古屋（打一作家），这不是老舍吗！

刘亮高兴地说，就是老舍，赶紧记下，98号，老舍。

刘亮兴高采烈地去领奖品了。

方民又猜了两个，十张口，一颗心。猜一字。他思忖了一会儿，自言自语说，这不是思吗，肯定是。

还有这个，表里如一，打一字，里外一样，这不是回字吗。

刘亮跑过来说，哎，我当什么礼品呢，原来就是一支毛笔。

方民说，毛笔也好嘛，咱们或许能用得上，还有啥奖品？我又猜了俩。

刘亮说，还有扑克牌、圆珠笔。我也猜一个试试。

俩人仰着头，刘亮指着这一个说，二小姐，打一字。想了半天，方民也是沉思着，忽然他说，哦，是次女，就是姿势的姿字。

刘亮说还是你行，我今天还非得猜一个不可。

文武俱全，打一《三国演义》中人名，这个是刘备，刘亮高兴地说。

方民还没有反应过来，刘亮说，刘字这边是个文，那边是个刀，这不是文武吗。

不错啊。方民说，你真行。

刘亮说，咱们别猜了，留给人家些，否则猜完了，让人家拿啥猜。

方民说，得了吧，每天换一批，你能猜完？

俩人换了圆珠笔、扑克，又玩了一会儿，就下来了。

方民和刘亮找了一圈都没有卖元宵的饭馆，方民说，里头有个叫刚子的有饸饹，吃一碗得了。

刚子坐在饭馆里面的桌子旁择着小葱，看见是方民，放下小葱，说，哥，你来了，先坐。

方民自嘲说，十五过节呢想吃个元宵都没有，所以跑你这儿来了。

刚子对里面说，娟娟，你把那包元宵拿出来煮了，大哥来了，想吃元宵，两个人啊。

方民说，别介，只是说说。你还当真啊！

刚子说，哥，放着没人吃就坏了。今天她买了元宵，想回去看看她爸妈，结果她不敢回去，怕她爸妈骂她，哎，我说，怕啥，他们骂你你再回来，等有钱了，我拿一沓子钱回去，就不骂了。

说完刚子自己笑了。方民说，该回去就得回去，父母骂你你忍着，他们何尝不想让你好。不敢说等有钱了再回去，这个使不得。你没有听说子欲孝而亲不待吗？就是说，等你想孝敬了，亲人也许不在了。我没别的意思，你可要好好对待娟娟，人家跑出来，有家不能回，不容易。

娟娟端了一碗热气腾腾的元宵放到方民桌上，由于烫哈着手说，哥说得对，你听见没有？她瞟了刚子一眼。

刚子说，哥是有文化的人嘛。

方民推给刘亮让他先吃，刘亮也不客气，拿着筷子夹了一个，吸哈着放到嘴里。

娟娟又端上了一碗，说，哥，够不，还有馍，或者给你一人调一碗饸饹。

不要不要。方民制止，摆了摆手说，晚上要少吃，就是过节了，吃个元宵权当过节呢。

刚子说，今天也算把节过了，我都好多年没有过节了。

出来的时候，刘亮要付钱，刚子不收，说，你们两个哥哥和我们一起过节，还收啥钱，太见外了。

回来路上，方民给刘亮讲了认识他俩的过程，特别巧合的是，一个叫刚子，和小刚很像，一个叫娟娟，和娟子很像，世界真奇怪。

刘亮也说，这是宿命，逃也逃不掉。

回来后，方民坐在椅子上发呆，他在想自从告诉了秀英婶这个消息，还不知道他一家子怎么样？这是他心里的一个结。

上次在乡上碰见了小学同学大伟，大伟留了他家的座机电话，方民犹豫要不要打，这会儿已经是快十点了。他知道这时候都在看元宵晚会，睡觉肯定是还没有，就是该怎么说。

他拨通的时候，半天没人接，他刚要放下，却接通了，里面的声音一听就是大伟的，他说，大伟，你好，我是方民。大伟和方民一阵寒暄，方民先是问这个又问那个，最后他转到他们街道，问见他妈了没？又问，你知道小刚家还好吧？

你妈我见了。大伟说，好着，看着还精神，小刚家没听说什么事，你问他家干吗？

没什么，就是随便聊聊。

方民挂了电话心里才踏实了些，至少小刚家没有什么大事，娘也还好，他就放心了。

第二天方民又去天地对接了一次，三月一日同时开工，方民也给人家写了保证书，按时保质完成任务。

天地的五万元也到了账上，刘亮和电力公司也对接了，没有什么问题。但是刘亮为了确保万一，又去了一趟环卫局，人家说三月十二前后不行，其他应该没问题。植树节期间他们肯定忙，这一点可以理解。

这几天方民和刘亮只要出去，就是罗小民看店，这小子学啥都学得很快，复印制作铜牌，装订他看了就会，这让他俩很高兴。

正月十八，都没有出去，方民还在想一些细节。忽然店里的电话响了，罗小民接了过去，电话里要找方民。方民接过电话，里面人说，你是天人公司吗？听说你们要找电工，我是，可以爬高的，我村的那个谁给我说的电话，你们要几个人？

方民记起来了，那天在人市他留了电话，确实现在还缺人手，但是只能要一个，那一个已经有了。

方民告诉了那人情况，工资七千元，那人犹豫了一下，说好吧。方民让他三月一日早上八点必须赶到店里。

方民和刘亮合计了一下，他们一共五个人，不知道够不够，两个在上边，一个在下边，他俩搭把手，负责运送材料。

刘亮说，欠火，先就这样吧，不够了再说。

方民这几天既是紧张忙碌，又是踌躇满志，但是也有些忐忑。

他觉得还是有必要去祭奠一下神灵，他没有告诉刘亮，刘亮知道一定会笑话自己。方民知道自己不是迷信，但是他心里有阴影，有砖窑的那些惨烈情景，有小刚的阴影，他有必要告诉小刚一番，也告诉在天上的父亲，他们在看着他呢。有时候，方民觉得神灵就是自己，自己的心有了云翳，还得自己去敬敬心。

这里最近的大寺庙就是大雁塔或者小雁塔，都有点远，方民忽然记起了村子中间的小庙，好像叫"八里庙"也叫"油爷庙"。方民并不知道为啥这么叫，但是村里人很恭敬，每到庙会都有不少人依然去敬它，一定自有道理。

　　斜阳下，不远处的电视塔巍峨而端庄地屹立在东南方向，而熙熙攘攘的人流让方民感觉到身在异乡，这个城市高楼上的每一盏灯里面都有一个温馨的画面，而自己还只是这座古城的看客，尽管他也在围绕古城服务，可是古城还没有接纳自己。不是说任何人来了，古城都会接纳，也许只是过客，也许是宿缘。要让城市认可你，你得需要展示自己，自己够不够格？

　　方民想自己还不够格，等有朝一日够格了，他也会成为这座城市的一员，也是主人翁吧。

　　八里庙在村子的中间偏西，被村民的高楼夹峙着，不注意，还真的不知道。

　　一间房带一个小院子，有一棵参天的皂角树，皂角树下坐着一位老头，不像是庙里的。

　　方民迎上去问，老伯，你是村里的人吗？

　　老人停下他的烟袋锅说，是的，我祖祖辈辈住在这里。

　　那么这棵皂角树有多少年了？方民问。

　　老人说，是明朝的吧，小时候就有，还有一棵大槐树，也是几百年，可惜七十年代死了伐了。

　　这座庙听说叫"八里庙"，有人还说叫"油爷庙"，到底叫什么？方民继续问。

　　都对着，八里庙是说再有八里就到了城墙里，至于油爷庙嘛，那还得说一段故事呢！老人在砖沿上磕了磕烟袋灰继续说，在旧社会，从韦曲到西京要经过八里村村南，这儿原来有一条沟，是必经之地，沟深路滑，一到这里，车把式都要捏一把汗，牲口走到这儿迈不开步，鞭子打它也不向前，车翻人毁之事常常发生。一天，有位商人拉了很重的一车货，货物把车子压得咯吱咯吱地叫唤，加之刚下过雨，车子到了沟前，看着盘旋的坡路，坡下马车如同蚂蚁，沟里有翻下的车马，自己的腿直啪啪，骡子就是原地打转转，不知谁说是得罪了油爷，他赶紧到油爷洞也就是现在这地方的八里庙里的神像前磕了几个响头，还把进城灌油的油壶控上些，抹到油爷塑身上，结果下坡一切顺利。这样一传十十传百，从此凡是过此沟的车马，都要带上点菜油，在八里庙的油爷像前跪拜之后抹上些，求得油爷保佑，据说很是灵验。这样八里庙也就叫了

"油爷庙"。

油爷沟沟深路崎岖，最危险处有五十度坡，尤其雨雪天，过油爷沟如同过鬼门关。所以还有个顺口溜呢，油爷沟里油爷洞，油爷洞里敬油爷。在八里村有关油爷的传说一直流传着。可惜现在城市变化了，沟也看不出来了，油爷庙也冷落了。

方民听得如醉如痴，他说，老伯，这里晚上不关门吗？

老人说，这里从来不关门，谁走得迟，就挂上门闩。

方民说，谢谢你，老伯，让我长知识了！

老人站起身说，你去拜一拜，很灵，我走了，冷了。

院子没有人，只剩下了方民。方民走进庙里，给功德箱里放了两元钱，他只摸出了两元，一个还是钢镚。桌案上有香蜡，还有打火机，方民抽了一根香，用打火机点燃了。

看着袅袅的香烟还有那尊黑亮的油爷石像，他跪了下去，心中给所有的亲人嘱咐了一遍，磕了三个头。

方民离开的时候，准备拉上庙门，却发现袅袅的香烟在油爷的头顶上形成了一个圆圈，他很惊奇，难道是油爷知道了，显灵了。待他仔细看时，却又没有了，方民觉得是不是自己眼睛有误，他也不知道，反正明了心就行了。

他拉上门，挂上闩，离开了庙。

（三十三）

三月一日早上八点，几个工人都到了，刘亮把方民从天地公司拿来的工作证给每个人发了一个。然后统一坐上雇来的小货车，货车是双排座，后面是所用的工具，有焊箱，有条钢，有印制好的广告布，等等。

工程是从北门开始的，方民统计过，他们一共要更换和处理的广告牌和灯箱还有灯饰一共三十处。大型广告牌七个。

第一个就是北门偏东的一个大广告牌，吊车要托高十米，才能开始工作。电力检修车已经到了，停在北门瓮城附近。刘亮打电话联系让他们到指定地点。

两个工人看来的确是专业的，很麻利。高一点的叫"高智德"，低一点的黑一点的叫"每立平"。刘亮说，咱们叫"老高"和"老每"。

罗小民说，高叔、每叔你们都小心点。

老每说，你放心，这比我们的活简单多了。

周围十米内都栽上了警示牌，老高老每两个人在空中用电工刀割掉了原来的旧广告布，广告布落下来时飘向了十米开外。

里面的灯管有好几个都坏了，罗小民用吊绳绑好需要的东西，一个个运送上去。电灯管都是提前预案准备好的，包括许多零碎东西，胶布，固定要用的铁丝等。

正在这时，天地公司的郝总来了，他过来看了看，说，方民，这个还可以，有的要根据情况，扩大防护措施，小心高空坠落物，甚至还要做好全防护。

方民说，这个没问题，我一定注意。就是全防护，这成本就高了。

郝总说，安全是第一，也不一定有全防护的，但是我告诉你了，人命关天，出了事情你负责。防护一定要做好。

说完郝总说他还有事，要先走，方民道了别，这时刘亮说，郝总，全防护要增加预算，咱们合同可没有提前说。

郝总钻进了车，说，你先弄，下来再说。

等一溜烟车跑远了，刘亮说，管他呢，先把话撂给他，后边再说。

方民点了点头，拉紧安全帽，一同和罗小民递着东西。

里面的灯管要三排，底和顶是双排，中间是单排，一共十五个。方民特别叮嘱固定好，测试好，不要等广告布粘上去出现问题就得不偿失。

一上午才安装了两排灯，已经是十二点了。刘亮招呼大家下来吃饭，东西都放在原地，小民看着，他们四个先去吃，回来捎给他。

就近在北关附近吃的是煮馍，老高、老每也是饿了，一大碗没招喋就完了，检修车的俩师傅本来不管饭，说的是大包干，可是第一天，为了拉近感情，方民让他们一起吃。方民买了一大份先给罗小民送过去，让刘亮陪着师傅歇会儿再过来。

罗小民看着方民过来了说，哥，你咋这么快，你也歇会儿嘛。

我怕你饿了，所以赶紧送过来，你爱吃糖蒜不？还有辣子酱呢！方民递给了小民。

我不饿，早上吃得多，还行。罗小民接过饭说，那我就吃了。

方民说，赶紧吃，我把这儿收拾一下。

一点四十左右，他们都过来了，刘亮买了五盒石林，一人一盒。这些都是加的，方民很认同刘亮的做法。有时候人和人不全是钱，有了感情，咋都好说。要是没有感情，一个怠工，一个小破坏，就会让你的损失无法估量。

下午的活简单，剩余的灯管装完，测试后无故障。然后开始装新的广告布。测试也不是很顺利，有两个灯管不亮，还有一个闪烁不定。这些都是小问题，然而费时间，一项一项，检修车上上下下，虽然简单，方民不敢马虎，尤其刚刚开始，要是不盯紧，后面如果自己不在，不知会怎样呢！

装新广告布在地上就简单得多，用502胶粘住一边两个角，再在中间上部粘一个点，然后尽力拉直，粘下面的对应点，再向右逐步粘接拉直，依次进行。

可是在高空，一辆检修车。人不能上下分开，只能粘接一边，另一边上角用绳子临时挂住，再向右边一点一点粘接拉直底下对应点，依次一点点进行，直至全部拉直。

方民在天地的时候，就是不知道怎么弄，总是拉不直，还是别的广告公司做的时候，他给人家连着发了五根烟，那个师傅才给他开了窍。

但是那时也是在地上，不像现在在高空，他们五个人都上去了，才勉强做好，方民在上面看着还是有点不太直，但下了来，看不见了，看起来还是可以的。刘亮说，我估计人家有拉直机，只是咱们没有见而已。

方民说，也许吧，远水解不了近渴，还是要用力拉直，马虎不得。

紧赶慢赶，还是没能完成这一个广告牌，已经五点半了，每师傅住在八里村，而高师傅住在长安杜曲，路还远着。看看不行，也不能把人使唤得太扎实，所以方民宣布下班。

收拾完东西，等小货车开到八里村时已经过了七点，三月的七点天已经黑了，方民让高师傅别耽搁赶紧走。

每师傅也走了，他们三个人最后收拾了一下，方民嘱咐刘亮明天进货，自己和小民整理明天需要的物什，等弄罢这一切，已是八点多了，三个人赶紧去吃饭。

第二天，方民和小民继续上工地，刘亮去了轻工，大广告牌的另一面就好弄多了，到十点就已经全部完成。

第三天，任务是两侧的几个小广告箱，广告箱是有机塑料做的，需要把里面坏的灯管换掉，外面贴上广告膜就好。为了不耽搁时间，方民带着吊车以及高师傅、每师傅到下一个广告牌，留下小民完成这些。

小民很高兴，说你就放心去吧，我能做得好。

日子紧张而忙乱地过着，最近每天都是忙到很晚，主要是还要备好第二天所需材料。紧张的时候，人手明显不足，活儿得一点一点地干，高处上的人忙，底下人就没事了。

乱往往从忙中来。三月十一日下午，城东突然发生了一场火灾，高压线被烧断了，影响着城市四分之一的用电。电力局接到市委、市政府命令，调动全部力量全力抢修这一段线路。司机接到通知后，立马就要走，方民也是无奈，个人利益和国家利益之间，他还是清楚的。他赶紧让刘亮联系林业局的吊车，可是刘亮回的消息是人家适值植树节前后，也是满负荷运作。

今天正好进行到火车站跟前，广告布刚被撕下一半，这肯定不行。先别说管市容的见了罚款，主要是面对全国各地来的客人，看到古城的形象，这是大问题。

方民很着急，但是有什么办法呢，后天还不能保证啥时候能来。尽管师傅也知道利害，答应一完马上过来。但是明天怎么解决？这要是地上好解决，在空中，看着被风吹着飘动的广告布，他心里像着了火。

刘亮不停地联系，都只是失望的消息。

方民忽然灵机一动，看来只能用最笨的办法了。

方民的办法就是搭架，连夜搭钢管架保证施工。

刘亮说，这会儿在哪去寻找施工队搭架？

罗小民说，哥，我试试！

你？！方民和刘亮几乎同时诧异地问。

罗小民说，我三爸就是包工头，外面干了一个活，欠了一勾子账要不回来，只剩下了工地那些东西堆了一院子。三爸想挣钱都疯了，我估计差不多。但是咋给他说呢？

刘亮说，你先问他一般人家搭架得多少钱，咱们双倍给他。

方民说，给他说多找几个工人，估计几个小时就搭好了。

罗小民说，那我试试。

罗小民就用刘亮的手机给他三爸家里打，他三爸非要老板接电话，不相信他。刘亮就接了，给他说了大概多大范围，让估计拉多少管子，和他也谈好了价钱。

晚上是睡不成觉了。晚上十点小民他三爸带着人就到了，方民和刘亮商量，前半夜刘亮盯着，后半夜方民盯着，小民非要来，说他年轻，没问题。方民说,你明天还要蹬高爬低,你歇着,八点来换就行。

方民回来一时半会睡不着,想着许多事情。搭架和原来又不一样,操心上架的安全,而且搭的架两边要略高于中间,站一个人要能够着顶部。

一直到十二点才睡着,一下子睡到了四点,一睁眼,赶紧下床,胡乱抹了一把脸,就骑上三十元钱在文艺路"贼市"买的那辆旧自行车。

三月的夜冷飕飕的,吹在脸上虽不是刀割,却有些渗凉。

街上没几个人影,到北大街才发现有扫大街的环卫工人已经上班了。

过了北门向右一拐,远远就看见工人正在搭架,比预想的还要快,已经到了广告牌的一半。

进来了却没有见到刘亮,方民找了一下,发现他在小民他三爸的货车上睡着了,还打着鼾声。方民没有打扰他,就站在底下看,也没有事情。他昨天已经把怎么搭和刘亮说清楚了,估计他们都知晓,也不用多说。

七点半罗小民就来了,方民问他咋来的?他说他跑步来的。方民笑了,说,有点远吧。

小民擦着汗憨笑着说,不远,跑了四十多分钟,我原来在学校参加过长跑,还拿过名次呢!

方民拍拍他的肩膀,说戴上安全帽,注意安全。

正说着,刘亮却来了,提了一塑料袋热腾腾的包子,方民说,你啥时候醒来了,都没看见。你回去睡,这儿你别管了。

刘亮说,我三点睡的,睡够了。看见你来了,小民是刚到吧。

方民拿了一个,小民也拿了一个,刘亮让小民全拿着,他已经吃过了,还喝了一碗稀饭。吃不完的话一会儿师傅们看谁吃。

高师傅、每师傅来的时候,架子还有最上面一点没搭好,在底下等了不到一小时。上面工人下来了,小民把剩的几个包子递给他三爸,他三爸不要,说我们回去睡觉呀,困死了。

方民、刘亮招呼着师傅们,小民他三爸说,刘老板,你啥时候活能完,我们啥时候过来拆架?

刘亮看看方民,方民说,你最好明天吧,保守的话明天下午应该没问题。

方民多预留一点时间,他怕今天紧张,因为在架上没有干过,还不知道怎么样。

小民他三爸说,那成,我明天下午三四点过来。我们就走了。

看着他们坐上车走了，高师傅说，好长时间没上过架了。说着紧了紧安全帽，就抓住铁管，铁管冰凉，他没抓好，一下子打了个趔趄，几个人赶紧去扶，他说，没事没事，没抓牢。

方民说，你一定抓牢靠了，一定注意安全。

高师傅第二次抓住铁管踏着管卡就上去了。每师傅一个引体向上身子就缩上去了，三下五除二就到了顶。看着他俩安全抵达，方民才放了心。

小民已经围好了隔离带，把"高空作业，注意安全"的牌子放到了醒目位置。

接着把该用的工具材料一样样吊了上去，看着一切安排停当，方民和刘亮靠在护栏上商量下来的事情。

方民说，咱们今天抽时间把整个地方转一圈，回来把后面的活按时间预计一下，要把困难尽量想在前头。

刘亮说，成，应该好好安排一下，不能临时抱佛脚。

十点左右，方民让小民招呼，他骑上自行车带着刘亮向东转去。自行车方便多了，想啥时候停都行，不用发停车难的愁。

下一处周围没有圪挡，容易些，不过周边小广告牌多些，可能是最多的一处。估计下来的话得两天。

到尚德门外的这个，他们有些傻眼，四周高低不平，而且有环围的房子，西边一米处隔了一堵墙，是停车场，黑白停满了车。南边就是城墙，检修车很难下手，架也不好搭，很难下手。而且这个还是最高的，高过了城墙。西京的城墙方民还是知道一点知识，有十二米高。而此处地基本来也高，大约有三米高，那么这个广告牌高度超过了十米。

俩人费了半天思量，方民还专门画了一张图，他给刘亮说，东面搭架，虽然不好搭，还是可以下手，北面底下有房子，可以搭长架，中间你算算，检修车臂可以伸到不？西面最不好弄。

刘亮说，检修车车臂没有那么长，不行我问问表哥，看他们单位还有长臂的么。

方民说，你得问，这个不解决就没法干。

刘亮二话没说就打电话，方民继续查看地形，这个肯定是他们最难啃的骨头。前几天，他也看过，其他几个印象中都和前面差不多。

刘亮打完电话过来高兴地说，他们新买了两台，一个十五米长，一个二十多米呢。可是刚回来,还没有试过,人家还要会上研究。我给他出了个主意,就是把我们这个活当作试验品,他说或许还可以不收钱少收钱。

方民拍了拍刘亮的肩说,还是按标准给人家,让你表哥也好说话,再说咱们还有用人家的时候,来日方长。

刘亮点点头说,看他咋说吧,先等等。

晚上吃饭的时候,刘亮皱着眉头,方民知道一定是有事,一般啥时候都看不见他犯愁。方民问,怎么了?

账上只剩下一千元了,我把我的两万元都用完了。这个节骨眼,却没有了钱,方民没想到,他没有管钱,也就没问。也怪他,这几天大量进材料,自己应该想到才对。

材料备了不少,到尚德门这个活都还够,就是要付工钱。这个又不能拖。

方民拿出自己的私房钱三千元,递给刘亮说,这是我一直藏着的,也是经历了那一场事情之后,就有一个思想,任何时候都不能动这最后的底线钱。因为我要每个月替小刚寄给秀英婶钱,每月三百元。现在秀英婶一家知道了,也再不用寄钱了。所以这个今天可以用了。

刘亮说,这个你拿着,要解决咱们全部解决,你这也是杯水车薪。

方民说,明天小民他三爸就要要钱,先顾眼下再说。我这么点儿,你都出两万元了。

刘亮笑着说,我两万元也是全部,你三千元还是自己的全部,所以我们都是尽心尽力了。

方民打着喷嚏说,我们是兄弟同心,其利断金。

刘亮摸了摸方民的额头说,你是不是感冒了。咋这么烫,发烧了?

方民说,昨天晚上可能受凉了,没事。

刘亮说,先吃点药,早点睡。

方民说,我休息一晚就好了。

第二天早上,方民看着刘亮起来了,自己起了几下都没有成功,头晕目眩,不住地清鼻咳嗽。

刘亮打开一包感冒灵给他倒进杯子里,加了水,凉着,说,你就好好躺着,我去就行,你不要操心了。

方民浑身乏力,说,你去吧,我再睡会儿,一点力气都没有。

刘亮走了,方民挣扎着吃了药,浑浑噩噩又睡着了。

下午一点多，罗小民回来了，方民想挣扎下床，可是依然不能。

小民说，亮哥不放心，他买了退烧药让我回来看看你，我顺便买了一份炒面，你吃一点。小民要扶方民起来，方民挣扎着起来，吃了两口就不想吃了，想睡，小民给他倒了点水，让他吃退烧药，顺便又给他打开一包感冒灵。

方民吃了药又睡了，小民替他盖好被子带好门又去工地了。

晚上五点多，方民醒了，他自己摸了摸额头，不烫了，觉得有点饿，就端起炒面吃了几乎一半。身子也轻松多了，喝了一杯水，又发了点汗，自己就下了来。这会儿去工地，估计到了他们也该下班了，不知道今天进展如何。

方民开了店门，这几日没人打理，店里凌乱不堪，方民收拾了一番。这时，刘亮、罗小民回来了，刘亮看见方民说，你咋下地了？操啥心吗？！

我再睡就成了坐月子，你们忙，我睡得住吗？方民笑着说，今天完了吗？

罗小民抢着说，完了，完了，把小广告牌都弄了一部分，刘亮哥今天没闲着，一直和我们一起弄。

刘亮说，我把工钱都给小民他三爸付了，你就放心吧。

方民说，你们赶紧去吃饭，都累了，早点歇着。

第二天，刘亮还是不让方民去工地，让他去买点小材料，顺便活动活动。

（三十四）

这几天进展顺利，一切按预想的向前推进。

最欣慰的是，昨天刘亮干了一件漂亮事。他在工地遇见了郑总和郝总来视察，刘亮大胆地说让付一点进度款。郝云龙不同意，说本来应该全部垫付，都提前破例了。刘亮据理力争，我们就相当于一个小包工，就是你们的下属，下属困难，你们不能坐视不管吧，再说咱们都是为了工程进度，耽搁了我们损失你们也损失，是不是这个道理？

郝云龙还想说什么，郑丽欣阻止了他，说，给你们十万元够不够，下来你们想办法，这下要等干完活再付，验收完再付完剩余的。

刘亮斩钉截铁地说，给十五万元。要不，到时候还得问你们要，下来的我们克服，不会麻烦你们了。

没想到郑丽欣爽快答应了。

方民觉得自己还是不行，这一点刘亮比自己强多了。

明天就是要啃最难啃的骨头了，方民和刘亮都不敢懈怠，就是人手有点不够。罗小民说他的同村两个伙伴正好这几天没有活，方民说那就让来吧，工资一天一结，也就是两三天活。

下午，大电力检修车来了，方民一看，乖乖，这个臂膊真长啊，完全够用了，不搭架都行，但是有的地方鞭长莫及，还是稳妥一点，该搭架的一定要搭，不敢大意。

第三天，方民去买灯管，这个牌需要得多，他怕不够，还是有备无患。

他回来时，刘亮却正和一帮人在争吵，原来这边施工，有一些碎屑飘了过去，落在了停车场的车上，停车场老板怕车主找麻烦，来阻挡施工。刘亮保证也不起作用，那边来了几个人，这边也是五六个，看着差点就打起来。

方民顾不到卸货赶紧过去，挡在了中间，他说，不要吵了，这样吧，你们看成不成，我们在底下架一层防护网，如果还有损伤责任我们负，该赔我们赔，行不？

那边带头的说，这还差不多，写上东西，压五千元钱。

方民一听压钱，这哪儿成？他灵机一动，拉过老板到了一边说，老板，你知道克林顿要来西京？这个知道吧？

那人眨了眨眼说，知道，怎么啦？

方民笑着说，知道就好，这个点亮工程是为了迎接克林顿总统到西京，是市长亲自督促工程，交给了我们公司，过两天市长还要亲自视察，如果这事情反映上去，你这儿的停车场估计也没手续吧，说不准……所以押金就不要了吧，咱们都是挣钱不容易，相互理解吧。

那人看着给方民说，那成，给你面子，你写上东西，押金不要了，损坏了你要负责。

方民说，好的，没问题，你放心。

那人领着他的人走了，刘亮和小民过来，小民问，哥，你使的啥法？他就灰溜溜地走了。

我使的吸星大法。方民笑着张开双手说。维修车在路边就可以伸到跟前，罗小民和他的一个伙伴坐在斗台被送到一边，另一边是高师傅和每师傅。

方民放好警示牌，检查了一遍警示线，去车上放下刚才买的东西。

刘亮说，这个底子还有一张广告布，估计是上次那一家赶工懒得没有拆。

方民顺着看去，一边广告布已经耷拉下来了，底子果然还有一层，罗小民撕扯着，渐渐地露出一个艳丽的女人的脸部，红红的唇，旁边是一个口红，方民一愣，这个画面怎么这么熟悉，他见过，在哪儿呢？他突然对着罗小民和高师傅喊，不要动底子的布，全部撕下上面的一层。

两边同时扯，底下的广告布全部露了出来，占据了一半的时尚女人的脸部，上半部蒙着一层薄纱，旁边一个紫红的口红，和紫红的唇显得那么扎眼，右边是几行文字。

这不就是他日夜要找的那个广告吗？它就是那一夜被囚在一间黑房子前看见的，深深地扎在他的脑海里，他瞬间泪流满面。罗小民的伙伴拿着工具刀正要割下面的，方民大声喊，不要动，把吊车放下来。

小伙子停下了手中的刀子，高师傅和每师傅还有小民都不知所措，刘亮似乎明白了什么，也大喊，放下来，放下来。

维修车缓缓下来，方民让两人下来，自己迫不及待上了去，刘亮不放心也上了去。

维修车缓缓升高，方民有些眩晕，他抓紧扶手，车臂升到了原来的位置，方民示意师傅再升高，直到升到了比顶部高一两米处，他示意停下。方民环顾四周，眼睛停留在了城墙里的一个小院子，就是这个院子，还有靠右边的那间屋子，就是关他和小刚等人的地方。方民泣不成声，对着刘亮说，我找了它三年，三年啊！

刘亮扶着他，说找到就好，这也是天意。

方民泪流满面说，是啊，老天睁眼，终于可以把他们一网打尽了。

刘亮让检修车放下来，车斗缓缓下来时，方民目光呆滞，是被刘亮搀扶着下来的。

大家不知所措，刘亮让大家先休息一下。

罗小民和他的伙伴坐在刘亮和方民旁不知该怎么办才好，高师傅、每师傅坐在顶上抽着烟。

等安静了一会儿，方民说，我先报警吧。

刘亮说，好，我陪你去。

刘亮对小民说，你们歇一会儿，我们去一会儿再回来，先不要动。

好，知道了，你们去吧！罗小民答应着。

方民和刘亮来到火车站派出所，因为在这里报过警，这里的民警也做过调查，方民就直接找负责的石所长。

石所长没有认出他,说了情况后,他想起来了。

石所长说,你是方民,我记得的,你好像黑了瘦了。

最近忙,方民不好意思地说。

你说说情况吧,石所又说,顺手拿起笔和纸。

方民就把案件叙说了一遍,说他发现了让他记忆犹新的那个广告,并且还有那个院落。说完让石所赶紧去抓那个熊哥。

石所略皱眉头,听方民说完,说,你回去,我马上派民警先拍个照取个证,你该干活干活,需要你配合你立马配合,别的你不用管了。

方民还有些迟疑,还想问好多问题,又不知从何问起,刘亮扯了扯他的衣服说,我们先走,石所长还要研究呢。

方民和刘亮走出了派出所,方民满脸狐疑地说,这就完了,他们怎么不抓人呢?

刘亮说,人家公安自有安排,你不要着急。

他俩走到工地时,有一辆警车已经停在了牌子底下,一位民警正对着广告拍照。方民告诉从这张广告处可以看见那间院子。

民警说,知道了,不用看,这儿情况都了解。

民警照完就走了,方民觉得这些人是不是敷衍了事?自己一时惶恐起来。多一些等候就多一些人受害,难道他们不懂?

方民又恨自己了,自己要有武功该多好,他就会一个人进去打倒几个流氓揪出那个熊哥。

刘亮过来问,你看干还是停着等等。

方民有气无力地说,不等了,继续干。

刘亮示意大家开工。

罗小民和他的伙伴又被输送了上去,开始继续干活。

那个红唇女郎的广告布被撕掉了,方民机械地看着,已经没有了激动。

方民机械地递着上面所需的东西,上面的人在有条不紊地做着各自的活。

刘亮指挥着,因为这儿机械难以转身,得机械和架子配合,甚至还要边拆一部分边搭,所以进展如预期一样缓慢。

直到第二天下午,还有一点,刘亮问方民要不要加班完成最后一点。

方民说,不加班明天这些工具还得上去,浪费时间。刘亮就告诉所有施工人员今天晚上加班。

大约十点，只剩下了最后一点点就要完成了，方民让小民下来，他坐在托台上完成最后一点程序。

他站在顶上，向南边城墙里的街道望去，看见这个门始终关着，并没有一个人影，只是离这户人家大约二百米的地方停着两辆车。方民有些失望，他固定完广告架的角边，收拾了工具，示意车下降。

方民这时候不知所措，他都有想去市公安局投诉的想法，投诉车站派出所不作为。他只觉得个人太渺小了，面对有些事件个人真是无能为力。

刘亮安顿大家吃饭，方民没有胃口，自己先回来了。

洗了手脸，就钻进被窝浑浑噩噩睡了。

刘亮回来，看方民睡着了，蹑手蹑脚钻进被子里，顺手关了灯，也睡下了。

睡得迷迷糊糊的时候，忽然一阵手机铃响，方民爬起来，刘亮揉着惺忪的眼睛问谁呀，几点了？

方民结果手机一看，一个机灵，是车站派出所的电话。

方民接通了电话，听着，不断嗯嗯，好好。

接完就迅速找衣服，刘亮问，怎么了，什么事？

方民兴奋地说，抓住了，抓住了！

什么抓住了？你是去哪儿？刘亮也迅速穿衣服。

走，派出所，石所长电话呢！方民把放在椅子上的裤子扔给刘亮。

俩人到所里的时候，东边的天空刚刚泛白，刘亮看了看手机，刚刚五点半。

值班的人打电话询问后，放他们进了所里。方民和刘亮直奔二楼所长办公室。

里面有说话声，方民敲了敲门，传来声音：请进——

方民推开门，里面坐了三个人，中间就是石所长。

石所长说，哦，你来了，来，先坐下。

另外两个人站起身要走，石所长说，这就是当事人方民。都坐下，小王你给他说说情况。

噢——那俩人看了看方民点了点头。叫小王的坐下后往里挪了挪，方民和刘亮坐下来，虽然是长沙发，还是有点挤。方民指着刘亮说，一起的。

石所长说，我们经过几天的摸排和蹲守，终于在昨天晚上，不，是今天凌晨三点半将他们一网打尽，抓住了熊哥一伙五个人，还有几个被骗和绑架来的受害人。让小王，哦，他是我们的刑警队队长，这是刘指导员。石所让小王讲讲过程。

方民和刘亮冲他们又点点头，方民说，辛苦了，辛苦了。

王队长讲了讲这几天是怎么蹲守，怎么抓捕的过程，虽然很简单，方民知道其中的艰辛。

方民说，怪不得我报案的第三天晚上我们加班我从广告牌看过去，不远处有一辆面包车和一辆黑车，是不是你们呀？

王队长继续说，是的，我们黑白天都在蹲守，有时候有人进去，我们都没有动手，知道他们昨晚大行动。

王队长又说，今天叫你过来，主要是认一认熊哥等人，不要抓错。

石所长说，你跟王队长先去辨认吧。

王队长站起来对方民说，跟我来，石所，刘指导，我先去了。

方民和刘亮站起来，方民对着石所说，那我就先过去了。

石所和刘指导点点头。方民跟着王队长下到一楼，向里楼内侧走去，走到一个房间，王队长用钥匙打开房门，里面还有一个人，听到声音站起身，说，王队来了。

王队让刘亮在外面等着，领着方民进到屋里说，方民，对面就是这帮人，有没有熊哥。小张，你过去让他们站好，站成一排，头都抬起来。

听那边声音估计都站好了，王队长示意方民辨认。方民隔着窗户透过玻璃向里面看，里面人都戴着手铐，并排站在一起。

方民一眼就认出络腮胡子的熊哥，其他只有一个马仔有点印象外，其余都不认识。

方民怕自己搞错，又仔细看了看，虽然熊哥有些变化，而且自己曾经也不是那么看得仔细，但是如果能听听声音，他一下子就辨认出来了。

他把他的意思和王队小声交流了一番。王队说，你等等。就过去了。

王队回来时，只听见那边小张说，一个个报一下名字，大声点。

报告政府，我叫马伟！第一个矮个儿先说道。

到了第四个就是熊哥，他略微扬了扬头，低声说，我叫熊涛。小张喊，大声点儿，抬起头，听不见。

熊哥抬了抬头，大声说，报告政府，我叫熊涛。

方民其实在他咕哝的时候就听出来了，又说了一遍，方民更加确定了。他冲王队点点头。

151

那边也报完了,小张示意他们蹲下。

方民告辞了王队,和刘亮一起后不想着立马回去。他还有许多疑问没有搞清楚呢。下来咋办?什么时候去山西?小刚的遗骸怎么办?

他迟疑了一下,又上了二楼,去找石所长。

他敲门后里面让他进去,方民推开门,石所长正在案头写着东西,看见他进来,问,辨认了吗?是不是?

方民和刘亮坐在沙发上,他说,就是他,就是那个熊哥。还有一个有印象,其他都不认识。

好,石所放下笔,收拾着桌面。

方民耐不住问,石所,下来案子怎么办?什么时候去山西?

石所说,这次是一个跨省的大案,我得报分局,分局还要报市局、省局,最后由上面定。不过这个案子有案底,上面早就作为大案悬着,这次有突破,下来我们取供搜集罪犯资料和整理案情资料,你回去等消息吧。不是很快,但也不是很慢。

方民其实还有很多问题,算了,派出所也定不了,问了也白问。

方民站起来说,石所长,谢谢你们,你们真的辛苦了。你也赶紧休息,都天亮了,你估计一夜没合眼,我们走了。

石所长确实看起来眼睛有点扑闪,他说,我们习惯了,今晚我值班。你们回去吧,随时保持联系,有什么线索及时给我们提供。

方民和刘亮从所里出来,天已经大亮,街道也不时有人穿过,卖吃的都早早起来了,刘亮说,咱们就在这儿吃点吧。

方民和刘亮走进一家胡辣汤店,一人一个饼,一碗回民的丸子胡辣汤。刘亮边吃边说,你回去休息,我给咱盯着。

方民说,这哪儿跟哪儿呀!咱俩都到工地,最近有点耽搁,还得抓紧点,否则完不了任务,那可不好。

刘亮说,我给小民打电话,让他捎上几件今天要的工具,咱就不回去了。

开头几天雇着小货车,这几天熟悉了,除非买东西,他们就把常用工具放在机械车上,第二天拉来就行。

这一阵为了这个大工程,店里的一些小活都顾不上了,其实,这也是不对的,小活说不准啥时候就变成了大活。只是现在人手不够,也没更好的办法。

（三十五）

天气渐渐暖和了，杨树的白絮像雪花一样飘满了古城的街道。有人说春天里下雪了，看起来很美。有人却说，这是个灾难，因为杨絮一则影响城市卫生，给环卫工人带来了不小的压力；二则这个对呼吸道极为不利，有人过敏，有人吸入肺部，造成呼吸困难。

花儿也渐渐地开了，先是迎春花，再是梅花，还有桃花，瞬间人间因这些花儿也变得灿烂起来。

玉兰也开了，这种花是春天最普遍却也最高洁的花。

这几天活儿已进展到了城墙东拐角处，这里的一株玉兰开得正皎洁，在姹紫嫣红的百花中亭亭玉立，如长在树上的莲花。

转眼一个多月过去了，这一项工程也进入了尾声，除了还有几个小灯箱还没有完成，大的广告牌已经全部完成。

郑丽欣抽空还来过一次，她对这边的工作还是满意的。因为据说城墙另一面不太顺利，遇到了更棘手的地方。而且那一面城墙公园每天有许多游客，出活更加慢。

为了赶进度，郑总又把两处一百来米的活给了他们，争取统一提前完成任务。

虽然什么都没有说，方民却爽快答应了，他心里唯一担心的是他要去山西，去和公安一起抓坏蛋。

都是熟路活儿，再说不管怎么说，还是能挣钱，所以方民答应得很麻利。

四月十日全部的活就完了，方民他们也结束了。方民让刘亮给工人开了工资，他不想欠这些下苦的，何况这些天都建立了感情。方民还特意给每个人发了一个五百元的红包。

罗小民就留在店里打工，方民觉得小民在，似乎小刚就没有走。小民也很爽快，他也不想走，人生难得有这样的老板，他愿意跟着方民干。

天地那边让等着验收测试，先让方民自行再检查一遍，别出现问题再手忙脚乱。

方民这几天把店里全部收拾了一遍，这一阵店里没人，影响不小，一些老客户也不见来了。好在这儿是八里村村口两条必经的出入路之一。没几天，慢慢又有客人回来了。

一天下午，方民和小民在制作一家单位的活，刘亮在用电脑打印文件。这时方民的手机响了，手机放在桌子上，刘亮喊方民接电话。方民说你接，我正占手着呢。

刘亮接通了放在耳边，脸却严肃了下来。他对着里面说，你等一下，我让本人接。

刘亮喊，方民，是车站所的。

方民立马放下手中的活，赶快过来，看着方民严肃地接完电话，刘亮问，怎么了？有消息了吗？

方民怔了一会儿说，是的，石所长让我过去，说明天就要去山西。

方民从派出所回来的时候，已是五点了，他没等刘亮问，就说，这一阵公安局没有闲着，和山西公安已经接好头，带着熊哥和那边接头，顺便一网打尽，我可以去，也可以不去。那边的派出所已经对接好了，他去也只是熟悉地形，便于工作更细致。他给石所长说一定要去，一是看着这些人被绳之以法；另外还要把小刚遗骸接回来。再有就是把王华姐接回来，他没有说，这是他去的另一个目的。

方民对石所长说了他的愿望，石所长也很理解，同意了他的请求。

方民觉得这是大事，有必要告诉秀英婶一家。

说完这些，他决定回家一趟去接秀英婶，因为娟子在上学，老闷叔是个老实人，办不了这些事情，肯定是秀英婶来。然而想到秀英婶可怜的样子，自己就却步了。他思考了一番，还是先打一个电话吧，或许秀英婶不会去，全部委托他去。

方民把电话打到街道的商店，让商店喊一下秀英婶，也就隔了三五家。商店是赵实德开的，赵实德退休后回家开了商店，平常店里人不多，有几个闲人在打麻将。他一听就是赵实德的声音，里面问谁呀，他没有说，只是让找秀英，听见里面有人催快点，有揉麻将牌的声音。赵实德脚步声跑出去了，站在街上喊，老闷哥，叫你家秀英接电话。

方民有些忐忑，听见秀英婶在里面问，实德，谁的？

不知道，你接了不就知道了吗？赵实德不耐烦地说。

里面传来秀英婶的声音，喂，谁呀？

方民说，秀英婶，我是民娃子。

你啊。秀英婶有些落寞的声音。没等秀英婶继续说，方民说道，婶啊，我不得不告诉您一件事，公安机关要去山西破那个案子，我想把小刚顺便接回来，你看，你们还去吗？

秀英婶的声音，案子破了？好好，我去，我去，我要去——

方民继续说，那我回去接您？您一个来还是和老闷叔一起？

秀英婶说，我去吧，你叔在家看门，你说到哪里见，我让娘家兄弟送我，他新买了一个小货车，每天都去城里。

方民说，那就在火车站派出所门口吧。我会早早到等你，人家公安局有车。

我知道了，我回去和娟子、你叔交代一下。

方民是在后院打的电话，打完他拭了拭眼角的泪水，他不知怎么了，一提起小刚就想落泪，刚才是硬隐忍着。

他也不能让小民、刘亮担心，所以他擦干眼角，走了出来。

刘亮看着他，不知道能说什么。方民说，明天我要去山西，秀英婶也去，我要看着那些坏人被抓，要把小刚我的好兄弟接回来。

刘亮手搭上他的肩膀说，你去吧，放心地去吧！这里有我呢，还有小民，等着你平安回来。

方民握着刘亮的手说，你就多费心，小民你要好好帮着你刘亮哥，好好干。

小民不知道说什么好，他憋了一会儿说，知道了，哥，你照顾好自己，你放心吧，刘亮哥让我干啥我干啥。

说完觉得不对，又说，就是没有叫我干啥，我看见也要干。

方民搂过小民，拉着刘亮，说，好，我放心。

方民一想到山西，就辗转反侧，睡不着，到了十二点，他不敢再想，于是在床上数羊，数着数着，就睡着了。

第二天早上，闹钟在六点就响了，他起来洗了把脸，拿了一身换洗衣服，背上牛仔挎包，就上路了。车很少，他一直向北走，走到了小寨，才遇到了公交车。

车到火车站，他下来又向城墙里走了五六分钟，就到了车站派出所门口。已经有一辆中巴和两辆公安的小车在门口了。

七点二十分，还有点早，方民在车站附近的早点摊买了两笼包子，三盒豆浆，他想着秀英婶来一定没吃饭，估计五六点就出发了，也该到了，如果路上顺利的话。

方民边走边吃，等到了车跟前，已经看见武警押着熊哥进了警车。

这时候过来一辆小昌河，车停下来时，下来一个小伙子拉开车门，车里下来一位穿戴整齐的妇女，跟着下来一位年轻女子。方民一下子没有认出来，仔细一看，原来是秀英婶和娟子。

他迎上去，叫道，婶子，娟子，你们来了。

娟子看见方民，高兴地叫道，民哥，你在呢，还怕你没到我们找不着呢。

秀英婶说，还没有出发吧，我们不迟吧？

方民说，不迟，他们领导还没有到呢！

方民递上包子说，婶，吃一点包子吧，还热乎着呢，你们肯定没有吃饭，还有豆浆，吃一点。

秀英婶说，不饿。娟子说，没吃，我饿了，我要吃。

方民看着娟子吃着包子，说，慢点，别噎着。

娟子说，好吃。

这时候，所里出来几个人，原来是石所和王队长，还有刘指导员。

石所长看见方民说，都来了，你们上车吧，坐这辆车。石所指着后面那辆中巴车说。

他们三个上了车，车上还有一位女警察，那女的说，随便坐。

婶子坐在靠窗一个单人位置上，方民和娟子坐在另一边的双人座上。

娟子有些兴奋说，民哥，得坐多长时间？

方民说，估计得五个多小时吧。

八点整，车队出发了，在灞桥收费站，他们停下等了一会儿，后面又过来两辆车，石所长和王队长下来冲着小车上下来的人敬了一个礼，那人还了一个礼，两人说着什么。然后另一辆车下来四五个便衣，上了方民他们坐的中巴车。刚才空荡荡的车里不再空荡，一下子充实了。

刚才那辆车掉头回去了。那位领导的车跟着石所的车过了收费站，一路向东。

车子行进在高速上，两边的庄稼被迅速抛在后面。山渐渐近了，那位女警察说，骊山好美啊，车上的人都向南望去，果然骊山像一个绿马驹奔跑在大地上，山不高，却很顽皮。

方民想起第一次去山西的情形，他也是站在火车车窗前盯着青山，还有那些禾苗，充满了憧憬。而仅仅时过三四年，却起了这么大变化，而且这一次他是满腹心事。

娟子望着方民问，民哥，你说会不会打枪啊？打枪声音大不？我们能看到抓坏人不？我可羡慕警察了。

方民努努嘴，说，你的前后都是警察。

娟子有些诧异，轻声问，他们是警察？

方民点点头，隔壁座位的警察叔叔估计听见了，看了一眼娟子方民，笑了笑。

娟子吐了吐舌头，将头扭向了窗外。

方民问，你不是上课吗？咋请假了？

娟子说，我们会考刚完，连星期天放三天假，所以我就来了，我妈不让我来。我说有你呢，我不怕。我还要保护我娘呢。

方民心里想，小刚当初也是那么信任自己，秀英婶也是，把小刚交给了他，可是自己对不起秀英婶一家子。

今天娟子又说这样的话，这让他恨不得有地缝钻进去。他不敢看娟子，假装困了，合上了眼。

车过华山时，一位女警察喊了一句，华山快看哦。

方民真有些累，好像有人打开窗去看，但他昨晚没有睡好，今天起了大早，一旦睡了，又迷迷瞪瞪，困得不行。不知何时娟子也睡着了，头枕在他的肩头，方民闻到了飘柔的味道。

他看着这个小丫头片子已经成了大姑娘，在自己心目中她还小得很，没想到已经马上要高中毕业了。仔细看她的眉眼，虽不是很美，倒也端端正正，阳光青春，是个敢说敢为的性格。

方民一路也在观察着秀英婶，她只是端端正正坐着，也不说话，也没瞌睡，那位女警察递给她一瓶矿泉水，她不要，女警察说，大娘，路还远，你得喝水呀！

我怕上厕所，路上不方便呢！秀英婶不好意思地说。

你想上就说，路上有服务区，我们可以停一会儿，你想上吗？这会儿马上到风陵渡了吧？！女警察说。

秀英婶说，不上，没事的。

车子从秦地进入了晋，刚才看到的是秦岭余脉，再向南就进入了豫地，那是伏牛山区域了。这会儿向东，又看到绵绵山脉，这就是中条山了，这里又是太行山余脉。方民很喜爱地理，所以对这些还是比较了解的。

中条山在这一地方还是很雄伟的，曾经在这里发生过中条山战役，方民还不懂，历史书上也没有记载，据有些书上说，那是一场屈辱而悲壮的战争。

想着想着就迷糊了。当方民再醒来时，已进入一个陌生的城市，车子在城市里穿行，最后在一座院子前停了下来。方民仔细看才知道这是永济市公安局，这时里面出来一帮人，和外面的一群人站满了院子。

那边的人过来问，哪位是何局长？

方民看到之前石所长给敬礼的人站出来说，我是何绍雄。那人敬了一个礼，说我是周松。何局长还了一个礼，说，你就是周局长吧，电话我们已经通过了，终于见到人了。谢谢你们，我们这次来是给你们添麻烦了。

周局长说，哪里，一家人不说两家话。赶紧进去，先歇会儿，咱们吃完饭行动。

何局长说，那就简单吃点，歇一会儿。

一切按部就班地进行，方民看着熊哥被押了进去。

车上有个人问，这是永济方面的局长吧，咱们是分局局长，虽然是大城市，但是人家是局长。

女警官说，咱们何局兼市公安局副局长呢。

方民扶着秀英婶下了车，跟着工作人员进了局里，在一间屋里坐下，有人倒了几杯白开水端过来。

方民他们一人端了一杯，娟子好奇地看着这里的一切。

过了约二十分钟，他们被领着到了公安局一楼饭堂，饭堂挺大的，已经坐上了好几拨人。好像一部分人吃的是自助餐，而西京来的都是坐在圆桌上，桌上已摆好了几个凉菜。

接着呼啦啦进来一批人，坐满了座位，还有武警。

虽然人很多，但是说话的很少，饭堂只听见吃饭碗筷的声音。

方民他们有几个热菜，还有馒头。也有米饭，方民和秀英婶吃的是馒头，而娟子吃的是米饭。方民问秀英婶，婶子，能习惯不？吃馒头可以不？

秀英婶说，好着呢，能习惯。

方民给她盛了一碗鸡蛋汤，说，喝点汤，婶子。他又给娟子盛了一碗。

吃罢饭，许多人站在院子里待命。这时候，那位女警官过来说，方民是你吧，你可以去，大娘就留在这儿，等结束了再告诉他们情况。

秀英婶一听急了，说，这哪儿行，来都来了，我要去的，你去告诉领导，我要去的。

女警官一看秀英婶的倔劲儿，说，好吧，我请示领导去。

不一会儿她又回来了，说，大娘，领导同意去，但是不允许进去，等我们抓捕完了你可以进。

秀英婶连声说，好好，我知道，我知道。

车队出发了，秀英婶他们和方民不在一辆车上。

方民和王队长在一辆车上，听口气，几个便衣其中一个是市局刑警队的，他介绍着情况。

原来永济这方面早已经蹲守多时，这边让熊哥接头，把这边负责人引出来，然后武警先上，再下来是公安民警上。

方民告诉砖窑四周的情况，说窑上东南角有一个瞭望塔，像个碉堡，里面能把下面看得一清二楚。

刑警队的警官笑着说，已经是咱们的人了。

方民虽然不知道是怎么部署的，但是通过细节知道公安部门下了功夫，他心里才稍微安了些。

他们一共三辆车，一辆车是熊哥的，当然有自己的人；另一辆装的武警战士乔装的民工；再一辆就是他们，熊哥的同伙。其他的埋伏在周边，一接到命令，立马行动。

车子停了下来，方民通过窗子看见了这儿陌生而有些记忆的草木，这是他第一次到的地方，是熊哥把他们交给范老板的地方。

熊哥下车了，叼着雪茄，戴着墨镜，还是原来的那种打扮，这时从坡下走过来几个人，方民一看一眼就认出来了是二蛋，他告诉王队说，为首的这个是这儿的打手二蛋。

熊哥问，二蛋，怎么是你？范新昌呢？

二蛋说，熊哥，好啊，这次带这么多，还是您亲自带队，辛苦了。

这次多，我在电话里已经说过了，又增加了几个，所以不得不亲自来，你们范老板咋没来？熊哥吸了一口烟，吐了一个大烟圈说。

我先验验货，说着就朝面包车过来了。熊哥一伸胳膊挡在前面，二蛋说，这是怎的？这是嘛个意思？

熊哥说，这回猪仔多，价钱又没有说好，先别动。

那你开价吧！二蛋斜了一眼熊哥说。

159

你能做主吗？熊哥问。

你说吧，别废话！二蛋说。

熊哥一旁公安扮装的手下说，怎么跟熊哥说话呢？

熊哥一拦说，每个加一千元，一共二十三个。

狮子大张口啊！熊哥，那我们不要了，咱们走。说着带着手下就往回走。

方民一紧张，这可怎么办？他们进去就难办了。

走了几步，二蛋回过头说，熊哥，加三百元，怎么样？

熊哥说，别谈了，没诚意。回去告诉范新昌，此处不留爷，自有留爷处，洪洞那边可是好价钱哪！

方民知道，一定是公安部门经过了严密的推演，预备了很多方案。

二蛋忽然转了笑脸说，熊哥，熊老板，咱们打了多少年交道了，是老朋友了。我给范老板说，你等着。

二蛋掏出手机，挪远了一点距离，说了一会儿。他放下电话，过来对着熊哥说，熊哥，老板说，先让我验货。他马上出来。

熊哥一摆手，扮演手下的到面包车跟前，拉开车门，指着说，你，还有你，下来。

两个皮肤黝黑的三十岁左右的男人下了车，蓬头垢面，衣衫不整，下来后一脸可怜相的陕西话说，这是哪里啊？

装扮的手下说，少废话，站好。说着在一个人屁股上踢了一脚。

二蛋说，熊哥，这年月，还有这么壮的，不错啊。

熊哥说，这次货好，这年月，越来越不好弄，所以价钱自然高点。

二蛋又拿起手机拨着号码，对着里面说，老板，货不错，一切好着，你出来吧。

等范老板的过程，二蛋让车上的人全部下来，面包车上的全部下来了，站成了三排。然后二蛋让小车上的人也下来，熊哥说，不用了吧，这是我的手下。

二蛋说，熊哥你是不是还私藏货呀，全部给了我们吧。再说你来那么多手下干吗！说完就过来拉车门。

这时候，刚才那位警官推开门下了来，说，怎么，不信我们熊哥。二蛋一看下来一个大汉，堆着笑说，没有，让兄弟们都下来，喝口水嘛。

这时候熊哥突然大声说，范老板，好久不见，恭喜发财啊！

范老板还离得有两丈远，也是一拱手说，熊哥啊，这次麻烦您亲自过来，辛苦辛苦，发财发财！

二蛋隔着人缝隙朝车里瞅。警官说，都下来吧，到家了。

这时方民很紧张，二蛋认识自己，这可怎么办？

范新昌也越来越近，只有一丈远了，这时候，二蛋伸进头来，和方民四目对着的时候，瞪大了眼睛，半天没吭声。这时候，范老板已经到了熊哥跟前。二蛋忽然大喊，老板，快跑——

说时迟那时快，方民身边人员一瞬间按倒了二蛋，范新昌转身想跑，他旁边的王队长一下子将他扑倒在地，二蛋的手下一个个也被压倒在地上。

王队长拿着对讲机说，全体行动。

这时候警笛大鸣，四处有几十公安武警冲向了砖窑。

面包车后备厢打开了，武器都在里面，大伙领了武器也朝砖窑冲过去。留下了几个人看押着范新昌几个人。

方民跑下去时，砖窑已全部被控制，打手们站了一边，那些被抓来的劳工站在另一边。

方民在里面找，他一眼认出了陈昌富和刘川古，但是俩人目光呆滞，并没有认出方民。

方民抓住刘川古的胳膊说，老刘头，是我呀，你不认识了？我和王华咱一起来的。

刘川古看着对面的人，不敢吭声，方民鼓励说，老刘头，公安把他们都抓了，你可以回家了？你快告诉我，王华呢？

老刘头才不再惊恐，低声说，王华已不见了近一年了，不知道去哪儿了。

这时候陈昌富也说，逃，逃出去了，我听薛占奎说的。

薛占奎呢？方民看了一遍并没有薛占奎。

陈昌富低着头说，薛占奎得病死了，快一年了。

没有了王华，方民很失落，她生死未卜。

这次一共解救了三十六位劳工，经过现场简单询问，知道这是全部了。方民只想知道王华的下落，他看到根娃也被抓住了，就过去给王队长说明了情况，王队长把根娃叫出来单个问，王华呢？

根娃辩解说，我也是受害者，我也是他们抓来的。

我问你王华呢？王队长眼睛一瞪问。

根娃蔫了，说，一次，我带出去买菜，她趁机跑了，最后还派几个人出去寻找，也没找到，估计跑远了。我还被二蛋回来扇了几个巴掌呢！

方民沉着的心放下了，他知道她还活着，而且逃出去了。

下来就剩下了小刚的遗骸，这边也早已经做了准备，一部分人留下，做好现场拍照取证封门。

方民带着大家沿着窑后面寻找，他看见了那两棵树，他走在曾经逃跑的土壕里，他要找到那个点位，那两棵树刚好成一线的地方。

方民走着走着慢下来了，他已经隐隐约约感觉到就在此处附近。

秀英婶被拦在了不远处，两位当地女公安扶着她，娟子也是一脸惶恐。

方民终于看到了那个点位，两棵树在坑道的这一点上重叠了，他跪在了地上，埋下了头，他放声大哭，小刚，哥来接你来了。小刚，我来了。对不起啊，小刚，对不起，我该死啊，我没有保护好你，对不起。

两边的人都流下了眼泪，哽咽着。

方民泪如涌泉，他喊道，苍天啊，你睁眼了，小刚啊，坏人抓到了。咱们回家吧——

方民稍微安静下来时，有人推推他问，在哪里？

方民早已经发现了，指了指一块长着蒿草和打碗花的虚土。

几个人用铁锹刨着，有人扒开了虚草。

当看到白骨时，方民瘫倒在地上，机械地看着他们拾完所有骨骸，用红缎包裹好，外面卷了席子。

出来时，老远就听见秀英婶惊天动地的哭声，娃呀，可怜的娃呀。我那可怜的刚娃子呀——

娟子哭着喊着，哥，哥，咱们回家吧。

方民也是大声哭喊，小刚，我们回家了——

声音回荡在沟塬间。

（三十六）

晚上，方民安顿好秀英婶，自己也早早躺在了宾馆的床上。

明天这里的人就会把骨灰盒交到方民手上，他们也会随着西京的公安一起回去。

方民此时还想去看看王雪妮舅舅，但是估计不行，已经很晚了，明天估计也没有时间，他想着等安顿好了这一切，他一定会来看看舅舅和姥姥，当然王雪妮能一起来最好，他不来自己也要来，他忘不了舅舅一家给自己的帮助。

第二天上午十点半，小刚的骨灰盒回来了，用红布包着，秀英婶抱着骨灰盒泣不成声，小娟也是眼泪唰唰地淌着。方民没有哭，他从秀英婶手中拿过骨灰盒自己抱在怀里。

一路上，方民就这样抱着，一刻没有松开。娟子几次说换换他，他都不让。他要多抱一会儿，也许这样，才能让自己好受些。

直到灞桥，他实在累了，娟子才抱了过去。

进了西京，过了三府湾，方民看到了他做的广告牌，他望到了那张红唇女人的广告牌已不见了，焕然一新的是一张秦岭山水，写着"青山绿水，拥抱古城"。

在车站派出所稍作了休息，吃了午饭，石所安排了另一辆车送方民和秀英婶回去。

车子走得很慢，到村子的时候，已是傍晚，村口围了好多人，方民知道娟子给他爹老闷叔说了情况，许多左邻右舍都来了。

秀英婶家已经设了灵堂，小刚的骨灰盒放在了灵前的桌台上，方民敬了一根香，插在了碗里。他心里默默念着，小刚，我们回家了。

第二天，安葬了小刚，方民和老妈睡了一晚上，第三天一大早就回到了店里。

几天里，方民只是默默干活，也不作声。刘亮和罗小民也不敢问，就这样几乎一个礼拜，方民才慢慢地说话了。这让刘亮很高兴，这一天上午，他们要了几个菜，在馆子的角落坐了下来。方民慢慢地讲述着整个过程，他讲得很慢，惊险处也是缓缓地，小民听得如醉如痴，像听天方夜谭。

刘亮原来知道一些，可是这么详细和曲折还是第一次听到，三个人几乎忘了吃，动情处，方民眼泪纵横。他俩也跟着掉眼泪。

你原来受了那么多磨难，今天我才知道，你是怎么熬过来的？刘亮说。

方民说，人一生哪有不受磨砺，只有有了苦难，才会珍惜当下。曾经这件事像一座大山压在我心里，现在我心里才终于稍稍安宁，小刚回来了，我心里才放下了。而且那些坏人也被抓了，小刚也可以瞑目了。

罗小民郑重地说，哥，你把我当小刚吧，我愿意做你俩的好兄弟！

方民说，你已经是好兄弟了。说实在的，你和小刚有点像，我才留下了你。
好，好兄弟！咱们干一杯！刘亮端起杯说。
三个人碰了一下，干了满杯的啤酒。
一场雨后，温度骤然上升。升了一个礼拜，又一场大雨，凉了两天，一忽悠，就再次蹿高，到了三十四五度，夏天不经意就来了。
街上到处都是黄澄澄的杏子，两元一斤；樱桃也红了，可是还是稀罕物，一斤十五六元。这个季节瓜果飘香，而方民刘亮的店里生意也是硕果累累。
上次的工程赚了十来万元，让方民和刘亮看到了未来和希望。
他们又添置了一台高速打印机，一些工程图纸也可以复印了，现在正是大建设年代，复印图纸的活几乎每天都有。
由于活多，刘亮租的那个屋子也热，所以方民把后面小屋收拾了一下，他支了一张床板，晚上就睡在店里了。刘亮也觉得夏天热，两个人在一起就是闷得慌，所以也没有阻拦。
由于天热晚上还可以多开会儿门，关门后方民就睡在屋里，或者铺一张板子睡在地上，他觉得很舒服。店里的风扇就是他的空调，有时候风顺着门缝进来，还不需要风扇呢。
方民觉得很惬意，这种日子对于他太少了，然而要想到，一个人快乐时，这快乐不是永恒的；痛苦时，要想痛苦也不是永恒的。
人其实就是渴望过一种平静生活，而现实往往很残酷。一位哲学家研究，人的一生其实起起伏伏，平静的时候就会意味着风浪来了，要有这个意识。而风浪过后就会相对平静一段时间，这也是定数。

方民刚迷糊，他的手机铃就响了，混沌中他放在耳边，电话里急促的声音，方民哥，我爸不行了，估计熬不过今夜了。说完就挂断了，电话是娟子打来的。方民心里咯噔一下，怎么会？老闷叔不是一向好好的嘛！他本来想问清楚，可是娟子很快就挂断了，他也想着打过去，可是这会儿娟子肯定已经离开了商店。这时间也没有车，他骑上店里这辆破自行车回去吗？估计回去天就亮了。还是明天早上早早回吧。方民想着，他翻了不知多少次身，他也懊恼，有想这个时间，估计已经走了一半路程了。打个的，也可以呀，后来他都不知什么时候睡着了。
第二天早上，罗小民过来后，方民交代了一番，哪个可以交活，哪个要赶紧完成，哪个要准备好材料，诸如此类他嘱咐了一遍。

小民说知道了，这些活我每天和你一起干，都知道，你就放心吧。

方民到村头的时候，听见村里龟子声一阵一阵传来，就心里一激灵，预感不好。

果不然，老闷叔已经走了。

方民含着泪上了香，跪下磕了九个头。他觉得老闷叔的死和自己有关系，和小刚的死有关系。

他是罪人。他跪在灵前给火盆里添着纸钱，只愿老闷叔在那边一切都好。

有人对方民如此的礼数看不明白，有人说，人家方民自小在老闷家认着，是干儿子哎。

其实那时候确实是娘抱着他在秀英婶家，秀英婶逗着他说的认干儿子的话，娘说好啊。也没有当真，秀英婶也给人说过，也不是太当真。

老闷叔得的是痢疾，拉了有十天，才去医院看，结果所有抗生素都用了都不管用，就这样走了。

虽然老闷叔得的是急症，但是方民始终觉得如果小刚好好的，老闷叔也许就扛过去了。

村里也正在宣传火葬，许多坟都被平了。老闷叔也是按着火葬装着骨灰盒入葬的。

其实二十世纪五十年代国家就开始提倡火葬，一些领导人率先执行。1985年殡葬管理条例开始颁布，首次规定在"人口稠密、耕地较少、交通方便"的地区推行火葬。1997年再次制定了条例，但是推行并不顺利，尤其是农村地区。"入土为安"是中国人传统的观念，很多老年人尤其反对火葬。很多地方的农村人对火葬也不理解，他们把火化后的骨灰再放进棺木后土葬，结果还是一样不能节省土地。有些农民更是公开抵制，强行进行土葬，有些人为了坚持进行土葬，居然行贿官员，进行假火葬，制作假"火化证明"。

最近两年由于强制执行，再加之慢慢地人们观念也在发生变化，理解了火葬的好处，也就习以为常了。

收拾了所有的东西，帮忙的人也都走了，屋里渐渐安静了。秀英婶坐在屋里发呆，娟子一脸疲惫地趴在桌子上。老闷叔的像孤零零地放在桌子上，他还是笑呵呵地望着这一切。

方民走进屋里，扑通跪在了秀英婶面前。

秀英婶和娟子一惊，都站了起来。

秀英婶说，民娃子，你这是干啥？

方民哭着说，婶，都是我的错。今后我就是你的儿子，你就是我的娘，我侍奉您一辈子。

秀英婶扶着方民，说，娃啊，这和你没有关系，你叔那是他的命。你呢，过你的日子去吧，我娘俩好着呢。小刚那也是他的命，不能怪你，你这几年为这事情也没少受苦，还寄钱寄东西。都不容易呀！你起来吧。

方民说，不，要是小刚好好的，你们家多幸福啊，我没有照顾好小刚，我对不起你们。你今后就是我的娘，我把你和我娘一样伺候一辈子。

秀英婶要扶方民起来说，娃呀，你是有娘的人，我不能这么做，你的心意我领了。这个使不得。你起来吧！

这个使得，方民应该这么做。咱俩都是他的娘！方民的母亲进来都没有觉察到，她站在房间门口说道。

嫂子，你来了。这个怎么行？秀英婶对着门口说。

方民的娘说，你不是还是民娃的干娘吗，民娃他应该这样做，我支持！

方民说，干娘，你就是干娘，我妈也都答应了，你要是不答应我就是不原谅我，我就不起来。

秀英婶叹了一口气说，娃呀，好吧，我答应你。

娟子也一同扶着方民起来，方民过来扶着老娘坐在凳子上，几个人说着老闷叔的病和对乡亲们帮忙的感激话。娟子倒了几杯水端过来，他递给方民娘和他娘各一杯，然后又拿一杯递给方民，说，哥，我又有哥了。

秀英婶却抹起了眼泪，娟子递给她纸巾，她说，没事，没事。

然后又说到了娟子，秀英婶说，娟子也是被屋里七事八事耽搁了，没有考好，这怎么办呢？干脆去打工去得了。

方民说，打工啥时候都行，不行就来我店里。可是一旦不上了，想再学东西就不能了，还是再补习一年，好好努力一把，考个好学校也好。

秀英婶沉默了，娟子也是不吭声。方民明白了，他对着老娘说，妈，你先回去歇着，我和干娘和娟子再说会儿话就回来。

老娘站起来说，都忙了一天，说一会儿就散了，都歇着。

方民答应着，看着娘一步一步出了门。

方民进了屋说，干娘，这是五千元。是娟子的学费，我还是希望娟子多上点学,将来比我有出息,考个好学校,有个高文凭,也能找到好工作。

秀英婶说,这怎么行,不要,不要。家里有的,不是过事还收了几千元嘛。

方民说,叔看病就借了钱,还不够还账,你就甭客气了。娟子的一年费用你就不管了。将来考上大学都有我呢。

方民递给秀英婶,她推搡着不要,娟子也是说不要。方民故意拉下脸说,我是您儿子啊,我这个哥哥给妹妹挣学费不是应该的吗?除非你们不认我。

说完他不由分说塞到床沿下,转身就往外走,任凭她俩喊着。

方民出来时,心里略微好受些。

(三十七)

方民有时候想,少年的时光一晃就过去了,年轻时常常用大把的时间彷徨迷茫,偶尔只是几个瞬间就已经成长。

经历了这么多事情,方民觉得自己长大了,或者说心理成熟了。

这几天有几家门头招牌需要更换,方民和罗小民早出晚归。店里也不轻松,刘亮守在店里,晚上回来,看着方民和罗小民疲惫的样子,他对着方民说,要不明天咱们换换,其实店里一点不轻松,而且都是些琐碎的事情。

方民笑了,说,你至少还有风扇,我们可在大日头底下呢!

刘亮说,那你待在店里,我出去。外面多好,还可以看俊男靓女。

方民说,知道你也很辛苦,看看你干的活就知道。你要是真想去,明天还有一天,你就去体验体验。

刘亮说,行啊,换就换。说好了哦,不许反悔!

方民洗了一把脸,倒了一杯水,说,嗯,嗯,不反悔!

第三天,刘亮还好,往常总要多睡会儿,早上却起了个大早。方民笑着说,不后悔?

刘亮说,小狗才后悔。

方民把后天要给一家旅馆做发光字的物件一样样清理了一下,堆放好在一起,省得到了时间手忙脚乱。

这家旅馆要好一点的料,这类广告有LED不锈钢的,还有亚克力的和平面树脂的,这家用的是亚克力发光字。

下午他正在电脑前设计一个铜牌的内容,有个人进来要做十几个易拉宝广告，是雁塔区政府的，这个人就住在附近，早上经常过这边街道来吃早点，看着他们店里生意颇好，便抱着试试的态度问问。一问价钱比他那边低一半，还能开票，那人就决定在这边做，虽然远点，但是他的要求就是开票和那边一样。方民明白，他差出的这一部分就装进了自己的腰包。

方民曾经拒绝过数次这样要求的政府人员，每次都挨刘亮一番训斥。

刘亮说，你这是自断财路。

方民说，咱不能助长他们的坏风气。

刘亮说，你不弄别人照弄不误，别以为你是英雄，能拯救这个世界。

方民无意拯救这个世界，但是他不能看着这些明明是病态，还助纣为虐。

刘亮给他讲，梅花好看吧！

方民说，你想说啥？

刘亮说，好看的梅花其实是病梅，是扭曲了的梅树。你要是把梅弄得直直的，反而没人看。所以要适应大多数，识时务者为俊杰。

方民不以为然，他有时也不明白，识时务者为俊杰也是古人总结的，不为五斗米折腰也是古人说的。两者却是矛盾的，谁又是对的？

今天这个人本来按他以往的性格早拒绝了，可是他迟疑了，商人是唯利是图的，所以在某些点上，他觉得自己不是个合格的商人。就像战场的战士，不能有怜悯心。

方民虽然应下了这个活，但是那人走了就后悔。何必为小利失去了原则，他有些自责。

刘亮今天着实不轻松，主要是这家换门头前要把旧的清理掉，旧的架子很牢固，他和小民费了九牛二虎之力才把旧框架卸了下来。主人说，早知道这么结实就不拆了，直接在上面罩上喷绘布就行了。

今天只是这一处活，不到三点就完工了。

回来刘亮见了方民就说，累死了，热死了。这简直不是人干的，估计超过三十七摄氏度了，我都要中暑了。

方民赶紧给他和小民倒了一杯水，两个人都脱了上衣，方民早打好了一盆水让他俩洗洗。方民说，晾一会儿赶紧穿上，这儿是店，有人来不好。

晚上三个人早早关了门，买了些凉菜和猪头肉，在店里铺了一张凉席，打开一瓶普太白，三个人天马行空，边喝边聊。

电视里放着一台晚会，是同一首歌。电视机是从一个收破烂人手里买的，那天刘亮卖了店里的烂货，看见收破烂人车上的电视机，那人说，还能放呢，卖的人要搬家，问他要不要，他只出五十元，那人不舍得但是也带不走，所以最后七十元买下了。收破烂人说，我送到二手市场最多一百元。刘亮说那就一百元给他。收破烂硬要一百二十元，最后刘亮给了，才有了现在这个电视机。

电视机里正在播放的同一首歌吸引了方民，虽然喝得有点上头，但是他还是认得这些明星，毛阿敏、宋祖英、朱军、赵传等悉数出场，看了半天，方民才知道今天的晚会是直播，在平安县举行。平安撤县设区，这么大的事情自己竟然一无所知。

方民兴奋地建议道，不如咱们去现场吧？！

刘亮说，得了吧，人家四点就进场，外面都是武警，进不去。

方民问，你咋知道的？

刘亮笑着说你忘了，今天这一家就在航天城啊。满平安城早都纷纷议论了，平安撤县设区是多大事啊！听说那儿要建大学城，晚会就在大学城的底滩上呢。

罗小民说，喝酒吧，平安的事跟咱有啥关系？

方民瞪了他一眼，你不是平安人？亏你还是杜曲人！平安现在成了热土，我们也可以朝那边发展啊。

刘亮说，你说得对，平安现在确实是声名鹊起，我们的同学都在那边，说不准能助我们一臂之力。

方民喝了一口酒不说话，只是遐想着。刘亮问他想啥呢，是不是想廖如或者刘晶，还是白佳愉？

方民打了一下刘亮说，想你个头，我在想我什么时候能在这座城市有一个自己的家，把母亲和秀英婶一家都接来，还可以有自己一个书房，看看书，还可以写写东西，画画、写字。

刘亮说，会有的，面包会有的，一切都会有的，来，干杯！希望就在这一杯酒中。

喝完酒，方民有些迷糊了，三个人平躺在凉席上，不说话，各自想着心事。

方民不知道将来会怎样，但是他知道，一座蓄势待发的新城不会平白无故接纳一个不努力的人，也不会丢下一个对它孜孜以求的人。

希望是一个人最大的动力。

方民醒来的时候，他听见店外不断有自行车三轮车和人来人往的声音，他看了看表，已经九点半了。他一激灵，昨晚喝多了，竟然睡到了这个时候。他赶紧喊刘亮和小民，小民坐了起来，眼睛却还闭着。刘亮看了看手机，他腾坐起来，昨晚竟然调到了静音，十个未接电话。而且都是深圳那边的。他的脸严肃起来，站起身，只穿了个裤头，光着脚丫，开始回电话。

方民示意小民别说话，收拾地上物品。刘亮已经接通了电话，听着里面说话。收拾完方民努努嘴，让小民去洗脸。

刘亮接了大约半个小时电话，看着他紧蹙的眉头，方民知道他的家里出了事情，但他不知道会有什么事，让一向乐观的刘亮紧锁眉头。

接完电话，刘亮跌坐在椅子上，不说话。

方民上去按着他的肩头问，怎么了？家里有什么事情吗？

刘亮怔怔地说，我爸走了，是心梗。

啊！方民大吃一惊，那你赶快收拾呀，赶紧赶回去处理事情啊。

刘亮静静地说，电话是公司一位和父亲要好的副总打来的，很复杂。父亲在公司里有股份，继母的儿子、女儿要继承，关键是公司正在股份改制，每个人还得先买一部分新股，才能分配，现在继母的儿女又不愿意交，所以就僵持着。公司觉得这件事不能草率，要他回去处理。据说新股份按照父亲的工龄职位应该交十万元左右。

方民说，不管怎样，你都要回去，这儿你放心好了。我会帮你打理好，店里的钱不知够不够，你全部带上，这里每天都有收入，够用就行。

刘亮开始穿衣服，边穿边说，店里现在有二十万元多一点现金，我带十万元，这里就交给你了，我不在你就是老板，这就是你的店，所有账目由你处理。

方民说，把钱都拿上，你还要交公司的，还要处理家里的事，听我的全部拿上。店还是你的，我帮着你守着。

刘亮快速洗了脸，方民趁机在网上给他订了机票，上午十一点半有一趟，还能赶上。在电视塔坐大巴，时间来得及。

刘亮回到出租屋拿了一些换洗衣服，还有自己随身物品，拉着行李箱到了店里。他把钥匙交到方民手上，说，屋里也没有啥，你不要住店里了，搬回去。这里是一张卡，卡里是剩下的钱，我思量了一下，还是多带点，我这张卡正好有十五万元，我就全拿走了。

方民把卡塞给刘亮，说，把这些都带上，方便些。

刘亮瞪了眼，别婆婆妈妈的，我够了。这么大一个店，每天都要进进出出，你才要辛苦呢。

方民不再纠扯，看着刘亮远去的背影，心里空落落的。

店里还是一切照旧，可是第二天没有了刘亮的影子，让方民总感觉哪儿少点什么，三四天后，这种感觉越来越明显，方民竟然有些发呆，原来刘亮在的时候不觉得，走了，才觉得没有了他竟然是这么不习惯。

直到第四天，方民忍不住打电话给刘亮，明明想说什么时候能回来，可是还是第一句就说，怎么样？叔叔安葬了吗？事情处理得怎么样？不要着急，慢慢处理。

刘亮一声长叹，事情很棘手，晚上回去慢慢说。他还在公司呢，继母一家子都在。

方民躺在出租屋的床上，看着一本书，是钱锺书的《围城》，里面最著名的一句话就是："围在城里的人想逃出来，城外的人想冲进去，对婚姻也罢，职业也罢，人生的愿望大都如此。"

方民却想不通，他想构筑一个自己的家，还没有进去何谈出来。也许进去了，才会想出来。但是他觉得自己建构的，就是再难，也要坚守。你不能对没有吃过酸葡萄的人说葡萄是酸的，他会说没有尝试怎么会知道呢？即使是酸的，你也让我尝尝，我要的是经历，不是结果。有时候想想，都对都不对，对是前者对后者的提醒，教导，是经验之谈。听了会少走弯路。可是人一生，何尝不是一个过程，经历过程，享受过程的酸甜苦辣，才是真正的人生。

刘亮的电话是十一点才打过来的。方民才知道这几天刘亮受了多大的煎熬，而且还不知道什么时候到头。

刘亮的父亲是搁了五天后才入葬的。刘亮接到父亲去世的电话已经是第二天了。父亲是因为那天上午继母的儿子又来要钱生气，喝了一点酒突发心梗走的。刘亮恨不得去打这个不务正业整天就知道勒索老人的家伙，但是父亲的这一切都是他自己选择的结果，当初抛弃母亲，害得母亲早早去世就注定了他良心要受谴责，面对继母的儿子无休止的纠缠，父亲也是无语了。他对父亲谈不上爱，也谈不上恨，上一辈人的恩怨都是他们的宿债。

刘亮只是接收了父亲留下的一些日用品，其他一无所有，在深圳这边的房屋他不想要，也是继母住着，而且如今继母的儿女虎视眈眈，他更是不想沾染。

公司里父亲的股份有一些，可是为继承人一事互不相让，继母倒也是一个好人，但是拗不过他的儿女。

再说刘亮回去迅速给公司交了钱，父亲的股份也变更成了新股。而继母的儿子不依不饶，说交了钱也是他母亲的，谁让刘亮爱交。

就这样一直僵持着，公司也是没办法。父亲也没有遗嘱，哪怕是一句话也行，只好搁在那儿，让他们商量出个结果。

刘亮说他一时半会儿回不来。方民听完也是一筹莫展，他让刘亮不要着急，自己不要上火，一切顺其自然。

（三十八）

一场雨后，天就凉快了很多。

方民却忙得像龟子。有时外面有活，他和小民都得出去，店里就关门。没有刘亮的日子还真不习惯。尽管这样，他依然没有雇人，他想再等等吧，刘亮回来就好了。雇了人，又不是一月俩月，刘亮回来人就有点多了。尽管忙，他却很充实。

生活就是这样。辛苦和快乐并存，每一种创伤，都是一种成熟。

时光就若流水，默默也是一种静美。日子就像莲花，普通而素雅。方民在夏秋更迭的这一段时光就是靠忙碌打发掉的。

一个多月了，刘亮没有信息，前几天方民给他打了一个电话，却被挂掉了。方民知道他肯定还在煎熬着，就没有再打。

他仿佛在等待，期待着刘亮突然站在自己面前，高兴地说，我把事情处理完了。

遐想中的方民被手机的音乐声打断，方民看见电话是刘亮的，他欣慰地笑了，这难道是一种感应？

电话里谁都没有吭声，却都支吾着，都说，你先说。还是刘亮说，好，我先说。我把事情处理完了——

方民说，好啊，好啊。

刘亮顿了顿说，可是我一时半会儿回不去了。方民，这个店你管着，我半年回不来就是你的了。我也大概算了算，我拿走了大部分现金，店里折合资

172

金也有大概十万元，不管咱俩谁多谁少，先就这样吧。

方民急切地问，你不是处理完了吗？怎么回事？我可不要，我等着你。

刘亮慢慢叙述着发生的状况。方民才知道刘亮是真的暂时回不来了。

刘亮在整理父亲留下的遗物时，翻到了那本日记本，父亲有写日记的习惯，已经保持了多少年。日记本很老，是二十世纪秦岭终南山石砭峪修水库的纪念品。第一页还有毛主席的话：水利是农业的命脉，我们应予以极大的注意。

刘亮随意翻着，父亲日记里记载着他的喜怒哀乐，有一些还有对母亲的忏悔，对他的内疚。他此时才理解了一些，父亲其实一直也不容易，虽然依然没有完全释放他对父亲的怨恨，但是这种怨恨不那么深了。

2002.04.23 晴
　　我突然有一种感觉，假如我离开了这个世界，我的骨灰是埋在这里，还是回到家乡？我迟疑了，要是小芳倒也罢，她是善良的，她的儿女永无止境的只是伸手，我早已厌倦。但是我不想伤害她，假如我有一天突然而去，我愿意回到家乡，或者就由小芳处理，我不愿伤害她。我的遗产也没有多少，房子就给我的妻子吧。我公司的股份给妻子和亮子各一半，我也就心安了。哎，我这是怎么了，难道是在立遗嘱吗？可笑吧，还是睡了吧！明天还有好多事呢。

刘亮看完了后心情久久不能平静。父亲的这一篇日记很好地解决了他与继母子女的纠纷，哪怕他们不承认，可以做笔迹鉴定嘛。

但是他感慨的是父亲，抛弃了妻儿和老家的工作下海来到深圳，爱上了这个叫小芳的女人，也是受到了多重煎熬。哎，人活着真不容易，闭上眼，一天没了；睁开眼，又是一天；一睁一闭，一生就没了。

第二天，刘亮把日记本拿到公司给老总看，老总又把刘亮继母和她的儿女叫了来，继母当然承认日记是真实的。她的儿子却说是伪造的。

老总也不是寻常人。他说你可以说是假的，但是你得对这句话负责，如果鉴定是真的，你这是诬蔑诽谤。你可要负法律责任。

那家伙被这几句话说蒙了，嘴里说我不管了，灰溜溜走了。

虽然股份纠纷处理了，但是公司规定，新股份要确定或者要卖掉必须在公司干够两年以上。

刘亮之前在公司的股份不能算,他来之前已经分股了,他走了又分股了。这一次继承一半股份,只能算作新人,所以必须干满两年才能离开。

刘亮很无奈,他的心早已经不属于这儿了。可是面对现实,他只能这样。

方民明白了,两年?两年多么漫长啊,他看着他俩创下的江山,虽然依旧是破烂山河,但是他已经很知足了。他的记忆里全是俩人创业的情形。

刘亮踢了自己擦皮鞋的凳子,刘亮和他一起找房子,买打印机、复印机,让小民给病中的自己捎药,和他一同去派出所……这一切,如同电影,在他眼前掠过。

起风了,地上落叶多了起来,方民在这个秋天显得有些忧郁。

他本来想等刘亮回来商量把店搬到平安区去。平安一直是方民的理想之国,他觉得一半的身心都在这片土地上。如今这里是一片热土,高等院校纷纷落户,在数个月内已经形成了大学城。

绿地、雅居乐、天朗等多家房地产和当地的吉元、常健等房地产正如火如荼地在这一方热土上耕耘。

而自己也是平安的一员,现在却置身事外,虽然只是星星之火,但是能添上一砖半瓦也行,而且这里机会肯定多一些,也对事业发展有利。

刘亮不回来了,只能自己做主,应该怎么办,他一时间很混沌。

谁知这时候工商局催着年检,要法人的所有手续,方民正好好一阵没有和刘亮叙叙了。他知道刘亮干得很乏味,也很无奈,但是他又不能催促他回来,反而鼓励他安心工作。当方民说要他办理年检时,刘亮说,你不用办了,直接重新注册一个,法人是你。方民就是不同意,最后刘亮直接说,他的身份证公司押着拿不出来,你就不要指望他了。方民才彻底凉了,他知道刘亮是为了他。

为了完成年检,方民这天下午抽了时间来到了工商所。

谁知工作人员一听到他的名字立马说,你就是方民啊,你们店原来的法人打电话并且发信函说把法人变更给你。现在只需要你的资料,其他手续这个叫刘亮的都传来了,你可以办理了。

方民是在迷迷糊糊中办完了手续。看着鲜红印章的营业执照,如今上面赫然印着自己的名字,他感慨万千,突然也无限感动和激动。

一切的结果,都是上苍最好的安排。方民知道这句话,难道这是一种宿命。

世上没有绝望的处境，只有对处境绝望的人。方民觉得没有退路，他只能一路奋力前行。

好在小民这个小兄弟很得力，他也是任劳任怨，从不谈困难，只要方民说怎么干，他就义无反顾地去做。

方民也很理解他，本来还是撒娇的年龄，却已经受到了生活的磨砺。所以他把他已经当成了亲人。

方民还给他涨了工资，他不要，方民说，那好，我给你立个户头，单另给你存着，啥时候需要你就吭声。存够了给你娶媳妇。

小民就呵呵地笑，好，娶媳妇。

这天下午，他俩在外面干完活，小民说有同学叫他去喝酒，方民告诫他少喝点。俩人在八里村口分了手，方民独自一个人往店里走。

到门口的时候，却看见有个女孩蹲在门口，女孩的头发遮挡着脸颊，天气有点冷，女孩穿得有点单薄。

方民说，喂，让让，我要开门了。

方民手上还拿着工具，一只手去摸口袋的钥匙。女孩抬起头，喊，民哥，你回来了？

方民仔细一看，竟然是娟子，他惊讶地说，娟子，怎么是你呀，你怎么跑来了？怎么找到这儿的？

娟子没有回答他，帮他拿了手上的东西，他打开了门，方民招呼，来，赶紧进来，外面冷吧，是不是冻美了？

娟子放下东西，方民在后面接了一盆水，边洗边说，咱娘怎么样？她还好吧，我娘好着吧？

娟子低声说，都好着呢。

方民洗把脸，倒了两杯水，一杯递给娟子说，你好像有什么心事，快说，怎么了？

娟子揉着衣角说，民哥，我不想上学了。我想出来打工。

方民刚喝进口水喷了出来，说，不上学了？为什么？有什么事吗？你娘知道吗？

娟子说，我娘知道了，骂了我。我说出来打工，先找你，她没吭声，我就来了。

你怎么找到的？也没见你打个电话？方民示意她喝水。

175

娟子说，我有一张你的名片，上面有地址，我打电话怕你不同意，就自己找来了。

沉默了一会儿，娟子说，我上年落下的课太多，感觉到还不如新生，在班里考试排在二十多名，你看我们全校总共能考个二十多名就不错了。全校高三四个班，我考不上的。所以我真的是不想上了，在学校如坐针毡。所以下决心出来了。

方民半天不说话，闷了一会儿他说，这个年头，没有文凭你连个像样的工作都找不到，即使能，你没有知识也干不好。你还得上学，要不我给你报个民办学校吧，学一门技术也行啊。

娟子说，你是不是不想要我，民办学校也都开学了俩月了，再招生也到了明年。

方民说，你说什么话呀，我这儿你随时都能来，可是你还是要多学点才是。

娟子说，你要是不要我我就走了，我到别处找工作吧。

方民叹了一口气说，算了，你先待在这儿，明年给你报名上个专业学校也行，什么旅游的、铁路技校都行，人家还分配工作呢。

娟子听说可以留下来，高兴地说，行，明年再说，那你是答应了。

方民苦笑了一下说，不答应行吗，你都来了。不过得给咱妈打个电话，别让她担心。

娟子跑着去给方民添水去了。方民打电话给秀英婶，电话是方民让装的，说联系方便，安到他家里他娘听不见，安在娟子家有事也可以方便叫他娘。

他给干娘说了娟子在这里，让他放心，他再劝劝娟子，等明年让她上个学校。

秀英婶有些咳嗽，方民问她不要紧吧，她说是老毛病了，几十年了。

娟子端过来水说，我娘不咳嗽还好，一咳嗽就停不下来，不过几十年了，老是那样，也疲了。让她去医院，她就是不去，说检查过，没有大毛病。

方民说，过一阵回去彻底查一次。

晚上方民让娟子睡在刘亮租的屋里，本来打算退掉它，节省一点房租，如今正好派上用场。

娟子问方民睡哪里，方民说，我图方便，睡在店里，打地铺。

娟子说，都这么冷了，睡地上怎么行？

方民笑笑说，没有那么金贵，习惯了。再过一阵炉子就该生了，很暖和。

方民铺好自己的床铺，然后送娟子到村里。临走的时候把钥匙卸下来放在桌子上。嘱咐关好窗门，就出来了。

　　翌日，方民刚收拾完铺盖，娟子就敲门了，他开了门，说，起来这么早，不多睡会？

　　娟子说，早醒来了，上学在学校里每天都是六点半就起来了。

　　话音刚落，小民也来了。

　　方民说，昨晚没喝多吧？

　　小民说，哪能呢，我有自制力。

　　方民说，给你介绍一下，我妹妹娟子，刚从老家过来，不上学了，今天开始在店里帮忙。你多带点她，哦，你俩同年吧？

　　小民说，我十九了，你呢？

　　娟子说，我也十九，我是九月的，天秤座的。

　　小民说，我不知道啥座，我是十月的，那我还得叫你姐，你看着比我小一两岁呢。

　　娟子说，大一天也是大，你必须叫姐。

　　小民说，好吧，姐就姐吧。反正我也没姐。

　　方民看着他们笑了，说，别贫了，赶紧干活吧。

　　娟子能被留下来，很开心，像燕子一样穿梭在屋里，不时还哼上两句，整个屋子遽然不寂寞了。

　　小民话也多了，一会儿姐一会儿娟子地叫着，看着他俩高兴的样子，方民忽然有一种温暖的感觉。

（三十九）

　　每天关了门，娟子给方民铺好地铺才离开。方民忙完直接钻到被子里，不一会儿就进入了梦乡。

　　吃饭的时候，娟子总是把碗里的肉给方民拨一点，方民看见了又拨回去还要多加上几块，方民说，你正是长身体，你要多吃点。娟子说，我是怕胖，我都又重了两斤。

　　小民说，那咋不给我，我不怕胖。

　　娟子说，你是弟弟，弟弟应该给姐姐哥哥。

小民说，我要当哥哥。

方民笑了，说，来给你一块。说完夹了一块放到小民碗里。小民不好意思，要夹出来，娟子说，不行，不许夹，都放到碗里了，夹来夹去，多不卫生。

小民说，你夹就卫生了，我夹就不卫生了？！

娟子说，当然啦！

小民说，好好好，我说不过你，我认输。

转眼，就进入了初冬。

方民给了娟子两千元，让她去商场买点冬衣。娟子说，这么多啊？用不了。

方民说，现在城里东西都很贵，尤其大商场。你拿着，不够了吭声。多了剩着你零用。

晚上九点半，方民让小民先回去了，自己喝着茶，一边等着娟子。

娟子提着大包小包回来了。

她给自己买了一件风衣和一件羽绒服。也给方民买了一件休闲装，还给小民买了一双手套。

娟子非得让方民试，方民说还没有关门呢，有人来！

娟子说，怕啥，试试呗！

方民只好给她摆布，穿上还真合身，样子也还时兴。

方民问，钱不够吧？买了这么多。

娟子说，你知道我在哪里买的吗？康复路，那儿东西真便宜。

方民说，跑那么远，不怕丢了？

娟子说，小看人，鼻子底下有嘴。好歹我还是高中生呢。

娟子还穿上风衣，让方民看好不好看。淡蓝色的风衣罩在娟子苗条的身上，曲线就显现了出来，方民还从来没有仔细打量过娟子。娟子虽然谈不上漂亮，但是青春阳光的气息顿时让人眼前一亮。娟子又换上羽绒服，也是蛮合身，洋溢着少女的活泼和靓丽。

娟子问，漂亮吗？

方民笑了，说，我的妹子当然漂亮了！

娟子却一嘟嘴说，不，不要说妹子，用男人看女人的眼光看，漂亮吗？

方民顿了一下说，漂亮！

真的，不骗人？娟子不信，问。

方民已经觉得这个姑娘长大了，已经不能用孩子的眼光再看她了，她凸出的胸部已经很好地说明了这一切，他说，不骗人，好看。

娟子很兴奋，过来就冲着方民脸颊一个吻，方民呼啦脸就红了，方民赶紧站直了身，说，胡闹。

娟子咯咯地笑了，说，还害羞了。好了，我不闹了。

娟子收拾好东西，又给方民铺好铺。提着包，唱着歌蹦着跳着走了。

方民却陷入了沉思，不能这样，明年一定让娟子去上学。

这个冬天，天气格外冷。可是就是不见一场雪，也许一场雪后，才能改变这异常的天气，干冷干冷的。医院里住满了感冒的人，听说病毒性感冒的人很多。方民嘱咐小民和娟子出门戴上口罩，而自己却不知不觉发烧了。

到了晚上，方民实在支撑不住，去了诊所，夹了温度计才知道烧38.9℃。医生给他挂上了吊瓶，打完有点好转。可是第二天，又开始发烧了，下午不得已又去了诊所，医生却让赶紧去化验，娟子陪着方民去了八院，结果化验血出来后，医生说是支原体感染，要打阿奇霉素。

于是方民就在医院打了三瓶，回来时已经是晚上十点半了。

娟子给方民用大可乐瓶灌了开水，塞到他的脚底下，方民说，感觉好多了。

一连打了四天，方民终于觉得全身轻松了，只是浑身还没有力气。

他坐在店里做些零活，大活都是小民去干。小民一回来就说，娟子姐，你的手套真暖和。

娟子说，你都说一百遍了。

小民说，就是暖和，我睡觉都带着。

娟子说，你有病啊！

小民说，我有病，就是有病。我也想得病。

娟子脸一沉，说，滚！

小民对着娟子讪笑说，好，我滚！滚，怎么滚？

娟子一本正经地说，皮球咋滚你咋滚！说完咯咯笑了，方民和小民都笑了。

这年冬天，地都冻裂了缝，小北风像刀子似的猛烈，雪花说飘就飘起来了，雪堆着门头，堵着窗户，阳光出来后，冰溜子像水晶柱子，一排排地挂在房檐，虽然雪给人带来了不便，但是也驱逐了一些病毒，疾病似乎被暴虐的风雪打败了，医院里的病人也少了。你说怪不怪，大雪竟然还有治愈疾病的功力。你不得不感叹大自然的神奇。

秀英婶却咳嗽得越来越厉害了，娟子打电话的神情方民已经觉察了。

天晴了三天，城市道路的积雪基本融化，方民和娟子决定一起回趟老家，好好给秀英婶检查一下身体。

乡间的道路却还是积雪未消，土路有些泥泞，方民每次回乡总有些心怯，原来是因为小刚，如今却是因为自己一事无成。

俩人就在冰雪未消的路上缓慢地行走，方民还背着大背包，里面是给秀英婶买的一些药和给娘的保暖内衣。

娟子的小背包装了一些随身用品。娟子有时挽着方民的胳膊，方民却不自觉地甩开，不想让熟人看见。

娟子嘟着嘴，只好跟着，不说一句话。

终于到家了，方民先去看了秀英婶。秀英婶从脸色看不出不适，还泛着红晕，就是瘦了。不咳嗽恰似好人一般，一旦咳嗽却似山崩地裂，感觉真要将肺咳出来。

方民回去和母亲坐了一会儿，给母亲说了秀英婶的情况，母亲说，你干娘看能不能熬过这个冬天了！

方民大吃一惊，问，什么病？母亲说，你的外舅爷也是如此，最后是肺癌走的。怕你干娘也是这个病。

下午方民和娟子叫了村里一个拉脚力的乡党，拉着三人去了邻近的渭阳市。虽然说方民是平安人，可是平安和渭阳却很近，村里人大多是到渭阳办事。

从B超室出来，方民从医生的脸上就知道不好。等血液检测和B超都出来了，医生问谁是家属，娟子吓得不敢应声，方民答道，我是。

方民跟着医生到了办公室，医生说，按原则上已经是无能为力了，是肺癌晚期，但是不排除奇迹的发生，也许要靠自身的免疫和毅力了。

方民想到了结果，没想到的是这么严重，看来是希望渺茫了。

方民不得不告诉娟子，娟子听后只是哭，抹着眼泪，不敢进病房。

秀英婶看见方民和娟子嘀嘀咕咕，就明白了一切。她很平静，中午她趁着方民去买饭的机会去了医生办公室，非得要医生告诉她真实病情。医生虽然没有直说，可是也没有理由不告诉本人，说了一些随着医学的发展会有办法的话，秀英婶就明白了。

第三天，秀英婶非要出院，方民几乎要跪下劝她不要出院，可是秀英婶是铁了心，医生也对方民说，患者非要回去就随着她吧，在医院也是保守治疗。或许心情好，还能延续个一年半载。

方民无语了，只要干娘愿意，他不再执拗了，病人的心情才是第一，其他人的猜想和做法也许只是出于好心，对于病情并无帮助。

回到了家里，秀英婶却意外地高兴，闲了和母亲拉着话，甚至看不出她是病人，然而傍晚和晚上，病魔就缠绕着她，让她总是一夜无眠，像换了一个人似的。

方民每天都守在干娘身边，整整守了十天，直到小民不断打电话询问一些活具体的做法，他不得不准备回店里一趟。

娟子说，没事，有我呢，你去吧，我会陪着娘的。

方民惆怅地走了。

结果一回店，有一个老板过来非要让他们帮着做一个新店的门头，这个店位置在半塬上，而LED灯要做在塬头上，比一般的尺寸要大很多，而且出手不容易。

老板说得很急，要赶三天后开业。方民心急火焚，但是面对一个恳求你的客户，他又不能够拒绝。所以他只好硬着头皮答应了。

方民在寒风中赶着活，他恨不能一天干完活。可是越着急越出错，结果返工了几回。最后他想着一切都是天命，顺其自然吧，反而顺利多了，用了两天就结束了。

当他收拾完工具准备往回赶的时候，接到了娟子的电话，娟子在电话里急促地说，哥，你赶紧回来，妈不行了。几次喊着你的名字，昏迷不醒。

方民把东西一股脑扔给了小民，叫了一辆出租车，就往回赶。

方民回来时，娟子说她刚刚安静了，睡着了。

第二天早上，方民醒来后就到了娟子家。

却发现秀英婶精神很好，坐在床边。看到他来，很高兴，招呼方民坐下，又喊着娟子，她慢慢地说，民娃子，看来婶子一家今生都和你脱不了关系了。你是个好孩子，小刚的事情不能怪你，这是他的命。你已经做得够多了，干娘有一件事放心不下，就是娟子。她是个傻丫头，心眼不多，认死理。我也没有其他人可托付，干娘求你一件事，娟子，娟子过来。

秀英婶没说完停了下来，方民哽咽着说，干娘，你放心吧，娟子就是我的妹妹，我一定照顾好她。

秀英婶拉过方民的手，又一只手拉过娟子的手，说，民娃子，娟子就交给你了，交给你我放心。说着把娟子的手放在方民的手里，三只手在一起。秀英婶说，不管她将来怎样，你都要担待她。她有福分了你们在一起，没有福分就给她找个好人家，就够了。

方民泪如雨下，说，干娘，娟子就是我的亲妹妹，我一定会照顾好她，你放心吧。

娟子看着方民有些哀怨说，妈，你放心吧，我会好好生活，你就放心吧。

秀英婶笑了，笑得很舒心。她说，你们忙去吧，我没事。

方民扶她躺下，盖好被子，娟子在厨房忙着，方民招呼了一声，让她勤看着，随即走向门外。他准备回去把家门口房檐下台阶的砖收拾一下，有几块因年代太久踩烂了，露出几个豁口，方民怕老娘腿脚不灵便容易磕绊。

方民刚把砖摆好，还没有来得及换，就看见娟子惊慌失措地从屋里跑出来，喊，民哥，民哥，快来呀！

方民赶紧丢下手中的瓦刀，顾不得洗手，在屁股上抹了两下，直往娟子家跑。

看见娟子煞白的脸，他知道情况不妙。等进了屋，他看见秀英婶头歪在一边，炕沿上有血迹，他喊着干娘，干娘！只见秀英婶抬起头，嘴角冒着血，用手指着娟子，眼睛却看着他，头一歪，眼睛闭上了。

方民喊着，摇着，娟子大哭，妈呀，妈呀，你丢下我咋弄呀！

这时隔壁芳姨听见声音进了来，接着康劳叔也进来了，芳姨走进来摸了摸秀英婶的脉搏，摇摇头，说人走了。

芳姨原来在大队卫生所干过一阵子，大家当然相信她。

这时方民看见老娘也来了，老娘踉踉跄跄走到屋里，嘶哑地喊着，秀英，秀英，你咋就这样走了，可怜的妹子呀——看着老娘抹着眼泪，方民的泪像断了的线的珠子止不住地流。

这时左邻右舍都来了，方民抹了一把眼泪，此时他就是这个屋的主人，他让康劳叔当总管，他拿出一万元钱给了康劳叔，让他全权负责。

妇女里有芳姨和娘，俩人招呼其他街坊邻居的妇女一起帮忙，换老衣的换老衣，打糨糊的打糨糊，还要预算白号衣和头布的用料，写上应该打招呼的亲戚名单，娟子问啥答啥，她不懂，却显得愈加的坚强。

在起灵的瞬间，方民悲从心头起，号啕大哭，他觉得是因为小刚去了，秀英婶和老闷叔才过早去了，自己是有罪之人，所以他的痛痛彻心扉。外人看到方民如此悲伤，说啥的都有，有说方民对不起这一家人，他心里有愧，才哭得悲痛；有的说，秀英把娟子托付给了方民，娟子就是方民的媳妇，作为半个儿，也应该；还有人说，这老闷的家产，就都成了方民的；也有人说，方民是个有情有义的娃，这几年一直照料这一家人，光这丧葬钱，就得万八元，真是少有。

跟着灵幡，一路撒着纸钱，在众乡亲的帮助下，秀英婶也落土为安了。

直到过了头七，方民才去了店里。好在小民很能干，完全承担起了店里的一切。到二七前一天，方民提前回去上了坟，二七是空七，亲戚也不来。方民第二天又赶回店里，三七前一天晚上要上坟叫灵，门上侄辈都来了，方民就成了主人，次日亲戚也要来，一切用度都是方民打理。老闷叔亲戚不多，方民也是觉得一切应该从简，所以七七载载也相对简单。

四七又是空七。五七是大七，六七是空七，七七又是最重要的一个七。就这样，方民来回跑，直到过完了四十九天。方民才和娟子一起回到了店里。

小民红着脸对娟子说，我在店里忙，也没有去给姨上个香，你不要见怪。说完像个小学生低着头，不敢正眼瞧娟子。

娟子说，怎么能怪你呢？你最近一直照料着店，你应该是功臣呢。

小民说，不怪就好，店里的事就是我的事嘛，给咱家做事，还谈什么功。

（四十）

方民并没有想到，他能在长安路上遇见江海波。

方民是去三爻村一家店里量完做门头广告牌的尺寸出来的路边遇见的。还是海波先看见的他，他下梯子没站稳，最后两节是跳下的，江海波走在对面，因为他的动静才看见的他。

方民抓住海波的胳膊，惊喜地摇着，怎么是你？！怎么是你？！你不是在山里吗？咋出来了？

江海波也是很高兴，也是一连串地问，你怎么在这里？你这是干啥呢？你现在在哪呢？

俩人都没有回答问题，手握着手，方民说，你瘦了，海波。

你也瘦了，也黑了，不过比原来看着精神！江海波也是端详着方民说。

方民说，走，到我店里去。

你店在哪里？远不远？江海波问。

方民说，不远，就二三里地，走吧，好不容易见面了。

江海波说，好，走，不过我最多俩小时，下午赶回去，还有一节课呢！

俩人边走边聊，方民才知道江海波是到市教育局送一张表，回来顺便路过三爻，有一个表弟打工住在这里，他妈告诉了他几次，说他姨到家里来让江海波去看看表弟，表弟和家里弄别扭，跑了出来，据说住在三爻，他姨也找不见，江海波知道表弟的电话，办完事顺便替姨完成这趟差事。劝说了表弟后出来的时候没想到遇到了方民。

到了八里村，江海波说，都说八里村是一个让人欲生欲死的地方，是吗？

方民说，有这么个说法，有点道理，但是神乎其神，没有那么厉害。

到了店里，江海波很是新奇地参观了个遍。方民也给娟子和小民介绍说，这是他最好的同学，虽然不常见面，都在心里放着，一见如故。

俩人聊了一会儿，方民说请江海波吃饭，江海波说，咱们随便吃一点，我下午还要早早赶回学校。

方民说，行，就在那家新疆拉条子吧。

方民给娟子和小民说，我和老同学聚聚，你们俩随便弄点吃的，不管我俩了。

方民来到八里村这家已经盛名在外的拉条子店，要了两盘凉菜，一素一荤，打了两瓶汉斯。

方民讲他和刘亮的合作，讲八里村的故事，很多很多，江海波讲他被分到山里边教书的苦与乐，不过这次有可能被调到教育局教研室，即将结束他在大山的四年多生涯。方民替江海波高兴，江海波也替方民高兴，竟然有了自己的店，最主要是有了自己的事业。方民还想告诉江海波离开学校的种种遭遇，说起来有点心酸话长，也就没有展开说。

不知不觉一个多小时过去了，江海波说，要说的话很多，我可能很快就会调回来。回来就近多了，到时候招呼几个同学聚聚。

方民说好啊，你们现在都混得好，都是吃公家饭的，我就是一个农民，一个混在城里的农民。

江海波脸一沉，说，你给谁说这个都行，给我说这个，我揍你。你是一个有理想的农民，比那些混着过日子的公务员强多了。再说这座城市，啥时候说不要农民了？再说你现在是农民吗？种地吗？会种吗？我是又怎么样？还不是在山里和农村娃整天打交道。

你那是锻炼。虽然方民还在狡辩,其实心里挺认可江海波说的话。他一方面自卑,怕联系同学,曾经在学校也算是风云过,如今是这模样。另一方面见了海波,像见了亲人,所以就不自觉说出了这样自卑而且是没有文化的话。他骨子里的傲气还是在的,他要用能力创造出和他们一样的生活。

两个人手紧紧握在一起,到了长安路上,方民看着江海波上了车,车走远了,方民才慢慢转过身往回走。

路上他就想起了在山西雪娟舅舅家的欢乐情形,还有和白佳愉的吻。还有廖如他们都还好吗?哎,回忆总是幸福的,回到现实过去的日子就像梦一样。有一句话怎么说来着,梦中冥冥有乐趣,觉后空空无大千,回到店里,看见小民和娟子聊得正开心。看见他,俩人站起来,娟子嘴快问,送走你的同学了?

方民嗯着,也不言语,坐在了板凳上,娟子立马倒了一杯水递给他,方民笑了笑说,谢谢。娟子嘴一撇,啥时候还学会客气了!

方民安排了下午的活,然后说他要去韦曲量一家门头的尺寸,这家是三爻那家的分店。

娟子要去,方民说,你待着吧。冷哇哇的天,跑啥呢,又不是干活。

娟子一努嘴,好吧。

方民上了215路公交,最近平安整顿黑中巴,路上几乎看不到了。偶尔有一辆,也像是做贼似的,看着有可疑的人,赶紧溜。

方民觉得虽然不方便了,但是215毕竟按点来,这就安全多了,再也不拍被撕扯了,被卖了,甚至小偷也失去了空间。

到了平安饭店这一站下来,方民很快找到了这家店,店里已经摆好了家具,方民和店里的人对接以后量了门头尺寸,又核实了门头内容,没用上三十分钟就完了事。方民准备回返,走到平安饭店时,却看见有一些人站在门口,门口有一辆警车,从饭店出来几个男女,被请进了警车里,在一位高个肤色有点黑的长发飘然的女的上车的瞬间,方民一下子惊呆了,这不是白佳愉吗?方民脑海里迅速回味那个可爱的模样,还有那个小屋里的初吻。他也迅速在脑海里闪着念头,这是干什么坏事了?吸毒?卖淫嫖娼?不会不会,两男两女,但是看着男的都挺斯文,不像啊。

怎么办?方民想着,步子却没有停,不小心却撞在了一个人身上,那人是侧着身朝这边走,而方民眼睛只顾看着车上。那人回头看时,两人几乎同时说，对不起！

撞的这个是一位女警官，他指着方民说，方民，是你——

是你，刘晶？！方民几乎同时指着她。

这是怎么回事？方民指指车上。

刘晶说，噢，是赌博，都是一些有钱的，举报了几回了。

方民拉过刘晶到一边，问，他们会怎么处理？

刘晶一本正经地说，罚款，保释，数额巨大的有可能拘留。

里面有个女的，能不能轻点？方民讪笑着说。

这女的你认识？你的情人？刘晶故意问。

方民脸一下子红了，估计是最近自己晒黑了，刘晶没看到，什么呀，我师范同学江海波的同班同学，我们七八个人一起到山西玩了一趟，也算是朋友吧。

你到所里来，办个手续，我还得先回去，他们等着呢，来了再聊，好吧？刘晶说。

好好。方民还能说什么，总不能眼巴巴看着放了吧。

今天也是邪了，一下子遇见了几个同学，还都是生命中有交集的人。方民也是醉了。

方民多亏看见刘晶手上的纸上有平安路派出所字样，否则都没问是哪个派出所。

平安路派出所就在西街上，他走了十来分钟就到了。

他一打听刘晶，吓了一跳，刘晶竟然是副所长了。

以她的资历，得到三十岁还差不多，她肯定是有靠山，要么这么年轻就成了副所长，这怎么可能？

刘晶的办公室在二楼北头第二间，方民敲敲门，里面说，请进，他推开门，看见一个人正背对着他伏案写着什么。

那人回过头，正是刘晶，刘晶一看他，说，这么快，先坐着，我再写几个字就完了。

刘晶收拾了一下桌面，过来在饮水机柜子里拿了一个纸杯，说，没想到会碰见你，最近在哪儿？

方民说，你忙得很，还是副所长了，恭喜啊！

我可是拿命换来的。刘晶眼一挑，看着方民说，同学时代那可爱的神情又出现了。

方民刚把水伸到嘴边喝了一口，差点噎着，忙问，怎么回事，说说啊。

没什么，都过去了，哎，你和这个白佳愉看来不一般嘛，同学的同学你都关心，人家可是富婆哎！刘晶不说自己，话题却转向了白佳愉。

先说说你，先不说白佳愉，看来你早就知道白佳愉，我可是一无所知，只是遇见啊！方民辩解道。

我没有什么好说的，那一年警校刚毕业，我遇到了一个特殊任务，化装成烟民和我们一个内线配合，整整半年，打入他们内部，最后抓住了一个毒枭，立了个二等功，在基层又锻炼了三年，现在给了一个副所长。就这样，很简单，没什么呀！刘晶说得很轻松很简单。

可是方民已经感觉到了腥风血雨，已经感觉到刘晶不易察觉的掩饰，她掩饰了一段峥嵘岁月。

方民想说你受苦了，但是嘴动了动却没有说出，她已经不是往昔的她，如今她是国家公职人员，而他只是一个农民，在城市里打拼的农民。

方民只是说，现在好了，昨天的苦没白费，现在应该骄傲才是。

刘晶平静地说，没什么骄傲的，那时候没人逼我，是自己主动请缨的。

说完她转了话题说，白佳愉是平安地产大佬的妻子，前年离了婚，去了一趟美国，在美国有一段情史，据说爱上了一个外国佬，后来被甩了，有些钱，回国后整天在平安饭店开房打麻将，赌资很大。我认识她，她不认识我。

方民心里很失落，但是他对着刘晶，装作一无所知，其实也是真的一无所知的惊讶，说，竟然是这样。

方民接着说，那会怎样处置她？

刘晶说，本来是罚款教育就行了，但是她已经进来几次了，这次应该从重处罚。

方民笑着说，主要还是让她认清楚危害，不再赌博，我认为她是放纵自己，帮她渡过心理关最重要是不？以教育为目的对不对？

刘晶睁大眼睛挖苦着说，方大才子这是要替我们公安做思想工作了，欢迎啊。那好吧，就按你的说，人交给你，你替政府教育，你去做担保，罚她三千元，可以取保，怎么样？

方民说，我怎么敢受此大任，我只能努力一下。我事情多着呢，只是罚的钱多不？

刘晶说，不多，你知道他们一晚上输赢都是数万元、几千元，便宜她了。

方民站起身说，那好吧，我下去办手续，谢谢你啊，刘晶。

刘晶说，你这就要走啊，那好吧，你多保重，都黑了，我还没有听你在哪里工作呀，本来说要好好聊聊，改天吧，今天一会儿还有会，我就不留你了。

方民笑了笑，说，好，后会有期。刘晶主动伸出手，两人握了一下，方民告辞下楼了。

（四十一）

方民领出白佳愉时，白佳愉一直没有说话，只是跟着他，都走了大约半里路。白佳愉开口了，没想到啊，方民，咱们竟然是以这样的方式见面。真他妈喜剧的，哈哈，哈哈……

方民扭过头，看着她，自己一脸痛苦地对她说，这哪像白佳愉啊，那时的白佳愉多么纯情，多么善良漂亮。可你看看你，现在成了什么样？

白佳愉一脸无辜无所谓地说，白佳愉死啦。白佳愉死啦，哈哈……

两个人又沉默了半天，方民说，我们坐下喝一会儿茶吧？

你还有时间陪我这个破女人，白佳愉早死了。白佳愉一脸自嘲地说。

就这家吧。方民自己都不进茶楼，还要向人推荐。

白佳愉白了他一眼说，你去过吗？这家就不是真正的茶楼，打牌的，走，既然你是我的恩人，还有时间陪我，走吧，跟我走吧。

方民像个小孩一样就跟着她，穿过北十字，来到半塬上，有一家叫茗人居的地方，环境还真不错，他找了一个靠窗的地方坐了下来，里面很远的地方有一对男女，也正在边聊边喝茶，每个隔挡都用竹帘隔着，旁边是花木，很清爽，也很浪漫。

白佳愉很老练地对着过来的服务生说，两杯拿铁。然后好像觉得应该征求方民的意见，又说，老同学，喝咖啡可以吗？一改刚才的傲慢和不屑，变得温柔起来。

方民知道她刚刚是在掩饰在那个地方和他见面的尴尬，但是只剩下了两个人，她不再掩饰，渐渐露出了真性格。

方民说，随便吧，我都可以。方民庆幸今天只是量尺寸，自己的休闲装还说得过去，也是自己的本来面目，要是穿着工作服见曾经的情人，尽管方民自认为不是虚荣的人，还是会有尴尬的。

等咖啡的时候，方民才趁着白佳愉低头拿纸巾的时候仔细打量了她一番。白佳愉的气质比那时候更好了，除过眸子还有当年的纯真气之外，已经成了一位成熟的女人，眼睛里也多了一份不易察觉的忧郁。

看够了吧，是不是早已经不是过去的样子？现在估计在你的心目中我就是一个坏女人了！你不想知道我的过去吗？白佳愉竟然直接对着方民说。

方民竟然脸红起来，支支吾吾说，哪有，你还是那么漂亮。

竟然学的不老实了，好吧，不为难你了。说实在的，我向江海波打听过你，他也不知道你在哪里。后来那个家伙，不，我的前夫就整天骚扰我，我上班的地方，我逛商场的地方，他无处不在，甚至我家的楼下。康小军还记得吧，也整天追我，我给我的前夫说，我有男朋友，想让他死心。他问是谁？我随便就说康小军。然后不久康小军就莫名被人打了，后来康小军也知道是他派人干的，就退缩了。我就成了他的人，后来他又有了新欢，我和他离婚了，也得了一笔钱。我去了美国，和一个美国人谈了一段异国恋，最后那个美国人也他妈的抛弃了我，我就成了一个怨妇，又回来了。大概就是这样吧。白佳愉一口气说了这么多，像说着别人的，说完眼睛直对着方民的眼睛。

方民能看出一份幽怨，甚至还有些热烈眼神，他无措了，竟先移向了别处，他心里面很复杂，要不是这些，或者即使有这些，他觉得自己依然会爱上她。可是他能说什么，时间已经让他们变得不可能，他也不愿说他的过去。

他只是悠悠地说了一句，其实人都不容易。这句话刚才对刘晶也这样说过，方民觉得自己竟然语言贫乏到如此。要是对一个女人说这么同样的话两次，人家会认为他智商是不是有问题。可是他又能说什么呢？

白佳愉幽幽地说，是啊，生活真的不容易。她端起咖啡的时候，竟然眼角有了一颗泪，她眼睛偏向窗外，不想让他看见，可是他还是看见了。她的侧面是那么美丽，这种美和数年前破屋子里的美尽管不一样，但是一样打动了方民，方民竟不自觉抓住了她的手，白佳愉转过头，那颗泪就滴了下来。

白佳愉眼睛就不住地淌着泪，手却抓住方民的手抚摩着，方民觉得如果在一个林荫处，一定就是拥抱了。这种拥抱最多就是安慰，彼此的哀伤的慰藉。但是那边的男女看到这边的情境投过来诧异的眼神，尽管他们俩人的手被身子挡着，但是他们还是有被窥视的感觉，就松开了。

两个人喝着咖啡，似乎空气有些凝结。还是白佳愉先开了口，你现在结婚了吧？你的妻子在哪里上班？

方民不知如何回答，他说，我现在漂在这座城市，还不敢谈家。

突然间，方民觉得彼此就有了界限，不是因为白佳愉的婚姻和情感，而是人家衣食无忧，自己却还在这个社会的最底层。他竟然忘了这层沟壑，而沟壑其实就横亘在彼此眼前。

其实这种沟壑不仅仅是对白佳愉，对于刘晶也是一样。他觉得没考上学就似乎已经和人家不一样，人家不说，而自己总觉得自卑。这个社会其实是有阶层的，就像方民和他们，甚至和江海波，还有康小军等。

方民平静地说，我没有什么，有些苦不值一提，现在开了一家广告装潢门店，在西八里。

白佳愉说，谢谢你陪我，有什么困难你就说，我没有其他能帮你的，需要钱，你就吭声。

方民觉得他需要钱，但是不是借，而是自己一点点去挣，挣到有一天能和他们在一起不自卑的时候，他就够了。那时候，他觉得他们是平等的。也许这种观念不对，却是那么根深蒂固。

方民都不知道自己和白佳愉怎么分的手，他是说完一段话起身的，他说，佳愉，生活给了你不幸和痛苦，但是你还么年轻，路还很长很长，你不能自暴自弃，你还能有更好的生活。赌博有百害而无一利，还伤身体。我真希望你忘掉过去，你在派出所已经挂上了号。再说干点什么，你有了精神寄托，就会好的。

白佳愉又换成了那样的玩世不恭，笑着说，你怎么成了孔夫子，好吧，不管怎样，还是要谢谢你。

出了门向右就是平安大道，俩人就分了手，一个南一个北。

华灯初上的平安夜景光影迷离，方民就一路走着，深冬时分刚到六点半就天黑了，方民就慢慢顺着路上坡再下坡，到了八点才到了店里。

门已经锁上了，估计小民已经回去了，娟子也去出租屋了。方民感到有些饿，自己怎么刚才没有想到请白佳愉一起吃个晚饭呢，真是糊涂。

方民又到了刚子的店里，他好久都没有来了。刚子看见他老远就喊，哥，你这么长时间都没有来了，要把兄弟忘了。

方民说，哪能呢，今天不就来了吗？！

方民进来坐下，又问，刚子你会喝酒吗？

刚子诧异地说，我会一点点，不多，忙，也没时间喝。

今晚咱们俩喝两口，怎么样？方民说。

好啊，难得哥哥雅兴，我就陪着哥喝。小娟你弄俩菜，我和民哥喝两口，咱们把门关了吧，冬天也没人来了！刚子冲着屋里的小娟说。

小娟说，好，我马上弄，你和哥先喝茶。

刚子要拉卷闸门，方民阻止了，说，来一个是一个，我就是陪你一会儿嘛。

不一会儿，小娟就端上来一盘冒着热气的大豆芽炒粉条，看着就香，方民其实怀里早揣着一瓶普太白，便宜实惠而且好喝不上头。他是走在拐角的商店买的，他不买刚子就得买。

小娟又端上来一盘醋熘白菜，都是方民喜欢的。没几分钟又上来一盘烧羊血，方民连说够了够了。

两个人海天阔地瞎诌，也没有共同话题，但是聊得来，很高兴。不知不觉俩人喝憨了。

方民虽然有点晕，但是还清醒，他竟然觉得自己很了不起嘛，从来没有喝这多么白酒，这是破例了，也多亏小娟端上来一碗热饸饹，压了压，竟然没事一样。刚子竟然有点多了，话多了起来。方民觉得再多就失态了，所以说结束了，睡觉。小娟也是不希望再喝了，他让方民走别管了。

方民晕乎乎就往回走，他开了门，借着光，看见娟子已经给他铺好了地铺，娟子每次都铺得好好的，而且放一只暖壶，里面热乎乎的，每次他就卷成一个洞，钻进去，很舒服，一会儿就睡着了。

他从里面拉好卷闸门，没有拉灯，透着街上的微光直接走到铺上，退得只剩下短裤，出溜就进了被窝，忽然他感觉被窝里还有个人，他笑了，准是小民这家伙，不想回去了，就睡到自己这里，平常偶尔也有的。他转过身想用小民的身体暖和一下，胳膊伸过去摸到了滑溜溜的皮肤，他觉得不对，小民啥时候变得这么光滑，他又摸去，摸到了软软的肉突突的东西，他吓得一股脑坐了起来，惊慌地说，谁？谁？！

那个人影也坐起来，用被子裹着身体，说，是我。

你是谁？方民赶紧穿衣裤，很慌乱，加之迷迷糊糊，更加穿不进去。

我就那么让你讨厌吗？为什么？那个人哀怨地说。

方民终于穿上了裤子，他也明白了是娟子。

他说，你，你穿好衣服？

不穿，就不！娟子说。

方民指着她，黑暗里看不见，只是能看见一个人影。方民说，娟子，别胡闹，你才十九岁，你是我的妹妹，你这是干什么呀？赶紧起来，穿上衣服。

娟子很激动，说，我不做你的妹妹，我要成为你的人。

方民摸了摸胳膊，他冻得有点打战，上衣在被子上，他终于看见他的外衣，拿过来披上，顿时暖和多了，由于冷，他打了一个喷嚏说，你是我的妹妹，我答应过你妈，要照顾好你。

娟子说，你坐到被窝来，咱俩说话，外面冷。

方民说，不，不，你先穿好衣服。

我妈说，要你娶我。

方民知道秀英婶的意思，但是他只把她当妹妹，所以故意回避说，我咋没听妈这样说？

你这是耍赖，不想要我了，我到底怎么了，很难看吗？娟子哭着说，但是她的哭腔是装出来的。

方民说，不是，你漂亮，又很阳光大气，将来一定能找一个有钱的大帅哥，哥一定给你找一个又高又帅的，哪像我才不到一米七。

方民故意把自己说得矮，自己也就一米七二。有时候他和只有一米六七的娟子站一起，觉得还没有她高，人都说女的显高，不比不知道，其实有些看着高的女的抛去高跟鞋就矮了一大截。而娟子老穿着运动鞋，真的不是低个头。

娟子有些耍赖了，说，我不管，我就是喜欢你。

你怎么说不进去呢？你再这样我可要发脾气了！方民真的有点生气了。

娟子只好摸索着一件件穿自己的衣服，方民坐在凳子上，头歪在一边，尽管黑暗里看不清楚，但是借着外面路上路灯的余光，还是能看见，所以方民头歪向了一边。

娟子穿好后，说，我穿好了。方民才过去拿了自己的内衣穿上，并且穿好了外衣。等一切好了，他过去打开灯，灯光有些刺眼，方民看见娟子捂着眼，上身只是穿着毛衣。

方民说，你穿上衣服吧，天冷。

娟子说，你坐在被窝来，刚才听见你打喷嚏了。

方民说，我就坐在凳子上，没事的。娟子，我比你大五六岁，再说，我把你当我的亲妹妹，从来没有往这方面想。我已经听说有个铁路技校，人家春季也招生呢，所以你去上学，不光是拿个文凭，学一门技术，人家还包分配，据说是为高铁培养乘务员。那时候，你在上面，我坐高铁也自豪，给人说，我妹在上面上班呢。

娟子望着方民，含情脉脉地说，我不想去，我就跟着你，伺候你一辈子。

方民看说不下去，就说，好，咱先不说这个话题了。你过去睡去，我送你。

娟子说，那你是答应了，你答应了我就过去。

方民知道说不清，故意以上学为条件，等她见多识广了，自然心意也就改变了，于是便说，你答应我上学，等你上完学，再说，你先睡觉去。

娟子说，我答应你，你也得答应我。

方民真是无奈了，说，我呢，没买房子之前，不会考虑结婚，等你上完学再说。

娟子站起来，拉着他的胳膊说，我也没说现在就结婚啊，你只要答应了，你说啥时候就啥时候。

方民推开她的手，说，我要拉门，你前面走。

方民在飕飕的冷风中送娟子去宿舍，到了以后，娟子悄悄打开门，生怕惊动了邻居。方民说，你早点睡吧，就要走。

娟子说，你不坐下说说话，反正睡不着。

方民说，我累了一天，又喝了一点酒，确实困了。

说完他装着打着哈欠。娟子说，那你睡去吧。

方民随即带上门，逃也似的退了出来。再待在里面，娟子就又会生出幺蛾子来。

（四十二）

没想到昨天一天发生了这么多的事情，都是和感情有关。方民觉得人生真是说不出的离奇，自己甚至就是这些离奇的主角，有时候简直不知所措。

有时候刚刚了却一个烦恼，结果又一个烦恼不自觉就来了。人生就像一个大麻团，解了织，织了解。

不想了，睡着了，第二天，新的更大的想法就会遮掩昨天的，有时候昨天的就已经不成为麻团了。

第二天早上，娟子像燕子一样穿梭在店里，一会儿拿着这个，一会儿又忙着拿那个,又哼起了歌曲,三月的小雨淅沥沥下个不停,小雨为谁……

小民不知道咋回事,问方民,哥,娟子是不是有啥喜事?

方民看着他,说,有啥喜事?干活吧,她就那样。

没有她咋乐得合不拢嘴?小民挠挠头。

方民却心里不是味道,娟子越高兴,他越惶惑。

又是一年的年关,方民和娟子腊月二十九才回到老家,娘要包包子,娟子和她一起择葱、泡粉条,方民切肉洗萝卜,然后俩人换着剁馅,娘给灶爷上了香火。

在馍搭进锅里等待熟的时候,方民和娟子一起去坟地给老闷叔、秀英婶还有小刚烧纸钱,娟子在坟前哭得很伤心,这些坟茔里都是自己最亲的人,一个个却成了一座座隆起的土堆,娟子嘤嘤地哭着。

方民一张张烧着纸钱,尤其在小刚墓前,他说,小刚,哥来看你来了,哥对不起你,没有照顾好你,哥有罪。说着说着眼泪就哗哗淌着。反倒是娟子过来劝他,他才转起身,擦干了眼泪,又去给父亲的坟头烧了纸钱。对于父亲,只有久远的记忆,已经模模糊糊,但是依稀能回忆起父亲在脖子上架着他,他很高兴的情形,童年的快乐让他觉得很幸福,而大了,反而没有了幸福感,有的只是一段段难以忘记的过程。

方民给自家贴上春联,看着秀英婶门上还残留的白挽联,他过去撕下了它,露出了去年的已经风化成白色的春联,方民不想让娟子看到这些,一看到这些她就伤心。而且娟子都不敢住在家里。娟子跟老娘睡在一张床上,方民说不如他睡在那边,也好有个人气。娘说白天过去转转就行,就睡在这边。方民知道娘是疼他,其实他不怕。

初七方民就待不住了,他先回来了。娟子又陪娘待了三天也回到了店里。

今年小民回家了,听说他父亲叫了他好几次,他终于回去了。

一直过了十五,小民也来了。

虽然天气不是太冷,可是炉子依然不能停了,方民刚回来那两天,才生的炉子,屋里还冷哇哇的,这几天好多了。

方民却心想着要给娟子找个学校,可是哪家好呢,这让方民有些犯愁。现在学校鱼龙混杂,很难辨识哪家真好。

这天,方民正在给一家园子做一些策划,正和老板谈给那些地方立标识牌导视牌等,忽然手机响了。方民看到电话很高兴,是江海波打来的。他让晚上聚聚，地址在凤栖塬的稼娃搅团馆。方民知道这一家，蛮有名的。

方民其实不愿意参加同学聚会，因为来的人目的不一样，有的人春风得意，为的是在同学面前炫耀；有的是找自己的初恋；有的是借机拉拢关系。而对于方民，他觉得有些自卑，人家大多是公务员或者事业单位，他本来在学校还比他们出色，谁知现在人家纷纷有了成就，自己还在爬高摸低，风吹雨淋奋斗着，所以没有心情聚会。可是江海波叫的都是他也认识的，所以好多年没有见了，还真想见见他们。

方民赶到稼娃搅团馆的时候，已经是七点了。江海波又催他的时候，他其实已经到了跟前。

上了楼，包间叫石砭峪，蛮有意思。他推开门时，发现大家已经基本坐定了，正在聊着，看到他进来了，都站了起来，七嘴八舌地说，来迟了，方民，应该罚三杯。

方民指着康小军说，小军，你这是瘦了，苗条了。康小军说，这个我爱听。王雪妮说，人家现在教育局人事科，仕途无量哦。

方民笑着说，是吗？那得恭喜啊。眼睛却瞟见白佳愉嘴一撇，没吭声。方民又顺口说，雪妮好像更白了，也更风韵了。

是吗？你说得这么好，有人还看不上我呢？王雪妮似乎带着怨，看了江海波一眼。江海波只是堆着笑，给大家倒茶，没有吭声。

马凯，你可是更帅了。马凯紧紧握着方民的手说，你是黑了，但是更精神了。

等方民坐下，只有白佳愉没有动，方民不知道白佳愉介不介意说他们已经见过，故意自嘲着说，白大小姐似乎不欢迎我啊！

哪有啊，我俩已经见过面了，我还得谢谢方大才子救了我这个小女子。我就先拿一杯酒，敬敬你呢！白佳愉竟然毫不掩饰地说。

然后端起杯，说，先干为敬！一饮而尽。

这一下众人皆愣了，王雪妮说，你俩已经约会了？

马凯说，这是直接进入高潮的节奏啊！

江海波说，这有故事啊，赶紧说说。

白佳愉说，方民你也喝啊！

然后她的头转向大家说，前几天我打麻将被他的同学抓进了派出所，方民偶遇保释了我。

几个人都作出惊讶状。刘凯说，原来故事还蛮曲折嘛。

他们哈哈大笑，几个人共同举起杯，一饮而尽。

两杯酒下肚，白佳愉脸上泛起了红晕，更加妩媚了。

康小军已经没有了原来那股殷勤劲儿，平静地吃着，也许他的退缩也让自己有些惭愧吧。

方民坐在江海波和康小军之间，王雪妮挨着江海波，下来是白佳愉，马凯在白佳愉和康小军之间。

两瓶五粮液只剩下了少半瓶，王雪妮不喝，江海波喝得少，白佳愉最多，刘凯和康小军拿捏得很好。

酒意微酣，白佳愉端起杯走到方民和康小军中间对康小军说，今天的酒是你的吧，腐败来的吧！来，拿你的腐败酒敬你，谢谢你勇敢的退缩！

康小军一下子红了脸说，祝你幸福！

白佳愉说，祝你步步高升！

俩人虽然心照不宣，但是都干了它。

然后白佳愉对着方民说，刚才说跟你喝三杯，你才一杯，咱俩喝三杯怎么样？你不会像他一样退缩吧？

方民站起来说，你喝醉了，佳愉，少喝点。江海波也站起来，说，少喝点，咱们三个干了这一杯。这时王雪妮也加入进来，说，我拿饮料，你们别嫌啊！

白佳愉有些醉，步态已经不稳，方民还是有些怜惜，但是只是默默看着她踉跄坐下。

酒不再喝了，康小军和马凯谝着官场的事情，康小军说，下属要知道自己的职责，就是帮领导守好果实，领导种棵苗，你得让它长成树，领导画个圈，你得让这个圈满。领导是点，你就得做圆，最好能成为球，这就是官场上的滚雪球，把蛋糕做大，首先得把领导的蛋糕做大，很多政绩就是这么滚出来的。

马凯只是微笑点头，他给康小军讲了一个笑话：说是一位老干部退休了，儿子却刚成为公务员。一天，老干部郑重地把儿子叫到面前，他要传授一生所得的官场秘诀。他告诉儿子"别说真话"，儿子问，难道只说假话？老子说，"不说假话"！儿子困惑，老干部停顿了一会儿，又一字一句说，真话不全说，假话全不说。儿子悟然。此后仕途扶摇直上。

几个人都哈哈大笑，王雪妮说，说得好，你们俩是当官的料。

因为方民和几个人都是间接关系，话相对少些。马凯还不知道方民在做什么，就问方民做什么呢，也不告诉大家。方民不好意思地告诉他在做广告这一行，在八里村呢。

康小军说，听说八里村很乱，西漂的、打工的、收破烂的都混在一起。

白佳愉翻了他一眼说，那才是这个城市的真正建设者。

马凯转过话题说，好啊，你来平安啊，平安这几年快速发展。来平安买房子吧，你看常乐小区我买的时候一平方米八九百元，将来肯定不错。方民你要不？我同学还有一个名额，你买不？人家给我的，我还没有那么多钱，所以不想靠父母，自己奋斗再说。自撤县设区后，房价噌噌上涨，听说都一千二百元了。我不挣钱，原价给你。

方民有点心动，自己也有十万元存款，但是那还有和刘亮的关系，虽然他知道刘亮已经跟他分割了，但是他没有见到本人，还不想动用。

方民说，我还真打算在平安发展。但是买房现在还不行。

大家都还一样，只有白佳愉脱贫致富了，我们还在奋斗！康小军说。

白佳愉说，滚，少拿我说事！我是青春做代价，你呢？你把你受贿的拿出来肯定够。

看着白佳愉挤兑康小军，大家赶紧圆场。

别介，你们以为我欺负他，他现在在教育局代行人事科长事，不久就是大科长了。

大家诧异，康小军脸红了，说，是有这么一回事，但是我可是清白的，对于对的我一定坚持，不要用腐朽的眼光看人。

在结束时，江海波站起来说，今天大家很开心，我们以后同学要常聚聚。我也告诉大家一个我的消息，我调到区委办上班了，今后大家就近了，聚聚更方便。

马凯说，你这是到了最后才说，啥意思吗？

江海波很低调地说，大家聚会才是正事，我这只是告诉大家我离大家近了而已。

马凯和康小军先走了，康小军临走还看了白佳愉一眼。

白佳愉趴在桌上，她肯定是喝多了。

方民和江海波说了一会儿闲话，王雪妮的电话响了，有人到了门口接她，王雪妮让把白佳愉架到车上，白佳愉却说她没醉，不让人动她。

王雪妮只好先走了，方民说，你放心走吧，等她清醒一会儿再走。

方民和江海波继续聊，聊了很多，方民借着一点酒意，说了他这几年的遭遇，江海波才大吃一惊，尤其许多地方虽然方民平静地说，他依然是唏嘘不已。

方民又说到了娟子，他准备把娟子送去念书。江海波也没有很好的建议，就说也好，多接触世面，也许就好了。

白佳愉突然站了起来，脸上还挂着眼泪，让俩人大吃一惊。

她虽然有点踉跄，但是坚持下楼。方民赶紧上去扶她，她就靠着方民下着有些陡的楼梯。

出了饭店，江海波也是临时在东余村租的房，一过马路就到。而白佳愉不让他俩管，就要走。

江海波就说，那你送送她吧。

方民也是无奈，也是不能安心让白佳愉一个人走，就点了点头。

俩人走在街上，尽管还有点冷，但是喝了点酒，并不觉得，倒还觉得很清爽。

白佳愉拒绝了方民的搀扶，一个人悠悠走着，方民跟着，方民并不知道她住在那里。

白佳愉慢慢地说，你们说的我都听到了，方民，你也是受过那么多苦难的人，我没想到。

方民有些吃惊，他知道白佳愉都听到了，他在她面前已经没有了秘密。

方民迟疑着说，没有什么，苦难也是财富，会让一个人变得更从容。

你成了哲学家了？白佳愉眸子忽然光亮起来。

我哪是啊，这是生活教会了我。

你就没有气馁过？

有，有也只能前行，生活还得继续啊！

你有什么打算？我指的是生活。

生活？方民没有懂，他忽然明白了，她是想问他的婚姻家庭。

方民觉得不好回答，也不想隐瞒，说，我想把店变成公司，搬到平安来。个人嘛，想先有自己的一所房子，有一个家，我没有考上学，和大家不一样，我想改变自己，在城里安一个家，把母亲接来。

我是说如果娟子缠着你怎么办？

还没有想那么多。

之后就安静了，只是走着路，方民见自己的话可能是让白佳愉不好再问了，他就反过来问她，你下来有什么打算？

没有，混日子呗！

拐了一个弯，又拐了一个弯，到了一个小区门口，白佳愉说她到了。方民说这个小区叫什么？白佳愉说，嘉华小区。

白佳愉进了门，方民竟然跟了进来，进来才觉得不对，他说，我这是怎么了？你到了，我还跟着你。我不进去了。

白佳愉和方民走到了小区一片树林跟前，此时很少有人过来。两个人面对面站着，他能看到她闪亮的眸子，似乎又看到了当年的白佳愉，他想拥抱一下她，但是没有动。

白佳愉低低地说，不想拥抱一下吗？

她张开胳膊，方民也张开胳膊，俩人拥抱在一起，方民明显能感觉到白佳愉抱得他越来越紧。

足足有三分钟，白佳愉松开他，说，好了。谢谢你。马凯说常乐的那套房子价格真合适，如果你想买，我借给你钱。

方民虽然想，但是他一定要靠自己的双手挣得，这是他的原则。他现在还不想，于是他说，谢谢，我暂时还不考虑。

白佳愉说，你走吧！说完头也不回，向里面走去，静静的夜只听见她高跟鞋的声音。

（四十三）

方民到这家铁路技校招生处看了一回，也挑不出啥毛病。只是对百分之百包分配表示怀疑，人家也是百般证明自己确实分配，方民询问了分配情况，说有可能西京到郑州高铁，也有可能是高速大巴乘务员。

方民看着招生简历上写着：学校以铁路技术、职业素质教育、专业技能培训为教学模式，是一所以"学历＋技能双修"、就业安置为一体的全日制专业铁路院校。他只能说听天由命了。要是当初自己相信了这些学校，他也是一名大学生了，如果分配，他或许也工作了一两年了。

不过任何事都有好坏两说，他之所以不相信才经历了这么多磨难。但是上了，难道一定就会好？也不一定。

所以让娟子尝试一下也好。

第二天他就带娟子去报名，娟子说，记着你的承诺哦。

报了名，接下来几天方民给娟子准备带的被褥和日用品，又给她拿了五百元，说，你一个星期就回来了，拿多了丢了不好。

看着娟子的身影消失在学校里，他才长舒了一口气。

方民的生活又归于了平静，过着忙忙碌碌的日子，日子一天天就这么过去了，也只有自己的影子记得，曾经的往事，曾经的伤痛。随着时间和环境的改变，对好多事情好多伤痛已经不那么留恋和执着了，也不那么痛了。

生活的琐碎让这份挚诚的执着和守候变了味道，也潜移默化地变成另一种坚守，而这就是生活。

方民已经在平安的街道转了几天，他想选择一处作为他新店的地址，可是转了几天，不是房费太高，就是地段不合适。最后他选择了平安酒厂半塬上，这儿虽然人流不多，但是地方大，这里两间和主街道的一间价格一样，而且旁边还有一个楼道，二楼的房间很便宜。方民已经和这家主人见了一面，只等着一个月后到了期装修一下搬过来。

搬过来他的营业执照就得变更地址。方民有一个想法，他想成立公司，这样也可以承接大一点的活。

上午在店里忙的时候，方民的衣服不小心让铁丝剐破了，上衣的肩膀处破了一个洞，这衣服是娟子买给她的，穿着也合身，还是新的，扔了可惜。他顺口问小民哪里有补衣服的。

小民说，村中间十字就有，有几个妇女，整天在那里补衣服。我也补过一次，得二十元左右。补完跟新的一样，一点看不出来。

方民就顺着路向里走，果然看见几个妇女坐在小马扎上，有过路的人就问，补衣服不？方民惊诧这里也会有这个生意，看来这方面有需求的人还不少么。现在就是好，什么行当都能出状元。原来只有钟楼跟前有，方民见过。

方民来到一个看似瘦弱的女人面前，那人低着头，只顾补着手上的衣服。方民问，补衣服多钱？

那人没有抬头，说，衣服带来没有，要看破的大小。

带来了，你看看！方民把上衣递给她，她停下手上的活，抬起头，方民瞬间愣住了，这不是王华吗？

这张青菜似的脸是那么熟悉，也是他一直想寻找的人。方民激动地叫道，王华姐，是你吗？

那女人有些慌乱，被针刺破了手指，血瞬间冒了出来，那女人顾不得手，只是不让落在补的衣服上。她低下了头，说，先生，你认错人了。

方民蹲下身，说，姐，你转过头来，你就是王华姐，我找你找得好苦啊！

那人甩了一下手上的血，放在围裙上抹了一下，迅速收拾东西，要离开。方民一把没有拉住，任凭自己的衣服掉在地上。

他去追王华，终于在一百米外拦住了她。

方民拉着她的胳膊说，王华姐，我是方民，你不要跑了，我终于找到你了。

王华抽泣起来，方民紧紧抱住了她，街上不时有人看着他们。王华沙哑的声音说，我是一个脏女人，我不想打扰你。

方民说，姐，你说哪里话？从今后你就是我的亲姐姐，咱们再不分开了。

方民不由分说就拉着王华向回走。王华问去哪里。

方民说我开的店离这里很近，你离我这么近，怎么就没有看见你？

王华说，我在钟楼做了半年，那儿补衣服的越来越多，所以就来这里了，刚来四五天。

俩人进了店，方民让小民打水，水端来了，方民让王华洗洗脸和手，又拿来苹果和香蕉，让王华吃。

王华洗了把脸，接过来水果又放下，方民给她剥了一个香蕉，递到手上，她才慢慢吃了起来。

方民讲起了他这几年时时刻刻惦念着还在那里受苦的她，讲了他发现广告牌上红唇的经过，讲他和小刚娘去山西解救他们的情形，也讲了娟子她娘的去世。

讲着讲着王华就哭了。

她讲了她那天送走他后来的情况。方民跑了，那里所有的人整个晚上都没有睡成觉，劳工被罚站到天亮，一个个还挨了打，最后王华承认是她放走的，才放了其他人。第二天没有给他们吃饭，活还得照样干。

王华被吊到大棚房梁架上，直到昏死过去。

醒来后刚缓过神，晚上又被带到小屋里施虐，烟头烫，竹板打，打得手掌像锅盔馍，最后还被二蛋、根娃两个人轮番强暴。

要不是想着儿子，几次都想一死了之。方民的眼泪流着，他知道王华受

201

苦了，但没想到这么严重。

姐，后来怎么样？我后来问根娃，根娃说你跑了，我是又高兴又担心。还跑到蓝田找了一回，看你回来了吗，也没见你回来。

王华说，后来他们对我放松了，还允许我跟着根娃去买菜。我趁着买菜几次想买老鼠药毒死他们。但是根娃看得紧，加之怕毒死了他们不要紧，还有那么多工人，他们是无辜的。

我就在一次去买菜的时候，趁着根娃上厕所，就使劲地顺着苞谷地跑啊跑，跑了三个小时才停了下来。也不敢随便问人，一路要饭，顺着黄河边到了禹门口，又到了韩城，一个好心人给我买了一张票，才回到了西京。

回来后，我打工挣了一点钱，换了一身干净衣服回了一趟老家，我实在是想小飞了，没想到回去就碰见他爸回来了，又是骂又是打，骂我在哪里，还有野男人送钱来，我就知道你来过了。我忍着只想见我的儿子。下午儿子回来了，很高兴，我也很开心，我给他做了一桌好吃的。

晚上我和他老娘和小飞睡在大房炕上，他非得拉我去厢房，看到我满身的疤痕和这儿。王华指着自己的胸脯，方民明白，王华被二蛋那浑蛋咬掉了乳头。

方民只是跟着王华哭着讲的故事约莫了解了她的经历。

男人大打出手，打得王华满身是血，他母亲以死相逼，才停了手，小飞哇哇大哭。

王华没有一句吭声，她又想到了死。她拿着刀砍自己，他老娘给她跪下了，她才扔掉了刀。洗了脸，换了衣服，送走儿子上学，又出了家门。

她已经知道方民去过家几次，拿的钱物，她很感激，感激这个兄弟不负托付，她也想去找他，可是怎么也鼓不起勇气。

她给人补衣服挣点小钱，看见方民的一刹那她也是内心很激动，但是她已经是个被社会丢弃的人了，苟延残喘地活着，怎么还能有奢望呢？

而对于方民，王华姐有救命之恩，如果没有她，他也许变成了傻子或者残疾，或者已经不在人世了都有可能。

方民拉着王华的手说，姐，咱们见面了，有我吃的就有你的，你不要缝补衣服了，就在我这里，咱们把厨房弄起来，你给咱们做饭。

小民只是默默听着，听说开灶，他很高兴，连说好哎好哎！

方民此刻才介绍说这是小民，给小民说这是王华姐，是我的恩人。

小民说，有姐真好。

王华还想说什么。方民打断了她，说，姐，你在那边的房继续住着，房租我掏。不过这边马上要搬了，咱们搬到那边地方大，我这几天正在办手续。

王华看着方民的诚恳，流下了眼泪。方民替她拭去。她又笑了，拿过来方民刚才那会从地上拾起的衣服，拍拍上面的土，拿出还别在身上的针，正好上面带的线和衣服的颜色一样，她一针一线来回穿梭，不大一会儿，洞补好了，几乎看不出来破过。方民拿过来说，姐，你的手艺真好。小民也凑过来，拿起来看了看，说，哇，很神奇哎！

王华从来没有被承认过，听到这些，脸上荡漾出了神采，加之她灵秀的眼睛，显出了女人的温柔，方民觉得只要王华收拾一下自己，还是很美的。

他让小民带王华去隔壁理个发，王华一听硬是不去，说都老太婆了还捯饬啥！

小民非得拽着去，王华说她要回去换件衣服，不能丢他们的人。

方民说行。等了一会儿，王华回来了，穿上了一件花格子罩衣，很素雅，但是显得身材很匀称。

小民就拉着她进了隔壁的理发店。方民欣慰地笑了。

方民这些天一直在准备资料，他想把门店办成公司，所以人家要办理营业执照需要准备的资料。第一要有《房租租赁合同》原件，房主的身份证复印件，这个都可以要到。既然是公司，就得有股东身份证。这个让他犯愁，应该写谁呢？不过现在他突然有了想法。他的股东要有刘亮，下来写上娟子，现在王华回来了，也写上她，或者也给小民一点股份。听说还要验资，还要有监事等，总之很复杂。

方民想着这些头还真有点大。

这时小民和王华回来了，方民很惊讶，理发师给王华留的是齐耳短发，改变了她原来半长不长的发型，还焗了油，头发亮亮的，配着一身素雅的衣服，还有点电影里二十世纪二三十年代知识女性的味道。

方民说，姐，很美。

王华羞涩中带着一点点自信，原来有些菜色的脸有了红晕，也很好看。

小民只是傻笑。

王华开始收拾屋里，方民不让她动，说要不了几天都得搬。王华说至少现在看着舒服，她闲不住，让他俩忙他们的，不要管她。

方民上个厕所的工夫回来，就发现屋里大变了样，顿时整洁了。

中午还是在外面吃的，方民特意多要了几个菜，他要让王华快速把营养补起来。

方民和小民下午去装一个广告牌。这一阵都是方民自己或者是小民带上一个雇工，由于配合不默契，出活慢还费力。总得给店里留一个人，俩人同时出去好久都没有了。王华来了，他们可以在一起干活，这让方民很高兴。而小民喜欢在外面干，不喜欢待在店里，也很高兴。

他俩下午回来的时候，没想到桌子上摆了两样菜，方民很诧异，看见王华在后院做饭，用的是蜂窝煤炉子，而且还有锅灶。他问王华哪里来的？王华说，我那边的，只是添了几双筷子和碗。

方民原来不想买，到了余曲再买新的，先凑合几天再说。谁知王华拿来了自己的，还做出了香喷喷的饭菜，看着王华正在盛的稀饭还有案板上的馒头，他心里暖暖的。

晚上的饭虽然只有一个炒莲花白和一个土豆丝，但是三个人吃得很开心。

（四十四）

娟子回来时，方民没有在，小民出去上茅房去了。店里只能解小手，离店一百多米有公共卫生间。

她发现店里坐着一个菜青色的脸的女人，她问，你是谁？方民呢，小民呢？

王华一时不知道如何回答，喏喏地说，我临时看店，他们出去了，小民马上回来。

王华隐隐感到是娟子，但是方民也没有说，她又怕是客人，就没有吭声，招呼她坐，手上缝着小民的一件衣服。娟子心想你是谁呀，就不客气地说，你是新来的吧，还用你招呼我？

娟子又绕着屋里转了一圈，看到了后面小房间的灶具碗筷。她回到前面问，你做的饭？什么时间做的？我在的时候，他不做，我刚走他就做饭了，看来你们的小日子很舒坦啊！

王华已经隐隐觉得这个女孩子来路不一般，她只是猜想，方民没有说过这儿还有其她女人。会是谁呢？是方民的女朋友？还是小民的？

娟子直接坐到电脑前胡乱翻着。这时，小民回来了，一进门就高兴地说，娟子回来了？今天是礼拜天吗？哦，是的，都忘了。啥时候回来的？你想吃什么，上午让王华姐做饭，她做的饭可好吃了。

她？王华？谁是王华？干什么的？娟子鄙夷地问。

小民挤挤眼，让她小声点。谁知娟子还故意大声说，我哥也真是，招人也不招个年轻点的，一看就是乡下来的。

小民小声说，姑奶奶，你小声点，方民哥可是很尊敬华姐的。

王华其实是听见了，她躲在厨房不住地滴眼泪，但还是强忍着把面条擀好，炒了拌面条的菜，洗好了下锅的青菜。

她出来后，对着小民说，我出去一会儿，面条弄好了，你们吃，我有点事。

小民看着王华只是嗯嗯，并不知道说什么好。而娟子戴着耳机只管听着歌曲。

方民回来的时候，看见了娟子，高兴地说，娟子回来了，啥时候回来的？

娟子迅速摘下耳机，说，我一礼拜没有回来，你们也不想我呀。我可想你们了。

小民说，刚才我回来也不说想。

娟子说，一块想呗！

方民和小民都笑了。方民看了看四周，问小民，咋不见王华姐？

小民支吾着说，她擀了面条，说有点事，出去了。

出去了？方民半信半疑，跑到后边看了看，回来说，咱们下面条吧，陕西人，一天不吃面就想。

方民又说，我下面吧，你们俩收拾一下，准备吃饭。

方民向屋里走，娟子也跟了进来，看到案上的面和菜，娟子说，哥，就吃这个呀。太差了点吧，妹子回来了也不犒劳一下，你看这都是什么嘛，就一点青菜，炒个鸡蛋西红柿，一看就是乡巴佬做的。哥，你从哪儿弄得这么一个人，你看她那薄命相，一脸营养不良的样子。

方民虎着脸说，你是不是在她面前说啥了？

我能说啥，我就说我哥怎么找了这么一个人？娟子不以为意地说。

你一定是说什么了，小民，是不是娟子在王华姐面前说啥了？方民冲外面喊。

小民只是应了一声，唉。并不见回答。

方民就明白了这一切。方民把抹布往案上一甩，指着娟子吼着说，你这是胡闹！

娟子睁大眼睛说，至于吗？你为一个外人发这么大的火，好歹我是你妹子哎，她是谁？一个外人。我也会做饭，比她还做得好。

方民指着她说，她不是外人，她是我的救命恩人！你会做饭，你怎么不做，你会擀面吗？你不会。你会炒菜，都会，谁不会？谁不是从农村来的？我不是吗？小民不是吗？你不是吗？才上了一个星期，你就成了城里人了？记着，我们都是乡巴佬，这个城市的先人也都是乡巴佬。

娟子背过身哭了，她从没见方民发这么大的火，她不懂这个女人竟然在自己没有在的一个礼拜里轻而易举地占据了店里的重要位置。如果是一个漂亮女人还罢了，是这么一个寒碜的女人，怎么能和自己相提并论，此刻，她感觉一个豆蔻年华的少女竟然不敌一个乡下女人。她心里很伤心，哭得更厉害了。

方民竟一时不知所措，小民站在一边，也是不敢吭声，他也没有见过方民发这么大的火。有人要复印，他过去轻声说，机子坏了，打发走了。

方民安静了一会儿说，娟子，对不起。我有点激动了，我向你道歉。可是你知道王华是谁吗？她就是在黑砖窑冒着生命危险救出我的人，她就是为了我被那些人吊了一天一夜的人，她的身上被烟头烫伤打伤很多处，她拼死逃了半年才回到了西京，而我还能在这里享受这一切，难道不应该感谢是她所赐吗？

娟子虽然听方民说过，但是从没有听说过这么些，她有些惊愕，哭声小了些。

方民继续说，在黑窑里，王华把自己的饭夹给小刚，我们互相照应，她被那帮人强奸，她生存的唯一希望就是孩子。她忍辱负重，就是为了她的孩子。我去蓝田看的就是她的孩子，她对生活本身都没有信心，我们还这样对她，她还怎么活？

娟子止了哭，过来拉着方民的胳膊说，哥，我不知道这些，我错了。

方民长叹一声，揽着娟子的肩头，娟子顺势依偎在方民的怀里，轻声说，我错了，你原谅我。

方民拍拍她的肩说，好了，刚才我也是不好，你不知道，不怪你。咱们去把她叫回来。

娟子连连嗯着，方民和娟子跟小民打了一声招呼，让他看店，他俩去村里找王华。

方民到王华租住的地方只来过一次，院子不大，看来这家主人也是懒收拾或者也是穷，院子有些凌乱。王华住在二楼，透过窗户，方民看见王华坐在床沿上发呆。

方民推门进去，说，华姐，咱们去吃饭吧。

王华看是他们，头低了些说，你们吃吧，我不饿。

娟子走到跟前低声叫了一声，华姐，我错了。我不知道过去的事情。方民哥对我都说了，你是我民哥的救命恩人，也就是我的救命恩人。都是我年轻，说了不当说的话，你原谅我吧。

王华脸上舒缓了许多，她低声说，不怪你，我本来就是一个贱女人。

娟子看王华并没有转变思想，她知道王华对方民的重要性，是良心和道义的重要。娟子忽地就跪在了地上，说，姐，你不原谅我，我就不起来了。

王华赶紧扶她，说，使不得使不得。

方民说，华姐，你就原谅娟子吧，娟子是小刚的妹妹，你那么呵护小刚，你还能计较娟子吗？

王华跪在地上哭着说，小刚好可怜啊，我对不起他，没能救了他呀。

三个人都跪在地上，方民哭着说，姐，不怪你，你做得够多了，是我不好，我没有保护好。

娟子却止了哭说，我哥是他的命，都别哭了。我哥活着，有你们这样的朋友一定很开心。

三个人止了哭，站了起来，方民说，咱们去吃饭。

于是三个人相互搀扶下了楼。回到了店里。

小民一看都回来了，很高兴，嚷着要自己下面。王华说，还是我下吧。

娟子也说，我也去，我和华姐一块下。

方民欣慰地笑了。

面条端上来了，下了小民和方民俩人的。他俩有意识等了一会儿，王华和娟子也端上了碗，四个人围着吃，虽然只是一碗面条，但是他们吃得很香，从没有过的香。

星期一的时候，娟子去了学校。王华却更勤快了，不光做饭，还帮着店里的一些事，譬如裁纸、简单的复印、订资料等。最让方民和小民喜悦的是，他们的衣服脏了，隔不了夜，第二天准是干干净净摆在面前。原先都发臭了，

207

才脱下来，破了，也只好不穿，胡塞在旮旯角儿。特别是小民，这个臭了，把原来的换上，直到实在不能穿才无可奈何洗一回。方民强点，至少不会穿臭了的。

在老家有母亲，出门在外没有个女人确实就不能算个家。

三月底，余曲那边的房子可以用了。方民决定搬家，尽管搬家肯定费事，但是这次仿若是二次创业，方民自己找了个好日子，就开始了。

方民找了个搬家公司，尽管有他们和搬家公司的人，方民还是忙前忙后，小民更是忙得满头大汗，王华帮忙收拾着那些零碎东西，小民要扔，王华又拾回来，说这都是钱呢，丢了还得买。

余曲这边底下是个大间，还好，隔了一堵墙，就是上二楼的住户。他们三人都从八里村的房子退了出来，方民早早就想到了这些，楼上有几家出租的，而且最少都是两室一厅，价格还行，虽然比原来的要贵，可是能住在一起，方便照应，就是小民说他不能和伙伴们谝闲传了。

等把所有东西就位后，方民联系的上面住户的主人也到了，方民上去看了房，他们店的上一层是个两室，四层有个三室，虽然高了一层，价格却和二楼二室一样。方民征求王华和小民意见，他俩都说四楼就四楼，又不是老胳膊老腿，好着呢。方民说，小民，咱俩住一个屋，王华姐住这个大的，娟子住小的。王华说哪能行？自己直接就搬到了最小间。又不由分说把他俩的铺盖拿到了最大间，说，你俩大男人，就住在大间，又把娟子的一些零碎东西也拿到了另一个房间。

王华在上面打扫布置。方民和小民在下面收拾，差不多已是下午五点多了，才基本收拾停当。

天然气也有，卡里面据主人说还有几十元气，就是他们还没有灶具。方民说咱们在外面吃吧，也算是庆祝，小民说咱们买一点现成的，在咱们房间吃，想咋样都行，岂不更好！

方民想着也行，就掏出二百元让王华去采购。

望着车如流水的街道，和原来的景致大不相同了。方民有些感慨，人就是个移动的小虫，在哪儿觅食，窝就扎在哪儿。虽然干的都是活儿，可是方民觉得像换了天地似的，也得改变以往的思维，甚至还得有所创新和突破。

王华买回来的东西很丰富，放在桌子上一大堆，小民直接就从塑料袋里拿出一块肉塞进嘴里。

王华说，去洗手，你个馋猫。

王华拿来碟子，碟子不够碗来凑，有猪头肉，有豆腐干、花生米，还有一个拍黄瓜，有人造海蜇，还有葱花饼。

方民和小民洗了手，三个人就坐在客厅。客厅只有一张小茶几，还有一张旧沙发，方民和小民坐在沙发上，王华坐在马扎上，马扎还是她在那边缝补衣服用的。

桌子上放的剩下的零钱，方民发现还有一百多元，这么多东西才花了几十元，他问，华姐，你这是在哪儿买的？

王华说，就是街道十字角，一个卖熟食的摊上，我看围的人还不少呢。隔壁有个卖葱花饼的。

方民说，今后不要买摊上的东西，不是说就一定不好，就是他们的卫生不能保证。隔了一百多米就是超市，超市里啥都有。

王华说，我去了，看着比外面贵多了，还没有外面看着香。又出来买了。

方民笑了，说，姐啊姐，不要图省钱，超市里经常会有卫生防疫部门检查，相对好点。外面不能保证，万一吃上毛病了，省那点钱划不来。

小民说，挺香的。说着就又给嘴里塞了一块肉，没有等嚼完，又咬了一大口饼子。

王华说，好，知道了。拿出啤酒自己要打开，小民抢过去，搁到嘴边用牙一嗑，咯嘣就开了。方民可不敢，他开啤酒总要在桌子沿或者角上一只手托着，另一只手一拍。

一人倒了一杯，方民提议碰一个，祝贺他们乔迁新居。

三个人舒舒服服地边吃边喝，王华喝了一杯，然后倒了一杯水，听着方民说着未来的打算，两个人听得如醉如痴，小民不知不觉就喝了三瓶。方民喝了一瓶，小民又把王华剩下的多半瓶喝了。

在新房里，方民还有点睡不着，小民却早就打起了呼噜。新房虽然不十分大，却还是令他更加无眠。他想着明天就要开始去办营业执照，人家要看办公地址，所以也不能在此前就办。也不能耽搁，否则就是非法营业了。

（四十五）

方民找到了余曲工商所。这一次他决定要办广告公司，隔着窗他想咨询怎样办理公司的手续，里面两个穿工作制服的女人聊得正在兴头上。一个嗑着瓜子说着自己的婆婆如何如何抠门，一个织着毛衣说着自己的公公多么多么脏，描述的家就像一个肮脏的、让人窒息的笼子。完全和方民想象的家是两回事，方民用手机敲敲窗框，问，同志，麻烦咨询一个问题。

里面的人也许嫌方民打断了她们的兴头，从牙缝里蹦出一个字，说。

方民顿时不知道说什么，他想问的很多，一时不知道问哪里。里面的人说，办不办，不办下一个！

方民赶紧说，办，办。方民可得罪不起这些姑奶奶，于是问，办公司营业执照应该先办什么手续？

那人从里面递出一张纸，上面写着办营业执照的步骤。方民要的不是这些，他想问都需要自己提供什么证明，大概需要多长时间。他还想问，那人说，上面都写着，你没看呀。

方民拿着这张纸一筹莫展，他还想问，可是有人已经占据了窗口，他只好出了来，拿着这张纸回去先研究一下。走了一会儿，他觉得不能就这样回去，这样岂不等于白来了。他要回去再问清楚一点。

方民进来重新排队，好在人不多，前面只有三四个，真正办理的没有一个，都是三言两语就走了人。方民重新走到窗口，那人看见他，说，怎么又是你？

我想问问我到底应该先怎么办？方民不好意思地问。

里面的女的把她眼前的瓜子皮，用卫生纸一包，扔到了地上的垃圾桶，边扔边说，回去好好看，看明白了再来！

那我要是还不明白呢？方民有点恼，他就是看了，还不明白。

那你回去找你老师去，他怎么教你的？连这都看不明白？那人一脸得意地说。

方民觉得自己涵养还算可以，可是被这句戏谑彻底给惹恼了。他说，你怎么说话呢，什么叫找我老师去，我小学老师已经作古多年了，你是让我去地下找他吗？

方民也是没好气地故意说。

那人说，你可以找你初中或者高中老师，不会也作古了吧？

方民嘴张了张，他觉得是不是自己无聊了，好男不和女斗，而且他主要是想问申请执照怎么办？并不想斗嘴。

方民说，你还是说我第一步做什么。你要还是不说，我投诉你，上班吃瓜子，打毛衣。

一说打毛衣，对面另一个光听还笑的女的不答应了，站起来说，哎，你这人，怎么说起我来了，我招你惹你了。

方民还想争辩，却被一个声音打断了。

身后传来声音，同志，你先别急，你站一边，来个人接待一下。

方民看到身后居然站了这么多人，而且都穿着制服，为首一个女的走到窗前说，你们俩，站起来。你看，打毛衣，嗑瓜子，这是在上班吗？刚才还和群众斗嘴，我都听见了。你们两个现在就下去，马上写检查，重新换人上岗。

一同来的一个男的像是这儿的负责人，说，廖所，好，我马上让他们写检查，马上整改。

在这个女人回头的瞬间，方民看到一张娇美的脸庞，和一双明媚的大眼睛，方民觉得是那么熟悉，但是就是没有想起在哪里见过她，那女的也是转身的瞬间和他四目相对，只是那么两秒钟，那女的也似乎若有所思，她领着五六个人又向楼上走去，在走出门的一瞬间，那女的又回过头看了他一眼，这一眼让方民彻底想起来了，是廖如，是她。瞬间，他像过电影一样回忆起他们分手时的情境。

他记起他和廖如出了校门，沿着巷道默默地走着，还是廖如让方民补习一年。

方民说，祝福你，你走之前，打个招呼，我去给你祝贺！廖如说，你一定要考上，思想不要开小差，好好下一年功夫，行吗？这样行吗？那时的情景至今让方民都还震动，看似恳求的语气却似乎是一种期待，又是一种要求，期待一同步入更高的殿堂，然而又似乎是要求，考不上，便再见。

俩人走到镇十字街时，公交车开过来了，廖如说，方民，我要走了，车来了。

方民点点头说，好，走吧！

廖如跳上车，立在车门口望着方民时，方民突然间有些冲动，看着回眸的廖如，仿佛又回到了他心仪的那个女孩，此一别还不知何年何月再见。他紧跑几步大胆地说，阿如，保重，记着，走时告我一声。

廖如也仿佛意识到什么，大声说，方民，八月十五是我的生日，记着我，记着我……廖如隔着窗子还说着啥，方民已听不清，他站在原地，看着车渐渐地开远了。

一个工作人员打断了她的思绪,她的态度很温和,问他要办理什么。

方民说了自己的困惑。

那个工作人员一脸笑容说,你先需要有你的公司名称,经过核准没有重名,然后确定经营范围。还要起草公司章程,确定股东,还有场所以及房产证或者租赁合同以及注册资金,这需要验资机构审核拿证明过来,然后填表,等待办理批准手续。大约需要十五天,不过现在我们新领导要求我们一周内办理,所以你只要准备好这些材料,很快,甚至更短。

方民这回搞清楚了,哎,要是每个服务机构都能像这样服务,那我们国家的发展会提速多少啊,他是很满意了,连声说,谢谢,谢谢。

那女的说,不客气,这是我们应该做的。

方民准备离开,他回去要准备这些资料,临行他多了一句,同志,刚才带人检查的那个女的叫什么?

这位女工作人员笑着说,那是我们新来的副所长,姓廖。

方民知道了,就是廖如。

方民走出门的时候,禁不住多望了一眼楼上,并没有见到那一帮人,也没有廖如的影子。一连几天,方民像失了魂,脑海里一直有他和廖如当年分别的情形。

但是如今,方民觉得世事变迁,不妄求,则心安;不妄做,则身安。他觉得一切随缘吧,这个世界,你该见的人最终不管如何辗转,还是都会见上。

方民这几天一直在思考股份的问题,觉得他的股份应该这样划分,刘亮要有,没有刘亮哪来的现在?或许自己还在工地干活甚至扛着麻包也不一定。而娟子是一定要有的,小刚家只有娟子一个人了,他有这个责任,而且干娘最后还把娟子托付给了他。王华要给她一点,没有王华自己或许已经不在这个人世了,而且最主要的是帮助她树立生活的信心。小民嘛,他觉得如今是一个得力的助手,也应该有的。虽然还没有真正开张,生意已经找上了门,因为大门的广告已经把人吸引来了。

店里的事情倒是小民和王华帮衬着打理,方民一心准备公司的手续,好在没有大活,一般的小民都能应付得了。

方民让王华和小民都复印了身份证,好在还有娟子和刘亮的身份证复印件,娟子办理入学时复印了几份剩下的,刘亮的身份证正反面都还有照片存在手机里，是刘亮当时发过来的。

下来有一个问题难住了他，就是公司法人必须有无犯罪记录证明。这可让他真犯愁了，他是应该回老家派出所开呢？还是回村里开？或者在这里派出所就能开？现在不是都是联网的吗？派出所查一下都出来了。

他觉得回去一趟挺麻烦的，来回折腾浪费时间。问清了也个白跑，问谁呢？他忽然就想到了刘晶，她不是在派出所吗？如果这里能开，何必要跑一趟呢？

想到这里，他顿时有了精神头，二话没说，就朝派出所走去，路上他摸了摸口袋里的身份证，他不知道没有户口本行不，光凭身份证能成不？

派出所门口放满了小车，其中一半都是警车，他这是第二次进派出所了，他刚进门，就见从一辆警车里被推下一个瘦高的中年男子，这人眼睛扑朔迷离，满脸堆笑，说，公安大哥，我可是好人哪，你一定是弄错了。一位年轻的公安干警推了他一把，说，少废话，老实点，你干的那点事我们都掌握了，还嘴硬。

方民知道这样的人一定不是好人，但是也犯不了大事，估计是行骗盗窃一类的。

进了院子，方民却有些迟疑，他的脚步却凝滞了，他觉得为了这点事情麻烦刘晶值不值得，其实心里说实在的，不仅仅是为了问事，那天好多话都没有说，他总觉得不甘心似的，想见见刘晶。

方民站在院子里不知所措，忽然他看到了户籍室，不妨先去问问。

方民走进户籍室，其他人都在排队，他看见里面有一个民警跟前没有人排队，就凑上前问，同志，开证明在哪里？

什么证明？那人依然专注地看着电脑，没有抬头。

方民有点不好意思，低声说，无犯罪记录证明。

干什么用？那人看了看他问。

办个小公司用，方民羞涩地说。

哪个小区的？那人又问。

方民赶紧说，我是马坊镇的，平安西边的。

那人说，回户口所在地去开，这里开不了。

方民哦哦着，他还想问，电脑查一下不成吗？但是人家不是说得很清楚吗？回原籍，就是说不行。

方民退了出来，但还是抱着一丝侥幸，他觉得也许刘晶能帮上忙呢，他又迟迟疑疑上了二楼，北头的第二间就是，他已经牢记在心里了。

到了门口，他一眼就瞅见了刘晶，刘晶背对着他，喝了一口水，一身便衣，齐耳的短发，身材似乎没有了过去的纤瘦，发福了不少，却有了另一种风韵。

他敲了敲门，刘晶转过身，看是他，眸子顿时亮了起来，说，方民，你怎么来了？

我不能来吗？不打扰你吧！方民也开玩笑说。

那天走连个电话都没有留，也没办法联系，不过……刘晶说着，眼睛眨巴了一下，接着说，你别坐了，跟我去喝咖啡，我请你。说完不由分说就拉起方民的胳膊往外拽。方民脸一下子就红了，他忽然想起了高考完在学校看分数刘晶也是这么拉着他的，那时还是挽着。这情景一下子就回到了从前，方民分明看到的还是少女时代的刘晶

方民嘴里哎——哎着，他想说我是来办事的，可是刘晶说，走走，今天上午咱们好好聊聊。

方民竟然像小孩一样听话地跟着她走了，坐在车上，他说，我感觉今天我像个罪犯，被警察逮着了，一个无辜的罪犯。

刘晶咯咯地笑了，这样的笑，忽然就没有了距离感，仿佛大家还在青涩的高中时代。

没有几分钟就到了常乐宫酒店，他们找了角落坐了下来，右拐角是咖啡吧，左拐角是书吧，中间是大厅服务台。

刘晶要了两杯绿茶，眼睛却环顾了一圈四周。方民很诧异，喝茶怎么找了这么一个地方，虽然也还雅致，但是毕竟客人进进出出。书吧里也坐了两个人，一个看起来很斯文，戴着眼镜，很认真地看着书。另一个拿一张报纸，胡乱翻着。

刘晶笑着说，来喝茶，毛尖，还不错呢。

方民望着杯子，茶叶一根根立了起来，颜色黄绿黄绿的，很是诱人。

刘晶说，说说你吧，最近忙什么？

办照呢，却被你抓了来。方民有些揶揄地说。

什么话？请你喝茶呢，真的想听听你这几年是怎么过来的，我就是忙，才把你带出来，你说办照咋回事？刘晶似乎很认真地说。

方民说，我本来是想问你办个无犯罪记录证明呢，现在知道了，得回户口所在地开，在这里不成吗？你们不是都能上网吗，查一查不就都知道了，在哪里开不是一样吗？

这是规定，必须回户口所在地。刘晶认真地说。

方民讪笑了一下说，好吧，知道了。我抽时间回一趟，主要是懒，不想回去。

刘晶眼睛瞟了瞟服务台，回过头说，继续说。

说什么？你是不是有事哪，看你魂不守舍的样子？方民看着刘晶说。

刘晶却瞅着大厅，方民也朝那边望去，刘晶低声说，别回头，转过来看着我。

方民看着刘晶，有些诧异，刘晶拉过方民的手，和她自己的手一起撑在下巴下，很甜蜜地看着他，说，亲，讲讲你的事嘛，我要听，我想听。

声音嗲嗲的，方民很不习惯，但是看着她像情人一样看着自己，他说，真想听？

真想听嘛。刘晶还是嗲嗲地说。

就在这时，书吧两个人朝这边飞似的跑过来，刘晶也像换了一个人似的，飞身而出，朝服务台跑去。服务台的一个服务生也翻过柜台而出，一个人被按倒在地，另一个人拔腿就跑，连行李箱都不要了。

方民看得目瞪口呆，他也明白了，刘晶是在执行任务，把自己当作了幌子，不过是一个情人的幌子。他顾不得多想，他也跟随着刘晶到了大堂中间，那个人已经到了跟前，一下子就要过去了，方民又惊又怕，心跳也加速起来，但是再挡不住就真的跑出了门，刘晶在后面追，口里喊，快抓住他！

方民一个扫堂腿，那人一下子就跌倒在地上，后面的刘晶就跑了过来，用单腿跪在他身上。双手死死按住这人的头，另一位同事上来一个反铐，就把那人铐了起来。刘晶站起身，整理了一下衣服，另外一个人也被押了过来。这时警笛声响了起来，一下子拥进了十多个公安干警，这俩人被带上了车。刘晶和为首的一个人交代了一番，然后他们开着警车走了，警笛声渐渐远了，直到听不见了。

刘晶站在方民面前，说，方民啊，你立功了，你的身手还可以嘛。

方民还是一脸无辜地说，我啥都没做。

就你那一腿，足够了，来来，咱们继续喝茶，这回好好聊。刘晶拍了拍身上的土，又拽着他回到了座位上。刘晶喊服务员，让换两杯咖啡。

方民坐下，惊魂未定，他说，我今天是你的幌子啊！

刘晶一脸纯真的笑容说，生气了？别介，我可是真心真意邀你喝茶，本来你来我正要出去，执行任务，但是我灵机一动让你做我的男朋友，就是不想见了你还没说话你就离开了。不过，没有告诉你，怕你露馅。

方民虽然有些生气，但是一想自己被当作她的男朋友，还是心里甜甜的。

不过他嘴上没有饶刘晶，说，我给你当靶子使了，光喝茶可不行，还得请吃饭。

请，请，你可立大功了，你知道抓的什么人吗？刘晶问。

不知道，不会是杀人犯吧？方民故意问。

那不是，他可是民间集资转移资金逃跑那个……刘晶没往下说。方民大吃一惊，这就是在网上弄得沸沸扬扬的那个老板呀，听说弄了一亿元呢。

方民吸了一口凉气，说，妈呀，他们会不会携带着武器呢？

刘晶笑着说，我们判断那倒没有，不过携带凶器是有可能的。

方民此刻才觉得刘晶一直都在拿生命干这一行，他是由衷佩服她了，而且刚才的身手，简直就是一个巾帼英雄。

他喝了一口茶，说，你真是个英雄呢！

刘晶说，什么英雄啊！干这一行，你就得做好牺牲的准备。

此刻的方民默默看着刘晶，他觉得她真的是英姿飒爽，听着她继续说，那一次，才叫惊险，就是立了二等功那次，眼看着毒品交易结束了，咱们，不，我们的人还没有到，为了阻止他们，我拔出枪，现场两边所有的喽啰都下了武器才能进入，只有黑老大才能拿家伙。我准备上去下他的枪的时候，被他一脚踢飞了我的枪，我就打起来了，结果收货的老大拔枪朝我连开四五枪，最后一枪被我用这边老大的身体挡了，老大当场被打死了，好在对方也没有了子弹。他们看我一个人，迅速朝我扑过来，这时候我们的人破门而入，我才瘫软在地上。而且在前几天，他们为了考验我，让我吃白粉，还差一点强奸了我，我由于吃得太多，口吐白沫，翻着白眼，他们才放过了我。

方民听得连大气都不敢出，原来刘晶还有这么曲折的经历，得二等功都有点小了，如果自己人迟来一会儿，如果开枪打死的不是他们的人，后果不堪设想。

方民长出一口气，说，你真不容易啊。说这话的时候，刘晶哪像个年轻的女人，平静得像一个历经沧桑的老妪。

稍微缓了缓，方民讲起了自己的故事，从在家锄地到被抓到山西到同伴的死到自己的逃，到后来捣毁砖瓦窑巢穴。把个刘晶也听得一会儿眼泪一会儿激昂的。刘晶抓过方民的手抚摩着，任凭有人投过来诧异的目光。方民都不敢再回味这个情景，每一次他都是肝肠寸断。方民看着此刻柔情的女人，早已经不是一个警察，而是一个含情脉脉的女人。

刘晶此时却缩回了手，她说，方民，好好生活，我们都要好好活着。我已经有爱人了，他就是刚才和我最后说话的那个人，他是刑警大队队长。和我是警校同学，追了我五六年，经历了那场生与死，我才答应了他。

方民没有奢望，他也只是感激刘晶对自己的那份感情，最原始的超出同学那么一些的感情，但是自己一无所有，有什么资格爱呢。

他们俩顺着常乐宫走了一圈又一圈，方民知道，这是对那段青春的告别，也是刘晶对自己表达感情的最后告白。他只是默默陪着她转，直到日落西山，他们站在塬坎上望着斜阳，刘晶望着方民，低低的声音说，抱抱我，行吗？

没等方民张开臂膊，刘晶已经抱住了方民，脸贴在他的胸前，闭着眼睛，足足有一分钟。她松了手，说，好了，谢谢你，方民。

方民很惆怅地望着斜阳，他摇摇头，没有回答她。他把自己爱的和爱自己的女人都见到了，可是斜阳下，一阵风吹来，吹落了身旁树枝上最后一朵海棠花。

曾经花满枝头，如今一朵也没有了。就如自己、白佳愉、廖如，还有刘晶，或者还有和自己纠葛的娟子、王华。方民的心情很复杂，自己爱的人不属于自己，爱自己的人也不属于自己，这个世界，人和人好像隔着一层纱，看不见，却突不破。

他只是来这个城市的打拼者，他和他们不一样。

（四十六）

方民回到村里的时候，已经是掌灯时分，他忙完了一个活，到了下午就赶了回来，他要和老娘住一晚上，顺便晚上去开证明盖章。

他和娘打了招呼就去找村长，村长是这两年才上来的年轻人，原来村里公章都是在会计手里，可自从他上了台，公章就随时装在口袋里。

他到村长家里时，他并没有在，他老婆说他有事出去了。街道上和自己小学同学的立峰说，他在城里酒店打牌呢，每天都在，你还是明天早上来吧，不过等他睡起来估计得到十一二点了。

方民很着急，但是也没办法，走到村口，遇见了自己的另一个同学建利，他骑着摩托车，看见是方民，停了下来，递给方民一支烟，方民虽然不抽，还是接了，任由建利点着了，他问老同学急着干啥去？

建利说，晚上帝都酒店很热闹，村长和队长们还有爱打牌的几乎都集中在那里，他去看看热闹。

就不怕公安抓？方民问。

他们都通着吧，没事，建利还觉得方民问得傻。

你确定村长在？方民问。

在，肯定在。

我去开个证明，正要找他呢。

建利发动了摩托说，走，我带上你。

方民想，为了节省时间，他有必要找到村长。

俩人一路飞驰，不到二十分钟就到了帝都酒店，方民跟着建利上了七层，楼道很安静，完全没有打牌的热闹。

在最里面的一间，建利敲了敲门，方民才隐约听到里面很吵闹。

确认是熟人，里面才开了门。一进到里面，房间里弥漫着烟味，桌子上方便面盒、啤酒瓶堆得满满的。桌子围了有十一二人，村长看见他，说，方民，城里人回来了，来，玩两把。

方民笑着说，不会，不会。

村长说，不会你跑来干啥，学两把就会，很简单。

方民说，真不会，也没带钱嘛。

村长说，没带钱不要紧，说着从裤子口袋抽出来一沓整齐的钱，这是一个整，拿去玩。

方民唬了一跳，赶紧推过去，说，我是打扰你一下，要开个证明，要你盖个章。

村长边发牌边说，行么，没麻达，章子就在我包包里，不过你现在是城里人，回来也不给弟兄们一人弄一包烟，你弄来，马上开，现场办公。

方民讪笑着，思虑着口袋还有几百元，许是够了，但是看到他们桌上放

218

的大多是中华,有几盒芙蓉王,他估计自己的几百元打发不了了。

其他人都跟着起哄,连里面有几位自己的同学也一样起哄,看来如今都是跟着村长跑的人。

方民好歹经历过大世面,自己多年不回来,请请乡里人也是应该的。

不说软中华了,硬的也行,城里人不能倒势嘛!村长叼着烟一脸奸笑说。

方民出来了,建利跟了出来,他说,你买芙蓉王就行了,他还能不要?

方民冲他笑了笑,说,没事,我就回来。

方民在底下找了两家才找到两条硬中华,顺便他又拿了一箱青岛啤酒。

里面的人以为方民趁机溜了,没想到方民回来了,还带了一箱啤酒。许多村民都是被夹摸着不得不出了血,有的觉得划不来溜了。溜了的得多跑几趟,钱还不少花。

村长背了几把,手气半天不好,他拆开整条烟拿了两盒塞到自己口袋,把其余的让每人拿一包,剩下的就放在桌子上抽。

他问方民开什么介绍信,方民说,不是介绍信,是无犯罪记录证明。

村长说,哎,这个权力村上已经没有了。直接到派出所去开,你早说嘛。

方民很失望,怪自己没有搞清楚,但是不愉快只是转瞬间,请了就请了,这没有什么。

他便告辞,村长一丝一毫没有愧色地说,那就不好意思让你破费了。

说得轻描淡写,可见这样的事情经常发生,已经习以为常了。

方民出来,他打了个的,没一会儿就回到家。他和娘拉了半天闲话,听娘说谁家的媳妇生了个大胖小子,谁家的老人又走了,谁家儿子考上了大学,谁家的媳妇跑了,听着听着就瞌睡了,娘替他盖好被子,就关了灯。

第二天,方民吃了早饭,和娘道了别就往镇上走,到乡上再坐上二十分钟班车,就到了镇上派出所。

派出所说让他到村上开个证明才能开,他问为什么。人家回答说,这是规定。

方民又问,不是有身份证吗,你一查不就出来了?

派出所的人回答,这是程序。

方民出来,很生气,这是狗屁程序!

没办法,还得回去一趟。方民此刻恨自己没有一辆车,极不方便,自己还得等半天班车,坐到乡上,再走半个小时才能到村上。

他还生气，昨天村长咋就不说还有证明要开，害得自己跑，昨天还花了一千元，他越想越生气。

　　在村上他又是费了半天时间才找到村长，他问，你昨天咋就不说还有证明？

　　村长理直气壮地说，我也不知道还要这个证明，许多人人家就没要都开了。

　　村长开好了证明，方民都没有回去和娘见面，他知道一折腾，下午下班了又开不成了。

　　他风风火火又赶到镇上，在门口他碰见了上午见的那个民警，看他要走，赶紧拦住。他说要开证明，民警说，星期一再来，自己有事要走了。

　　他赶紧求他，谢谢哈，自己来一趟不容易，自己还在百十里外呢，就开了吧。

　　方民拽着摩托后尾不放，那人没办法，只好下来。

　　嘴里嘟囔着，你这人真难缠。

　　方民拿着这张证明走出派出所的时候，心里有些小窃喜，他为自己的坚持而自豪，要不是坚决、坚持，又得耽搁几天。

　　但是走在路上，他又感到了悲哀，要是都这样办事，那怎么行啊？谁来彻底改变这种状况，不光是农村，工商所不是一样吗？不过廖如那天的检查，让他看到了希望。而且刘晶他们不畏牺牲的工作，又是这个社会的脊梁，得承认我们的弊病，有病就医，虽然慢了点，但是一定会向好发展，方民坚信会的。

　　星期一的早上，方民早早就到了工商所，他发现那天见的两位女同志不见了，换的是另外的一男一女，女的见方民走到窗口，笑容可掬地问，请问先生办什么业务？

　　方民顿时感觉到阳光充斥了整个大厅，他把资料全递了过去，说自己办理公司营业执照。

　　女的一张张翻看他的资料，看着都有，她让方民在一页页资料上签字，方民也提前准备了公司章程、公司股东情况以及公司经营范围等材料。工作人员让他三个工作日后来，问方民还有什么问题。方民很满意，他觉得还得感谢廖如呢，要不是她的改变作风，怎么能有这么大的变化呢？

　　他顺嘴问了一句，你们那个领导廖如在哪个办公室？

　　男的说，你是说我们新来的副所长吧？

方民也不知道是不是，只是猜测，他不置可否地点点头。

那个工作人员说，在二楼呢，最里边的那一个。

方民道了一声谢，顺着楼梯上了二楼。

上到二楼却又犹豫了，见了她又该说什么呢？见了又能怎么样？人家现在可是副所长呢。副所长怎么了？不是还是同学吗？他就在矛盾中徘徊在楼梯口，却见三楼下来一个人，和他正迎面对着，方民一下子就愣了，正是廖如，前几天还是发髻绾在脑后，今天又成了披肩的长发，姣好的面容似乎还是学生时代的模样，那头乌黑的瀑布曾经让自己痴迷，如今见了依然有心跳的感觉。廖如也是看着他，胳膊夹的本子就掉在了地上，廖如不管不顾，只是看着方民。

还是方民先开了口，如，廖如。他觉得叫如不合适，毕竟那是他心里的叫法，从来没这样在廖如面前叫过，所以他迅速改成了廖如。

廖如仿佛对自己又是对方民说，是方民吧，我都不敢认了，黑了，个儿高了，还是那么瘦。

方民边应着，边拾起了廖如掉在地上的本子，递给了她。廖如回过神说，走，到办公室说。

方民听话地跟着廖如走到了最后一间，门虚掩着，廖如推开门让方民进来，方民走了进来，他打量着廖如的办公室。房子不大，里面是一张床，用淡蓝色的布帘隔着，外面是一张办公桌，桌子靠墙放着一盆兰花，虽然是秦岭蕙兰，但是这一株看来是精心培育过的，花儿开得很舒展，黄黄的，很提气。

整洁的桌子摆着几本书，都是工商管理的书，有一盏台灯。靠墙角有一盆放在立架上的吊兰，吊兰已经拖到了地上。有了这两盆花，屋子的主人也顿时高洁起来，看来人的品位是与生俱来的，其他人也是无法学得来的。

廖如爱兰，她也如兰一样气质高雅。

方民有些感慨，如今他们一个个都是事业有成，而自己还是一个打工者，不免有些自卑。

廖如倒了一杯白水，递给了方民。

两个人就这样坐着，偶尔方民看一眼廖如，恰好廖如也在看他，四目相对的时候，方民先败了阵，目光先逃了。

沉默了很久，廖如说，八月十五，你为什么没有来？你知道吗？我还去你们村找过你，村里人说你打工去了，就再也没了消息，你知道我是怎么过来的吗？

毕业后，家里给我说了好多次亲我都拒绝了，我说工作忙还不想考虑。可是每当夜深人静我就想起我们分别的时候，我分明看见你追着公交车，你分明心里有我，可就是再也没了信息，为什么？

方民欲言又止，他喃喃地说，我没在，那时不在西京，在，在外地呢！

廖如瞪大眼睛说，难道你就没有回来过？你又找过我吗？你真狠心呀！

方民不知道廖如对自己竟然有这么重的感情，他以为只是自己的单相思，没想到他的心思廖如都知道。

他只是张了张嘴，没有言语。

廖如哀怨的眼神说，你后来为什么不补习，我等着你呢！你怎么就食言了呢？那天见到你，我不敢相信就是你，一直疑疑惑惑，谁知还真是你。

方民觉得自己的罪自己受，他不想说过去，他应该永远埋在心底，但是没有想到廖如竟然比自己用情还深，心里涌出一种温暖，这种温暖迫使自己不能隐瞒，廖如不明白其中原委会心里怨伤一辈子，为了不让廖如痛，他自己就得痛。

方民缓缓说起后来的事，他已经没有了眼泪，有的只是一种沉沉的负疚和沧桑的经历。

当听到在砖窑的惊心动魄的经历时，廖如眼泪就止不住地流下来，当她听到逃出砖窑的方民看着天上的月亮想着她的生日时，已经是泣不成声了。

她哭着说道，方民，我不知道这些，我不知道，我错怪你了，对不起，你受的苦太大了，我只是个人的一点怨恨就受不了了，而你经历的是生死，我竟然还怪你，对不起，对不起。

方民在叙述时，没有流一滴泪，很平静地叙说着，仿若是给廖如又不全是，也是给自己重温了那段残酷的经历。而此时，看到廖如哭得泪人一般，自己竟也忍不住，在爱的人面前，还有什么可隐忍和隐瞒的，他任由眼泪横飞。

廖如走过来，从后面紧紧抱住了他，方民此刻心里很是矛盾，他想回过身，也揽她入怀，吻她，可是自己如今的境况，又有什么能力爱自己的爱人呢？他是体制外的人，而廖如是体制内的人，虽然体制是无形的，而方民觉得体制犹如一张无形的网，罩在他的外面，就如唐僧的紧箍咒，把他的自卑也罩在这张网上。

(四十七)

江海波来看方民的时候,方民正好拿到了他的营业执照,看着上面写着法人是他自己的名字,方民有了一股踌躇满志的感觉。海波看着也高兴,他通知白佳愉、康小军、马凯还有王雪妮让晚上聚一下,方民本来不想聚,但是一想,也许还有能对生意有帮助的地方,也就同意了。他给刘晶和廖如也发了一个信息,晚上六点半定在惠滨饭店二楼包间兰花厅聚一下,如果有空的话。他没有打电话,自己的事是小事,他们都是公家人,不像他,所以发信息为好,忙了也就不来了。

六点半刚过,康小军第一个到,接着是马凯,王雪妮和白佳愉也一起来了,江海波却姗姗来迟,方民安顿好大家,刘晶就到了,刚介绍了一个人,廖如就进来了,谁知马凯认识廖如,康小军认识刘晶,王雪妮也认识刘晶,原来刘晶到教育系统做过报告,他们听过她的事迹。白佳愉当然认识刘晶,倒是江海波都不认识,他原来所在的学校在山里,没有听过她的报告,但是名字知道。

反倒是廖如认识的最少,不禁有点腼腆。方民特意倒了一杯酸奶给她,算是安慰。白佳愉看了他一眼,方民有些不自在,康小军却说话了,你们发现了吗,白佳愉和廖如长得很像哦。

康小军像发现了新大陆,大家不禁打量起两个人,还真是很像,白佳愉黑一点,但是模样和眼睛真的和廖如像一个胚子倒出来的一样。

马凯说,就是廖如是长发,白佳愉是短发。

谁知白佳愉卸下绾着的头发,飘逸的长发就垂了下来。这下两人站在一起竟真的和亲姐妹一样。

马凯说,你俩是不是双生姊妹,你们回去问问你们父母,真的很像哦。

方民早知道,要不他怎么老是把白佳愉当廖如呢。廖如秀气点,白佳愉大气点。

等坐定后,江海波提议大家举杯祝贺方民的公司成立。方民还不好意思,大家齐刷刷站了起来,祝贺他开业大吉,事业蒸蒸日上。方民只好端起杯,说,就是叫大家在一起聚一下,没有别的意思。

大伙可不答应,非要方民喝三杯,特别是康小军,特别来劲。席间不免觥筹交错,除了王雪妮和廖如喝的是饮料,其他人全是白酒。马凯说,好长时间没有痛快喝过了，整天公家的事干不完，当个破领导，就得以身作则，所以现在喝得少了。

于是康小军和马凯谈着政治，听说最近谁被"双规"了，跟着他的也倒霉了。而王雪妮关心着最近调工资的事，江海波说着他不会写材料，原来写个散文什么的，如今改成写材料还真的不适应。白佳愉只是听着并不插嘴，方民这时就像一个局外人，他只是给大家添茶倒酒，心里不免有些落寞。这就是考上学和没考上的区别，他知道任何人穿得都一样，他们每天也不容易，但是只要干完八个小时，有工资，有奖金，不时还有福利。而自己什么也没有，有的只是一段曲折的经历。

白佳愉用酒杯敲了敲桌子，说，你们这些体制内的，简直是饱汉不知饿汉的饥，你们现在锦衣华食，方民还在为生计奔波，还有我，现在是被这个社会抛弃的人，你们如果想拯救社会，先拯救一下我俩吧。

方民虽然也这么想，但是他说不出来，只有暗暗下决心，多挣钱，用金钱和能力武装自己，才能和同学们一起长久地喝咖啡。人的动力往往来源于两种原因，希望或者是绝望。而此时，方民还是对未来充满了希望和憧憬。没想到白佳愉看似柔弱，说起话来却头头是道。

廖如看着方民说，我们所正好接到了上面的文件，全县统一规范城区门头牌匾的实施方案。这个属于市容局管，我的党校同学是副局长，我给你说说。我觉得你可以加入进来。不过这不是走后门，你估计得参与竞标，听说至少准备找三家公司来做，如果你有信心就也去参与。

康小军说，廖美女，那要是竞标不上呢？这不好吧，还原则这么强，你直接让你的同学把标底告诉不得了。

马凯说，咱们帮方民是应该的，但是也得合乎程序规律，别让廖如难做。

白佳愉说，康小军，你们教育局的资料为什么不放到方民的店复印呢，你还好意思说别人。

康小军说，我不知道方民还做这些么，这有什么，我们的活只要我们在外面做的一定都给方民。

江海波说，我现在是啥忙都帮不了，只能声援。

刘晶说，你们刻章吗？可以给你们办一个定点刻章。

方民说，我的经营范围还有这一项，就是不知怎么办，这下太好了。现在有公章在线制作生成器，刻章就是分分钟的事。但是必须是公安批准的定点

224

单位才成,谢谢老同学了。

刘晶说,我这已经算是后门了,通过关系找领导找上级部门的大有人在,你赶紧完善手续,包括要看你的设备和检查你们有没有能力。

廖如从包里拿出一个文件,是今天开的几个部门会的文件,也是公开的。上面写着:为了进一步加强全县门头牌匾的规范制作和管理,以打造亮丽平安为目标,遵循"规范、美观、安全、提质"的基本要求,规范门头牌匾,展现平安的景观形象、文化底蕴和城市品位,依据《中华人民共和国广告法》《省城市市容环境卫生管理条例》等有关法规,制定本实施方案。坚持"政府主导、试点先行、统一标准、规范制作"的工作原则,按照"一店一匾、一街一景、一路一个标准、一街一个样式"的标准要求,统一设置主街道门头牌匾。设置要求,按照"一店一牌"和"上下一线、左右相接、厚度一致、尺度适中、材质高档、画面协调、字体精美、亮化配套、安全牢固"的制作要求,统一设置门头牌匾。

几个人都看了看,马凯说,这也是美化城市的步骤之一嘛,是好事。

方民说,感谢大家对我的关心和支持,我一定会做好,不能给同学们丢脸,只是太难为你们了,如果这是施舍,就大可不必,我会自己努力的。我干一杯,谢谢大家。

方民说完一饮而尽,廖如说,还没咋的呢,你也不敢全把宝压在这儿。尽力而为吧。

方民说,哪怕没有成一点点,我也是谢了。感谢大家的关心。

方民突然间没有了隔膜,其实网都是自己织的。

方民挨个喝了一杯,到廖如跟前时,廖如劝他少喝点,方民却要和廖如再喝,廖如没劝住,方民显然是喝多了,临结束时,江海波跑去结账,他觉得好朋友开业,自己应该有所表示,谁知方民早就结了。

只有白佳愉是开着车的,其他人离得也不远,廖如过来想扶方民,白佳愉说,你别管了,你们都有家有室,我是一个人,早点晚点没事,你们别管了,我送他。江海波知道地方,给他详细说了地址,叮嘱白佳愉照顾好,几个人分别就离开了。

刘晶说,你也喝酒了,喝酒不能驾车。

白佳愉笑着说,没事,喝这么一点,根本不碍事。再说交警大队副大队长是我原先老公的哥们儿,他收了好几回礼,还是我送的,有他呢,不怕。大不了关我一个礼拜。

刘晶说,我劝你还是找个代驾。白佳愉没有理,径直出来了。

白佳愉把车停在了路边,按照江海波说的,上了四楼,好在方民还有一点感觉,嘴上还说,他没有喝醉,上四楼再喝。

白佳愉敲门,出来一个年轻的女孩,她说,哥,你怎么了?这是喝醉了吗?你怎么把他灌醉了,你怎么好好的。你是谁?

白佳愉听说过娟子,她不认识,感觉应该是。她说,你是娟子吧,同学聚会,你哥喝醉了,我叫白佳愉。

娟子接过方民,方民一只手还攥着白佳愉的手,嘴里说,廖如,咱俩再喝一杯,再喝一杯。

娟子拽开他俩的手,说,你走吧。说完就扶着方民进了屋,白佳愉摇了摇头,也是步履蹒跚地向楼下走去。

小民晚上有事回老家去了,娟子回来时只有王华在。娟子还是打电话知道已经搬了家,方民给她说了详细地址。回来看到自己的独立房间,娟子非常高兴,等收拾完,还不见方民回来,有些着急。王华劝她早点睡,方民临走说是和同学聚会,都是大人了,不必担心。

娟子却不愿睡,要等,她觉得自己好久没有和方民说说知心话了,她有许多话要说呢,眼看着自己还有半年要毕业了,学校要把他们分到陇海线上高铁上去实习,实习完据说有人会留下来。但是又听说他们这一批这个时间段不好,省内高铁线人员过剩,有几条新线路还没有下来。分配了的就在陇海线上,估计长时间在列车上工作。这个工作娟子不太喜欢,况且她还有心病。如果离方民久了,会不会方民就会和别的女人结婚。关健乘务员这个职业最多干到二十五岁,吃的是青春饭,而且她的个头是一米六三,乘务员最低要求一米六三,而自己是最低线,有时候觉得还不到呢,所以她心里没底。实习完了如果人家没选上,就得等待,其实就是自己找,要等学校再分配几乎不可能。

王华听见方民回来了,也出来了,她和娟子一道把方民扶到他的床上,这边是单人床,娟子看着小民邋遢的床铺,说,我得看着我哥,我要照顾他,你看小民的床,这个邋遢鬼。

娟子嫌小民的床脏,自己没地方立脚,又让王华和她扶着方民到她的房间,她说她要看护他,防止他吐。王华知道娟子的心思,本来想说自己照顾,张了张口,没有说。

王华叮嘱一番后自己睡去了。娟子准备了个塑料盆,防止方民吐,又拿了一条毛巾,给他擦了擦额头,把晾在桌上自己准备喝的凉白开拿过来,搬起方民的头,硬灌了两口。

娟子有些失望,方民倒是回来了,可是已经沉沉睡去,自己满肚子的话也无法说。不过看着他,她觉得也是好的,这样一想,心里又甜滋滋的。

娟子帮方民喝完水,依旧搂着他的头,娟子就斜靠在床背上,心里却翻腾着,家里一个人都没有了,怀里的这个男人是自己唯一的亲人,她怕失去他,自己如今就是浮萍,这个男人就是她的全部,她不能容忍别人抢走他,如果有人跟她抢这个男人,她和她就要拼命。

这时,方民翻了一个身,头枕在她的胸前,另一只手搂过她,娟子很幸福,只是要是他醒着能搂着她就最好了。不知不觉中,娟子迷糊了。

突然,方民一翻身,身子压在娟子身子上,头伸向床外,"哇"一声,吐在了床下,一半在盆子里,一半在地上,娟子的裙子上也溅了一些。

吐完了,方民赶紧翻过身,差点踏在秽物上,娟子也赶紧拉了一些卫生纸给他,让他擦拭,自己也扯了些,擦掉她身上的。

方民站在地上似乎清醒了,问,这是哪儿?我怎么会在这儿?你啥时候回来的?现在几点了?吐在你身上了吧?不好意思。

娟子没有回答,而是端上盆,皱着眉,头仰过身后,向卫生间去了。冲洗完又拿过来拖把,方民要抢,身子却站不稳,娟子赶紧说,你坐着,我来。杯子还有水,先喝点。

方民感到头还有些晕,不过已经好多了。娟子在房间的墙上贴了一些画,摆了一盆多肉,还有了一盏小台灯,方民就不认识了。娟子拖了两三遍,终于收拾干净了,她给杯子里添了一些,递给了方民,方民是有些口渴,一口气喝完了。

方民要过去,娟子命令似的说,不,不许,就在这儿,陪我说说话。

方民拿出手机看了看,已经是两点了,方民说,不早了,折腾你半晚上没睡觉,你歇着吧。

娟子立马从床上下来,用胳膊挡住方民,说,不,我陪了你半晚上,你陪我一会儿都不行吗?说着把门用脚一蹬,门立刻锁上了。方民还是想拉门,娟子靠在门上,瞪着眼睛说,人家就是想跟你说说话嘛,你这么怕,怕啥?怕那个白佳愉知道吗？

方民很诧异，问，白佳愉来了？你怎么知道是她？说完似乎又觉得这句话会让娟子误解，又说，哎，她是我的同学，人家结过婚了。

方民没有说离婚了，娟子也不知道，她似乎松了一口气说，人家不是因为她，是想说说话。

方民只好拉过椅子坐下来，娟子才重新坐到床边，她说，我马上要实习了，我不想去了。实习不一定能留，留下来也只能干几年，再说要是不被留下，还得自己找。

方民问，不是包分配吗？

娟子说，这你就OUT了，这些都是他们招生的宣传手段，有的给你分了，你不满意只能走人；有的没有分到，你就等吧，等不住了，你自己找，那你就自己违约了，不怪人家，这就是现实。

方民虽然知道，但是他觉得这家学校口碑还是蛮好的，怎么也是这样啊？他问，那你打算怎么办？

娟子说，不知道，我在店里干呗，给家里干，再苦再累我愿意。

方民说，那不是白学了？要不，咱们自己找，我也问问我的那些同学，看有没有合适的。咱不能就这么放弃了，否则上这个学为什么？！

娟子看方民态度坚决，只好说，那说好，赶我毕业前找不好我就在家里干了。而且找的我要喜欢，不喜欢也不算数。

方民知道娟子故意胡搅蛮缠，也不坚持，说，好好好，睡吧，明天再说。

说完站起身，拉开门，回到自己屋去了。

娟子只好掩了自己的门，关了灯。

（四十八）

第二天，王华早早做好了早饭，她看两个门都闭着，也没有去打扰。小民来了，王华才让小民叫醒方民，也顺便叫叫娟子。小民一听娟子回来了，很高兴，他站在客厅喊，起床了，太阳晒屁股了。

方民起了来，伸着懒腰来到客厅，说，昨晚喝多了，睡过头了。

这时娟子穿着睡衣出来了说，小民，你狼嚎啥呢，多睡会都不成。

小民笑着说，你看看都几点了，屁股都晒红了吧！

娟子拿着羽毛掸子就打小民,小民做着鬼脸躲着。

都洗完了脸,大家坐在一起,小民高兴地说,这是第一次咱们吃团圆饭。我本来都吃过了,闻着香,再吃一个馍。

王华笑着说,给你做着呢,吃吧,够!

方民安排了今天的活,娟子也要去。方民说,你就歇着吧,再说这也不是女孩子的活,店里还要人呢,华姐又不会电脑,你就待家里吧。

娟子只好答应,王华收拾了碗筷,方民和小民先下去了。

新区大都汇的一点活半天就差不多完了,中午娟子打电话问他们回来吃不,王华姐蒸的米饭。方民说不回去了,还有一点,下午早早就完了。我们在外面吃一点,你不管了。娟子嘟囔着,还不如跟你们一起。

方民和小民吃了一碗户县软面,歇了一会儿。又开始干活了,谁知最后一点很难弄,广告牌下不进去,只好卸下来打磨边上。捣鼓了一个多小时,终于装上了。方民看看表,已经是快四点了。方民让小民把最后一点弄完,先回去。自己到工商所去一趟,廖如介绍了活,自己也得主动,不至于廖如太难做。

谁知都快五点了,办公室说还在开会。方民只好等着,办公室女孩让他坐在屋里,他说不用了,自己就在院子花园里凉椅上坐着,看手机上的新闻。

新闻里是这几天闹得沸沸扬扬的镇坪县农民周老虎,他用数码相机和胶片相机拍摄的华南虎照片的真实性受到来自网友、虎专家、法律界人士、中科院专家等方面质疑,并引发中国乃至世界的关注。老虎没找见,周本人成了笑料,如果周坚持说他只是看见了真老虎,不弄这些假照片,人们估计会相信。这真有可能,秦岭是一座神秘的大山,一切皆有可能。但是造假,这就让人该信也不信了。现在新闻遍地是,好事不出门,坏事传千里。

方民正在翻看间,看见一些人下了楼,估计会议结束了。他向上面望,恰好看见廖如向下望,廖如招招手,示意他上来。他看看手机,已经是五点过了。

看见方民进来,廖如赶紧给他倒水,边倒边说,今天会上安排的事情多,所以开的时间长,你来了一会儿了吧!

方民接过水,说,我没多大会儿。

廖如笑着说,你是来问活的事还是来看我?!

都有嘛。方民讪笑着说。

走吧，赶紧走，尽管就几分钟路，还是别下班了。廖如迅速收拾完桌子上的文件说。

俩人下了楼，市容局就在佳桦街。廖如开了车，没几分钟就到了，方民一看表，已经是五点三十五分了。

廖如带着方民上了市容局二楼，来到一间房间跟前，墙上挂着局长的牌子。里面还有人，几个人喝着茶抽着烟，屋里乌烟瘴气的。见有人进来，那几个人站起来说，王局长，我们该走了，你有客人了，我们就先走了。

王局长说，没事，这是我的同学。廖所长大驾光临啊。先坐，我送送客人。

那几个人走了，王局长进来了打开窗户，说，美女来了，我就不抽烟了。

方民打量着他，王局长四十多岁的样子，挺着个将军肚，个头不高。

廖如说，王局长，这是我的高中同学，现在开了一家广告公司，能不能到你这里来讨一点活，帮帮我的同学创业。昨天不是区里发了文件，要赶紧整顿街头门面牌匾吗。你看这个活能不能给我的同学做？

王局长说，刚才来的人也是为这事情来的，都是关系介绍的。不过关系跟关系不一样，今天上午会上把更换门头牌匾的事定了。不过要招标，至少五家围标，选出两家承担。你有信心吗？

方民不知如何回答，他没有围过标，不懂。没有吭声。

廖如说，那是不是不行啊！

王局长说，我把张科长叫来，让他谈谈具体情况。

说完他拨通了电话，他让那个科长上他的办公室来。

张科长进来了，王局长指着方民说，这是我同学的朋友方民，他是来咱平安创业的，你看这次的围标到底是什么情况，我虽然是主管，也不懂。

方民站起来和张科长握了握手，递给他早就准备好的公司资料，同时也给王局长一份。

张科长翻看着，笑了，别紧张，围标也是个程序，我知道一些情况，另外两家都是那一家公司找来的，只有你是一家。那一家也是咱们老客户，质量价格也是有保证且是公平的。方总我也翻看了你们的公司资料，你们干过这么多，这活对你们来说很简单。

言下之意很明了了，廖如也听明白了，方民也明白了。看来这个科长很聪明，很会领悟领导意图。

但是廖如说，张科长，你不要看面子，还是要按程序办。

张科长说，你别管了，方总公司干这个绰绰有余，他们一家公司工期也吃紧，你中标了干，正好分担一些。你没有中标让他们分给你一半活，你看呢。

方民赶紧保证说，我们不求多大利润空间，只要能给已经很满足了，我们一定干好，请两位放心。

廖如点点头，王局长也点了点头。站起来给方民和廖所长都添了水。

张科长说完下去了。王局长说，廖所，我也不能和你们一起吃饭了，活儿你别管了，肯定会给你们一部分。下班了，我走了，还有个饭局，就不一起了。

方民说，看能不能辞了那边。一起吃饭吧，我请客，也略表谢意。

王局长笑着说，不了，你们一起。

方民说，很遗憾，那下次了。

他俩出了来，在院子和王局长打了一声招呼就各自开车出了门。

廖如说，方民，你想吃什么，我请客。

方民说，请客也该是我呀，咱们去北十字，有一家旋转餐厅，很安静，不错。

车子行了一会儿，廖如忽然停了下来，环城路拐弯处有一片小林子，很幽静，她说，咱们坐坐吧，不饿，也不急着吃饭嘛。

拐过十字车停好了，他俩下了车，走上林荫道，方民看着廖如，廖如很平静，平静中有些喜色。方民问，那会儿你们单位同事看着咱俩，都是怪怪的眼神。你说你的同事会怎么看？

怎么看？廖如没有回答，看着方民，反问。

他们会不会说咱俩——方民说了半句停了，他知道她明白。

爱怎么说，随他们！我才懒得管！廖如一下子像换了个人，刚才还像一只规矩的斑鸠，此时就像一只黄鹂鸟，身子也轻盈了起来。她走在前面，右手抡着一根柳树枝条，嘴里哼着一首歌，左手拉掉了套在头发上的皮筋，忽然她的黑色的长发也跟着她轻快的步子舞动着。

方民驻了足，只是傻傻看着，仿佛又回到了青春岁月。

廖如回过头，灿烂地笑了起来，说，你磨蹭什么呢？快呀！斜阳照在她的头发上，她瞬间成了金发女郎。方民忽然有些轻松了，他不知道此时是不是应该也快乐起来，他已经好久好久没有了欢快。

这是一片小树林，中间是一个小空地，还有一片竹子，风吹着竹叶沙沙的声音。那一头有一对好像也是恋人，正在一同看着手机，根本就不在意外面的世界。

方民看着廖如，目光里满是温柔，当然也掩饰不了他眸子里那份抹不去的忧伤。这种忧伤，已经是好多人说了，方民也知道。但是改不了了。就如他看到情歌王子王杰的忧伤一样，他不知王杰的忧伤来自哪里，别人也不知道自己的一样。

廖如走到他的跟前说，高兴点嘛，不过，我就喜欢你忧郁的样子。

方民想说什么，却不知怎么说，他说，我——我——

廖如用一只手指堵住他的嘴说，别我我了，我不管你以前发生了什么，我只要有我在的时候，你快乐起来。难道我在你面前，你还不快乐吗？

方民瞬间就被融化了，如果说初恋，那个有着瀑布般的黑头发的女孩就是自己的初恋，而现在她就在眼前，或许只要他一伸胳膊，女孩就会来到他的怀里。但是他的勇气呢？

他们俩静静地坐在石椅上，廖如看他又陷入了忧伤，用一枝细细的竹叶轻拂着他的耳朵。方民就再也控制不住了，他一把抓住她的手，她的手如滑绸，但是他还是没有勇气抚过她的头额，只是轻揉着她的手。廖如就红了脸，低下了头。

方民最想抚摸的就是她的头发，而黑瀑般的头发就在眼前，还有淡淡的清香飘进了他的鼻孔。

廖如的头轻轻地靠在方民的肩上，方民感觉整个城市都离自己近了。原来这座城市并非遥不可及，爱情就是一座城与一个人的纽带。

在这座城市里，他应该有自己的家，家庭，还有他的孩子。

咱们去吃饭吧，你都饿了吧？方民问。

廖如摇摇头，不饿。

不饿也得吃饭。方民拉着廖如的手站起来，接着说，还去那家餐厅吗？

廖如眸子泛光说，不去了，今天我想喝啤酒，我几乎没有在摊上吃过饭，咱俩今天找一个摊摊，吃两串烤肉，我要喝酒。

方民诧异地看着她，说，你这样的大小姐，而且是大所长，在摊上吃饭，不怕别人看见说什么吗？

咱们找一个僻静的嘛。廖如摇着他的胳膊说。

232

方民说，那好，咱们去杜陵附近，那里烧烤园很多，环境也好。

好呀，好呀，咱们走。廖如兴奋地说。

俩人又上了车，车子缓缓地向东开着，方民领着路。

二十多分钟，就到了一家叫秦风苑的地方，车子开进了园子，里面树木参天，风景果然不错。停好车，俩人下来朝人多的地方走去。

桌子被自然的树木隔成一小块一小块，傍晚的凉风很舒服。他俩在一个较边缘的地方坐了下来。这时就有服务员拿着单子过来，方民看了看又还给了她，说，来两瓶啤酒，一瓶常温一瓶凉的，一盘毛豆花生，一盘野菜，半斤肉半斤筋，外加二十块钱牛肚。

服务员说，好嘞。就跑开了。

廖如说，能吃得了吗？

方民说，不着急，慢慢吃。

毛豆和花生先上来了，廖如说，这季节已经有毛豆了？

外地的吧，现在蔬菜市场啥都有，天南海北的。

又一道菜上来了，两人都不认识，问服务员，服务员说，野菜是花椒叶，方民试着吃了一口，还不错。服务员打开啤酒，俩人倒好酒，碰了一下，都喝了一大口。

这时肉也上来了，廖如还从来没有这么在摊上吃过，很兴奋，不过她的吃相可不怎么好看，用牙齿捋着肉，风吹拂着她的头发贴在脸上，她用一只手撸着头发，半天上不去，方民替她轻轻拂起。

正在吃着，方民的手机响了，方民看见是娟子的，娟子问，都九点了，你咋还不回来？

方民说，你们别管了，我和同学在外面吃饭呢。还有谁？还有一个领导，仨人。在哪儿？在塬上呢，很远的。

廖如看着他，问，谁的，让来吗？

方民说，娟子的，她和小民也要来。我没答应。

廖如说，你这个妹妹很关心你，她很爱你吧。

方民说，说啥呢，她是我的妹子，我是她在这个世上唯一的亲人。

没多久，两瓶就完了，没想到廖如酒量还不小。他们又要了两瓶，肉凉了，方民让服务员又热了热。园子里人越来越多，天气越来越热，到外面乘凉的人也越来越多。

233

剩下最后一杯的时候,廖如才认了卯,说喝不动了。方民说,喝不了就放着,别喝得不舒服。

十点多了,俩人决定离开,这时廖如感觉有些微醉,方民扶着她向外面走。他虽然清醒,但是都喝了酒,路上查车怎么办?

没想到刚到院子,就有一个和自己年龄相仿的小伙子带着钢盔帽过来问,要代驾吗?

方民连说,要,要。他怎么也没有想到,原来认为只有大酒店才有的,竟然这里也有,看来自己真是OUT了。

方民和廖如坐在后面,廖如斜靠在方民的侧面,窗外的光影从车旁一闪而过,车载音乐放的是三毛作词的《滚滚红尘》,那哀怨的声音仿佛在诉说一段宿怨,虽然很好听,却似乎在诉说一段难以结合的爱情。方民觉得不吉利,他和廖如的爱情才刚刚开始,兴许就是起初不经意的你,和少年不经世的我,今天走在了一起,圆了一个初恋的梦。方民想着他和廖如要开始新的生活,不管自己心中的障碍了,什么体制内外,什么吃皇粮与自谋生计,只要好好努力,只要俩人相爱,什么困难都能克服。

谁知这一曲完了,这司机小伙子又按了循环播放,还是唱着这一首歌。方民想制止,又一想,小伙子准是失恋了。算了,失恋的滋味能理解,方民和小玉的那一段情缘,自己也痛苦过。方民搂紧了廖如,廖如也是脸颊紧贴在方民的胸前。只是这一段路太短了,在第二次这首歌唱完的时候,已经到了廖如的楼下,方民扶着廖如下了车。司机下来停好车,方民付了费,司机走了。方民把钥匙递到廖如手上,说,你没事吧。

廖如轻轻地说,我没事,就是头有点晕,没事的。

方民说,我就不上去了,已经十点半了。回去多喝水,睡一觉就没事了。

你不上去坐坐?廖如问。

方民说,不了,你回去吧。

廖如说,刚才应该先送你,你走回去还老远呢!

我没事,十来分钟。方民说完就是不挪步,廖如笑了,伏在他的耳边说,是不是舍不得?那就抱抱我。

方民脸就红了,晚上也看不见,他伸出臂,紧紧将廖如裹进了怀里。

楼道有人声,廖如才松开了手。楼道传来声音,如如,是你吗?怎么半天不上来?听见你的车声,就是不见人。

是我妈。廖如整了整衣服冲着楼道说，妈，你别下来了，我上来了。

方民冲她摆摆手，转过身向小区外走去。

（四十九）

方民开了门，客厅黑乎乎的，他打开灯，却吓了一跳。

娟子端端坐在沙发上，眼睛睁得圆乎乎的。

你咋坐在这儿？还不睡觉？怎么了？方民诧异地问。

这时王华和小民都从房间出了来，小民说，娟子姐都坐了一个小时了，一句话不说。我们也睡不着。

方民走到娟子跟前说，回屋去，赶紧睡觉。

娟子扭过脸，不理他。方民说，你这是怎么了，赶紧睡觉。王华也过来劝娟子进屋。

娟子忽然站了起来，站在沙发上，气呼呼地说，你从早上走到现在，现在都几点了？我们有多担心啊，你却倒好，一身酒气，在外面哪知道我们的担心啊！

王华笑了笑摇了摇头，回屋去了。

方民说，我多大人了，还用你们操心？你打电话我不是说让你们别等吗？

别等？你真是个狗咬吕洞宾，不识好人心。我们还担心错了？你还有理了？娟子不依不饶。

方民苦笑道，好好，谢谢你的好意，我错了，对不起，下回早点回来。再说夏天，十一点也不算晚。

娟子看着手机说，什么十一点，现在是十一点四十八分。哦，刚听出点诚意来，就变卦了。

方民说，好好，我错了，真诚道歉，下回不了！

娟子停了一下，从沙发下来，走向自己的房间，啪，关上了门。

方民看小民望着房间傻乎乎地站在那里，拉了他一把，又瞪了小民一眼，回到了他俩的房间。

方民洗了一把脸，回到房间，锁上门，刚想拉灯，就听见敲门声，就听见娟子说，民哥，你出来，我有事找你。

方民说，我困了，明天再说。

235

娟子说，你出来嘛，我有事，必须今天说。

方民只好起来开了门，娟子说，你到我的房间来。

方民看看小民，小民却用被子捂了头。方民只好跟着娟子进了她的房间。

方民刚进来，娟子就关上门，方民说，你想说啥？

娟子说，我睡不着。你说你今天和谁一起吃饭？

方民不想回答，我和谁吃饭你也管不着呀。但是不回答也不好，就说，和我同学。

哪个同学？男的女的？娟子刨根问底。

方民迟疑了一下，说，去工商所，和我的同学廖如，谈牌匾活的事。

还有谁？娟子问。

方民本想说就我俩，又想说了肯定又生事端，就说还有市容局的一个局长。

谁送你们回来的？局长没喝酒？娟子还是不断追问。

方民说，代驾送的。

代驾？那儿还有代驾？现在县城才有几家有代驾，你那个偏僻地方还有代驾？娟子不信。

真是代驾。方民说。

代驾先送的谁？娟子继续问。

先送的局长。方民突然明白娟子就是想说他和廖如是不是单独在一起待过，他有点生气，说，哎，你有完没完？

你和那个廖如肯定单独在一起了，你是不是和她在一起，你们是不是还拥抱了？接吻了？或者干什么见不得人的勾当了？娟子一连串地发问，有点发飙了。

方民火一下子就上来了，你真是无聊，你到底想干什么，想说什么。别没事找事，懒得跟你说。说完就要拉门，娟子噌一下用身子挡住门，不让方民走。

你到底想怎么样？方民看着她。

娟子说，你不要和那个廖如再来往！

不行，办不到，公司最近的活就是她帮忙找的，你想可能吗？方民黑着脸说，说完要出门，拽着娟子往一边拉，娟子就是不让，方民一用力，娟子身子顺势就倒在床沿，头磕在床背上，方民拉开门，出了去。娟子手捂着头，大哭起来。

小民和王华都起来了，王华过来劝娟子，娟子哭得更来劲了。方民一个人回到房间，关上了门，坐在床沿生闷气。

　　一会儿，娟子止了哭，穿好自己的鞋，要出去。王华拉着她，你可不敢呀，现在都几点了？大半夜的，街上坏人多，你看我和你哥就是黑半夜被人拉走了。

　　娟子虽然还要走，已经站着不动了，准是这些话唬到了她。王华又劝，姐知道你碰疼了，我给你扑簌儿下就没事了。说着用手在娟子头上轻轻揉着。小民也说，娟子姐，行了，民哥也不容易，整天他一个人揽活还要陪人喝酒，白天还要干活，你就原谅他吧。

　　娟子拨开王华的手，对着小民说，去去，有你小孩子啥事。

　　说完走向自己房间，"啪"关了门。

　　小民和王华相视笑了，王华挥挥手，让小民睡去。

　　小民回到屋，看见方民已和衣睡了，知道他也没睡着，也没吭声，关掉灯也睡去了。

　　第二天，刚吃完早饭，娟子对着默不作声只是吃饭的三人说，我一会儿要回学校了，上午别给我做饭了，华姐。

　　三个人面面相觑，方民知道她是赌气，也没有理她，吃完就外出了。

　　娟子果不其然收拾了东西，王华挡她也挡不住。

　　由于规范门头牌匾这件事是当前重点工作，所以批得也快，方民按着他们的意思去参加了围标。

　　没几天，结果就出来了，中标的就他们两家。方民的活其实是那家公司分给自己的，尽拣一些断头巷和老旧街给他们。方民拿的活只是他们的三分之一，他们却给上面说近乎一半，方民只是笑笑，也不追究。

　　备料、招临时工、收拾干活家具，这些都交给了小民。

　　每一天都是早上六点半就起来，到下午六点半七点才结束。方民领两个人一组，小民领两个人一组，分头行动。

　　一连数天，都是在繁重的体力活中度过。这天下午，方民刚回来，忽然听见楼下按喇叭的声音，王华向楼上喊，方民，有人找你。

　　方民刚脱了衣服，进了卫生间，准备冲洗一下，听见华姐喊，也喊道，让她等一会儿，我冲个澡就下来。

　　等方民冲完刚拉开门，小民就挤了进来，冲他嘿嘿笑说，我也冲一个。

方民说，你赶紧冲，你看你一个礼拜才洗一回，臭死了。

方民趴在窗户一看，心里怦怦跳起来，是廖如的车，几天没有见她了，夜里还有点想，但是他还是不敢多想。他赶紧换了件自己喜欢的T恤，就匆匆下了楼。

廖如坐在车里正在看手机，看他过来，冲他一个莞尔，方民就陶醉了。廖如示意他坐在副驾驶，车子上了塬，塬上麦浪滚滚，一望无垠。南面的山很清晰，傍晚的阳光有些刺眼，但还是有点热。方民说，不开空调了，让自然风吹进来吧，车子跑着也不热。

廖如听话地放下窗户，关掉了空调。自然风吹拂着两个年轻人的脸庞，方民有一股从未有过的轻松。

太阳逐渐西斜，阳光柔和起来。方民和廖如下了车，站在塬堖，望着南山，残阳如血。方民望着廖如，廖如娇美的脸庞，阳光照在脸上，很健康。方民觉得此刻应该就是爱情了，尽管还不能从廖如口中说出，他已经知道，自己把埋藏多年的爱重新激发了出来，而廖如虽然没有说，此刻也没有了在单位那种严肃，倒像一个懵懂的少女。方民觉得幸福就这么来了，尽管这一阵子一直沉浸在幸福中，都没有此时此刻确切。

廖如用温柔的目光看着他，主动伸出手拉过他的手，两人站在塬顶望着底下的川道，川道里树木茂密，小路纵横。方民知道，这里曾经是隋唐时期城南十二美景的地方所在，有两处美景都在川里。

方民问廖如，你知道，"城南韦杜，去天尺五"指的是什么吗？方民想考考廖如，同时他也想在他心爱的女人面前显摆一下他的知识面。

廖如说，似乎知道一点，就是城南韦杜两家跟皇帝也就是天子很近，权势显赫的意思。

方民笑了，说，很对。他指着道，讲他的来历。

城南韦杜，去天尺五。在唐长安城南流传着这样的俚语。韦杜，是唐代韦氏、杜氏的并称，是长安城南望族。

杜氏宗族聚居的地方叫"杜曲"，韦氏宗族聚居的地方叫"韦曲"，当地人叫"余曲"，都位于这座塬与对面那座塬之间的川道上。杜氏家族在南北朝以及唐代时期做过宰相的有十二人。韦氏在这个时期做过宰相的有十四人。

而两家做过和宰相职位不相上下官职的人数达六十人。可见城南韦杜两家不仅因为距京城咫尺之遥，而且确实是位极人臣，家丁兴旺，威仪四方，让人羡慕，因此也致使许多达官贵族以能居于此、身后葬于此为荣。

然而遗憾的是时至今日，两大家族的后裔不知去向。

杜氏的祖先最早可追溯到秦，秦时有一位勇谋兼备的大将杜赫，与秦昭襄王共掌虎符，东征西讨奠定了秦灭六国的大业。然而没有史料证明杜赫就已经住在了樊川杜曲。若果按想象居住在凤栖塬畔杜城的杜伯更应该是杜氏的祖先。然而比较可靠准确的是汉宣帝建杜陵时，御史大夫杜延年以两千石的身份徙入此地而成为杜曲杜氏的先祖。

到了唐朝，岐国公杜佑在"城南樊川有佳林亭，卉木幽邃，佑每与公卿宴集其间，广陈妓乐"。杜氏在城南的别业主要指的是杜城郊居和瓜洲别业两处。杜城郊居史书载"在杜曲之右，朱坡之阳，路无崎岖，地复密迩"。

而瓜洲别业位于底下那条河潏河南岸，今天的瓜洲村附近。唐时许浑有诗《和淮南王相公与宾僚同游瓜洲别业》，元人骆天骧考证，从杜曲朱坡，南至瓜洲村，都是杜氏业地。至今瓜洲村、朱坡、杜家湾等地名犹存。

然而就是这样曾经显赫数世的望族，到今天在当地却找不到姓杜的了。

而韦曲的韦氏，曾经是"韦曲花无赖，家家恼杀人"之景象。"韦曲"这个名字起源于汉。因汉宣帝建陵设邑于杜塬，据《汉书·宣帝纪》记载：元康元年（前65年）春，以杜东塬上为初陵，置县曰杜陵，徙丞相、将军、列侯、吏二千石、赀百万者于杜陵。博士韦贤也名列其中。从此因杜伯封地杜国在此的杜塬就成了杜陵塬。杜陵塬一下子成为达官贵人聚居的区域，塬墭景色优美，有茂林修竹、曲水流觞，所以称为"韦曲"。

韦家的地位显赫，位于樊川的杜氏也是名望贵族，所以，他们家的聚会规模都很大。韦氏在府前河皂河上、杜氏在潏河上进行"祓禊盛会"，引来京城周边数万人聚集于此，曲水流觞，祈福庇佑风调雨顺。到了唐代，韦杜两家别业林立，亭台楼阁绵延数里，京城做大官无数，所以就有了"城南韦杜，去天尺五"之说。

曾经的韦杜去了哪里？空留下少陵塬上杜氏韦氏的祖茔在孤寂的旷野中随风呜咽。他们的后裔现在何处？

也许是那时不许原籍为官而"宦游"到了别处，又或许应了那句谚语"三公后，出死狗"，盛极而衰流离他乡？这些都似乎有可能。

安史之乱以及唐末黄巢起义，也都是迁徙的因素之一。

杜氏就不用多说了，杜甫就是襄阳杜氏一脉。

廖如睁大了眼睛，很惊讶地问，你怎么知道这么多？

方民笑笑，说，我很爱看历史，当初初中的时候一次考试，第二遍铃声响起时，我已经答完了题，还是一百分。我闲了，也喜欢看闲书。

廖如很兴奋，她张起两只胳膊，大声喊道，哎——我来了——

她闭上眼睛，像飞翔一样。

方民不由自主从背后抱着她的腰，和她一起沉浸在飞翔中。

余晖下去了，南山也看不见了，城区逐渐华灯初上。两个人还依偎着，廖如忽然转过身，在他的嘴唇亲吻了一下，方民一把抱紧了她，先是在额头轻吻，接着是耳朵，下来是嘴唇，两个人融在这川塬间，和夜色浑然一体。

夜色静得只有蛐蛐的叫声，偶尔夹杂着蛤蟆的叫声。他俩就一直依偎着，不愿分开。

廖如开了口，我要把你带给我爸妈。

方民吻了吻她，说，随你。

直到有点冷了，方民才裹起她，向车走去。

（五十）

虽然工期紧，活儿很累，但是要和方民接到廖如让他晚上去她家吃晚饭的消息相比，这些都不算什么。

方民是又激动又忐忑。他该穿什么衣服？他该买什么礼物？他应该早早下班准备一下。

因为都在一条街道的两端干活，方民让小民来回跑，两边都顾着，自己刚过四点就回来了。冲了个澡，忖度穿的衣服，弄完已经五点了，又跑到斜对面超市买了一盒初元，听廖如说他爸刚做了个小手术，又买了一箱奶和一些水果，出来觉得还是太轻，又跑到对面茶叶店买了一斤上好的铁观音装在精致的盒子里，拎在手上才感觉差不多了。

刚出店，廖如的电话就来了，说她下班了，问要不要接他，方民说，你先回吧，几步路，再说你回去家里也好有个心理准备。

廖如说，那你也快点，我妈打电话都催了。

方民说，行，也就二十分钟左右。

方民又检查了一遍，发现自己的礼品都是喝的或者水果，没有一样实在的东西，犹豫了一下，又进了超市，转来转去，都不知自己该买什么。到了门口看见卖烟的专柜，迟疑了一下，买了一条中华，就出来了。

这会儿走在街上，自己的步子也轻盈起来。路人看着他，他也不在乎，心里的喜悦让他已经不在乎这些了。进了廖如家的小区，忽然想起她爸做的是扁桃体手术，觉得买烟是错误的，但是现在怎么办？把烟放在哪里？或者自己装作不知道，他们也可以送人的。

到了廖如家门口，他放下礼品整了整衣服，又拎起来，带着东西抬起手臂敲了敲门，刚一敲，门就开了，廖如好像早等在门口，拉开门，她低声说，你不说十来分钟吗，足足五十分钟了。

方民支吾着，廖如就拉他进来了，客厅很宽敞，虽然装修有些年代了，但是依然不落伍，很豪华的感觉，一位五十多岁的有些严肃的男人坐在沙发上，看着电视，茶几上摆着水果，厨房传来切菜的声音。

廖如指着沙发上的人说，这是我爸，爸，这是方民。

沙发上的男人点点头说，来了，坐。

方民诺诺地说，叔叔好。

廖如喊着，妈，妈。

一位五十多岁却显得雍容华贵的女人出来了，笑着说，你是方民吧，来来，赶紧坐。买这么多东西干吗，今后常来，不要客气，不要买东西。

方民赶紧说，阿姨好。

从阿姨的脸上可以看出来，她还是满意自己的，他用余光知道阿姨打量着自己，眼角泛着笑容。

廖如去帮母亲做饭，方民和廖如的父亲坐在那里，没有说话，两个人就这样坐着。方民有些拘谨，偷偷瞟了一下廖如的父亲，看他关注着电视，表情漠然。

廖如的母亲端了一盘菜放在餐桌上，看了一眼方民，方民和她眼睛对上的时候，她妈马上笑得更加开朗了，连说，桌上有水果，随便吃，自己动手，甭客气。

方民忙说，阿姨别管了，你忙你的。

廖如她爸这才欠身起一个桃子递到方民手上，说，吃吧。

方民接过，却又放下了，桃子吃相会很狼狈，显得很丧眼。

这时候，桌子上已经摆了七八个菜，廖如拿了一把筷子，喊道，爸，你和方民过来吃饭咧。

廖如她爸站起身，走向饭桌，方民跟着过了来。廖如妈让方民坐下，方民对面是廖如她爸，右边是廖如她妈，左边是廖如。

廖如给他爸先盛了一碗米饭，又给她妈盛了一碗，接着给方民。她妈给方民盛了一碗骨头汤，加了一个大骨头。

方民明显感觉由于自己的到来让廖如一家人有些说话拘谨了。廖如和她母亲说着外婆，明显是缓解气氛。但是能看出廖如的母亲的喜悦，而她的父亲却一句不吭，只管吃着。

方民碗里的菜几乎都是夹来的，他也不知道说什么好。

这时候，廖如的父亲清了清嗓子，看了方民一眼，问，你叫什么来着？方什么，方明还是……

廖如说，爸，方民。

廖如她爸说，噢，方民，你在哪里上班啊？

方民说，我开了一个小店面，搞广告装潢。方民没有说自己开了一家小公司，他觉得公司还很小，不值得一提。

那就是个体户？廖如她爸脸上没有任何表情，问。

方民说，算是吧。

有房吧？个体户听说很挣钱。廖如她爸似乎问得很轻易，但是他嘴角的一丝轻蔑还是被方民觉察到了。

方民老实说，没有，不过我会有的。

廖如父亲没有抬头边吃边问，那有车吧？你们当老板的估计都是好车。

方民已经知道这位老人家不喜欢自己了，他这种发问让方民很难堪，方民有一辆破昌河，主要是拉货用。他还得硬着头皮回答，没有，没有车。

廖如他父亲吃完了，说，我吃完了，就回到了沙发上，继续看他的电视。好在方民也吃完了，否则他估计都吃不完这一碗饭。

廖如她妈说，方民，再来一碗。你吃得太少了嘛。说着就要拿碗，方民赶紧站起身，说，阿姨，真的好了，谢谢，真的好了，我饭量小。

等她们娘俩也吃完了，方民站起身要帮着收拾，廖如她妈制止了。她说，你去看电视，这是女人的活。

方民看了一眼沙发上的这个人，他正襟危坐，旁无他顾。

方民故意看了看手机，他对着正在收拾的廖如她妈说，阿姨，我店里来

242

了人，要谈明天的活，我得走，不好意思。

廖如她妈说，这么着急啊。

方民知道廖如从灶房出来想阻拦自己，他对着沙发上的那位老爷子说，叔叔，我走了，我还有事。

廖如她爸说，有事就走，别耽搁，有空来。

廖如扯下围腰，扔在了桌子上。

方民拉开门，后面传来廖如妈的声音，再来啊，方民，下回阿姨再做些好吃的。

方民嘴上哎哎着答应，身子已经飞了出去。他出了屋，长出了一口气，似乎轻松了许多。

屋里传来廖如她妈的声音，你这是怎么了？方民这小伙子真不错，你到底想要什么？耽搁了女儿你负责。

她爸的声音，好什么？房子、车子都没有，还是体制外的，这怎么行？你难道让你女儿嫁一个连自己都顾不了的吗？愚蠢。

廖如说，方民他开有公司。他没说。

有公司怎么了？多大的？体制外就不行，你找一个个体户，还是农民吧。你让我这脸往哪儿搁？廖如她爸的声音。

方民已经没有心思听了。

他逃出了小区，后面传来廖如的喊声，方民——

方民不想见她，他能说什么呢？他只想回到店里，好好睡一觉。也不行，廖如会找去的，他想喝酒。

他穿过几个巷子，廖如应该找不到他了。

方民顺着老街道向里走，没想到这里可以上塬。

去塬的坡长，上塬的坡陡，小径两边荒草丛生，灌木漫长，一不小心就被酸枣刺给挂上。

近年，高楼已紧贴上了塬，挨着最近的是领袖平安和平安相府两个小区。可近在咫尺的此处却是一片原生态，似若荒山野岭，只是晨练和傍晚散步的人来这里。

傍晚登塬，是惬意之事，方民看着三三两两的人，脸上洋溢着幸福，而他此刻心绪却不好。

登上一梯再上一梯，登得越高看得越远。

塬垴头上望余曲，老政府已荡然无存，所在地也被高大的建筑代替，原来的院落被一条宽敞的马路一分为二，塬垴也被割成两部分，方民心里也觉得矛盾，一方面为快速发展的便利交通喝彩，一方面又为一些原生态消失而感伤。

远处的新区政府、绿苑大厦，近处喧闹的老县委十字商业街区，咫尺的飞天城，一览无余。

回想六七年前，方民参加高考就在这里，一条主干道加上三条半街道就是余曲。主干道就是平安路，老街道、文化街、加上西街和平安招待所跟前的半条街道就几乎组成了整个余曲。

大约十年前，原来在大山里的飞天研究所上了塬，开辟了新的飞天城。要说变化最大，当是2002年撤县并区后，多所大学校园的进入翻开了余曲历史新的篇章。

十余万莘莘学子，给余曲带来了新气象，带来了文化氛围，同时带来了商机。

落日余晖下的余曲，塬上麦浪滚滚，有些地方已经开镰。塬下一幢幢高楼矗立或者正在建设中，让人慨叹，让人兴奋，更让人遐想不尽。

从塬上下来，华灯初上，霓虹闪闪。从一处寂静突兀进入了烦嚣世界，使人更加身临其境，感受不一样的余曲。

方民不知未来余曲会是怎样，可他知道，只会更美！李白、杜甫等在这里留下了许多诗篇，遐想李白、杜甫若复活，定有更荡气回肠的长安诗篇喷涌而出，那又是何等的气势！

方民在塬上转了一会儿，心里好受了很多，多少先贤都成了荒冢，黄土一堆草没了。而自己这么一点挫折，就受不了，方民觉得怪也只能怪自己，自己不够强大，怨不得任何人。

方民坐在塬畔不想回家，他的电话不停地响，都是廖如的。

电话又响了，方民想关机，拿出来看时，却发现是白佳愉的，他迟疑了一会儿，觉得自己的情绪不能带给白佳愉，白佳愉是无辜的。

他接通了电话。

白佳愉问，你在哪里？

方民说，我，我在半塬上。

干吗呢？

244

随便走走。

没事吧？

没事。

那一起喝一杯，有点烦。

方民顿了一下，说，好吧。我下塬，在十字东北角等你。

白佳愉说，好，十分钟到。

方民下来的时候，白佳愉刚刚到，老远就看见白佳愉的别克车缓缓停了下来。

方民看了看副驾驶，确定没人，拉开门上了车。

你一个人跑塬上干吗，失恋了？白佳愉戏谑地问。

方民没有正面回答，看看斜阳也是美的，你上过上面没有，是靠近喧嚣闹市的宁静之地。

哎，我没有你的雅兴，烦啊！白佳愉说。

怎么了？你日子舒舒坦坦，有什么烦的？

连你也这么说，生气了，不理你了！

嘿嘿，你说说嘛，怎么了？

白佳愉轻叹了一下，说，我老公被那个妖精甩了，要复婚，缠了几次。

方民说，这就在你了，你想复就复，你不想谁也没办法！

白佳愉睁着杏眼说，你不知道他的手段，什么下三烂的手段都能用上，他竟然把我妈从乡下接过来，买了一套花园洋房，让老太太住着，还雇了一个保姆。

还蛮孝顺嘛，那你就从了呗！方民忘了烦恼，故作轻松地说。

白佳愉手挥了一下他，说，从你个头，我不可能同意，我太了解那怂式子了，三天热度，本性就露出来了。

方民说，你们女人是不是一结婚就本性露出来了，粗话暴口。

还不都是被你们这些男人搞的，你们？除了我还有谁？白佳愉问。

方民说，你们原先的清纯，温柔感情都是装的？

方民其实想说廖如，廖如也似乎变得泼辣了，至少在工作上，不过，在生活中，倒还是温柔的。而白佳愉似乎性情大变，多了些游戏人生。

白佳愉叹了一口气说，唉，还不是被生活逼的。若不是生活所迫，谁愿意把自己弄得一身才华。

方民觉得很逗，哈哈，你还说得寨很。那我就做你的忠实听众，看你装逼从始至终。

白佳愉咯咯笑了起来，方民也笑起来。

俩人就在飞天城的百里王村烤肉摊上坐下来，要了两个扎啤，来了一些肉和筋。忽地，方民的思绪又回到了下午，半天只顾喝酒，不吭声。白佳愉说，哎，你是不是跟我出来不开心，是不是想你的廖如了，不要怕，我不会打搅的，尽管她也算我的敌人。

敌人？方民诧异地问。

情敌哦。白佳愉堆着笑，不知是真是假。

方民说，你就别揶揄我了，我也是个病人。

病人？白佳愉诧异地问。

我这里病了。方民指着自己的心说。

酒喝了一大半，白佳愉伸过手故意摸了摸他的胸说，哪儿？这儿吗？我看看，没有啊，好好的。如果你真破了，我来缝。

白佳愉又喝了一大口说，你还记着你的空间那首诗吗？我可记着呢。

    小时候
    玩打仗打破了头
    那海阔天空的七针
    是医生勾的

    后来上学了
    每回书包破了
    那花朵下密匝匝的针脚
    是娘缝的

    现如今
    心破了
    又有谁
    能来缝

那首诗叫《缝心》吧,不知写给谁的,我经常记起来。

方民很惊讶,连自己都遗忘的这一首小诗,白佳愉竟然能背过。那首诗是高三那年写的,也不知那时候为何就冒出了这一首诗。想起来只能是给廖如写的。

方民碰了一下白佳愉的杯子,说,谢谢啊,你还记得,我都忘了,忘了好。干杯!

方民把剩下的一口干完,又要了一杯。

白佳愉也干完了,学着他也要了一杯。方民指指她说,可不是我灌你哦,你自己要的。

白佳愉说,指不定谁先倒呢,管好你自己就行了。

白佳愉算是说对了,方民没喝完就趴在了桌子上。

白佳愉也不敢喝了,结了账,扶着他放在了车后座。她没敢走正街,穿着小胡同,把车停在了不能再前行的地方,她怕前面十字查酒驾,多费口舌。还是少一事吧,明天再取。

她扶着方民上了楼,敲了敲门,门开了,又是那张熟悉的不待见自己的脸,娟子说,又是你,你安什么心,每次都是醉醺醺的。你们没干什么见不得人的勾当吧。

白佳愉想发火,要是旁人,她早就一巴掌上去了。可是看着这个小可爱忌妒蛮横的样子,又笑了。

她说,我们干没干,你问他好了。人交给你了,别狗咬吕洞宾啊。

说完把方民往娟子身上一推,自己转过身,噔噔下楼了,边下边说,他心情不好,别惹他。走了。

娟子扶着方民,说,要你管,不送。

(五十一)

第二天方民刚醒来,娟子就过来了。方民拍了拍自己的脑门,说是不是昨晚我喝多了。忽然又愣了一下,娟子,你啥时候回来的?

娟子一脸无辜地说,我啥时候回来?你早都忘了我了。我啥时候回来重要吗?

方民说,你看你说的,你是我妹,我咋能不管不问。

噢，还记得呀，我以为你最近被爱情和甜言蜜语的迷魂汤早就灌得迷了魂，早不记得我了。娟子在方民的屋里来回走动，边走边说。

你说的什么话嘛！方民想起身去洗脸，今天起来迟了，小民没有叫他，估计早走了，干活去了。

我问你，你最近是不是谈恋爱？娟子睁着杏眼问。

方民迟疑了一下，说，没有。他要是放在了昨天以前，娟子如果问他，他就会确切地告诉她说，是，我是在谈恋爱。然而昨天廖如她爸的态度让他一下子到了冰窟，他觉得和廖如要结束了，所以娟子问，他只能回答没有。

娟子不相信，说，你说的谁信呢？喝醉酒，美女送回来，你是不是和那个白佳愉谈着？那个女人抽烟、喝酒，这么年轻就开着好车，肯定干着龌龊的勾当。你说她有什么好啊！

方民说，你别胡说，她是我同学。我们就是同学而已。

鬼才相信呢！娟子脸朝向了窗户，不看方民。

方民也有点恼了，信不信由你，我去洗脸了，还要出去。

娟子一步跨过来，不许去，今天必须说清你和那个女人的事。方民被拦在了她的身前。

说什么？方民恼着说。

说你们上床了没有？

你无聊！

上了几次？

你真无聊！

上了吧，别不敢承认？

随你，你说上了就上了，你说几次就几次。

方民被逼无奈，也是无语了。娟子忽然大哭，我早就知道，你变心了，我不活了。娟子抓住桌上的一把裁纸刀就朝脖子抹去，方民一把抓住她的手，两个人纠缠着，不知娟子哪来那么大的劲，方民使出了浑身解数都拿不掉，忽然方民哎哟一声松了手，血顺着他的手就淌了下来，滴在了地上，一滴，两滴，十滴，方民用右手握住左手。娟子惊呆了，刀子掉在了地上，她大喊，华姐，华姐，快来呀！

方民说，不要紧，不要紧，你拿点卫生纸。样子很平静，好像也不觉得疼。

楼梯传来噔噔的声音，王华进来了，大声问，怎么了，怎么了？

她看见一摊血，吓了一跳，忙问，怎么回事？方民说，没事的，一点小伤，刚才不小心刀子划的。

王华赶紧去了自己的屋，拿出来棉签和酒精还有纱布，好在血不流了，但是顺着纸还在渗。王华拿开方民的手说，别害怕。一边用嘴吹着气，一边解下裹了一圈的纸，血又冒出来了。娟子吓得不敢吭声，嘤嘤哭着。王华用棉签压住伤口，停了一会儿，血流得慢了，她用两支棉签蘸了些酒精，说，忍着点。方民说，没事，华姐。王华用药棉洗着周围，又换了一支洗了伤口，方民紧咬着牙，没有吭声，终于清洗完了。王华又撕了一张创可贴贴上，包扎了伤口。等一切完了，王华说，我只是简单处理了，要不去医院，人家专业。

方民说没事，不用去。又说他小时候学着切西瓜，没想到西瓜是个脆皮，镰刀刃一下子切到了大拇指上，顿时血流如注，大半个指头都裂开了，他也没哭，到诊疗所也就是像这样包扎了伤口，现在好好的。

王华看了看娟子说，都是大人了，生命是第一，不管发生多么大的事，不能拿生命开玩笑。

方民明白王华知道他们之间发生了什么，尽管不知道经过。他望着王华说，没事的，姐，去忙吧，这里没事了。

王华出门的时候说，饭在锅里，一会儿吃一点，早饭要吃。

方民说，知道了，姐。

屋里剩下了方民，这下连脸也洗不成了，娟子看着他，拿过包扎的这只手说，对不起，都是我不好。疼不疼？

娟子轻轻抹着手指头，一脸受惊的样子。

方民恨也恨不起来，说，不疼，没事。

娟子说，流那么多血，怎么会不疼？我都疼。

方民轻叹了一声说，只要你好好的，我就不疼。

娟子说，那你真的谈了没有？

方民说，真的没有。

娟子说，好，我相信你。她把脸贴在方民的手上，跪在地上，头枕在方民的膝盖上。

方民百感交集，他茫然了。他用手抚摸着娟子的头，不知道这应该是安慰还是爱怜。他对生活似乎不知道了方向，不对，是对爱情。

方民用一只手洗了把脸，他拒绝了娟子为他洗。他说，难道每天还要人洗啊！

娟子开始清理地上的血渍和纸团。方民下了楼，他要去工地转转。王华告诉他昨晚廖如来了，方民说知道了。

方民上工地转了一圈，就快到十二点了，他很满意，这些工友都是实在人，干得很好，也没有任何的耽误。

他刚收拾完，手机响了，是江海波打的，他说中午一起吃饭，还有康小军和马凯。

方民到的时候，他们三个已经到了，正在谈论官场的一些事儿。方民坐下后康小军说，方民，我让你买房你不买，你知道现在卖多少钱不？三千七百元，才几天啊，从两千元到三千七百元，增加了近一倍啊。

方民也很惊诧，真的就这么点工夫，就涨了这么多，他觉得不可思议。

方民苦笑了笑，对着康小军说，买不起啊，看看还是买不起。

马凯说，方民，你现在开公司，虽然没有攒下钱，但是每个月有盈利，你可以交首付贷款呀。虽然给银行了一些利，但是压力不大，我的建议是贷款买房。

江海波说，马凯说得对，我也是用公积金交了首付，每个月三千多元，十年付清，感觉还可以。

康小军说，我不想贷，我哪怕借，也一次付清，你知道十年多少利息不，十多万元将近二十万元，这都给了银行，不划算。

马凯说，你是站着说话不腰疼，借不到呢？饱汉不知饿汉饥。

方民说，你们说得都有道理，我得合计合计。咱们还是吃吧，我都饿了。

几个人端起杯碰了一下，喝的是果啤，果啤如今已不是啤酒了，只是饮料，因为下午都还上班。

傍晚，方民正在和工友收拾工具，抬起头，却看见廖如就站在十米开外的地方。估计是来了好大一会儿了，只是没有到跟前来。方民脱掉工作服，招呼大家先走，让小李把工具带回店里，拾起地上的半瓶矿泉水，朝着廖如这边走过来。

方民看着廖如，廖如也看着他，谁也没有开口。方民打开半瓶矿泉水的瓶盖，对着草坪，朝手上倒，洗着弄脏的手。廖如抢过来，缓缓地倒着，方民两只手同时洗着，洗完，水也恰好用完。廖如默不作声把空瓶放到了几米外的垃圾桶里。

两个人就默默地走着，还是方民开了口，你怎么来了？

廖如还是不作声，方民说，那天我在窗外都听到了，你爸他……

廖如说，我是我，他是他。

方民张了张口，他又放弃了。他想说，父母不看好的爱情也不会好，难道你能和你父亲翻脸吗？

廖如轻轻叹了口气，方民看着她的眼睛有些疲倦，估计昨夜又是无眠，不禁有些心疼。

不知不觉走到了塬畔，他俩在半塬上的一块平地上停了下来，斜阳照在坡坡坎坎，像镀了一层金色。

青山依旧在，几度夕阳红。可是此时两个人却显得心事重重。廖如轻轻地说，还爱我吗？说这句话时，她没有看方民，看着远处的高楼大厦，微风轻拂，她的黑色的长发被风吹得遮住了半边脸。方民分明看到她眼中的泪，只是没有滴下来，方民瞬间也是热了眼。他想轻轻地从后面抱住她，扳过她的头，吻她，吻干她眼里的泪珠。

这时，廖如的手机却响了，廖如看了看，犹豫了一会儿，还是接了。里面传来她妈妈的声音，如，你在哪儿？怎么没有回家？你是不是去找方民了？是不是方民那天听到你爸说的话了？你们是不是在一起呀？其实方民是个好小伙子，只是……电话忽然中断了，电话里传来吵闹声，手机里传来廖如她爸的声音，如如，你就死了这个心，王局长家的儿子我已经答应了，你见也得见，不见也得见。那个方民，你就不要再提了，如果他在你跟前，你就告诉他，让他别痴心妄想了，该干啥干啥去。

廖如的泪就滴了下来，她哭着说，爸，你能不能别管我的事，我的事我做主，行吗？

里面传来怒吼声，不行，什么都可以依你，这件事关乎你一生的幸福，必须听我的。你如果不听，就别认我这个爸……

廖如哭着喊，爸，爸，你听我说……

可是电话里传来忙音，廖如大声哭起来，方民反倒冷静多了，难道他忍心看着廖如和家庭决裂，爱情在亲情面前，其实变得很渺小。

他想说什么，廖如抹了一把眼泪说，方民，是我对不起你，你一定会找到你的幸福的。说完满含眼泪而又那么深情地看了方民一眼，转头朝塬下跑去。

方民大声喊，廖如，廖如——

而廖如步履蹒跚，背影越来越远，直到消失。

（五十二）

方民把市容局的活终于干完了，也很快结了账，他又在马凯的帮助下接了一家活，虽然活不大，费工夫，但是利润好。

没有了爱情的方民百无聊赖，他只是用干活冲淡这种痛，他有时冲动地想去找廖如，想对她说，他想念她，他爱她。可是廖如最后决绝地离开，又让他知道找也无益。廖如是妥协了？还是不想让自己痛苦，才说出了如此无情的话走了？

方民想不通，难道爱情就这么脆弱？他败在了没房？还是没车？要是自己是个大款就好了，给她爸撒下三五十万元，看他还坚持不。然而，他即使是个大款，难道爱情要靠金钱来乞取吗？

方民搞不明白。

整个夏天方民都没有明白，夏天就稀里糊涂完了。当秋蝉渐渐多了的时候，方民的公司也到了收获季节，一连串的活干都干不完，方民觉得他这一行和城市的发展息息相关。这几年，余曲如火如荼地建设，一栋栋高楼，一座座楼盘，一架架塔吊，古城南融的步伐加快了，余曲这座卫星城也日新月异地在扩大。

方民漫无目的地在街上走着，忽然一辆白色的别克停在他面前，车窗沉了下去。伸出一张阳光的脸，嗨，帅哥，想去哪里？

方民看着戴着墨镜的女郎，正在迟疑，女人摘下墨镜，方民才看清是白佳愉，他露出了笑脸，说，怎么是你？

怎么？几天不见，不认识了？白佳愉笑着问。

我就没有注意你的车牌，再说，你这么时髦，谁敢认啊！方民揶揄地说。

白佳愉说，少贫，上车。

方民拉开车门，说，好嘞！

你这是要去哪里？白佳愉问。

你拉哪我去哪。方民说。

怎么了？看你无精打采的样子，不是失恋了吧！白佳愉盯了一眼他问。

开车吧，废话多啊！方民斜靠在靠背上说。

哈哈，看来被我说中了，是不是廖如家里不愿意啊？白佳愉问道。

方民忽地坐直了问，你咋知道？

白佳愉叹了一口气，说，你不是体制内的，除非你是个大款，否则你再优秀也白搭。

为什么？体制就这么重要吗？我会有房和车的，方民辩解道。

你是真不懂还是假不懂？或者是爱情让你的智商成了零？白佳愉没有看方民，只是一边开车一边说。

方民不作声，他觉得白佳愉一针见血，不是说自己不好，不在体制内像一张无形的网罩在他和廖如的面前。

就在瞬间，他觉得他和江海波、马凯、康小军都有了一张网，好在这张网没有和廖如那一张明显。也许，也许，他不该这样认为，他们都是自己的好朋友。

可是，他觉得白佳愉是对的，即使自己有车有房，廖如她爸依然不会选择他。

他瞬间就泪如泉涌，原来现实就是这么残酷。白佳愉递给他纸巾，说，想哭就哭吧！

方民把纸捏成一疙瘩拭了拭泪，强笑着说，没有，没有。不想哭，只是瞬间觉得自己很脆弱。

白佳愉把车停在树荫下，在包里取了一支烟，下了车，站在树林下，林子是一小坡坎，地下是蒿河，只能看见白佳愉的背影，和悠悠飘浮的青烟。忽然白佳愉像是呛着了，剧烈咳嗽起来，咳得弯下了腰。

方民赶紧扯了纸巾，下了车，连问，是不是呛着了，别抽了，他抢过白佳愉手上剩下的一节烟头，扔在了地上用脚拭灭了。然而他却看见白佳愉泪流满面，花了容。

方民轻轻地拍了拍她的肩膀，问，没事吧，佳愉。怎么了，有什么就说出来。

白佳愉抽泣得更厉害了，方民从刚才的被安慰者一下成了安慰者。白佳愉蹲在地上哭泣，方民拉她起来，白佳愉被拉起来的瞬间，一把抱住了方民，脸颊就贴在他的脖子上，身子还在抽泣着，方民不知所措，白佳愉轻声说，让我抱一会儿，只一会儿。方民忽地就感动了，原来他身边还有能依靠和可以给依靠的女人。

方民用一只手轻轻拍打着她的肩膀，说，想哭就哭吧。他像刚才白佳愉

253

安慰自己一样地对她说。

白佳愉抱着方民不撒手，说，不哭了，只想抱你一会儿。

方民问，真的没事吧？

白佳愉说，你能不能不说话，抱抱我，哪怕一会儿。我要你抱着我。

方民想说这不是抱着呢吗。但是他知道，白佳愉想要自己张开双臂，抱着她的那种。虽然他明明知道这是白佳愉不是廖如，而自己当初不是就把白佳愉当作廖如了吗，他的初吻不是就和白佳愉吗，而自己爱的廖如和白佳愉是很像的不同版本。他此时才觉得他喜欢的是白佳愉的外形，而内心丢不下的是廖如。真正接触的却是白佳愉的真实形体，爱着的只是廖如的影子。

现在没有了影子，他抱的是真实。天渐渐黑了，四周安静得只有蛐蛐的鸣叫声。

白天人的喊声，车的鸣声，机械的喧嚣声都归于了平静。它们累了，该留给自然界了，原来安静竟然有这么美。

白佳愉整了整头发，看着不远处灯火阑珊的余曲，她对着蒿河其实是对着方民说，我要出国一段时间。

方民问，怎么突然要出国？

白佳愉说，身不由己，平安区的一位副区长受到了调查，他和我前夫关系密切，我其实并不知道他们之间的勾当。但是我前夫最担心我乱说，我都向他保证我不会说他们的一个字，就这也不行。他给了我一笔钱，让我出去半年。

方民心里突然很失落，其实他已经没有可以说话的人了，白佳愉要走，他莫名地失落。他问，你想好了吗？

唉，也只能这样，我已经答应了，生无可恋，只有你了，白佳愉一声叹息说。

方民心情很复杂，他一直以来和白佳愉都没有逾越樊篱，他心里空落落的。他觉得也是生无可恋的想法，爱了这么久，竟然不知所爱为何？他该爱谁？谁又爱着他？他是谁？谁又是他？

回来的路上，两个人一言不发，直到分手，几乎两个人同时出口，保重！瞬间俩人就笑了，白佳愉主动伸出手，说，握握手吧。方民还是机械地被握着，在手接触了几秒的瞬间，方民竟有些又想流泪，他不知道最近自己就像一个女人，泪腺竟然发达了，哪像个大丈夫。

白佳愉凑过来始料未及地在方民的脸颊亲了一下，微笑着说，再见，方民，我会想你的。

直到白佳愉的车远离了，方民才回味刚才的那个吻，他摸了摸脸颊，似乎还留有白佳愉的温度和香水味，他怔怔地呆了三分钟才上了楼。

（五十三）

方民这几日真觉得生无可恋。但是老母亲还在老家，他的生活还没有真正开始。爱情到底是什么？人活着究竟为什么？

方民翻出自己的老日记本，上面是高中三年的喜怒哀乐，还有那些淡淡的情愫，一幕幕如电影回放。此后他再没有写过日记，偶尔实在无法排解情绪，譬如和郑丽欣那段岁月，他偶尔还写上几篇，仔细回味，他觉得爱情对他来说就像吞吃了人参果，尽管觉得一定是人间最好吃的东西，可是吞吃了以后，才觉得没有尝出味道就没了。心里五味杂陈，即使有人再说吃它多好，他也是没了先前的兴趣。

小民出去了，王华在看着门店，娟子估计还没有起来。方民反锁了门，把自己关在屋里，写自己的遭遇，写和廖如的分别，他只觉得他的笔拙，写不出发生的一切，要是有位作家就好了，他的故事肯定动人。还有白佳愉，他是爱又不能爱，她是一位知热知冷的好女人，当然更知心。生活上他觉得王华就像大姐，如母。唉，王华大姐何尝不是有故事的人，她的苦不知比自己多多少，谁都有一本慢慢读的故事书，所以他的故事只能算芸芸众生最普通的一种，人太渺小了。

想到这里，他长舒一口气，人活着就是把当下过好，他还有这么一个摊子，几个人还都靠着他。

正在遐想着，王华在底下喊，方总，下来，有客人。

方民让王华不要这么叫，王华说在外人面前就要这么叫，阻止不住。方民只好随她。

方民下来时，看见有个人站在门口，三十多岁，看他下来，问你们这里做不做那种公园里的雕塑，譬如鹤、鹿一些的，当然还有古人雕塑这类的。

你说的是石材的，还是泥塑的，还是玻璃钢的？方民问。

这个人说，主要是什么价位？我们就是一个厂子的花园。

方民说，这些大都在南方。听说有个市场，专门卖这些，我也不知道。

这个人说，你能联系不？我们急着用，或者你能知道在哪里有做的不？

我还真不知道。方民说。

那人有些失落，说，谢谢了，打扰了，就向外面走去。

方民忽然记起什么，他想起郑丽欣给他说过的一句话，不能丢失到手的机会，也许郑丽欣知道。

方民说，先生，你等一下，我给你再问问。

那人连说，好好，又进了来，方民示意他坐下，王华已经倒好了茶水递给他。

方民拨电话，里面传来郑丽欣的声音。方民先是感激了一番，接着就言归正传，问了玻璃钢塑像的事。郑丽欣告诉他自己没有这方面业务，不过她有接触，有张名片是她和一位老板一起吃饭时给的，就是做的这个。

方民在等待着，半天没有动静，也没有挂电话。里面有声音了，方民开始拿笔记。

方民记了电话，冲那人笑了笑说，有了。

那人感激地点点头。

方民随即便打电话给这个老板，那边很热情，说要多大尺寸，他们就是玻璃钢的。

方民说我问问，一会儿回你。方民说你们想做多大的？几个？人家好预算。

那人说，能不能到实地看看，你们定，做个预算。

方民说，那你留个具体地址，我让他们派人过去。

那人笑着说，你来你来，你们一起来，我交给了你，我只认你就行了。

方民也有意拓展这一方面，就说，那好吧，谢谢老板信任。

那人说，我也不是老板，不过这个事还能说了算。

那人留了电话，方民才知道这个人叫赵岩。

方民送走了赵先生，给王华交代了几句店里的事，自己准备往玻璃钢雕塑厂那边去。

雕塑厂在度曲，离这里十来里路。方民开着工具车顺着塬底下的路约莫行了半个小时，远远地就看见了牌子，路口还立着玻璃钢雕塑。

厂子挨着半塬，不大，里面倒还宽敞，有一间很大的厂房，里面正在做着泥塑，很逼真，也很细腻。

有个人走出来，问方民是不是刚打电话的。方民说是。老板姓侯，两人寒暄后方民跟着侯老板参观成品和半成品。

老板介绍，玻璃钢雕塑种类很多。有卡通雕塑，有动物雕塑，有人物雕塑等等。玻璃钢雕塑是一种新型的雕塑工艺品，不仅有着非常精美的外观，同时，还具有非常强的可塑性，可以完美地把艺术家的创作灵感，一分不漏地呈现出来，更适合艺术家充分发挥和创造。这种玻璃钢雕塑，相对于石雕和铜雕而言更轻，运输方便，同时玻璃钢雕塑还具有耐腐蚀的特点，生产成本也相对较低。玻璃钢雕塑在制作前，要将所要制作的产品用特定泥巴材料塑造出相应要制作的产品，在泥塑稿制作完成后，翻制石膏外模，然后将玻璃钢涂刷在外模内部。等其干透后打开外模，经过合模的程序，获得玻璃钢雕塑的成品。

方民今天才算是有了进一步了解，原来只是懵懵懂懂。看着高三四丈的泥模，逼真的眼神，栩栩如生。

他和侯老板谈了想做一些雕塑的事情，侯老板给他介绍了各种产品的价格。方民说具体做的东西还要实地测量地方的大小，根据地方定产品尺寸。侯老板说他下午还有事，他安排他的儿子去。

方民说那就在定的地方等他，我刚才给你打的电话你给他，我先回去，下午三点碰面。

方民回来没有回店里，他知道南三环有花卉市场，好像看见过那里有石雕产品，他也想了解一下，比较比较。也了解一下，以后知道了也可以再拓展业务。

眼看两点半了，方民也看了好几家有石塑的，价格确实贵。但是有小一点的，的确也不算贵，还能接受。方民赶紧往赵岩的公司赶，到了附近，他拿着名片找一家汇丰实业公司。等他看见了公司的牌子，才松了一口气，忽然才感觉肚子有点饿了。

门口有一家兰州拉面，他每次实在没有好选择的了，就找兰州拉面，他喜欢吃他们的韭叶面或者毛细。店老板一听他说毛细，会心一笑，这是个吃家，懂行的。

等他快吃完面的时候，电话就响了，他一猜就是侯老板儿子的。果不其然，他告诉他就在附近，马上到。

俩人会了面，方民就给赵岩打电话。赵岩说你们进大门，往里走。

在门卫登记了后，俩人就进了公司，就见赵岩迎了出来。赵岩说，这儿只是他们的办公区，厂部在西郊呢。

跟着赵岩穿过办公楼，后面豁然开朗。竟然是一座园林呢，有亭子、有假山，院落十几亩地，里面植被都不错，有一座湖，湖面微波荡漾。

赵岩说，你们看看，我这里能放置些什么雕塑，多大尺寸，你报个数目和造价。我先忙会儿，你俩弄完给我电话。

小侯建议给荷塘边放一座四五米的荷花仙子，方民说西子浣溪沙可以吗？

当然可以，只要有图片，就能做出来。

方民说，岸边再放几只梅花鹿。这一片枫叶林真好看，弄一座少女读书的雕塑。

小侯说，后面湖面有点单调，还可以有几组荷叶造型雕塑。

俩人走了一遍，方民用笔记下了要做的东西。小侯又打电话问了他父亲几件作品的实际价格。有几件他吃不准，其余他还是能准确报价的。

方民听了小侯的报价，心里有了数。俩人朝办公区走去，路上方民打电话给赵岩，赵岩让他们到三楼，他们上了三楼，赵岩已经等候在门口了。赵岩的办公室蛮不错，像个部门负责人待的环境。赵岩说，我就是管后勤的，老板是我姐夫，这件事就全权委托我了。你们看得怎么样，有谱了吗？一个月能做出来吗？

方民心里没底，望了望小侯，小侯说，差不多，估计的四十天还是把稳。

赵岩说，行，现在是九月，十一月中旬我们要进行二十周年厂庆，必须赶在这之前完工。

方民说这没问题，肯定完成。

赵岩又说，那你尽快做好预算，写个协议，把合同先签了。

方民说，明天我就拟好合同，拿过来。

赵岩给俩人又添了些水，方民喝了一口站起来说，赵经理，那我们先回去了，明天我过来。

赵岩说再坐一会儿嘛。

俩人都说，不了不了。

告了辞，出了大门，方民给小侯说，回去你和你父亲说说，就备料，我这里把合同签了，就给你们先打点预付款。

小侯说，哥，你就放心，没问题。

（五十四）

吃完晚饭方民关了店门，自己在电脑上写着合同。里面详细写着多大尺寸、什么形状、多少数目等。

方民还是对有些价格怀疑，他打电话一一询问了老侯。老侯也看了儿子给他的做东西的单子，心里早有了数。方民这才一一填了价格。他觉得自己只是纽带，具体做的是老侯。所以价格不能要得太高，大件高出三千元，小件高出几百元到一千元不等。不过老侯让他做固定活，就是按要求在地基上做水泥桩，最后固定。老侯是明白人，也是想让他赚点。给他说了做桩的要素和大件桩基的构造，他才终于明白了其中的奥妙。

这个合同总造价二十八万元，老侯他们是二十万元多一点，自己也就拿不到八万元。他总觉得自己拿太多了，人家老侯要做泥塑，搭高架，还要翻模，挣的有限，自己除过成本，能赚五万多元呢。

正在犹豫间，娟子进来说，哥，我想出去走走，闷了一天，你陪陪我，好吗？

方民说，今天不行，我还要完善合同呢。你自己去吧。

娟子说，走嘛，人家闷了一天，你也忙了一天，回来再写，行不？

方民说，这个合同明天就要，我必须完成。

娟子故意拨弄他的键盘，他打不了字，严肃地说，别闹，正忙着呢。

娟子不依，嬉皮笑脸地依旧胡拨拉，谁知电脑瞬间黑屏了，原来她不小心脚踢了插排连线。方民脸马上变了，大吼，你胡闹什么？

娟子赶紧插紧了插座。

方民开机，机子缓慢地运行，等完全出来后，文件找不到了。方民头上都冒汗了，他把记录的那张纸都撕碎了，因为他觉得不需要了。

找了半天，依然找不回来，娟子也是帮他找，也是没有了。方民一把把键盘从桌子上拨到了地上。他喊道，让你不要乱动就是不听，我把底子都撕碎了，你看现在咋弄！

方民手插在腰上，黑着脸。娟子从来没有见方民发这么大的火，自己也是无意，干吗发这么大的火？

看着方民不理他，看着纸笼里的碎片，她捡起来，都是很碎小的纸片，娟子泪就流了下来。

方民还是黑着脸说，你还好意思哭？

娟子哭得更厉害了。王华下来了，在楼梯就听见刚才的对话了，她拍了拍娟子的肩膀说，不哭不哭。我来把碎片粘上，你们先回去，我粘好了叫你们。

方民黑着脸出去了，他转到广场，看到广场满是人，有唱歌的、拉二胡的、耍猴的、跳舞的。看着这些人个个都洋溢着幸福满足的神情，他才长舒一口气。

方民觉得刚才自己是有点过分了，也许先把合同放下，陪娟子转转回来再弄也是好事。可是他知道娟子的心思，娟子就是想和他温存，可是他很忙，另外他觉得爱情很远，自己已经伤得不轻了，没有心思，尤其他对娟子，真的无法转移到爱的层面。

看着树林暗处，一对恋人抱在一起还不时亲吻着，他心里就空落落的，自己的爱在哪里呢？整天为了生活，而生活到底是什么样子，还是个未知数。也许，人生就是一个不断探索未知的过程。

他在商店买了一盒烟，买完才发觉没有打火机，又折进去买了一个打火机，他坐在花栏的边上，点上一支烟，烟雾袅袅地从他手指飘向空中，他觉得人生就像烟雾，在空中以最美的姿态体现，最后直至烟消雾散。

所以尽管短暂，要极尽美丽，才不枉此生。何必还要生气，又哪有时间生气。

一支烟抽完了，他起身将烟头放到垃圾箱的烟盒揉灭，然后拍了拍屁股，又回来了。

在窗外，他看见王华在一个碎片一个碎片地把纸篓里的碎屑粘起来，已经粘了大部分，而娟子蹲在地上对着碎片，方民瞬间就无措了，他只怨恨自己刚才怎么就发了火。

他推门进来，看到他画的图和尺寸，基本上全了，他也能想起上面的内容了。轻声说，华姐，辛苦了，不用粘了，这些就够了。然后对着蹲在地上的娟子说，刚才对不起，娟子。

260

娟子没有抬头，她还在低头捡着碎片，无动于衷。

王华笑了说，娟子，好了，你哥不是道歉了吗？起来吧，说着用手扶她，她还是不肯起来。

方民说，是我不好，不用粘了。起来吧，娟子。

王华扶着她才站起身，起来时却一个趔趄，娟子说，腿好麻呀。

方民扶她坐在凳子上，脱掉她的高跟鞋，揉着她的脚后跟。看着他俩，王华说，你俩忙，我先上去了。

方民说，好的，华姐，你去休息。

娟子面容一下子舒展了，说华姐，再见，晚安。

方民又揉了另一只脚，娟子不让他揉了，说，可以了。你赶紧忙吧，要不你说我打字，你打字那么慢。

方民说，好啊！

娟子熟练地敲打着键盘。方民很欣慰，这是娟子第一次这么上心地做事，平常也不知她忙些什么，帮忙也是复印一下什么的。

不一会儿就弄完了内容，比刚才更完善。

方民让打了两份，又仔细检查了一遍，没有问题。

方民又起草他和雕塑老侯的合同。房间只听见键盘声，还有俩人核实文字和数目的轻声对话。娟子一扫脸上的乌云，两只眼睛透着灵光。

等全部完了，方民看了看手机，才发觉不知不觉已经十点半了。

方民对着娟子说，你辛苦了，刚才……

娟子打住他的话，不说了，成不成，你烦不烦哪，现在我要你给我倒一杯水，行不行？

行，行，方民赶紧找杯子，说，你的杯子在楼上，只能用纸杯了。

行，都行。娟子撑着下巴，有意识看着方民笨拙地打开新的塑料袋，从里面拿出一只，拿电壶倒了一杯递给了她。

娟子高兴地说，谢谢！

接过来却发现里面有商标纸没有拿出来，粘在纸杯壁上，她笑着说，还有料啊。

方民凑过头一看，不好意思地笑着说，没看见，我重倒一杯。

说完他端起杯子走到门口，拉开门，将水倒在了门外。进来仔细看了看，才拿起壶又倒了一杯递给她。娟子幸福地接过来。

她看见方民站着，说你也坐下歇歇，站了老半天了。

方民拉过凳子，坐了下来。娟子站起来又拿了一个纸杯，倒了一杯水，递给方民，方民说我不渴。

不渴也喝点。娟子不由分说就递到方民的嘴边，方民用手接住，说，谢谢。

娟子说，你怎么这么客气呀！

方民忽然就想起了秀英婶和老闷叔还有小刚。他幽幽地说，闷叔是那年十月走的，干娘是十一月走的，小刚是十月底接回来的，咱们寒衣节回去一道给他们烧烧纸钱。

娟子一下子眼圈就红了，说，我听你的，我只有你这一个亲人了，随你。

方民说，咱们把日子过好了，就是对他们最好的纪念。

娟子的眼泪已经下来了，她只是嗯嗯着，哽咽着。

方民说，不要难过，一切都会好的。休息吧，明天还有很多事呢。

方民不想沉浸在悲伤中，其实他的心很脆弱，看着娟子的眼泪，他也快忍不住了，所以赶紧岔开。

看着娟子不动，方民故意要拉灯，娟子才起身。

上了楼，老远就听见小民的呼噜声，方民对着娟子说，休息吧。

娟子说，晚安，就进了屋，关上了房门。

早上不到七点，方民就起来了，在外面买了一些包子，自己吃了两个，刚进屋，发现王华也起来了，准备做饭。他让华姐把包子给大家吃，自己吃了，得赶紧去雕塑厂和老侯商议有什么要改的。

方民说完就往外走，王华说，你喝点水，干吃不喝怎么成？

方民说，知道了，姐。我一会儿到他们那儿喝。

早上虽说人少，不过绿苑十字修路，他得绕着走。

进了雕塑厂，老侯也刚起来，工人三三两两进来了。老侯招呼方民先坐在办公室，自己烧水，他洗完脸过来。

方民也没有客气，自己进到办公室，自己摸索烧开了水。

老侯的茶海很别致，是烧制的陶坯。

方民打开他的青橘茶放在了紫砂壶里，水开了，他倒进一杯水，这时老侯进来了，说，我来，你喝茶还是外行。烧开的水不要马上倒进茶里，稍微凉一会儿，沉淀一下。第一遍先洗茶，第二遍倒入分茶器，第三遍也倒入，浓淡一中和才分给客人。老侯边示范边说。

方民说，喝茶还有这么多讲究？我小时候就是一大杯晾凉，一口就喝了。

老侯笑了，说，我小时候还喝大碗茶呢。时代不同了，现在人都讲究品味，品茶就是品味嘛。

方民接过精致的茶杯，老侯说，你先闻闻。

方民放到鼻子边，果然一股清香入了来，直入了脑，脑子也清醒了。

他品了一口，果然浓郁绵柔，还有一股淡淡的橘香。

喝了两杯，方民拿出合同让老侯看，老侯说，你这人看着就放心。

老侯看了半天，说，方老板。方民赶紧说，侯总，不敢这么叫，叫我小方或者方民就行了。

老侯笑着说，方民啊，你很实在，都是实实在在的，每一项都很精细，赚得也不多。我觉得你还是多报点，毕竟都有讨价还价，到时候可以从容点。

方民说，那我多报两万元，再重打一份。

你跟他们多报五万元，估计最后落成两万元。做生意要圆融，太老实做不了生意。老侯又给方民添了茶，慢条斯理地说。

方民说，您是前辈，我得向您学习。不过，不是说诚信第一吗？

老侯边喝边解释，诚信是指产品质量有保证，按合同履行。商场就是利益最大化，你不赚钱纯是赚吆喝，那你还不得喝西北风呀。

方民若有所思，点了点头。

方民拿起笔在上面画了画，老侯说，你在我的电脑改，直接就定了，省得跑。

方民连说谢谢。老侯说都是一家人了，客气啥。

方民在老侯的电脑上重新打了一遍，顺便改了改，老侯又加了一条违约责任，然后打了两份。

方民随来就带了合同章，老侯说，我这里可是要备料，你得交一定押金。本来先交十万元，你这朋友我交定了，你拿五万元吧。

方民尴尬笑了笑说，我和您签了才能去和他们签，才能打预付款。

老侯说，那好，我等你打完款再动。

方民说，您看时间会不会来不及？

老侯说，你抓紧，来得及。

方民说，谢谢您，侯总。

263

侯总摆摆手，说不用客气。

方民告辞出来，心情很是愉悦，一路哼着歌开着车直奔汇丰公司那里。

方民上了三楼，敲了敲门，里面传来说话声，让他进来。他推开门，看见赵岩正忙着和一个人对着手上的表格说着什么。赵岩示意他先坐下。方民坐在沙发上，看见赵岩的煮茶器里咕咕响着，他端起来给赵岩和那个人添了茶，赵岩说，我没有招呼你，还让你倒茶，你自己来，桌上有杯子。

方民说没事，我自己来。

那个人指着表格说，赵经理，那我就按这个表改了，我先回去了，你先忙。然后冲方民点点头，拉开门出去了。

方民赶紧递上合同。赵岩看了看说，基本上在我的预算内，不过能低点吗？你这一共是三十二万元多。能不能三十万元？

方民忽然想起什么，说，赵经理，我看你们公司大楼里面空荡荡的，放一尊大理石弥勒佛或者唐朝人物像什么的，这个算送你们的，合同价格就不改了，成不？

赵岩说，倒也是，大楼大厅是空落落的，老板还念叨来着，有财神吗？

方民本来想着那天到花卉市场看见一尊弥勒佛，很精美，老板说原价五万多元，想搬家，只要两万元，估计一万七八千元都差不多。现在要财神，方民忽然记起来了，那儿有一尊财神，大理石的，不大，一米左右高，要一万元多呢。太小，他没太看上。

方民说，有一尊小一点的，一米多高，有点小吧？

赵岩说，不小不小，弄一个大桌案，放在上面，就不小了。方民豁然开朗，如果放一个几米高的也不妥，这倒是个好注意。

赵岩说，你别吃亏啊！方民说，不会，谢谢您。

他也不好过多解释，毕竟自己多赚了好多，竟然感觉有点做贼似的。

方民在两份合同上填了财神的内容递给了赵岩，赵岩拿着合同出去了，没有十来分钟回来了。把一份递给了方民，方民接过来首先看到大红的章子，心里就落了地。又看见上面有签名，估计是老板的。

赵岩说，你回去查查账，先打给你们十万元，安装之前再给十万元，完毕验收完给完，放心吧！

方民连说，真的感谢您，赵经理。今天我请您吃饭吧。

赵岩说，今天不行，老板一会儿开会，改天吧。把活做好就是请我了。

264

方民说，这您放心，保证按时按质量完成。

两个人握了握手，方民告了辞，就下了楼。

（五十五）

方民第二天并没有收到汇款。他的手机绑定银行卡，公司账上有钱他马上就会知道。他也不好意思去问，他相信赵岩。但同时还要催促老侯，但又不能要求老侯，毕竟他没有给人家一分钱。直到第三天上午十一点多，他手机上信息蹦了出来，显示收到了十万元。

方民立即按老侯的账户全部转给了老侯，转完心里有点不安。应该转一部分，自己留一些，也能更好制约老侯。不过已经打过去了，他要相信人家，再说活儿主要是他们干，所以又打电话催促了一番。

老侯让他放心，信誓旦旦地说，就请把心放到肚子里。

晚上马凯打电话，说晚上聚聚，方民电话里说你现在是领导了，还有空啊。马凯说，狗屁领导，咱们轻松一下，周末了嘛。

方民才想到已经是周末了，时间真的过得太快，也好长时间没有见到他们几个了，他没有问都是谁，他们几个现在都是官了，只有自己是平民，当官的人有自己的圈子，不愿意和生人玩耍。来来去去就是他们几个人，方民有时觉得自己和他们有距离，有时也感谢他们没有把自己当外人。

六点半的时候，方民让小民把明天的工具准备好，冯家十字的活还有一点尾巴，明天加加劲儿，再过几天就没有时间了。等老侯那边成品出来就要安装了，有的需要提前打桩，设预埋件。自己还不定晚上几点能回来，所以他让小民准备准备。

这是城南大道边的一家一锅炖，方民掀开门帘老远就看见马凯和康小军到了，忽然听到后边有人喊自己，他回头一看，是王雪妮，还领着两岁的儿子，方民赶紧抱起小家伙，王雪妮说，叫叔叔。

怎么成了叔叔？是伯伯吧！你说是不？方民笑着说。

王雪妮笑着说，人家他爸比你大嘛！

孩子认生，嘴一撇，想哭。王雪妮赶紧接过来说，还认生呢。

两个人向里走去，马凯老远就招手。康小军说，我还以为方民几天不见，连媳妇和娃都有了。

王雪妮说，闭上你的狗嘴，狗嘴吐不出象牙来。

他们刚坐定，江海波就来了，说，迟到了迟到了，今天会延长了。

抱歉抱歉！

马凯说，身不由己，整天开会。

康小军说，我们除了我们领导在场的会我去，其他一概不参加。我们有副科长其他人去。不过还是方民最自由。

说完递给方民一支烟，方民接过来，发现康小军抽的是南京。方民说，我虽然不开会，也是整天劳碌，浑浑噩噩过日子。哪有抽这烟的人悠闲。得让我干多长时间才能弄这一条烟。

马凯说，康小军啊，你这是严重腐化啊。你可不敢这样，今后你进去了，可不要说把妻儿老小交给我们的话啊。

江海波也说，今后咱不能和这腐败分子坐一桌了。

王雪妮也说，是，就是。她指着康小军给儿子说，那个胖叔叔是个坏蛋，你看他肚子那么大，里面全是腐败。

康小军红了脸说，合着我是这一桌的坏人啊！

方民笑着说，不会的，虽然是腐败的外表，但是里面却是红心的，是不是？

康小军说，这才像话嘛！我虽然好歹手上有点权，但是基层教师我是分文不取，而且能帮的一定帮助，不管是转正、晋级、调动，我一直秉承这个原则。大领导交代的，我是不收白不收，他们本身都是某某的孩子或者亲戚，我不同意也是白搭。所以坚决响应领导，收。如果是基层教师求到我这里，不违反程序，一律能办就办。

马凯和江海波都是摇摇头，马凯说，还是谨慎为好，不要自毁大好前程。

江海波说，来来，咱们干一杯。

干完坐下，江海波说，少了白佳愉，没人能治康小军。

马凯说，我打了电话，人家说在国外。不知真的假的。

方民说，应该是真的，她丈夫的事你们也知道。所以怕她乱说，让她去了国外。

几个人都摇摇头，止了声。看来这件事还是讳之莫深，不便议论。

于是转了话题，马凯说，方民你和白佳愉是不是往来紧密，有啥没有告诉我们的？

对对，王雪妮说，现在白佳愉和我说得都少了，你们要不把事给办了。

马凯说，对啊！江海波也说，行啊，我看行。不知康小军意下如何？

康小军说，我们早已经是过去时了。我的女朋友哪天带来大家看看。

那么我们举一杯，祝贺他们俩早成佳偶，来来，干一杯！马凯大声说。

方民站起身说，这是哪儿跟哪儿啊，你们赶紧抓紧办自己的事，别瞎操心我。我和佳愉什么也没有。

噢，都佳愉佳愉了，还没有？来，祝你们夫妻恩爱，白头偕老！马凯端起杯，头一仰，入了肚。

几个人都起哄。方民也不解释，任由他们说。

自从王雪妮嫁了人后，江海波也是惆怅了好一阵子，为此方民还劝过好几回。可是随着调动工作，江海波无暇顾及，已经没有了伤痛。这样反而好了很多，王雪妮自知对不起江海波，所以也尽量不再提及此事。

康小军说，你看人家王雪妮，都有孩子了。咱们再过几年，后代就差辈分了。

那你赶紧结啊。江海波说。

好吧好吧，我也不瞒大家，我，本人，康小军，正式邀请大家，这个月二十八日上午在国际大酒店十八楼举行婚礼，敬请莅临！康小军站起来一字一句地说完，看着大家都瞪大眼睛看着他，像看外星人似的，他说，怎么了，你们不要我结婚吗？现在邀请你们，你们也不祝福我，一个个瞪着牛铃大的眼睛看着我，想吓我呀！

江海波说，你这也太突然了。

王雪妮说，就是嘛，你这还卖着关子哪！

马凯说，不行，这不行，你得正式邀请，发请帖，还得正式请一桌，这样不行，害得我提前在柜台交了钱，压在那里。

康小军说，请帖就不发了，本人跑不动。一会儿把钱退给你，这一顿是我请，正式邀请大家。你们可不能不来，谁不来都成，你们一定要来。

你要伴郎不？左边是江海波，右边是马凯，一个是镇长，一个是副书记，你这婚礼那可就是盖帽了！王雪妮笑着指着两人说。方民你是候补，你看方总经理，三个重量级人物，怎么样！

康小军张开双臂，说，啊，我的天啊，Oh, my God, 要得要得。

马凯说，可以，出场费，五万元。

267

江海波说，算了便宜点，两万元。

康小军说着从口袋掏出一支笔，又撕掉烟盒，拿出锡纸，在背面写上两万元支票几个字，说，就这么定了。

马凯一把夺过来，撕了个粉碎，说，两万元就想把共产党干部拉下水，休想！

几个人哈哈大笑。连小孩也过来拿着桌上一个五谷丰登里的花生壳扔向了康小军。马凯说，娃都看不过去了。大伙都笑得弯了腰。

方民踩着地上的落叶，在昏黄的灯光下走着，刚才一块吃饭的情景还浮现在眼前。

虽然他们几个开玩笑说他和白佳愉的事，可是此时他还真有点想她了。廖如的离开让他痛彻骨髓，但是仔细想想，也许本就没有缘分，本就是镜中花，如今清醒了。他还有一个可以说话的白佳愉，可是她也走了，她的最后的一吻，至今让他回味。他也许爱的就是白佳愉呢？白佳愉爱着他，他是知道的。白佳愉也是不说明白，是因为她的那一段婚姻。

而他呢，该爱谁，谁爱他，他明白，也糊涂。在酒精的作用下，他想打一个电话，给白佳愉，他想和她说说话，好长时间没有人陪自己说话了。

他掏出手机，搜了一个白字，白佳愉的电话号码就出来了。他手指头按在号码上，又有些犹豫了。然而这时候，手机响了，自己调到震动，上面闪现的是白佳愉来电，他恍惚了，他怀疑是不是自己拨出去了，他分明没有拨哦。也许是手指头拨出去了，白佳愉又回过来的。他接通了，里面传来白佳愉熟悉的声音，方民，你还好吗？吃过饭了吗？

方民需要证实是不是自己拨出去的，问，佳愉，是你吧，是不是我拨给你，你才打过来的？

白佳愉说，没有呀，我拨给你的呀！

我刚调出你的号码，你的电话就来了。

这么巧啊，这是心有灵犀啊！里面传来笑声。

是啊，真的是啊！你不是在国外吗？这个时候你不忙啊！

我其实买了一张香港的机票，到了这里，没有去澳大利亚，就一直待在香港，昨天我到了杭州，管它呢，反正他们也不知道我在哪里。

杭州冷吧，这个时候这边已经天凉了，落叶纷纷呢。你注意穿暖和一点。

这边温度估计稍微高一点，还行。你注意身体，别老是忙着，身体就是本钱,别光想着挣钱。命里有,逃不掉,命里没有,劳死也没有。

好着呢,刚和马凯、康小军他们喝完酒,还提说了你。

说我什么,好羡慕你们,还能聚。我被这王八蛋要挟着出来,一个人孤单单的。我都不想待了,想回去。

你还是先避避,等过一阵子再说。康小军要结婚了,这个月二十八号。估计你也回不来。

他要结婚了,好事情啊!我回不去,回去也不想去。

两个人沉默了一会儿,又都想说,结果都说。你先说。方民说,你先说。

白佳愉说,我一个人寂寞,想你——你们了。

方民说,我——我们也想你啊。

两个人都明白彼此的意思,就是,不愿意说出口。

还是白佳愉轻声说,你不想吗?

我……方民感觉虽隔千里,还是觉得心跳了起来,自己肯定是脸红了。我,我,当然,不是的,想。

他似乎语无伦次了。

白佳愉说,真难为你了,算了,本来想听你说一句,好慰藉我孤独的心。看西湖的夜色多美啊,一对对情侣,真是好啊。

方民想说,我也寂寞,我也想你。但是他说不出口,而且最怕自己做不到,他忽然就想起了娟子。

白佳愉悠悠地说着西湖的夜色,白娘子,许仙,苏小小。方民只是听着,偶尔嗯一声。白佳愉自说自感慨,最后说,不说了,说多了都是泪。我挂了。

方民听到挂断的声音,才感到心里空落落的,像丢了魂。

他良久地站在路灯的光影下。

方民上到楼上时,轻轻开了门,没有开客厅的灯,准备不打扰大家休息,自己进自己的房间。可是娟子的房门砰一声开了,娟子说,哥,你回来了。咱们坐会儿,我想说说话。

方民说,休息吧,十一点了,明天还要干活。

娟子说,你来嘛,我睡不着,说一会儿。

方民还在迟疑,他还没有完全从白佳愉那儿转换过来。娟子过来拉着他就进了她的房间,砰一声关了门。

娟子最近迷恋网游,手机还没有关,游戏里还在噼里啪啦激烈地打着仗。

她拿着手机边玩边说，哥，你晚上干什么去了？

方民说，你声音小一点，华姐和小民都睡了。我去和同学聚会了，怎么了。

娟子把声音关小了点，她示意方民坐到她跟前来，方民拉过椅子坐在她的对面，说，你想说啥呢？

娟子说，就是聊聊嘛。是不是还有那个白佳愉？

方民说，没有啊，你整天想什么呢？我和江海波、康小军几个。

那吃到现在，都快十一点了。人家不打烊啊？白佳愉怎么没去。

什么时间就打烊啊？我怎么知道？白佳愉又不在平安，她在国外。

方民有意说得远。

她在国外你怎么知道？要不他走的时候你们见面了，要不就是你俩电话联系了？

她走之前那天我喝多了，见的时候说了。

那让我看看，你的手机有没有联系她？说完娟子伸过手，就要他的手机。

方民站起来，说，你没事别胡思乱想，时间不早了，睡觉。

娟子忽地站起来说，你肯定是打电话了。干吗害怕给我看？

方民说，你这是侵犯隐私。我干吗害怕？我没有打给她，爱信不信。说完就要走。

娟子一屁股坐在床上，说，你走，你走，我一定找白佳愉这个妖精算账。

方民开了自己的门，进了屋。

他听到娟子的门"啪"一声，声音很大关上了。他也就放心了，至少不会搞什么割腕的把戏了。

一连数日，娟子饭也不吃，待在屋子，也不帮忙干活。听华姐说，她几次叫她，她都说不想吃，整天就打游戏。不过也叫外卖，华姐看见过她下来取过好几次，有几次还是外卖哥送上去的。

一晃二十多天过去了，老侯那边有信了，说是第一批一组五个先做好了，让方民按给好的尺寸打桩埋预埋件。

方民和小民备好各种工具材料，准备明天动工。晚上他去喊了娟子下来吃饭，没应声，游戏声反而更大了。

一连一个礼拜，方民和小民每天早出晚归，累得半死，也顾不了娟子。

又过了数天，那边说大的雕塑也好了，让赶紧准备，定日子。

方民看着汇丰花园的这些小物件，可爱的梅花鹿，憨态可掬的小绵羊，还有欲飞的丹顶鹤,心里有说不出的欣慰,尽管是别人的园子,可是是自己劳动换来的,也是高兴。

方民累极了,回来发觉娟子还是一如既往,他有点生气了。晚上他站在门口说了半天,说自己和小民的辛苦,说需要人手,说你不能整天打游戏过一生吧。

娟子就是不开门,方民没办法,抽着烟,转来转去。王华上来也在劝说,王华说,你这个时候应该帮你哥呀,正是用人的时候。

里面传来娟子声音,我倒是想帮啊,人家不需要我。

王华说,怎么可能呢?

娟子呼一把拉开门,说,怎么不可能,让他叫那个白佳愉去帮他。

看她出了来,王华赶紧拉着她说,看这几天不出门,都瘦了,让姐好好给你补补,不过更白了,补补,又白又胖多好啊。说完在她的腰戳戳,又说,下楼吧,你哥已经认错了,明天工地就忙开了,咱们吃完饭让他早点休息,走,走,下楼吃饭。

小民看见娟子,说姐,你这几天是守闺房呢,足不出户,觉得几十天没有见你了。

少贫,没你的事。娟子一屁股坐在本来是为方民准备的凳子上。方民笑了笑,拉过一把圆凳子坐了下来。

吃了一会儿,方民说,娟子,明天一起帮忙,最近几天很忙,人手不够,你给咱记数字,算准确就行。不会的现场教你。

娟子说,你不嫌我碍事?你这会儿咋不打电话叫那个白佳愉来啊!

方民刚想说话,王华用眼睛止了他。王华说,娟子,你才是最合适人选,刚才你哥说了,要是娟子能帮忙就好了。

方民不吭声了,他知道没有道理可说。

(五十六)

方民这几天才觉得人生的意义就是忙碌。他的骨子里很少有白白地过一天,无所事事,他总觉得就像犯了盗窃罪一样。其实他也总看一些佛教的书籍,空与色是相对的,不二的。忙碌就是运动,人这一辈子总要有些动力促进,平衡也是相对的平衡,不是阴盛需要阳来平衡,就是阳盛需要阴来平衡,是相对的平衡状态。什么时候真正的平衡了,只能是死了。所以我们只有不断运动,也就是不断地忙碌来保持生命的动力。

许多时候,要不论成败,只要经历。这一生,本就是为了不输给自己而已。

方民有许多还是一知半解,他只能用一生的实践来探知。

所以最近的忙,让他很充实。

小的物件基本加固好了。唯独剩下这座最大的荷花仙子。他让小民去完成剩下的活,他和娟子在池塘里放线。这座雕塑大一些,需要五个固定桩,固定桩用钢筋做柱,中间是基身,最大。四角有四个童子基础柱。所以尺寸必须标准,否则固定就有偏度,影响最佳视觉和最佳观测点位。

每量一个点位,方民叮嘱娟子用树枝插上,不能有差。娟子一连几天跟着忙忙碌碌,有些迟钝了,原来以为就是让她记记数字,跑跑腿。现在她每天负责运送工具还要亲自动手。她一边看着手机一边按照方民说的做,嘴上却说,你都说了一百遍了。

看着第一个小桩娟子做得好着呢,方民顿觉舒心。就这么点小事,也是自己太认真了。

四个小桩都做好了点位,方民开始做大桩的四个点。没有树枝了,娟子说等一下,我去拣点树枝。刚跑出两步,方民喊,先拿个土块放在刚才的点上。娟子折回来,拿了一块土块放在上面,跑去拣枝条了。方民趁机抽支烟,烟还是刚才赵岩过来看他们施工,丢给他的,一包中华。他不要,赵岩说,看着你们这一阵子的辛苦,令我感动。一包烟算啥?

一支烟刚抽完,娟子就回来了,拿了一根细长的竹子。方民笑笑,她是在人家扫帚上抽了一根。

定好点位,方民站起身,捶捶腰,说,好啦。我去叫挖方的工人,你就在这里,把卷尺收好。

下午工人开始挖土方。方民趁机检查有没有疏漏的其他部件。除了有两处摆放稍微有些不搭之外,别的都很好。摆得不搭的也不能怪小民,是赵岩他们没有说这个地方的用途。

虽然是返工,但是方民没有一点要求,让重新固定。赵岩说最后加点钱,方民说不用,不用。

坑挖好后,方民开始预埋钢筋,灌注水泥。下午把大桩灌完了,这个大家伙用水泥还真不少,方民始料未及。但是这个话也不能说,不管如何都得干,而且要保质保量,谁叫赵岩这人太好。

第二天上午灌完了其余的四个小柱。下来要等凝固差不多后再安装。安装完后没问题,再给池子注水。

秋天天凉凝固慢些,原打算隔一日就安装,结果推迟了三天,也好,方民正好让大家休息几天。航天城那边还有一点小活需要做,人家都催了好几天了。

星期日一大早,方民就喊醒了大家。今天是安装的日子,大家都去操个心,虽然他们没有事干,主要是操心安全。

正好厂里今天是休息日,人少利于干活。这个地方不好出手,必须大吊机进场。

从大楼楼道是穿不过去的,这个庞然大物必须从后面墙外吊入。外面的路也不宽敞,后面有村落,所以堵路不能时间过长。方民用两部车堵在两边,一边一个人看守。谁知这个吊机手臂不够长,只能放在里面,再从里面吊到指定位置。但是方民觉得这个大吊机能不能从大楼过道通过还是个问题。他问司机总高多高,他又跑过去量了过道高度,两个高度一模一样。这就是说估计不能通过。这下该怎么办?

吊机也停了下来,两边的过路人越聚越多,看着吊机不动,有人就喊了,有人就骂了。

老侯这时候来了,他让儿子先来,自己有点事处理完了马上赶了过来。他问方民,大路距离园子的预埋点多远,方民说,十四五米吧。

老侯说,把车移开,先让人过。

吊车移了开来,雕塑被重新放到了大汽车上。

老侯问方民,确定是十四五米吧。

方民说,我量了最多十六米。

老侯开始拨打电话,他在电话里让对方过来,把那边的活停一会儿。在电话连连赔笑脸,说费用。

方民觉得自己的辛苦其实不算什么,相对于老侯的处世,他还差之十万八千里。所以自己累点挣点钱已经是上天所赐。

老侯给他递过一支烟,说,没事,看你愁的。吊车一会来了就好了。方民冲他笑笑,吐出了一口烟圈。

娟子过来,本想着完了,给方民请假先回去,看他黑着脸,没敢吭声。

站在一旁挂着耳机,听着歌曲。

吊车过来了,老远就听见这个庞然大物的声音。老侯赶紧招呼,爬上车给司机交代吊送地点,吊车司机看着状况,路面窄小,皱皱眉,也没有说什么。他开着吊机,在这条路上辗转腾挪,尺寸恰恰好,再窄一点估计就不行了。他试着伸过吊臂,老侯和方民站在卡车上观看着。臂长没问题,方民才稍稍松了一口气。

卡车倒到吊车旁,吊车开始固定雕塑。像这样的雕塑还不算最大的,大型的雕塑都不是一件完整的,否则很难往外地运送,所以都是分了段的,分成了三份,底下、中间、上部分。所以这件雕塑虽然很大,还是一件整体的,先前的吊车只是臂不够长。

方民看准备停当,他赶紧招呼他们的人到预埋点,小民带着人,方民指挥着,娟子也在一旁瞎忙活着。

吊车缓缓而下,底座和预埋点开始对接,可是转了好几回角度,都对不上。

小民说,民哥,是不是尺寸有问题?

方民说,不会呀,我和娟子量的。应该不会的。

小民说,那怎么对不上?

方民大声喊娟子,把卷尺拿过来,快点。

娟子拿来卷尺,也是满脸狐疑。方民量了几个点的尺寸,脸色越来越难看。小民问,对吗?

方民一手攥着钢筋,一句不吭,皱着眉。

娟子也是小心翼翼地问,哥,怎么了?!

方民扭过头,瞪着她,大吼,你是怎么量的?你看现在怎么办?

娟子说,我没有量,你量的啊!

方民吼着说,我量的,你怎么定位的,树枝早不完晚不完,偏偏那时候完,你是故意的吧!

娟子也吼起来,那时候就是完了,我又不是故意让它完。

方民说,你还有理了,你整天光知道听歌打游戏,干什么倒是认真了?

娟子委屈地大哭。小民说,民哥,埋怨也没用,看怎么解决吧!

怎么解决?让吊车回家,砸了重弄!方民大声说。

274

小民说，偏点就偏点吧，不至于砸了。

方民还在气头上说，你给人家赵岩说去，给人家老板说去，最后要不来钱我们怎么办？

小民不吭声了。老侯看半天没有动静，过来了，问怎么回事。

小民赶紧说，侯老板，现在差点，对不上，你有办法吗？

老侯说，我看看。走到跟前看了看，又量了量差的尺寸。说，方民，按说真得砸了重建，这样吧，用电焊焊两节角钢，再接上钢筋，平移十公分。旁边这个点也有点问题，同样方法平移五公分。

方民豁然开朗，连忙说，谢谢您，侯老板。要不麻烦可大了。

老侯说，赶紧吧，司机还在等着呢。

老侯走过娟子的时候说，小姑娘，方民训你了吧，没事了，别哭了，哈哈！

娟子听完更委屈了，哭的声音更大了。老侯说，方民，劝劝吧！

方民只顾干活儿，没有应。

娟子一转身，哭着跑了。

小民停下手中的电焊，说，民哥，娟子哭着跑了。

方民说，赶紧干活儿，别理她。

看着雕塑被安装上去，竖立了起来，里面的点也被焊接好，方民和老侯站到远处观察，来回走动，荷花仙子的眼睛始终跟着他走，在最佳观测点荷花仙子微微笑着，身上的飘带作飞扬状，很有仙气。

赵岩也过来，非常满意，他连说，辛苦了，辛苦了。

方民也欣慰地笑了，说，你们满意就好。今天完工了，一会儿我再检查一下，赵经理如果发现什么问题就告诉我，我们及时修理。

赵岩说，好，你明后天来把票拿过来，我把钱给你们付了。

方民笑着说，不急不急。

方民回来已经七点多了，深秋的天有些冷，可方民心里暖暖地，他终于完成了这项工程，虽然活不大，但是开辟了一个领域，他心里为此而高兴。

华姐已经准备好了晚饭，她已经摆好，大声喊，吃饭喽。

方民和小民洗了手脸，走了过来。王华问，娟子呢？

方民说，不是回来了吗？是不是在房间？

小民说我去看，飞也似的上楼去了。

一会儿又噔噔噔下来了，说，没有啊，我敲了半天，没人，推开门，门没锁，没有人。

方民说，算了，我们先吃。也许一会儿就回来了。

小民低声给王华说了情况，方民装着没听见，三个人都低头吃饭，没有人吭声。

吃完饭，小民说，咱们找找吧！

方民说，你先歇着吧。

小民上楼了，方民坐在沙发上抽着烟。

王华收拾完，也上楼来，看见方民在客厅斜靠着抽着烟。她知道方民是抹不下面子。她敲了敲小民的房门，小民出来了，王华说，小民，你拨了娟子电话了吗？

小民说，我回来路上就拨了，她关机了。

方民说，我也刚拨了，也是关机。

娟子在这里也不认识谁，只和一位同学走得近一点，方民知道房间墙上有她同学的电话，那是一次无意中听娟子讲的。方民拨了过去，电话通了。

方民问，是刘萌吗？娟子没有去你那儿吗？

听说没有，方民有些失望。刘萌问他发生什么事，他随便找了个理由搪塞了。

能去哪里呢？方民也是一筹莫展。

小民说，那咱们赶紧找啊！

方民跟着俩人出了门，王华锁上门，三个人按王华说的分了工。王华去车站，小民去公园，方民去街上，分头找。

方民漫无目的，专找那些黑旮旯，他怕她躲在暗处看见他们也不吭声。

可是跑遍了余曲镇，连个影儿也没有。

方民干了一天活儿，腿都迈不动了。眼看十二点多了，还是没有发现一点状况。方民拖着疲惫的身子回来了。王华看见他的样子，就知道没有结果。王华也才进屋一会儿，她跑完汽车站，又在街上寻了一圈。这时小民说，公园跑完，听一个人说有个女的哭哭啼啼往南走了，我往南赶了五里路也没有发现。

方民摆摆手，说，都休息吧！明天再说。

王华说，都累了一天，赶紧睡吧。

方民躺在床上，睡不着，他也觉得自己下午有点过分，这件事自己也有责任。再说都解决了，心里的怨气也过去了。他那时候怕返工，那么多人，还有临时叫来的车，因自己的失误造成多大的后果。那时候有点急。

想着想着，眼睛不听使唤了。他伸手去按灯开关。突然看见墙上的日历，上面有自己用笔画的圈，明天就是圈上的日子，公历十月二十八，农历十月初一，是寒衣节，该去给父亲和干娘、干爹还有小刚上坟了。他突然明白了，娟子回老家了，他们原先说定的十月一回家烧纸钱送寒衣的。

想到这里，他才松了一口气，但是又下了决心，明天先不去要款，一定要回家。这一阵子忙的，这么快就到了寒衣节，自己差一点忘却了。

（五十七）

方民进村的时候，车子慢了下来。老家是这么熟悉又陌生，熟悉是这儿有着他的童年，有着他的父老乡亲；陌生是自己很少回来，回来也是匆匆来匆匆走；最近几年都是自己的愧疚，自己对不起秀英婶、老闷叔，自己对不起饮恨而去的小刚。

街道上老远就看见坐在门墩上吃早饭的虎娃哥，还有康劳叔。不过离得有点远，车子停在家门口，老远就听见康劳叔的儿子校哥的声音，民娃子，回来了。民娃现在做大事了，成了城里人。得是十月一烧纸才想着回来的？

方民笑着说，校哥，才吃饭呢，就是嘛，上坟嘛。咱叔身体好着吧？

好着呢，一顿一老碗饭外加一个蒸馍。

那就好，老人就是一口饭。你先吃着，我回家看看。方民打过招呼就进了家门，娘在院子收拾旧袋子，看见他，说，你咋才回来？娟子说你忙着，我还以为你不回来了。

方民心放了下来，知道娟子回来了，如释重负。他说，妈，娟子呢？

娘捶捶腰，站了起来，说，上坟去了。你吃了吗，锅里还有热馍、红芋，你打个尖，晌午我做早点。

方民早上吃了，但是不拗着娘的话，就去锅里拿了一枚红苕，说，我不饿，早上吃了。那我也上坟去了。

娘说，去吧，娟子一个人，我让买了点香火纸钱，这儿还有点，你拿上。再拿一把锹，添添土。

方民答应着，找来铁锨，一只手拿着红苕，一只手扛着锨，出了门。

　　坟地已有人在烧着纸钱，香烟袅袅。隐约还有啼哭声，一些松柏遮掩着，看得不甚清楚。

　　方民缓缓走着，他知道马上就是秀英婶还有老闷叔、小刚的坟冢了，最后面才是父亲的坟。

　　嘤嘤的哭声来自松柏之后，从背影方民就知道是娟子。

　　他轻轻地走近坟茔，娟子边哭边说，妈，爸，哥，我好想你们呀！你们走了，留下我一个人孤零零在这世上，我孤独得很，我真的想你们，呜呜——

　　方民看着坟头的纸钱，眼泪禁不住就下了来。

　　娟子并没有觉察到方民，又自顾自说着，妈，你咋这么狠心，让你女子一个人活在这世上，没人疼，没人爱，还不如死了呢。

　　方民耳畔似乎传来秀英婶的声音，民娃子，我把娟子托付给你，你答应过我的，你是怎么照顾的？我算是瞎了眼。

　　小刚也说，民哥，我死不瞑目呀。

　　方民泪如泉涌，瞬间他觉得他对不起秀英婶的嘱托，对不起她一家人。自己答应干娘的，却始终为了自己的爱情而对娟子的爱视而不见，结果爱情到如今依然空空如也，还让娟子痛不欲生，都是他之过。

　　方民扑通跪在了秀英婶坟前，娟子回过头惊愕地看着他，方民悲伤地哭道，干娘啊，是我对不起您，是我不好，我没有照顾好娟子，我对不起您，对不起叔，更对不起刚子。

　　娟子哭红了眼，说，哥——

　　方民哭着继续说，干娘啊，我承诺我要娶娟子，让您放心，让叔和刚子都放心。

　　娟子轻轻地说，不要你说气话，没人逼你。

　　方民说，干娘，你放心，我是真的说到做到。

　　说完方民朝着坟头，磕了三个头。然后画了一个大圈，口对着三座坟，用打火机点燃了纸钱。娟子已经铺好三排糊好的衣服，看着一点点着了，方民站起身，用棍子拨拉着，让其充分燃烧。

　　娟子用棍子拨拉着，方民铲掉杂草树枝，开始一锨锨培土。

　　完了以后娟子还是泪眼涟涟不想走，方民拉着她的胳膊离开了这个伤心地。

绕过两三座坟，隔着一片小树林，就是方民的父亲的坟冢。方民在坟顶头压上一张纸钱。

在碑子前点燃香烛，然后也画了一个圈，口子对着碑子。方民一边烧一边嘱咐，爸啊，你想吃啥就买点啥，在那边穿暖和些。买点衣服，顺便给我婆、我爷也买点。

看着纸钱一点点燃烧，方民又说，儿子不孝，有很多想法却一时半会儿实现不了，不过，儿子要结婚了，儿媳就是娟子，就是秀英婶那个女子，那时候还小得很，你可能都记不起了。儿子长大了，你就放心吧。我会照顾好我妈的。

娟子拉起方民说，哥，走吧！

方民站起身，望了一眼坟头，跟着娟子，默默地向坟地外走。

走在半道上，娟子忽然停下脚步，回头看着方民，说，民哥，你刚才说的话都是真的吗？

方民想通了，他觉得实际上人这一辈子，就是一个过程。跟上自己喜欢的人难道就不用面对生活的油盐酱醋了吗？自己即使和白佳愉或者廖如结婚了，又能如何？自己难道一辈子良心对得起秀英婶和刚子吗？如果娟子因为自己有个三长两短，那他才真正是罪人。何况娟子对自己也是一往情深，他不是不知道。

忙忙碌碌的日子一天又一天，最后也只有影子记得曾经的往事，曾经的伤。随着时间环境的变化，好多事情肯定不那么留恋和执着了。生活的琐碎会让自己对爱情的执着和守候变成一杯白开水，而这也许就是生活。

方民望着娟子，凝重地说，当然是真的，在干娘和你爸你哥坟前，我岂能说假话。

娟子的泪顺着脸颊流了下来，方民也湿了眼睛，这一刻，他要告别过去，也许人一生的梦想就是在现实中一点点破碎的。

天空有一行大雁，传来几声雁鸣。方民看到有一只落单的大雁在最后，奋力追着雁阵。

大雁将在南方某个地方有了自己的巢，方民想，为了老娘，为了良心，为了有一个家，他要娶娟子。这是一份承诺，也是一份责任。生活其实哪有那么多花前月下？人一生可能早在冥冥之中就有了定数，平平淡淡过好这一生，已经知足了。

娟子挽上方民的左胳膊，方民的右手拿着铁锨，俩人顺着田间小路往回走。

老娘正在院子择菜，看见他俩回来了，说，我给你们做饭吧，多长时间没吃我擀的面了，今晌午我就好好做一回燃面。

娟子打来一盆水，又拿来暖水瓶掺了些热水，喊，民哥，你来洗把手。

方民应着，看着娟子轻盈而欢快地来回跑动着，又是拿毛巾又是拿香皂，方民长舒一口气。

娟子去灶房帮忙去了。方民坐在院子的凳子上，点上一支烟，心里却想起小时候父亲给他教怎样拧苞谷提子，他试着拧了一个，一抖搂，就散开了。那时候就是在院子里，还有哥哥姐姐们教他唱儿歌。

月亮爷，丈丈高，
骑白马，带腰刀。
腰刀长，杀个羊，
羊有血，杀个鳖，
鳖有油，炸个麻花刺噜噜。
还有月亮爷，喳喳高，
骑个马，拿个刀。
刀长杀个狼，
狼没血，杀个鳖。
鳖没肉，杀个兔。
兔跑了，把你舅吓得没毛咧。

后来父亲去世后，屋里欢乐就少了很多。后来哥哥姐姐都成家了，只剩下了娘和他。

他又想到了八月十五那夜的月亮，要不是那场变故，被骗进了黑砖窑，也许他会和廖如见面，也许自己又回来补习，说不定自己也成了公务员，也说不定和廖如有戏。但是他觉得其实骨子里更喜欢像廖如的白佳愉，其实只要自己吐言，他知道白佳愉是喜欢他的，自己只是没有勇气承认，而白佳愉明显是因为自己有过婚史，有着心理障碍。而其实他也有心理障碍，他觉得自己如果和白佳愉成了，难免有贪图钱财之嫌。虽然他不知白佳愉有多少钱，但是估计自己一辈子也挣不来。

烟烧着了他的手,他才又换上一支,地下不一会儿已经有四个烟头了。

娟子蹑手蹑脚走过来时,他竟然一点没有察觉。娟子放下辣子盒子,盐醋碟子还有炒的韭菜西红柿,轻声问,你想啥呢?一会儿就抽了这么多烟。

方民转过神,站起来,就要去端饭,娟子说,今大你不用动手,有两个女人在,还用上你?

娘端着一个大洋瓷碗,蹒跚走了出来,碗里冒着热气,边走边说,娟子,你赶紧捞,还有一碗,我怕黏着,先端给你民哥。

娟子说,娘,你先吃。我去给咱下。

这一声娘和平时叫民娘不一样,只有儿女才这么叫。老太太一愣,忽然眉开眼笑,说,娘给你捞,民,你赶紧搅和,调好。我给娟子捞去。

娟子一会儿端了出来,说,娘硬让我先吃。

方民说,那就你先吃。我妈就是那样,别人都吃了才顾自己。

两人吃得津津有味,都快完的时候,老娘才端出来,边走边说,我把剩下的面弄成汤面了。你们吃完再吃一碗,娟子你的少,吃完舀去。

娟子说,我够了,不要了。

方民也说不要了。

(五十八)

方民在家住了一天,算是好好陪陪娘。这于他已是很久没有的事了,每次都是匆匆回,匆匆走。像打仗似的,这次想通了一些事情,反而没有了匆匆的行程。

待了两天,他又要走了。娘拽着车门,叮嘱小心点,一路平安。又是一番絮叨,对方民说完了,又是对娟子说。

方民每次离开时就觉得娘可怜,虽说村里哥和姐都离得不远。但是她很倔强,不愿去打搅他们,一个人就这么过着日子。他总觉得对不起娘,所以他要成家,他要买房,他要把娘接到城里去住。

王华看着方民和娟子欢喜地一起回来也是特别高兴。她昨天回了一趟家,给父母烧了纸钱,也看了看婆婆和儿子。儿子看她回来,莫名地高兴,要不是那个不死的一喝酒就往死里打她,她想在家里多待一会儿。她如果待在家,肯定会出人命的。不是他死就是自己,所以她畏惧回来,只是觉得对不起儿子,还有觉得老太太可怜。她每次回来都给老太太一些钱,还把老中医请来给老人看病抓药。这几次回来,老太太明显腿脚利索了。每回临走的时候,老人总是抓住她的手说,我知道我儿对不起你,你放心在外面,我能把娃照顾好。

越是这样王华越是心里不安。但还是硬着心走了。

王华已经把方民当作最亲的亲人了,她知道方民是个有情有义的男人,她早已在心里把方民当作自己的弟弟。

晚上,方民叮嘱王华做了几样菜,小民做完手上的活也上来了。方民打开一瓶红酒,说,今天咱们喝点。

小民说,民哥,喝白的吧,这多没劲。

方民说,你一喝多晚上呼噜打得响,人都没法睡。

小民说,我保证不打,就少喝点吧。

方民回屋拿出一瓶六年西凤,小民接过来,三下五除二就打开了。

娟子正在摆着筷子,她拿一根敲着小民的头说,就知道喝,酒鬼。

王华端来热腾腾的馒头,说,还有擀面,谁想吃可以下。

方民待大家坐好,端起酒杯说,今天难得大家聚一下,同时我要宣布一件事。王华和小民都瞪大眼睛看着他,不知他要说什么。

娟子似乎也不清楚,只是洋溢着笑容,说,喝完再说。

方民说,好,大家今年都辛苦了,我先敬一杯。先干为敬!

说完一饮而尽。他倒了一杯,又对着王华说,姐,我敬你一杯,你辛苦了。大家在外面能安心做事,你的功劳是分不开的。

王华羞涩地说,我只能做饭,啥也不会。

方民说,你做饭、洗衣服还看家里,还帮忙干自己能干的所有事。

然后又端着酒杯对着小民说,小民现在可以做大将了,我不在,他都能处理,所以今年的成绩,你是功不可没。来,喝了这一杯!

小民说,我都是哥交代的,没干啥。你还没有说你说什么事,说了再喝。

王华说,就是嘛,说,说啥事。

方民一把拉过娟子的手说,姐,小民,我和娟子准备结婚!

啊?小民瞪大了眼睛,王华也是一愣,转而笑了,说,好啊,好啊!

方民继续说,我和娟子在这儿的亲人就是你们,所以今天也是首先告知你们。日子初步定在元旦,或者时间紧的话定在腊月。这事我还没有和娟子商量呢。

娟子脸红了。

小民端着酒杯怔怔的。方民说，怎么了，小民？

小民没有碰，自己一饮而尽，然后又倒上一杯，说，哥，祝福你和娟子。说罢又是仰头一杯。

娟子诧异地说，你是疯了咋的。

王华知道其中深意，赶紧夹菜说，吃点菜，吃点菜。

方民忽然感觉到什么似的，他此前也好像已经隐隐感到小民喜欢娟子，今天看似果然。

方民觉得还是说开好，就说，小民，哥知道你是咋想的，但是娟子的心思你也知道的。

娟子似乎也明白了，端起红酒说，小民，你就是我们的好兄弟。你一定能找到你的幸福的。

小民又倒了一杯，说，哥，你就是我的亲哥，我是喜欢娟子姐，但是她不喜欢我，我知道这些。看到你俩能在一起，我很欣慰，真的祝福你们！来，我们碰一杯，祝你们夫妻恩爱，白头偕老。

四个人酒杯碰在一起，只有王华说真的不会喝，喝了一半，其他三个人都干了。

方民第二天就开始找房子，可是随着余曲的发展，仅仅一年过去，房价却翻了一番还多。只有小产权房还便宜些。

方民在网上看，在楼盘询问，觉得变得太快了，自己竟有些不适应。从开发区过的时候，忽然想到了马凯，马凯不是说他有一个名额吗？方民想打电话，但是知道他很忙，自己上楼碰碰运气，如果正赶上他在就问问，如果不在也就不打扰他了。

他听马凯说过，办公地点就在城南大道上，方民老远就看见了新区的牌子。他停好车，走进了办公大楼。

门口有看门的问，请问你找谁？

方民说，我找马主任，马凯。

看门人说，你登记一下。

方民写了名字电话和进门时间，他没好意思问马凯是哪个房间？他怕人家说，你都不知道房间，估计不是熟人，不让他进。

283

他进到办公楼里，看见一个门上写着行政办公室，里面有声音，他敲了敲门，推开了门，里面的几个人都转过头看着他，他有些不好意思问，马凯主任在哪个办公室？

有一个漂亮的年轻的穿着西装的女孩说，马主任在最里面一间，估计在开会。

方民说谢谢，就又拉上门。朝里面继续走，他走到房间跟前，看见牌子上写着副主任，估计应该就是。他敲敲门，没人应，他推了推，门是掩着的。他走进去，房间不大，但是收拾得干净整洁，桌子上有报纸文件，有一本台历，台历上写着字：上午整治施工污染会。

方民坐在沙发上，文件柜旁一盆绿萝长得非常茂盛，显得生机勃勃。

窗台一盆水仙也是郁郁葱葱，非常有活力。

方民忽然听见一阵脚步声和说话声，他估计会议可能结束了。

当马凯走进来看见是方民时，脸上露出了喜悦，说，方民，啥风把你给吹来了？也不打个电话，你知道我在吗？

方民说，你是大忙人，我来碰运气，碰上了就碰上了，碰不上就走了。

马凯撂下一沓文件，立马找杯子倒水，他从抽屉拿出茶叶倒了一些，然后倒上水，递给方民，说，你无事不登三宝殿，有啥事说吧。

方民说，不打扰你办公吧，我是闲事。

马凯说，事情办不完，你说你的，不影响。

方民支支吾吾，不知道该怎么问。半天才表达清楚，马凯说，房子呀，看你急着找房子，该不会是要买新房吧？

方民脸红了，说，还真是。

马凯放下自己的杯子惊喜地说，真的呀，快说，是不是廖如？

方民摇摇头。

马凯又问，是不是白佳愉？

方民又摇摇头。

马凯说，卖什么关子，赶紧说。

方民说，是娟子，一个村的。

马凯想了想说，方民，人生婚姻大事，你可要想清楚。你这不会是负疚之心在作祟吧。

马凯知道方民的一些情况，方民说，不是，我想清楚了，人这一辈子，平平淡淡才是真。

马凯说，你能选择她，也是想清楚了，那就该祝福你。

方民说，谢谢你。可是我还没有房子呢。来找你，就是问问你原先的那一套还在吗？

马凯说，都这么久了，早给别人了。就是在，现在的价格也是翻了一番。

方民说，这个我知道。

马凯想了想说，你别急，我们单位幸福苑有许多人有房子，也有不要的，我问问。

马凯正说间，忽然有人进来，进了门就大声说，马主任，来了好几次，你都不在，也不敢电话打扰，今天算是逮着人了。

这人一看就是个老板，当然方民知道，和他这样的小老板不同，是做大事的。

马主任说，赵总，还正准备打电话通知你们呢，今天开了一个会，上面要来检查，你们工地有没有污染，裸露土有没有防护网遮盖，晚上施工噪声有没有扰民，赶紧回去落实，抓住了停工还要罚款。

赵总递给方民一支中华烟，方民摆摆手，说谢谢，没有接。赵总又递给马凯，又缩了回来，说，你不抽烟，我忘了。

赵总自己点着后说，马主任，你们三天两头治理、检查，动不动就罚款，还让企业活不活？

马凯说，不检查怎么治理你们扰民，不按规定施工，造成城市雾霾！

赵总看来是和马凯很熟，赵总接着说，马主任，李家村村民整天闹事，我把许多基础活都给了他们，他们还不满意，三天两头封路，这活还让人干不干？我把活全部交给他们，质量保证不了，工期完不了，到时候你们要按期完工，我找谁去？

赵总停了没有两三秒又说，报纸网络整天说创造营商环境，实际上很难做啊。

马凯说，我不是已经给李家村书记和村长都交代了吗？他们也保证不闹事了吗？

赵总说，他们不闹了，三组组长又闹事，真是没完没了了。你们要是不管，我就让人收拾他呀。

马凯脸一沉，说，你都是资产上亿的大老板了，咋还改不了包工头的作

285

风。说你是黑社会作风有点过，好歹咱还是政协委员，你咋还和农村人一般见识。三组组长我会告诫他的，也是无法无天了。这事情我已经知道了，办公室小杨已经说了。

见马凯说完，方民说，你忙着，我就先走了。

马凯转过头问赵总，你们御河水镇那个项目还有房吗？

赵总说，你咋问这干啥？又不归你管。

马凯说，到底还有吗？

赵总说，就剩几套边角的，还有一两套样板房，收尾呢，便宜处理。谁要呢？

马凯说，一个朋友。你说多钱？

赵总说，原来都是六千二三，现在我让处理，你的朋友让去看吧，好说。

马凯说，咱这一码归一码。你既然是收尾，就便宜点。

赵总说，你要的话，三千八，给个成本。你的朋友嘛，四千八，不能少了。

马凯说，少来，不是我。和我没关系，你不要烧手，也是替你收尾嘛。

马凯手一指说，就是他，一位朋友。

方民冲赵总笑了笑，他心里知道已经很便宜了，只是不知道面积有多大。就问赵总，都有多大面积的？

赵总说，九十的，一百零八，好像还有一套一百二的，具体我不太清楚，我问问，要不你下午去，我一会儿给他们打招呼，他们给你办，你放心。如果按揭，还可以给你四千五六，具体他们算。

方民说，我一把付清。

赵总说，一把付便宜不了，算了，也按按揭对待吧。

方民诧异，问，一把付为啥还贵？

马凯也问，就是嘛，一把付给你解决资金还贵？

赵总说，这你就不懂了。按揭银行挣利息，销售员挣提成，我们收益也多。一把付都挣不到，所以不便宜。

马凯说，这里面道道就是多，怪不得商人都是奸商，算得透透的。

方民站起来握着赵总的手说，谢谢赵总。

赵总说，客气啥，你买我的房子，我应该感谢你才是。

方民要告辞，马凯要留他吃饭，赵总递给方民一张名片，上面有销售部地址电话，说你去找我们一个刘经理，他会接待你。要不这样，中午我请客，你两位都走。中午喝两盅，如何？

方民推辞，马凯也说，下午还有会，不去了，你们都忙去吧，方民我就不送了，你走，改天电话联系。赵总，你也走，那事情我会处理，你安心施工，记得防霾，晚上不要扰民，抓紧现场安全卫生，回去吧。

赵总说，那好吧。你这已经多少次不吃我的饭了，像你这干部真不多。

马凯说，又来了，赶紧走，把工地抓好就是支持我的工作，我还要请你。

方民出来，没想到这么顺利并且这么便宜能在相当不错的小区买到房子，他真没想到。

回来和娟子一说，娟子也是很高兴。立马就要去看，方民说，下午去嘛，不急这一会儿。

吃罢饭，娟子似乎也变得勤快多了，帮着王华收拾完碗筷，就嚷着要去。

御河水镇在余曲南头，濒于地铁终点，所以算是比较好的地段。但是最近房价处于徘徊阶段，方民只知道这儿有楼盘出售，压根想都没敢想。

方民按地址没费多少力气就找到了售楼部。他停了车，立马就有保安迎了上来，一个敬礼。问，先生您需要什么帮助？

方民说，看房。

保安说，对不起，我们的房子已经售完了。

方民说，我找你们经理有事。

保安说，您里面请。

方民和娟子进了大厅，大厅有两三个售楼人员，只有一位客人似乎在咨询着什么。有一位漂亮的穿着制服的姑娘过来问，先生请问需要什么帮助？

方民说，我找你们刘晓辉经理。

小姑娘微笑着说，请跟我来。姑娘带着他们走到休闲区，说，您两位先坐一会儿，我去给经理说一声。

方民刚坐下，有一位年龄三十多岁的也是穿着制服的女的端着两杯茶过来，放在茶几上，说，两位请喝茶。

方民觉得很温暖，他突然觉得社会是进步太多了，赢得客人第一感觉的永远是服务。

刚品了一口，就看见一位先生过来，长得很精神，只是刻意留着的胡子让他显得很稳重，方民仔细瞧了瞧，也就是三十来岁。

这位男士微笑着伸出手说，您好，我姓刘，请问是您找我吗？

方民站起来握了一下手，说，我是赵总介绍过来看房子的，听说您这里还有几套房，我想看看。

刘经理说，哦，您好，您好，赵总说过了。不过只剩下一套一百二十的和一套九十多的。

方民说，我能看看吧！

刘经理说，好的，您两位先过来。刘经理走在前面，方民和娟子跟着他。走到沙盘跟前，刘经理从口袋掏出一支红外线笔，指着一座高层说，这是那套一百二十的。然后又指着后面一栋的顶层说，这儿还有一套九十多的。

方民说，我想看看房子。

刘经理说，跟我来吧！方民和娟子跟着他绕过一道小门，有一辆电瓶车就等在那儿。刘经理示意坐上车，方民和娟子先上了去，刘经理也跟着上了来。

上了二楼，刘经理打开房门，方民和娟子走了进来。房子蛮大的，采光也好着，还是三室两厅两卫。就是客厅拐角不是直的，有夹角。方民是做广告装饰的，懂一点。他知道这个装修蛮难的，改成直角面积就小了。不改，家具难以摆放。娟子不懂，说，我觉得好着呢！方民只是微笑没有吭声。

这时候，刘经理手机响了，进了卧室接电话，方民只是隐约听见是赵总的。

方民将这个房子的利弊讲给娟子，娟子才恍然大悟。

刘经理接完电话出来说，方总，我不知道您是赵总的老朋友，慢待了。赵总说要特别对待您，他说您不用看这套了。有一套和这个面积差不多的样板房您看看。

方民跟着刘经理出了门，在电梯里，刘经理说，样板房本来是赵总自己要留，说是给一位亲戚的。可能那位亲戚不要了，您真是福气。

他们坐着电瓶车来到距离售楼部最近的楼，进了一单元，一楼的两间都是样板房，一个是九十多，一个是一百二十八。两边门都开着，里面有一位售楼小女孩，见了他们，微笑着说，刘经理好，请进。

进了门让方民眼睛一亮，娟子直接就是哇——一声惊讶地喊了出来。

售楼小女孩介绍道，我们采用了最先进的材料，都是绿色环保的，而且是中欧结合的风格。

刘经理说，这套装修花了二十万元，完全可以拎包入住。

娟子看着很喜欢，摸摸这儿看看哪儿。方民低声笑着说，那装修费怎么算？

刘经理说，赵总特别交代了，您是他的朋友，四千八百元，这个没有算装修，实话给您说，只有特殊关系才可能是这样。我是售楼部经理，这个价就是白菜价了。

方民忽然想到，可能是马凯打招呼了，要不怎么能这么便宜。他心里一暖，改天一定要请请他。

方民和刘经理一同出来，向售楼部走去。方民和娟子被刘经理招呼坐下后，马上就有人端来三杯咖啡，方民说，刘经理，你们的服务真好。

刘经理说，赵总说，三分卖房，七分服务。我们不管从硬件到服务都力求最好。这是我们应该做的。

方民说，我怎么给你们办手续？刘经理说，你们是全款吧？方民说，是的。刘经理说，我让人过来具体办，你带身份证了吗？方民说带了。

方民在刘经理的带领下，有专门负责解释合同的，有负责转账的，当方民拿上购房合同和交款发票时，一颗心才算落了地。刘经理说钥匙明后天给，他们把里面的一些辅助设施搬走，然后把钥匙全部给他。方民说好的好的。出了门娟子就踮起脚在他额头吻了一下，说，民，谢谢你。

娟子这是第一次这样叫，还有点不好意思。方民也摸摸她的脸说，六十多万元哪，值了。

娟子惊讶地问，你有那么多钱？

方民说，买房是大事，是我一生努力想得到的。我知道还差一些，所以我提前借了一些。

方民没有说他向江海波借了二十万元的事，他开口的时候，只说了十万元，江海波问他够不够，他支吾着。江海波说，我暂时不用，你别这儿借一点，那儿借一点，你需要多少，我一次性给你弄够。

方民很感动，借钱显朋友，患难见真情。

当然这些只有他自己知道。

方民启动车的时候，特别轻松，他说，我们去兜兜风吧！

娟子说，好啊好啊！

方民的车子行驶在城南大道上，他向南山开去。他还从来没有这么兜过

289

风,他老觉得他只是这座城市的过客,如今他终于有了自己的房子,也能算是这座城市的主人了。

他的车虽然破,就是一辆二手的桑塔纳,但是也算是有车有房了。车两旁的树木虽然萧瑟一片,可是别有一番韵味。当他行进在汤河大桥上的时候,他感觉就像在电影里的阿尔卑斯山下,车的速度上了一百四十码,这也是他从没有开过的速度,即使被拍超速罚款他也认了。

十多分钟就来到了山脚下,在石鳖河旁他停下了车,河边尽显秋天的萧飒。方民和娟子下来,向河边走去,站在河堤边,方民忽然大喊,南山——我来啦——

娟子一愣,也跟着喊,我来啦——

方民再一次大喊,南山,我来啦——平安,我来啦——爸——儿子有家啦——

方民喊完,山谷回荡着他的声音。他泪流满面,呜呜地哭了起来,彻心裂肺的哭声。

娟子也哭了,两个人抱在一起哭。

直到四周一片安静,两个人才默默地回到车里。

娟子依偎在他的怀里,两个人默默地都不说话。方民对家的强烈愿望是别人没有的,他没有依靠,凭着自己的努力,只想改变命运,过的和那些考上学的同学们一样,做一个城里人。还有把老娘接到城里,让她也过几天城里人的日子,她一辈子和泥土打交道,一辈子省吃俭用,从来没有想着自己,而方民觉得自己只是空有一颗孝心而没有实现,如今总算是迈出了第一步。真是太难了。秀英婶还有小刚永远看不到这一天了,而在他心里一直想安得广厦千万间,让他心目中的亲人都能住进来。在奋斗中,他才知道世界如此巨大,他个人的力量确实如此渺小。

他的愿望其实很小,只是想能够"和自己愿意的人坐在一起喝咖啡"而已,就这个都是那么难,难在自己内心的卑微,难在别人的眼光。

随着城市化的发展,方民其实觉得再过十来年,农村会比城里好。但是现在,城里就是农村人一辈子奋斗的目标。当自己离目标很近的时候,他却有些迷茫,自己追求的就一定对吗?

回来的时候,方民开得很慢很慢,车里的音乐正在播放着齐秦的《我是一匹来自北方的狼》,这是方民喜欢听的,他每次孤独的时候,就听这首歌。

（五十九）

　　由于这次活干得漂亮，让汇丰实业公司老板特别满意。所以结账也很顺利，方民觉得虽然挣得不多，但是心情很爽。

　　汇丰集团二十年庆典会上他也作为嘉宾受到了邀请，赵岩经理敬酒的时候，介绍了方民。没想到在一桌上的一位梁总听说方民就是后面花园的施工单位，马上就说，他们厂也想改造提升厂部的后花园，让方民随后联系他。一顿饭吃出了一笔生意，方民很高兴。

　　谁知喜上加喜，汇丰董事长过来敬酒时大加赞赏了方民的工作效率和效果，顺口就说，公司大门和办公楼外部的形象改造提升也让你们做。年会结束后就可以动工。方民心里既高兴又忐忑，高兴的是这两笔生意都是大单，加之还有婚姻大事，一下子这么多事情涌在一起，还真让他犯了难。所以他是感谢连连，却也心事重重。

　　方民回来的时候，由于喜忧参半，注意力不集中，就追了一辆别克的尾部，好在不严重。方民停了车，连赔不是。别克也是八成新，上面也有不少蹭痕，只是一点点漆皮，本来可以走保险，方民嫌麻烦，就说可以私了，愿意赔偿现金。车主要两千元，最后给了一千元算是了结了。

　　剩下的路，他小心多了。他觉得这个时候刘亮要在就好了，已经忙得忘了时光，他觉得已经有多半年没有和刘亮联系了。算算刘亮也离开他快两年了，不知他那边事情顺利不，父亲的事情近来怎么样了？

　　西街十字一过就眼看到家了，方民觉得有些累。这时候，他的手机响了，是个陌生的外地号码。方民没有理，最近卖保险的、卖房的还有询问申请专利的，都不知从哪儿得知他的号码，所以懒得接。

　　谁知过了一分钟，电话又响了，方民觉得应该不是这类电话吧。他接通了，没有吭声，里面传来一口港腔，是方民先生吗？

　　方民想挂掉，觉得对方竟然知道自己名字，很奇怪，就说，你说，我是。

　　那个操着港腔的人问，方总的公司在什么地方？我想谈一笔生意。

　　方民诧异地问，您是哪里人？你们公司在哪里？

　　那人说，我在西京啊，听说你们搞装潢，我想让你们干一些活。

　　方民总觉得这声音哪里怪怪的，又说不出。就说，你们什么公司？你怎么知道我们的。

那人说，网上找的啊？

方民奇怪，自己的公司在网上也没有页面啊，不过不排除工商所弄上去的。

方民很狐疑，但是又怕真是业务。他迟疑着，停好了车，拿着手机犹豫着。那人继续说，怎么不想接单啊？

方民说，我们在平安区西街十字向北二百米路东，你看见有两间门面上面写着装饰装潢的就是。

那人说，好的，好的。我记下了，那咱们一会儿见。

方民诧异，一会儿见？还没等他说什么，那人就挂了电话。

方民进了店，看见小民正在做灯箱，王华也在帮忙。他要帮忙，王华不让，小民也说，马上完了，你就别动脏手了。方民问，娟子呢？王华笑着说，娟子可能去百货大楼了，听说要买什么东西，她这几天整天像吃了蜜糖似的，高高兴兴。

谁知刚说完，店门就推开了，娟子提着几个袋子进来了，说，冷死了，冷死了。

方民看着娟子，发现她烫了头，虽然时髦了，可是显老了许多。

娟子看着他说，看啥呀，不认识了？

方民说，你烫的和鸡窝似的。

王华说，蛮好的，显得成熟了许多。

小民说，我都认不出来了，像个贵妇人。

娟子一瞪眼，冲着小民说，去你的，说什么呢？

方民说，你才多大，二十一岁，像个老太太。

娟子不高兴了，谁才二十一？都二十三了！

方民一撇嘴，那是虚岁，虚岁也才二十二。

明明二十三嘛，再过俩月，不是吗？娟子像是要急眼。

方民一想也是，说你愿意咋的咋的吧。

娟子拿出一个塑料袋，说，给你买了一件夹克，你试试。整天你就是那一件，好歹是老板呢。试试吧。

方民说，谁说的，我还有呢。

娟子说，有什么呢，赶紧试吧。说完就把方民的外套脱了，把新衣服套了上去。

穿上新衣服的方民显得精神多了，看来人配衣服马配鞍这句话不假，王华说，娟子眼光不错嘛！娟子说，我早把他身上的衣服都量了。方民倒显得不好意思了，脸羞红了。

方民脱下来交给娟子，娟子让他现在就穿上，方民说我这衣服好着，也干净着呢。

娟子不依，非让他穿着，他只好从了她。

方民穿上新的还有点不自在，他赶紧转了话题。说了今天宴会上的成绩，令每一个人都很兴奋，七嘴八舌憧憬着未来。

方民又说道他接了一个神秘的电话，说要到咱们店里来，是一个外地口音的人。他总感觉蹊跷，不会是个骗子吧，不过咱也没有啥可骗的嘛。

小民说你查一下是哪里的电话。

方民说，操的粤语，不过声音总觉得有点什么问题，但是想不起来在哪里听过。也没有显示哪里来电。

小民说，你把电话给我，我手机有这个功能。

方民念给他，小民记下来顺手拨了过去，显示是广东的电话。小民赶紧又挂了。

方民诧异，顺口问，深圳属不属于广东？

娟子说，深圳是特区。小民说应该在广东吧，挨着香港，我是听说的。王华说，你们说的我一点不知道。

方民突然说，不会是刘亮吧。

正说间，有人敲门，小民说，不会不会，刘亮哥回来会打电话的。

方民站起身，刚准备开门，其实门没关，只是虚掩着，门被推开了，一个声音传来，还是那个粤语声音，方总在吗？

方民看不清那人的脸，他戴着一个压得很低的鸭舌帽，方民刚想答言，那人拿掉帽子，一张熟悉的脸呈现在他面前，只是胖了一点，方民睁大了眼睛，指着他，说，你——你——

那人说，你什么？不认识啦？

方民大声说，刘亮，你个家伙，果然是你。说完张开双臂迎了上去，刘亮也张开双臂，俩人拥抱在一起，方民抱起他，抡了一圈，才放下。

小民说，亮哥呀，我们刚刚猜到你，你就来了。

方民说，你这家伙回来不打电话，还故弄玄虚。说完拉着他坐下，取下

293

他身上的背包。王华就递上来一杯茶水，说，兄弟，外面冷，先喝一杯热水暖暖身子。

娟子是陌生的，倒不知所措了。

方民招呼说，小民把门关了。华姐你和娟子弄几个菜，在超市采购一点，今天咱们好好喝一回，一醉方休。

娟子、王华忙去了，小民忙着拉门，拉好开始在一边烧茶。

方民跨着凳子和刘亮面对面坐着，说，白了，也胖了，显富态了。

刘亮说，看着现在门店大了，应该生意不错。穿着这一身衣服，像个老板，也像个新郎官。

方民笑着说，娟子刚买的，非让我立马就穿着。

刘亮说，娟子，老家那个娟子妹子吗？就是刚才站着那个？长这么大了，看不出来。是不是你们……

方民羞涩地说，我和娟子准备结婚。

刘亮说，呀，那算是回来对了。我不回来你不准备给我说吗？

方民说，哪呀，一言难尽，还没有定日子呢。才动了心，等定了日子再告诉你嘛。

小民特意取出放在旮旯角的老茶壶和瓷杯，先用冷水洗了再用热水烫了，煮了一壶老普。平常也没有时间喝，偶尔想起了就煮一回。今天有的是时间，他就拿了出来。

小民叫着亮哥，给他递上茶，刘亮说，小民越来越中用了，也的确长大了，成熟了。

说得小民不好意思，挠着头嘿嘿地傻笑。

三个人你一句我一句，谝的热火朝天。

娟子喊他们吃饭，说已经摆好了。方民把刘亮的包提上拽着他就上了楼。

饭菜很丰盛，有鸡有鱼荤素都有。王华已摆好了前天剩的半瓶酒。方民说这怎么够，床底下不是还有吗。

王华说，她不知在哪里。小民跑过去赶紧取，拿来一瓶华山论剑。三两下踩着盒子取出酒瓶。

刘亮看着倒满酒的杯子，端了起来，感慨地说，我走了将近两年，看到大家是我最高兴的事，来，都端起来，我敬大家一杯。

方民端起杯子，说，欢迎你回家。

对，欢迎你回家！几个人都端起杯说。

刘亮竟然湿了眼眶，说，谢谢大家！

刘亮一饮而尽，方民和小民也一饮而尽。王华和娟子喝了一半。

酒喝了一巡又一巡，王华又端来馒头和稀饭，酒就慢了下来，只有小民一个劲儿说，喝嘛，不要停。看方民和刘亮不动弹，只是说话，就自斟自饮。

刘亮也不想喝醉，他说着深圳和西京的相同与不同，让几个人大开眼界。方民就讲西京的变化，讲平安的变化。讲江海波和马凯康小军，他没有说白佳愉和王雪妮，他怕娟子吃醋，刘亮问她俩他也是一晃而过。

刘亮说，自己也想买房子。方民说，那边正好还有一套九十多平方米的，看你觉得小不小。刘亮说，我一个人，够了够了。

方民说，那我明天就问问，看卖出去了没有？

刘亮说，可以呀。

说到交钱，方民忽然想起了什么，站起身说，等一下，都别走，我还有一件事。

王华说吃好了我就慢慢收拾，小民不让，说还喝呢，方民说，华姐别管了，先放着。

方民回屋窸窸窣窣了半天，拿着一个笔记本出来了。小民说，哥，你拿个本做啥，又不分钱，咱喝酒，亮哥，咱俩喝。

刘亮碰了一下，喝完也是莫名其妙看着方民。

方民坐下后说，大家安静一下，可能都知道这个公司的前身就是刘亮和我一起办的，后来他走了，后来咱们发展了，但是咱从来没有把刘亮排除在外。他虽然屡次三番说他不参与了，法人也成了我。可是，我私下把他一直作为股东之一。除过小民占8%，王华占5%，娟子也占5%，其余就是我和刘亮的，一人一半。

小民涨红了脸说，民哥，你给我工资，管我吃管我穿，我不要。

王华说，我没有功劳，我也不要。

娟子没有吭声，她干活最少，觉得没有道理吭声。

刘亮想说话，方民用手压着他，让他坐着。方民说，按照比例，咱们除了留一部分周转资金和开发资金，年底一并给大家。

刘亮看见此情此景，就不再说什么了。

王华和小民还在说自己不该有，方民已经不理他们了。两个人很高兴，

295

小民要敬方民，方民说，你还能喝呀？小民说，这点量算什么！

估计小民喝了有八两，刘亮和方民两个人喝了有七八两。

小民还要让拿酒，方民说没了。小民要去楼下买，娟子说她去，方民使了眼色。不一会儿小民躺在沙发上睡着了。

收拾完，方民和刘亮把小民抬到了他的床上，小民就昏睡过去了。

方民说，委屈你一晚上，咱俩挤一张床。

刘亮说，咱俩又不是没有挤过，正好还有许多话给你说。

方民打来一盆水，让刘亮洗了脚然后上床。自己也洗了，又倒了两杯茶，放在床头柜上，就上了床。

方民说，我没有当面说今年的利润，今年估计利润不到五十万元。你的我完了转给你。

刘亮说，方民，我正要说这件事，我不会要一分钱。当初，我把资金拿走了，本身就不好意思。我也早不是法人，我不会要的。

方民说，你必须拿，我心里一直算着。

刘亮说，我真的不要，这件事到此为止，再说我就跟你急眼。

方民看刘亮很是严肃的样子，知道刘亮铁了心不要。方民只好作罢，只能在别的地方补补他。

方民说，亮子，说说你那边的事情，怎么就回来了？

刘亮长叹一声说，说来话长。你知道我待在那边主要是为了股份的事，我又不喜欢那个职业。谁知半年前有一位副总想买我的股份，给的都是市值价，他为了能有话语权，所以千方百计给我说，我说我和公司有两年合同呢。他说，我只要写好转让书，其余不用我管，他把钱打到我的账上，我和继母商量后，继母觉得可行，就答应了。

前几天办完手续，我就直接飞回来了，提前没有说给你，就是想给你一个惊喜。

方民说，那不正好，你继续在公司，还是原来的样子，你是老板。股份还是原来的。

刘亮笑了笑说，我知道你的好意，但是这一次我想做典当行，虽然我的资金有限，但是这一行有这一行的门道。

方民吃惊地看着他，说，典当，我怎么不知道还有这个，当铺那是旧社会的事，现在还兴这个？

刘亮说，这你就不懂了吧，这一行是银行的边缘产业，随着市场经济的发展，国有银行的私贷业务已远远不能满足融资需求。这样典当作为一定程度上开展私贷业务的金融机构，就应时应运产生了。典当行以其短期性、灵活性和手续便捷性等特点，成为银行贷款业务的一个有效补充。

方民说，你在深圳待了两年，大不一样啊。

刘亮说，我也是闲了没事，就研究这些，在那边交了几个这方面的朋友，所以有一点点经验，摸索呗。说说你吧，我觉得还有许多话你藏着掖着没有说，我想听呢。

方民好久没有和人倾诉过，他不知从何说起，就从为何和娟子结婚说起吧。他说到了白佳愉，说到了廖如，说到了刘晶，当然也说到了对秀英婶一家的良心不安，他心灰意冷了，他觉得和谁过都是一辈子，何况娟子也是个好女孩，对自己也是一往情深。

刘亮说，你也是一个情种啊，不过，你只要想清楚了，谁也拦不了你，自己的幸福自己把握，别人帮不了。

方民说，这个问题解决了，可是最近接的工程让我犯难了，没有时间，而且活量有点大。方民一五一十地说了最近的状况。

刘亮说，我正好闲着，先熟悉这儿情况。年后再动手我的事情。年前我帮你，只是帮忙，不要股份啊，说好了。

方民感慨地说，还是哥们儿好，关键时候有你在，我就放心啦。

听到小民的鼾声，两个人笑了。方民看了看手机，已经十二点多了，他说，你也累了一天，咱们睡吧。

刘亮说，好，睡。

（六十）

早上起来，方民走出屋，打了一个寒战，打开窗，看到街上黄叶落了一地，天气越来越冷。

刘亮还在酣睡，小民也睡得死香。方民反倒心情安稳了，有了刘亮，加上小民，还有什么拿不下的活儿。

他自己先洗了脸，然后又在电脑上做了一个汇丰公司办公大楼提升改造的施工方案，等刘亮醒来了就和他一起去把这个合同签了。

刚做完，突然就看见了刘亮，不知何时他进来站到了自己身后。方民说，你醒了，多睡会儿嘛。

刘亮说，睡不着了，我都把脸洗了，王华姐把饭都做好了，叫你吃早饭呢。

方民打了一份，让刘亮看看再改改，刘亮说，这个你是行家了，就是一句把预付款做成预付三分之一，原来是百分之二十。提前能多要点最好，后来反而容易扯皮。

方民笑着说好，改了内容，又重新打印了三份。

吃早饭的时候，方民让小民把手上的活赶紧弄清白，也别接活了，集中精力腾出时间为即将谈的这个活做准备。

方民拉上刘亮直奔汇丰公司，进了门，直奔二楼，办公室的女孩说他们老总正在开会。

方民便顺着窗户指着后面的花园给刘亮讲，又说了前面大楼的情况，让刘亮好有一些了解。

看着他们开会结束了，赵岩出来就发现了方民，连忙打招呼。

赵岩边走边说，刚才我们老板会上说了这件事，交代了工程的内容，还是让我负责。

赵岩的办公室很暖和，他们已经放上暖气了，赵岩给他们倒上茶水，继续说事情。赵岩说除过外墙涂料，门楼改造，还有三楼整个刷白和线路改造，包括楼顶防水处理。不知道你们能啃动不？

赵岩的担忧不无道理，方民也有点迟疑，这些已经超出了一个装潢公司的业务范畴。刘亮看出来了，用胳膊戳戳方民，方民明白，他是让他先答应下来。

方民说，赵经理，我的合同只预算了外墙部分，里面没有预算，回去修改一下再给你看。赵岩说可以，其实这些都是普通活，刚才会上有人提出来交给别的公司干，我没同意，说既然都能干，方总的公司也就能干，方总人也实在。我们老板说都交给我，让我看着办。谁叫咱们有缘，这个活就是你的了。不过我有两点要求，一是质量要保证，二是价格要低，不能有水分。声明一点，我不要回扣，就是把活干好，就这么简单。

方民知道赵岩的好意，说，赵兄的美意我深深感谢了，一定按您的要求做好，这个您请放心。

赵岩说，好，你办事我放心。

告辞了赵岩，方民在车上说，我心里七上八下，有点不踏实。

刘亮说，没事，涂料的活我有个姑父常年干这个，包给他们。屋顶呢，有做防水的公司，交给他们，做电的交给电料工或者电料店他们就能干。门头我们自己干。

方民说，我也是这么想，但是我们不就成了包工头，再说人家愿不愿意承包。

刘亮说，找几家过来看看谈谈再定嘛。

回来路上，方民说，你看看我的房子不？顺便我拿下钥匙，再顺便问问那一套人家卖了没。

刘亮说，好啊，方民你咋一下子有那么多钱，真的是挣了？

方民笑着说，哪有呀，我总共能挣这么一套房，但是我预留了一部分，公司要周转，所以我就借了二十万元。

方民就说了江海波的慷慨解囊，然后又说，我把你的那一部分给你一直留着，今年估计能赚五十万元左右，除了店里其他几位的，应该给你大约不到二十万元吧，加上去年的都给你留着。所以有点紧张。

刘亮说，方民你的好意我领了，我已经说过，我不会要的，我已经把我那一份在我离开这里时都拿了，给你没留多少，你已经吃亏了，所以呢你今后不要再说这个了。再说，你知道我这次回来带了多少吗，我账上有三百多万元呢。

方民吃了一惊，怎么会有那么多？

刘亮说，我爸的股份虽然只有8%，但是加上股票分红，还给了我继母一半，我拿了三百六十万元，加上我的工资等接近四百万元。

方民也很兴奋，哎呀，你真成了大款！

刘亮说，什么大款？这点钱在城市最多只能算个白领，离老板还差很远。你这两个活干完，也差不多了。

方民说，还八字没一撇，直到现在我还是个"负翁"。

刘亮说，面包会有的，还要有咖啡，一切都会有的。

两个人憧憬着未来，哈哈笑起来。

找到御河水镇售楼部，方民打电话给刘经理，刘经理没有接电话，直接出来了，老远就招呼。说道，您来了，正说给您打电话呢。我去拿钥匙。说完就跑回办公室拿钥匙。

刘经理把一包钥匙交给方民,方民心里踏实多了。顺便就问,刘经理,对面那间九十多的还在吗?

刘经理说,我们老总刚还打电话让我赶紧处理这边,我们阜宁新区那边马上开盘了。怎么?您还要?

方民赶紧说,我要,我要,能不能再看看。

刘经理说,可以呀,你这是帮我忙呢。

刘经理带着一位售楼部的小姑娘一起向后面走去,打开房门后,方民感觉有了变化,好像没有先前那么富丽了。他想起来人家已经把有些东西拿走了。

刘亮看了很满意,当场就要交钱。方民说,看看我那一间吧。

方民打开对面的这一间,刘亮说,就是大多了,好。

方民虽然觉得没有那天里面东西齐全的好,但是依然很满意。

刘亮说,这是拎包入住嘛!

刘经理说,真是,你们是我老板的朋友,这房子真是便宜到家了。现在在平安的房子,像这样的五证齐全的都六千多了。

刘亮跟着刘经理办手续,一会儿这儿一会儿那儿,方民要了一支笔,在合同上修改条框内容。

等办完手续,刘亮非要请刘经理,刘经理说,不了不了,改天你们乔迁的时候我来祝贺。

俩人回来的时候,刘亮非要喝酒,说他请客,你这回给我节省了几十万元。方民说还喝呀,昨天的酒还没有解呢。

耐不住刘亮的热情,方民不想在外面喝,打电话让王华按昨天的再弄一桌。

回到家,方民把钥匙交给了娟子,娟子从床上跳起来,抱着他亲了好几口。方民说,最近布置家就交给你了。

娟子说,好,你别管了,我来布置,不过有些东西必须咱俩一块选,好歹是婚姻大事,要都喜欢才行。方民说行,听你的。

饭菜摆了上来,刘亮说,别急,咱们先办事,我打个电话,让我姑父明天过来。

方民问小民有没有哪家做水电好一些的,还有做屋顶漏水防水的。

小民说,你忘了,黑子他们水电一直和咱们合作,活也做得好,人也义气。我村飞鹏他爸就是专门做屋顶漏水的,人家给好多单位做过,我们乡中学大楼就是他们做的。

刘亮打完电话说,我姑父明天来。

等小民打完电话也约好了明天来店里,然后一起去现场看看,再定怎么写合同。等都安排完了,刘亮端起杯说,今天是个好日子,真是喜事临门啊,我们干一杯。

方民也是很欣慰,他感觉到了凝聚的感动。刘亮就像焦赞,焦不离孟,孟不离焦。有刘亮在,他心里很踏实。

第二天,方民早早起来了,他打开窗户,窗外有一层薄雾,没想到冬天在不知不觉中就来了。不过离下雪估计还有一段时间,这儿室外的活必须赶在下雪前完成。

刘亮听见电话响,一骨碌从床上爬起,他一猜就是姑父的,没想到他的姑父来得这么早。

方民对着刘亮说,我先下去招呼人,你马上来。

这时小民的电话也响了。方民催小民赶紧起来,自己先下楼去了。

方民边走边想,最近许多人都说活难找,从大家不约而同来得比较早的情况看,的确都不想放掉一切有利机会。

方民看到有个五十岁左右穿着不太合体西装的人站在门口,他问,您是刘亮的姑父吧。

那人说,是的,是的,您好。

方民开了门,把人请进了门,赶紧到茶水。这时又有人敲门,敲完没等发话就推门进来了,进门就喊,方经理啊,啥时候挪到这儿来啦,也不说一声,我也好来给你庆贺一下。

方民一看是黑子,就笑着说,黑老板,最近可好,别来无恙!

黑子说,方经理,我是有名字的,别老黑子黑子的叫,成不?

方民笑了,你的名字我不知道嘛,你给我没有说嘛。说完递给他一杯茶。

黑子说,我叫,马平泉。

方民说,马平泉,没有黑老板让人记得住。

马平泉说,随你吧,名字就是个符号,爱咋叫咋叫。说完递给方民一支烟,方民推辞说一大早不抽,黑子不管他,硬塞给他。又递给刘亮姑父一支,他姑父笑笑接了。

刘亮和小民下来时还带了一个人跟在后面，刘亮赶紧和他姑父打招呼。小民介绍进来的是飞鹏他爸，方民握了手招呼都坐下。黑子握着小民的手说，感谢兄弟还记得我。

方民三下五除二把情况说了一遍，又把那边的活大概说了一遍，说咱们现在就去现场，看实际状况，你们报价，如果合适咱们就是一家，我和人家签合同，咱们签分包合同。

几个人都是开车来的，除了飞鹏他爸。方民拉着刘亮和飞鹏他爸，黑子拉着小民，刘亮他姑父自己开着车跟着。

到了现场，方民从外墙涂料到楼顶处理到三楼水电刷白全部介绍了一遍，问他们清楚了没有。他们一个个又重新考察了现场，还记的记画的画，都在认真看着想着。方民又问小民清楚了吗，小民说这些咱们干过多次了，没问题。

等出了大门，方民又叮嘱大家了一番，让回去拿预算方案再对接。说完这些又让小民领着飞鹏他爸跟他们先回去，看着他们走了，刘亮问，咱们去哪儿？

方民说，咱俩去趟余下，找梁总，看看那个活的难易程度，再决定接还是不接。

刘亮说，行啊，你这办事雷厉风行，好快的节奏。

方民启动了车，说，不抓紧不行，你看我已经答应娟子结婚，也不能不守信吧！这里的活也要开，如果攒到一块，真吃不消了。

方民走的是高速，去汉中的高速在涝店有出口，下了出口再向西十来里就到了。

方民到余下这个小镇用了一个小时，他觉得和不走高速没有多大区别。他按着梁总说的地址找到了这家工厂，看着这家叫作"西京嘉禾化工有限公司厂部"门头的牌子时，感觉规模比预想的大些。

方民登记后进到厂里，厂部的院子很大，侧面是厂房，最后面好像是库房，中间的部分摆满了大塑料桶，估计应该是装产品的，最后面靠右是办公楼。方民有点奇怪，这家和别的厂不太一样，怎么办公楼放到后面了，显得偌大一个厂有些乱。

方民到了后楼，看见有人就问梁总的办公室，那人指了指，上二楼左手第一个就是。

门开着，里面有人，方民瞅见了梁总，梁总抬眼也看见了他，但是好像没有认出他，就问，你俩干啥的？

方民走进去说，梁总，咱们那天汇丰庆典上见过，我是做广告装潢的方民。

梁总拍拍脑袋，说，对对，方经理啊，赶紧进来。

里面正说话的那个人站起来说，梁总，我先走了，那件事我会办好的。

梁总说，那我就不送了，你走吧，改天一起吃饭。

方民坐下后说，这是我的同事刘亮。刘亮说，梁总好，也坐下了。

方民说，梁总咱们厂做什么产品？我看摆着好多桶子。

梁总说，我们是做化工助剂的，主要是纺织、印染、造纸上用的，还有一些废水处理厂用。你是不是觉得我们的厂办公楼有点别扭？你们进来的是后门，前门在这边，这边修路，从下半年我们一直走的后门。

方民和刘亮都笑了，看来感觉是对的。方民说，我就是感觉不对劲儿。

梁总说，我准备把有桶子那一块有两千多平方米全部改成花园，花园里是亭台楼阁，完全变成花园厂区。我们本来就是做的天然的有机化工产品，没有污染，我们的废水处理后就用在厂区池子里，供浇花浇树和观赏。你们来呢，就是帮我们规划一下，怎么弄得更好，里面都需要一些什么东西点缀，就像汇丰那样，很不错，值得借鉴。

方民想说汇丰前期是人家有一部分花园，只是我们按照布置的东西加以改造了而已。不过他渐渐变得聪明了，先不急说话，沉默是金。

刘亮倒是胸有成竹地说，梁总，你看，你可以从大楼通一条路大约五十米后分成左右两条，两边是两个花园，然后是一座外湖，里面是湖心岛，湖心岛通往四处都有长廊，后面再是花园。至于布置一些雕塑和亭子根据情况多少具体定。围着四周是一条两车道，可以供货车进出，右边还有地方，你们的简易仓库可以放在那里。简单就这样，具体要画图纸。

梁总说，蛮好蛮好。我的湖不深，一米五左右，我这几天就按你的设计思路动工，不过，里面的布置你们定。

方民说，你这个活干完估计到年后了，还早着呢。

梁总说，我主要想听听你们的思路，你们的想法和我的一样，坚定了我的信念。你这个创意也不白用，完了你们算在你们的活里。

方民说，您客气了，咱们是朋友嘛，不要设计费。

梁总说，谢谢你们，谢谢你们。

方民告辞了梁总，梁总说，我有你电话，这边完了就打电话给你们。

方民出来后说，白跑一趟，但是也好，至少不手忙脚乱了。

刘亮说，不算白跑，我觉得有戏。梁总这人不像说假话的人。

（六十一）

走在半道上，娟子就打电话问到哪儿了，方民问怎么了。娟子让他陪着去买家具，方民说，你看着喜欢就行。娟子不肯，说道，这哪儿成？结婚是大事，要你喜欢我喜欢咱俩都喜欢才成。

方民说那你等会儿，我有半个小时才能到。

接完电话，方民说，看来你最近得盯着这个活，我随时都会被娟子缠着买东西，布置新房，看酒店，发请帖，事情多着呢。现在想想，我心里还是没有做好结婚准备，但是说出来了，大丈夫就不能反悔。

刘亮说，结婚是一辈子的事，应该好好准备。你少操点心，把婚事当作头等大事来抓。

方民说，你的房间布置不？刘亮说，想呢，现在没时间，等过了这一阵子，我再布置，只要能睡觉就行了。

方民说，那你把你的钥匙给我，有些东西放不下也可以暂时先放你那里。

刘亮二话没说就摘下钥匙给了方民。

方民刚到店里，娟子就从楼上下来了，她埋怨着说，人家那边等着呢，把人急的，你慢悠悠的。

方民说，我一刻都没耽搁嘛。

娟子满脸不高兴，方民赶紧走出来发动车。走到三森家具市场，娟子脸就转成晴天了。她说她上午都看了一回，还有沙发，你看看喜欢不？

进了大厅，方民直奔娟子说的那家店，娟子说，你看这一套床咋样？实木的。方民看着质量应该不错，就问多少钱。娟子说，要一万八，还没有说呢。

方民心里咯噔了一下，这么贵？但是他没有吭声，他不想扫娟子的兴。这是两米二的大床，他问小的呢？娟子说，小的有一米五的还有一米二的。

女老板笑着说，你媳妇真有眼光，这套床是新品，很受欢迎，一米五的卖一万四，一米二的九千。方民心里算了一下，光三个房间的床就要四万元，就是睡个觉嘛，要这贵干吗！

老板看出他的心思，说，这床睡着舒服，你看这床垫，全是名牌，我们不用没牌子的，这个一二十年都不会坏，如有问题我们三年包换，终身免修。

方民想一张一百元的板床还用几十年呢。老板说，如果真心要，打个八折，三万元多一点，够便宜了。

方民也算是生意人，没有立马回应，说，我们再看看，然后就往出走。老板马上又说，好了看你们也是诚心买，再说弟妹也在这里看了半天，我权当交个朋友，好了帮我宣传宣传。六五折一口价，怎么样？

娟子说，谢谢，买了吧。方民心里算了算，说，总共两万五千元，成了就交钱，不成算了，当我没说。

说完就要走，娟子还拉他，不情愿走，方民知道已经成交了，走是故意的。

老板叹息了一声，说，兄弟，没有这么低的价，算了我这是亏本卖给你，不挣钱，开票吧！

方民停了脚步，娟子拽着他的胳膊，明显很兴奋。方民写了地址，说，两米二的两张，一米五的两张，一米二的一张，算算总共多少钱。

娟子很诧异，问，怎么要两张？方民说，给刘亮代买，刘亮没时间，让一块儿买了。娟子说那他给钱了吗？方民点点头说，他回头转给我。其实方民想顺便把刘亮的新房也布置了，一则刘亮真的没时间，二则他总觉得亏欠刘亮，想借此弥补。

交完钱，老板说，今天晚了，明天送过去，明天大概十一二点到你那里，货车先得送完一家才能到你那里。

方民说行，可以。

出了这一家，娟子又把他带到一家沙发店，方民想买一套布艺的，他总觉得布艺的温馨，回来躺在那里看着电视是一种享受。

而娟子看的是红木的，沙发一大两小，带一茶几，要五万八。方民一看就是仿红木的，红木哪有这么便宜的，不过仿红木也不算便宜。本来想着一万元足够了，可是这会儿一看这阵势，看来是玩大了。

方民对娟子说，布艺的多好，布艺显温馨。娟子说，布艺不配我们的这套床，况且我们的柜子还有玄关都是那么精巧，怎么能配布艺呢。方民说，咱们的客厅是欧式的，所以才要配布艺，你弄个红木，不中不西的，像啥嘛。娟子说，这才是中西结合。

方民只有苦笑，看来拗不过她，只好对着老板说，你就直接说个价吧。

老板笑着说，真心要的话，四万八，这是最低了。

又是老套路，方民也是故技重演，说，算了，我们再看看别的。

老板笑着说，这里卖红木的，就两三家，没有比我便宜的，那两家也是我们自家人，都一样的。

方民说，那算了，大明宫市场听说很便宜，我去那里看看。

老板看方民真的有走的架势，说，兄弟，到那里你买不到真货。方民一笑，你这也是假的，不是吗？

老板苦笑着说，你要这样说我就没话可说了。这样吧，兄弟，三万八，一路发，怎么样？

方民看也差不多了，就说，三万二，不成算了。

老板说，兄弟真没有这样还价的，你不能这样啊，三万五啦，再不行只好你到别处看了。

方民准备妥协，一想到还有刘亮的，就又硬了，说三万两千八。我要两套。

老板笑着说，你要几套都不行啦，三万五不少了，我可以给你送一套饭桌，是我这种样式只剩两套了，处理，本来这一套要三千五呢。

方民看了看，觉得质量还不错，就说送就送两套。

老板说，那真不行了，赔死了。

方民说，我给你加一千，三万六，我要的各两套。

老板想了想说，兄弟，算了，我就算给你白拉回来了，就这样吧。

娟子还不想要这一套饭桌，嘟囔着，不好看。方民不好当着人分辩，没有说，刷了卡，写了地址电话。老板也说是明天就能送。

娟子又看了一套电脑桌，两千八百元。还有一个鞋柜，两千二百元。方民也没有掺和意见，全部看完了，家具城也要关门了，出来的时候，方民走在前面，娟子走在后面，快出门的时候，娟子紧跟几步追上方民说，是不是嫌贵了，不高兴了？

方民说，不是，我就是觉得颜色不协调。

娟子说，哦，那不会，我觉得好着呢，就是饭桌不气派。方民说，欧式的，和饭厅的灯很搭啊。

娟子说，明天摆了再说吧。

晚上方民和刘亮小民三人交谈了汇丰公司工程的计划，并且分了工，人员显得不够，就交给小民找，这也是他的强项。现在只等他们三家拿出预算。

306

刘亮说，我看还是打个电话，通知一起来，要不咱们手忙脚乱，又不能一次解决。

方民说，也行，不急这一两天。他看了看时间，接着说，现在十点，估计还没睡，打电话让后天早上统一过来，也给他们一点时间。要是觉得有点晚，就发信息。

刘亮就发了信息，他嫌打电话又得寒暄半天。小民掏出电话一一打了。

说完这些，方民有点累，刚准备上床。忽听见娟子在外面喊他，他应着走出来，娟子的房门虚掩着，他推门进去，娟子让他上床，他说，干吗？他们在那边呢！

怕啥？咱们现在是夫妻？娟子嗔怪着说。

不是还没有领证吗？方民说。

娟子命令说，你咋还封建得很，上来。

方民只好上来，娟子攀着他的脖子拿着手机给他看，他还有点不习惯。娟子努着嘴说，你看这个样式怎么样？

方面仔细一看，原来是窗帘，手机上琳琅满目，样式颜色很多，方民觉得都好看。

方民说，看这有用吗？又不是实体店。娟子说，你不懂，你看的就是这一家的商城，就在鑫华街，你看这个咋样？这个呢？娟子来回指着，方民被压得喘不过气，说，你先把手放下来，压死我了。

娟子不情愿地挪开，说，你说嘛，咋样？

方民指着一个鹅黄色的说，这个是暖色，应该不错。

娟子指着一个蓝色说，这个应该好，就要这个。方民说，太深了吧。娟子说，深点好，利于睡眠。方民说，你选得了，我又不懂。说着就要下床，娟子不让，说，不高兴啦？方民说，没有。娟子说，明明不高兴嘛，当我傻子啊。

方民说，真的没有，我不懂，你定就行了。娟子嘴一撇说，你看你这态度。方民说，你都定了，还要我选啥？娟子大声说，看看，终于说出来了，嫌我定了，不高兴。

方民说，真的你定，只要你高兴。我累了，睡呀。

娟子猛地站起来说，话还没有说完就要走，你是咋了，你到底咋想的？

方民说，什么咋想的？我就说累了，你声音小点。

307

娟子又忽地坐下，说，那你不许走，陪陪我。

方民说，真的累了，明天还一大堆事呢。

娟子说，你不是交代给了刘亮和小民吗。

方民很无奈地说，交代了就不管了吗？明天那几家把预算拿来就要商量起草合同。

娟子说，那是不是咱们不布置新房了，不结婚了。

方民说，这和结婚有啥联系，肯定结嘛。

娟子滴着眼泪说，你对我就是这态度，还没结婚呢。

方民有点软了说，你哭啥，我说啥了，我就说你定就行了。

娟子不哭也不吭声，头对着里面墙。

方民摇摇头，坐在床边，说，好了，好了，是我不对。

看着娟子没理他，方民只好扳着娟子的肩膀说，是我错了，对不起。

娟子才勉强扭过头，说，你就不能对我好点。

方民心里想说，咋才算好，我没有咋嘛。但是拉着她的胳膊嘴上却说，好，对你好点。

娟子总算换了脸色，说，那就定这个吗？方民说，就定你说的吧，不过是两套哦，少一个房间。

娟子说，啥都两套啊。刘亮也真是，自己一点不管，要是不喜欢可别怪我。

方民说，不会的，刘亮说只要我觉得好，他都成。

娟子手拉着方民的手坐了一会儿，说，你走吧。

方民起身准备离开，娟子说，亲一下。方民说，有人呢。娟子说，不，亲一下再走，不亲不准走。方民只好俯下身在娟子脸颊亲了一口。娟子突然抱住他，嘴唇靠近方民的嘴唇，连亲了三下。才放手，说，你走吧。

方民悄悄回到房间，刘亮还在看手机，小民已睡了。等方民上了床，刘亮也不看了，说，你俩还正经的，你就睡在那边，我也不挤，还回来呢。

方民敲了一下刘亮的头说，再说，睡吧。

刘亮笑了，说，睡，睡，咱俩还能再睡几天啊。

（六十二）

今天是个好天气，阳光暖暖地从窗户照进来。方民睁开眼一看，已经九点，竟然没有一个起床。

刚才只听见有两声敲门声，迷迷糊糊的，现在才明白，应该是王华怕打扰大家，提醒该吃早饭了。

方民伸了一个懒腰，喊了声，起床了，起床了。刘亮就坐了起来，小民也揉揉眼睛，问几点了。

方民说赶紧起来，华姐把饭都做好了，小民你把咱们的预算也做出来，明天那几家送预算报告，咱们也得准备好。你别指望娟子给你打字，你慢慢学着打。我估计被娟子缠着也脱不开。

小民说，好吧，你这是赶鸭子上架咧！

刘亮说，我没事，我来打。不是有以前样本嘛，改改就成。

方民过去喊了娟子。

吃完早饭，果不其然娟子让和她一起去看窗帘。方民说你看就成了，不是上午家具还要到呢，我招呼这边。

娟子说，他们到了打电话，先去这边，还有几条街，让我走着去呀。

方民只好不作声，说，那就走吧。

原先娟子从来不敢和他这样强辩，如今不同了，方民想爱情也许就是管理吧，也许管理者有管理者的快乐吧。

方民和娟子来到鑫华街，找到了画册上的那一家店，娟子和店主人在研究画册上的颜色，方民就思考着合同的事。

娟子叫他的时候，才回过神。娟子指着一款浅蓝色的问他，怎么样？这个好像不是昨天晚上看的颜色。方民说这个比那个颜色还好些。

娟子又问他这个深的，他还是觉得浅的好些。方民看到旁边有一款鹅黄色，问这个也不错嘛，他没有直接说这个好，怕又和娟子争执。只要不争执不吵，怎么都行。

娟子最后说那就选这个浅的，不再坚持她原来的意见。浅的比这个深的贵了一少半，方民感觉两个布料一样，老板是看他们想要，故意抬高了价格。任凭娟子怎么央求，只是微弱降了一点点。方民知道已经输在提前没有问价格上，只有一个办法了。方民说，老板，我要五个窗户的，一大一小两套，还有

309

一套最小的，客厅和阳台间隔处还有一套啊，你不便宜我只好到别处再选选。

老板说，这样啊，好啊，看你诚心的，那么给你再便宜点。

老板拿着计算器算了一阵说，给你优惠后总共是九千八百五，算九千八百整吧。

方民再不好说什么，算了算，没有错误，就刷了卡。方民想着最多就四五千元，没想到又花超了。方民原打算装修带家具总共十一二万元打发了，但是现在看来，二十万元能把所有东西备齐都不错了。这还没有算本来装修的那部分。他本来身上钱就不多了，留了十来万元是作为周转用的，没想到全花在了新房上。就这还有衣服、酒席等没有算上呢。想到这里，他真的有点头大。

这时候方民的手机响了，没想到红木家具已经到了。方民催着娟子，娟子还在叮嘱老板要做好，尤其边角，针要轧结实。老板让她放心，说自己都做了十几年，客户第一。

方民忙活了一个小时，才把红木家具摆好，虽然和白墙黑色的玄关有点不搭，但是增加了些沉稳之气，还是觉得不错。刘亮那边的也摆好了，这个客厅小一点，还显得很紧凑，比他这边还好看些。

方民弄完看了看手机，已经十二点了，他肚子都有点饿了，娟子倒是勤快，收拾售楼部搬走东西留下的痕迹。其实售楼部只搬走了一些摆设和奢侈用品，厨房和卫生间基本是原模原样。加之饭桌给那儿一摆，马上不一样了。

天然气还没有通，地暖已经装好了。等东西摆完，基本也就妥当了。娟子洗了手，说，走吧，累死了。

这时方民手机又响了，沙发也到了。方民只好忍着，说那就再等等。娟子嘟囔着，这会儿来，连饭都吃不了。方民说，他们也是趁他们的时间。

结果等了四十分钟才来了，方民说，你们打电话这么长时间了，咋才到。司机说，饿了，在小区外面吃了一点。方民说，那你们也说啊，我们也没有吃饭，吃了再弄多好。娟子又嘟囔着，方民使使眼色。

沙发进来，解了罩布，把刚才整整齐齐的客厅再一次弄得乱七八糟，好不容易才把两间房子的东西都摆置停当，看着完整的一个家的雏形已经出来了，他心里涌动着一份激动，他心里一直苦苦追求的家终于要有了，他终于有自己的家了。

方民此时反倒不饿了，没了胃口，娟子倒是又累又饿，说赶紧吃饭吧。

俩人就在小区外面找了个饺子馆，要了一盘凉菜，方民刚才不饿，吃开了反而有了食欲，看来人的食欲也要靠激发，就像人的惰性一样，要时常有某种动力去激发一样。

俩人吃完，方民要回店里，娟子却说她还想看看，现在床和沙发都有了，可以在上面休息。方民经不住娟子连拉带拽，就又回到了新房。

方民斜靠在沙发上，没几分钟就响起了鼾声，娟子还在视察着角角落落。

电话又响了，方民不情愿地拿起来，原来是鞋柜和电脑桌到了，方民赶紧出来看着工人卸下来，他帮着一块挪了进来。

这下除了窗帘还要一个星期，基本到位了。就差电器了，空调，冰箱，电视机，电脑，方民想想，头就又大起来。

方民后悔说搁到元旦结婚，要是搁到农历年前还从容些。回来的路上，他试探着问娟子，咱们日子搁到元旦是不是有点紧张啊。能不能往后挪挪。娟子一听，马上杏眼含怒，你是啥意思？想变卦吗？你心里咋想的？我都给我同学说了元旦，你这存心让我丢脸，是不？

方民就是怕吵，说，好好，不变，算我没说。

娟子仍不罢休说，明明你说了，现在还要弄啥，这些东西一两天就都买完了，你看着办，不结也行。

方民说，对不起，我错了，咱按原来时间。

娟子问，我的戒指项链啥时候买？衣服呢？

方民一听头就大，嘴里说，买，买。这一两天就买。

娟子说，明天呢，不行吗？

方民说，明天不行，明天要在一块儿说合同的事，必须避开明天。方民其实还有一个原因，就是没钱了，他得想办法借钱。

第二天上午，几家都如约陆续到了，并且都带着自己的预算，方民让各自阐述一下自己的工程步骤和预算的理由。

方民心里算了一下，已经超出了预计，加上自己的总共下来六十多万元，哪还有利润。

方民把刘亮叫出来商量了一下，刘亮说给他们施点压，这个简单。现在就是飞鹏他爸没想到老实巴交的一个人，预算大大超出范围，光他一个人就报了二十万元。黑子明显也高，他是包工包料，料上面肯定有水分。刘亮他姑父可能是碍于刘亮，报的比自己设想还低一些。

311

刘亮进来后，故意镇定了一下情绪，先说关系，再说到预算报告，说你们实际再算算，如果你觉得好着，那我们只有各自找三家招标了，那就不论关系了。你自己看，要不回去先想想？

黑子闷了一会儿说，我们也可以不用最好的，按国标线号，盒子也用牌子的，我这里还做了一个，你们再看看。说完他从口袋又掏出一个预算报告。

方民看了看，这个还真的不错，都在质量品牌规格内，少了六万多元。

没想到飞鹏他爸也从口袋拿出同样一份单子，说，这个也分做几遍防水，我这是做三遍的，两遍也行，普通的都两遍。方民看了看，就少这一遍就少了六七万元。

刘亮他姑父说，如果你觉得我的高，我就不包料了，我就包工就行，能做这个活都感谢了。

方民笑着说，叔，你先报，后边再看。

刘亮看了看方民，明白是让他们先回去。刘亮就对几个人说，你们先回吧，明天给信。

几个人站起身，告了辞。店里只剩下他们三个，方民和刘亮、小民又对着每个人的预算商讨了一番，把几项不需要的可有可无的都砍掉了，又降了一部分。

干完这些，刘亮打字，方民口述，在原来的协议上起草正式协议，明天先拿着这个和汇丰签合同去，说不定还要变化。

等签了，再和这几家签分包合同。

忙完这些，方民让小民守店，让刘亮和他去。

过城南新天地时，方民买了些喜帖，他准备提前邀请人了。

然后他拉着刘亮就到了新房，先看了自己的，刘亮说，很好吧，大气，中西结合，有味道。

方民就打开了对面刘亮的房子。刘亮说，里面空荡荡的，有啥看的，等过了这一阵，我也布置一下。

然而刘亮踏进他的新房的时候，被震惊了，他"哇"一声叫出了声，问方民，你是准备把我的也当作婚房是吧？太美了。

方民说，就是给你买的，你也有新房了嘛。怎么样？

刘亮很惊讶，给我买的？真的？要我买绝对就搞砸了。谢谢你，方民，你想得真周到。花了多钱？我把钱转给你。

方民说，亮子，我还说给你分红呢，你不要我只好用这种方式给你还个人情。

刘亮说，这不行，我不能要你的。多少钱？我转给你，一定要转。

方民说，你再给我就跟你急了。

刘亮看看这，摸摸那儿，兴奋地说，哎，方民，太谢谢你了，这真是帮我大忙呢。

方民和刘亮互相感叹了一番，然后坐在沙发上，方民开始填请柬，他把在这儿的同学名字都写了，唯一剩下白佳愉、廖如，他还不知道怎么处理。

写完，刘亮说他上个卫生间，问方民有烟没？方民说没有。刘亮憋不住就去了厕所，边走边喊，方民，出去给咱买一盒烟。

方民摸摸口袋，没有动，他已经身无分文了，他把那张农行卡在买窗帘的时候，给了娟子，估计还有万八千元钱。可是那也不够买家电的，而他自己口袋没有钱，账上没有钱了，另一张卡里也所剩无几。

刘亮在卫生间里听到方民还在屋里，在里面说，你咋没去呢？

方民回了一句，等会儿。

刘亮从卫生间出来了，方民冲他不好意思地笑笑。刘亮看着有点奇怪，就问，是不是你没钱了？方民笑了笑说，有呢。

刘亮盯着方民说，别骗我，没有就吭声。

方民想开口，又理亏，这个时候刚给亮子送了家具现在又借钱，这分明是要钱呢。所以他不能这样做，还是明天想办法再说吧。所以他说，有呢，没有就向你开口。

下午回到店里的时候，方民一直惴惴不安，他怕娟子催他买东西，好在娟子没有催，他一会儿弄弄这，又弄弄那，自己都不知道自己在干啥，感觉自己像魂儿丢了。他想再问江海波借也开不了口了，问马凯似乎更不妥，人家刚刚帮了自己大忙。问康小军吧，觉得又没有到那个份儿上。

当一个人闪现在自己的念头时，才觉得最让自己没有释怀的就是她，白佳愉。这段时间他没有联系她，她也没有联系他。他在向娟子保证的时候，闪现的唯一念头也是白佳愉，他觉得他应该向白佳愉有个交代，但是如何怎样的交代，自己也说不清。

方民烧了一壶茶，坐在钢炭炉子前，却怎么也品不出老普洱的味儿来。他只有偶尔在自己轻松的时候品品，看来品茶也是装不来的。

313

方民感觉手机震动了一下，他拿出来看了一眼，差点弄掉手上的茶杯，难道真有心灵感应？竟然是白佳愉的短信，在吗？能见见不？在自在茶楼，五点，不见不散。收到请回复。

方民看了看时间，这会儿已经四点二十了，过去差不多刚好，别等自己要出去了，娟子再有什么事情就出不了了。临出门的时候，他对着在电脑前的小民说，我出去会儿，同学聚一下。晚上不吃饭了，你给他们说说。小民说，好的。自顾自忙着，也没有抬头。

方民想到银行自助取款机去取最后的一点点钱，他不知道还剩下多少，估计也就一两千元吧，也许更少，他好长时间没用这张邮政卡，这是他最后的家当了。

自己傻想着，车不小心过了邮政银行，他想着这家茶楼底下或许有，到了楼下，方民看了半天也没有，算了，也许人家有刷卡机。

方民上来的时候，已经四点五十了，他想着白佳愉可能还没有到，谁知刚进来，就有服务员招呼，说是有位女士让他到"梅花"包间。茶楼没人，空荡荡的，只看见两个服务员在柜台前。今天星期二，估计没有人吧。

方民推开推拉门，看见白佳愉已经在里面了，正在给她对面的空杯倒着茶水，没有看他，却说，你来了，还挺按时嘛。

方民退掉鞋，上了茶席，他学着盘腿坐在那里，看见白佳愉几乎是跪着的样子，着一身浅蓝色的长款细线毛衣，衬托着她的曲线，非常柔美，和她对视时，白佳愉的气色很好，脸部几乎没有粉黛之色，很干净，他就在几秒钟败下阵来，赶紧注意力到了茶桌上。茶桌上，精致的茶壶和雅致的倒流香，还有隐隐的空谷幽兰的音乐，让方民仿若进入仙境，忘却了烦恼。

白佳愉轻声地说，喝吧，趁热，这是正山小种，不知你喜欢不？

方民喝了一口，小种的香气顿时进入鼻腔进入胃里，整个人清爽了许多。

白佳愉看着方民，方民知道，但是他不敢面对白佳愉，他觉得自己在爱情上是个逃兵，他本来觉得自己还很伟大的，可是这把剑在白佳愉面前马上就钝了。

白佳愉说，你好像有些疲惫？

方民说，最近有点忙，你是什么时候回来的？说完瞟了白佳愉一眼，赶紧又移开了。

白佳愉悠悠地说，前天回来，有时候觉得自己逃什么？抓住了才好！该抓的抓，该枪毙的枪毙。自己又没有犯法。我也走了几个月，管他呢，我就又回来了。

方民想着上一次走时那个吻，自己差一点就沦陷了。瞬间想起了秀英婶的嘱托，他忍住了。

白佳愉看着方民拿着茶壶给她添了一杯又一杯，但是他自己却喝得很少。白佳愉问，茶不好吗？要不换一壶？方民连忙说，好着呢，好着呢。

白佳愉看着他说，你今天好像有心思？方民低声说，没有的。

白佳愉说，不对，你从进来没有好好看过我。这可不像从前。

方民说没有，可是声音脆弱得连自己也不相信。白佳愉说，有什么你就说吧，再大的事总要面对，何必吞吞吐吐？

方民终于抬起头，看着她说，佳愉。白佳愉本能地说，我听着呢。方民说，佳愉，我要结婚了！说完他长舒了一口气。白佳愉一下子没反应过来，说，你刚才说什么？再说一遍。

方民闭着眼睛说，我要结婚了！

沉默，白佳愉喝完茶的杯子在手中把玩着，久久，俩人都在沉默中。

终于白佳愉开口了，方民瞥了一眼，看着白佳愉虽然面带微笑，但是眼睛分明有着晶莹的泪水。她说，祝福你，祝你们幸福！

白佳愉根本没有问方民和谁结婚。突然她抽泣起来，方民竟不知所措。白佳愉虽然压着自己的声音，依然能感到痛彻心扉。方民给她递过纸巾，低声说，对不起，佳愉，我不值得你的真情，我，我对不起你。

白佳愉反而声音渐渐而息。她擦掉眼泪，忽然就转了晴天，说，方民真的祝福你！

方民竟不知道怎么说，他有好多话想说，但是又有何益？

白佳愉站了起来，说她去趟卫生间。方民一个人发了一会儿呆，然后觉得自己应该去买单，一会儿估计白佳愉来了也无话可说，还是他买了单再说。

方民走到吧台，问可以刷卡吗？服务员说，可以的。他拿出那张卡递给了服务员。服务员插进去看了一下对他说，先生您一共消费三百五十八元，卡里只有二百七十元钱。方民脸色有点红，又拿出一张卡说，这个你试试。服务员又插了进去，说，先生，这一张只有十几元。

方民很尴尬，又摸摸身上，口袋只有五元钱，他看了看又塞进了口袋。

这时，白佳愉从后面递出一张卡，说，用这个吧。

服务员两三下就完成了交易，把卡和收费条递给了白佳愉。

　　方民跟着白佳愉进了包间。坐定后，白佳愉端起壶给方民倒了一杯，说，你最近是不是手头紧啊，那你怎么结婚呢？还有生意你怎么做呢？

　　方民支支吾吾，叹了一口气说，我买了房子，准备结婚的钱也不够了，下面还有一个工程等着呢，最近是有些困难。借了江海波的，刘亮本身给还了人情，不好意思开口，所以想着把婚期往后推推。

　　白佳愉说，估计你已经给人家都说出去了，怎么能改呢？这儿有一张卡，上面有三十万元，你拿去先用吧。白佳愉说着就从包里掏出一张卡，放在了方民跟前。

　　在方民心里，接受白佳愉的钱和接受江海波、刘亮的一样不愿意，这怎么行？从一个情人手里拿上钱和另一个女人结婚，这是万万不行的。方民霎时就红了脸，说，不行，不行，我不能要的。

　　白佳愉说，你别死要面子活受罪，拿着吧。说完又放到了方民跟前。

　　方民忽然就流了泪，他尽量不想在白佳愉面前流泪，但是强忍了几次后还是不争气地流了下来。

　　轮到白佳愉给他递纸巾，方民接过来一把就擦干了。他对白佳愉说，我给你讲过我的故事，小刚是我带出来的，我却没有把他带回家，他永远停留在了十八岁，这是我一生的痛。

　　干娘也就是秀英婶，和老闷叔相继去世，特别是秀英婶临终前拉着他的手，让他照顾娟子。他虽然把娟子当妹妹，可是娟子已经离不开他了。而且每一次回老家他都过不了他的心理关，好像秀英婶和小刚都在看着他，让他彻夜难眠。

　　方民停了一会儿又说，你比娟子坚强得多，你没有我完全可以生活，娟子没有我，可能就会活不下去，什么傻事都能做出来。你可能只是这个世界上的一个人，但对于某些人来说，你就是全世界。真的，人这一辈子，活的就是担当、良心，所以和谁过都是一辈子。所以，对不起了，佳愉。

　　方民站起身，深深朝着白佳愉鞠了一躬，然后义无反顾地走下了楼。

　　方民不知道白佳愉此时会是什么感受，他只觉得憋在心里的话他不能不说。他说完也轻松了，但是一想到白佳愉，他似乎又轻松不起来。

　　方民晚会儿走的时候，忽然有信息提示，他瞥了一眼，是白佳愉的。他把车停在路边，有两条短信过了来。一条是他的农行卡多了三十万元。一条是白佳愉的，方民，你知道我今天让你来本来是想给你说一句话吗？我本来想说，方民，我爱你，你愿意娶我吗？可是，老天真是作弄人啊！不过我也明白了，人一辈子都是缘分。好了，我没事，给你卡里打了三十万元，你用吧，不急着还的。

方民知道是他上次借白佳愉的钱还给她时留的账号。他想起最后说的话，竟有些悲壮，有一本书上说过这样一句话，如果你明明知道这个故事的结局，你或者选择说出来，或者装作不知道，万不要欲言又止。有时候留给别人的伤害，选择沉默比选择坦白要痛多了。

方民对自己的坦白也不后悔。

（六十三）

黑子和飞鹏他爸都修改了自己的报价，刘亮让他们交保证金再签合同，几个人回去拿保证金去了。方民还嗔怪刘亮交什么保证金啊，刘亮说，这你就不懂，这是制约，你想赚钱就得先受制约。

方民和刘亮拿着拟好的总协议去和汇丰赵经理碰头，赵经理又拿到总经理那里，不一会儿就回来了，说，总经理让我审合同，不过他把字签了，你们可别蒙我就行。方民说，赵哥，您放心，您是我们的大恩人，我们肯定要赚钱，但绝不会赚多余的钱，并且保证质量按时完工。

看着赵岩签完字，方民的心才算落地，刘亮也是会心一笑。

回来的车上刘亮说，你最近就忙你的婚事，后天就上人，有我和小民你就放心。

方民说，真的要拜托你了。刘亮说，哪来那么多客气话？要是年后还真不行了，我要忙我的事，年前我有的是时间。

刘亮停了一下又问，你是不是没钱了，没了你就说。

方民摇摇头说，有人给我打了三十万元。当然是我借的。

刘亮说，谁？那你咋不说，我这里有啊！

方民说，白佳愉，她给我一张卡，我没要，她就转过来了。

刘亮睁大眼睛说，白佳愉对你可是一往情深啊，连结婚也肯借你，这是真爱，了不起，不过，你可别让娟子知道。

方民说，我也是迫不得已，真不想用她的。万一娟子知道，你就说你的。

317

刘亮说，那还不如退掉，我给你。

方民说，不好吧，这样她会更伤心。

刘亮说，剪不断，理还乱。

方民说，断了，已经断了。

刘亮摇摇头，开着车疾驰在西平安街上。

方民电话响了，是娟子的，娟子说她在国美，让方民过去。方民让刘亮把他送到了国美，然后让刘亮开车先回去。

方民觉得白佳愉的钱就是及时雨，娟子昨天晚上还问他了，要不就又得吵。

在国美电器的二楼他看见了娟子，娟子正在谈论着空调，方民说，空调咱们现在用不着，不是有地暖吗？

娟子说，暖气不是还没有通吗？万一暖气有问题了？夏天呢？夏天那么热，不用怎么行？

方民说，暖气人家说元旦前肯定通，夏天再说嘛。

娟子说，那哪儿行？这都是必需的。

方民说，那你看吧，买就买。

结果三个卧室和客厅的柜机，都是格力的，花了两万多元。

买完空调又到了冰箱专卖区，娟子一下子就被一款容声的四开门大容积变频，什么干湿分储，什么风冷智能无霜彩晶玻璃面，什么梦境极光的658升冰箱所吸引，别的都成了云烟，转来转去就是那一款。方民说，太大了，咱们能放什么呀，要这么大，没有用的。娟子说，咱们人多呀，经常可以在咱们家吃饭呀，华姐，小民，刘亮，你们爱喝酒，啤酒能放，火腿能放，我的面膜也可以放，还有你的茶叶。

说了一大堆，方民觉得没有有用的，现在超市方便得很，谁还积压一大堆。

买吧，你看着买。方民不想说什么了，凡是他反对的，她都坚决要买，自己不知怎么的，一进商场，就被这种眼花缭乱的灯光弄得眼睛发花，脑袋发涨。干脆他坐在休息台，他说什么都是好的，他其实不是反对，而是娟子认为有需要，即使今天不买，明天还会买，所以不如随她。只是到付钱时，他机械地起来刷卡，签字，写送货地址。后来干脆把卡交给娟子，任她去吧。

买完电器下来是锅碗瓢盆，方民手里拎着大件小件一大堆，他干脆打电话让刘亮过来先拉了一回,自己又跟了进来。

等在电器这边终于搞定,娟子又要去老凤祥金店,方民知道这才是重头,这个他不敢马虎,他只能是小心翼翼。娟子看了一个项链二十八克的,金店说已经打折,也没有讨价还价的余地,只是给你送个小玩意什么的。

方民只是点头,服务员夸着说,你老公多好啊。娟子更高兴了,又拿了一个3.4克的金戒指,反正方民不懂,光知道金价是每克三百二十八元,其他一点都不懂。然而她选了一个手镯,价格让方民有些吃惊,比她那两件贵多了,听说是32.18克。方民说,有必要那么重吗?女的戴粗了不好看。娟子一听,说,算了,不买了,拿起那两件就要出门。服务员赶紧说,你可以选一个少一点的,你先生说得有点道理。

方民一把拉住她,说,你这是咋了?我又不是说不买。

娟子大声说,一辈子结婚就一次,我喜欢,我想买什么,你就不愿意,算了,不买了。

方民说,我没有说什么呀,那你让我来,我还不能参与个意见?那你叫我来做啥?你自己来就好了。

娟子不吭声,就在门口僵持着。这时候,那位长得很乖巧的女孩走出来说,你好啊,姐姐,我们这儿还有一款和这个差不多,你不妨来看看,你看看嘛。说着拉着娟子的胳膊就往店里走,还冲方民挤挤眼。

女孩拿出一个真的和那一个很相似的过来,娟子说,这个好,比那个还好看呢。这个多少钱?

服务员指着这个手环说,这个才六七多元,打完折是五千八百元。

方民不懂,问,这个分量低吗?

服务员说,分量差不离。这个是31.18克,那个是32.18克。

娟子说,那为什么?

服务员笑着说,两个的区别就是,前面那个是千足金,这个是K金,K金其实还更好看,但是金含量低一点,这个是75%的,还有58%的。

娟子爽快地说,就这个吧,少了一半价呢。

服务员说好的,就开始给她取包装盒。

娟子回过头对着方民说,这下你满意了吧!

方民赔着笑说,你看好了,别完了又后悔。

从金店里出来,娟子完全忘了刚才的不快,挽着方民的胳膊很满足的

319

样子。

方民问，东西都买完了吧？娟子说，基本完了，还有一点点，我自己搞定。

方民说，好。你自己看着办，我还有很多事情呢，明天我想回去把娘接过来。

娟子说，等结婚前再接过来嘛！

方民说，娘来了还可以帮你干点啥，让她也高兴高兴。

娟子说，那住哪里呀？新房吗？那咱们也搬过去吧。

方民说，来了再说。我还要通知亲戚朋友订酒店，事情多着呢。

吃罢午饭，方民要回老家，顺便把娟子放在了新房，她说里面还有许多要收拾的地方，这几天，除了买东西，娟子的兴趣全在新房里。

方民用了一个小时回到了村子，村子对于他越来越陌生，尽管人还是那些人，街道也没有太大的变化，可是方民觉得他和村子陌生里有着一种牵扯不断的情愫，他也说不清道不明，只是觉得爱也爱不起来，恨也恨不起来。村子里越来越多的年轻人都到外面打工去了，村子不知何时都成了空村，只留下了老人和孩子。年轻人也只有在过年的时候回来，窝上几天之后，走完亲戚，剩下的时间就在牌场抒发自己在外面的舞马长枪，随后就各奔天南海北去了。老家成了客栈，客栈也只是一年回来住几天。

这几天天气骤然冷了下来，方民总觉得村子比城里低至少四五度，一回到老家，穿得再厚，也觉得冻得难受。方民推开了虚掩的门，没一点声响，进了房间，才看见老娘正在炕上缝补着什么，他叫了一声，老娘才仰起头，惊喜地说，我民回来咧，你吃咧吗。娘永远就是先问吃了吗，好像他儿子在外面啥时间都是吃不饱似的。方民连说吃了，吃了。老娘就要下来，方民不让，老娘说，我给炕洞再添点柴火，你坐上去，热着呢。

方民就不再说话，他知道拗不过她，乖乖听话就是了。方民坐上炕，只是有些温热，并不很热，娘是一个人，还省柴火呢。

听见娘在外面往炕洞里加柴火，不一会儿细细的烟丝不知从哪儿冒出来，不过不大，方民知道柴火已被娘点着了。娘进来又问，你真的吃了？锅里还有汤面呢。方民说我真的吃了，你上来，我还有话跟你说呢。

娘洗了把手，上了炕，一边继续缝她的那些都不知道啥的东西，一边说，说啥呢，你说嘛。

方民说，我要结婚了，回来跟你商量一下。

娘抬起头，惊讶地说，咋也没见你说嘛，你谈的？人家娃是哪儿的？长得咋样？啥时间？我都没有准备呢，给你买些好棉花缝个被子，让你姐来帮忙，我眼睛都有些花了，穿不上针。

方民笑着说，你问了这么多，我回答你哪个？你啥都不准备，我今天就要把你接走。

娘说，不行，我还啥都没准备呢。你还没说哪哒娃？

方民说，妈，就是娟子。我要和娟子结婚了，就搁到元旦，还有十天。

娘说，啥？娟子？是娟子呀。唉，也好，娟子娃乖也懂事，也算是让你干娘放心了。

方民说，妈，你今天必须跟我走，那边啥都准备好了，你去了看看新房，再看看还有啥要做的，和娟子布置一下。

娘说，民，你先走，我必须给你缝一床被子，这是娘的心。趁你回来，你也给你哥给你姐打个招呼，还有你舅家，都要说呢，你姨离得远，就打个电话吧。

方民说，我知道，我一会儿就去。你跟我走，啥都有，你准备一下。

娘说，你打完招呼，你走，我不走，我还有许多事呢，我一个礼拜做完这些就来。

方民知道娘的心意已决，改变不了，他还是先去告知亲友吧。这时候炕已热了起来，方民真想好好睡上一觉。

方民先去了大哥家，又去了姐家，随后又跑到十里外的舅家，姨在家受着儿媳妇的窝囊气，方民不想去，但是还不得不说，只好给表弟打电话，表弟倒好着，就是被媳妇拿着，没办法。

方民回来时，娘在翻腾着柜子，娘的所有宝贝都在她的柜子里。娘甚至从柜子里拿出过一瓶酒，剩下了半瓶，是一瓶城固特，一看日期，竟然是1978年，真都成文物了。

方民手伸进被窝，很暖和，他都不想走了，娘放下手上的东西说，儿啊，你爸去世得早，娘也没本事，连婚事都是我娃自办的，娘老了，不中用，也帮不上你啥，这儿有张存折，你看看多钱，我都忘了，可能都到期了吧，你拿着，这是我这几年攒的一点。

娘颤抖抖从口袋掏出手帕，手帕一层层包着，她一层层打开，拿出折叠

321

的一张纸，方民眼睛有些湿了，这是娘省吃俭用还有姐和自己给的舍不得都留下来的。一共是七千五百元，已经到期了三个月了，连利息下来八千多元了。

方民说，我不要，我有钱呢。说完又要给她，娘立即睁圆了眼，方民赶紧说，我收下，我收下。方民放进里面口袋，娘才露出了笑容。

方民看着天色将暮，就要走。临走的时候说，我过一个礼拜来接你，你把你的东西都提前准备好，你可不能再找理由了。

娘说，好好，我知道咧。

方民一路上心潮澎湃，想自己这一路的艰辛，如今要结婚了，有了自己的家，虽然还谈不上三十而立的话，但穷人的孩子早当家，虚岁已经二十八了，也不小了，也虽说还有那么多欠款，但是事业也在前进。人就是一个动着的虫子，可能也就是这么折腾着，才是活着的希望和意义。

（六十四）

方民早上起来先去了工地，看着搭架的搭架，清理的清理，他反倒像一个闲人，有刘亮和小民，三个臭皮匠，顶个诸葛亮，没有啥事情干不了的。可惜刘亮有自己的事业，他感觉压力还是蛮大的，但是压力也是动力，他有这个信心。

几家酒店看了看，平安饭店场面宏大，可是一桌要最低一千零八十元，国色天香酒楼最低一千一百八十元，而西京大酒店要一千三百八十八元，平安饭店和国色天香包酒和饮料，甚至瓜子糖果也包，不过，平安饭店的酒是泸州老窖一百三十八元，而西京大酒店是六年西凤二百三十八元，方民算了算，平安饭店也是老字牌，如果能把瓜子糖果带上就定在这里算了。自己怕麻烦，酒价虽然高点，也能想得通。

他刚从西京大酒店出来，电话就响了，娟子问他在哪里，他说在看酒店呢。娟子又问下来干吗，方民说继续送请帖，娟子就说她也要去。方民说，你去咱俩就得买些糖果，不能空着手去。娟子说，那就买呗。

方民只好在一家批发部买了一些糖果，让人家用小袋装好，娟子已等在西街十字了。方民先送了马凯，接着在江海波办公室坐了数分钟，又来到了康小军单位，没有一个人问他，一看见娟子什么都明白了。康小军说，酒店订哪里了？他如实说了。康小军说他认识平安饭店老总，立马就打电话。结果每桌便宜五十元，康小军说，人家说已经优惠到底了，只能这样了。方民想到又给他省了一两千元，他感谢小军的热心，娟子也是连连表示谢谢。

本来还要给廖如送，但是方民一直犹豫送还是不送，现在娟子跟着似乎更不妥，他决定发个信息算了。看着还有刘晶的帖子，想了想，也是算了，都发信息吧。娟子拿着几个帖子问，咋剩下的全是女的，你不送了还是咋的？方民知道娟子很敏感，她正好借着送请帖告诉这些人她是真正的主人。尤其在一些她有些怀疑的女人面前。

娟子说，写好了就送嘛，你看还有刘晶、王雪妮，咋不见那个白佳愉的呢？怎么，这个重要人物你不通知吗？这有点说不过去吧。

方民说，忘了写，发短信就是了。娟子说，这怎么行，要一视同仁，都要送嘛，也显得我们重视人家。

方民说，不送了，省事。娟子说，那么多男同学也不说省事，到了这些女人就要省事，是有什么见不得人的事吧？

方民把车停下，生气地说，我有什么见不得人的？我和这几个是铁哥们儿，当然要送，其他人也可以发信息，为什么偏要送？再说我都和你要结婚了，我还有什么见不得人的，你话说得难听的。

娟子也不示弱，那为什么单单没有白佳愉的？你是不是还准备偷着见面，再会会老情人，说说知心话。

方民说，娟子，别说得太难听，我问心无愧，再说，我们都是夫妻了，我不想再说过去，希望我们过我们的日子，平平安安过一生，不行吗？

娟子说，我看你就是忘不了旧情人。

方民不再理她，自己生着气开着闷车。

娟子也是头撇向窗外，不说话了。

娟子要回新屋，方民把她送到后就要回店里。娟子说，这会儿店里有啥事？方民说，工地随时要东西我也方便送啊，工地那么忙，我能坐得住吗？娟子说，不是有刘亮和小民吗？方民说，你也不能把担子全压在他俩身上，自己一点都不管吧。

娟子说，那你晚上还过来不？方民说，我看吧，我要过来就拉你，不过来你就打的吧。

方民说完拽上门，就出来了，他看着马上下班了，就直奔工地，好歹还能帮着拉东西顺便把刘亮捎回来。

方民到了工地帮着小民收拾好工具，小民开着货车，方民拉着刘亮，顺道去接娟子。刘亮进了自己的新房说，不想回去了，从今天开始我就住新房了。娟子从对面过来说，今天就在这儿开火吧，反正结婚前就要在灶房起火，我买了些挂面，有西红柿、大葱，就在这里吃得了。方民说，不行，华姐都做好饭了，而且等娘来了再起火，今天回店里。

刘亮说，好，听您的。您是老板，您老人家说了算。娟子有点不情愿，嘴里低声嘟囔，谁起不是一样吗？

方民没有吭声，就关灯，他俩只好跟着出了来。

二十六日上午，方民给工地送了一些物品后，他决定回去接老娘。路上开得飞快，也不知她老人家准备好了吗，如果没有他也好一块收拾，他知道娘的东西太多了，恨不得把家当全搬走。

方民进屋的瞬间，老娘就从屋里出来了，好像闻见了自己。见了他说，都准备好了，你看着几个包都拿着，我都装好了。这个是新被子，这个是新电壶，你二姐结婚那年别人送的，这个是果盘，你哥结婚用的都是新的。这个是苞谷面，去了吃个搅团，也可以当面脯。

方民苦笑，好，都给您带上。

娘再三叮嘱锁好门，把钥匙放进内身口袋才上了车。载着娘，方民心里很踏实，人常说尽孝，可是真正能怎么尽孝呢？自古忠孝不能两全，或者事业不能和孝心两全，对于方民也是一样，娘能坐着自己的车，能住自己的房，能吃自己做的一顿饭，就是尽孝。所以方民一直不能放松的内心在拉上娘上了高速的时候才终于安妥了。

方民觉得他一直以来像燕子筑巢一样，不就是盼望有这么一天，让娘和自己一起住着吗？如今实现了，他竟然有些哽咽。娘看着霓虹初上，说，城里的晚上灯这么亮啊！

方民有意放慢了速度，他让娘多看一会儿。他想着要是秀英婶和老闷叔在那该是多好啊，一大家在一起，方民可以买一个更大的房子，让他们都住在一起。可是已经不可能了，人的一生是多么难以预测啊！

方民把老娘直接拉到了新房，他知道娟子一定在，自己不在，娟子就连饭也不在那边吃了。方民看着灯亮着，他搀扶着老娘站在门口，敲了敲门，里面传来娟子的声音，谁呀？

方民说，我，快开门。娟子拖鞋的声音，门就打开了，娟子看见俩人，露出惊讶的神色，半天才说，方民，你把咱妈接来啦，好呀！好呀！方民说，别堵着门呀。娟子让开赶紧过来搀扶着老娘，老娘说，娟子，我来了，来看我娃来咧。

　　老娘站在通亮的客厅，摸摸这儿，看看那儿，娟子让坐在沙发她也不管不顾，只是四处看着，露着惊喜。

　　方民把车上的包一趟一趟拿进来，直接放在了小房子，看着老娘站着，一个劲儿说，妈，你坐呀，别老站着。

　　直到方民把东西拿完了，娘说，你们的房间是哪个？娟子领着她先看大房间，又看两个小房间，看了卫生间，又看厨房。看完娘对着方民说，这些都是你的？都是你们买的？

　　方民笑着说，妈，这些都是我买的，以后这儿也是咱的家。咱今后农村有个家，城里也有一个家。

　　娘突然转过头，用袖子抹眼睛。方民说，妈，你咋咧？你不高兴咧？

　　娘回过头说，娘高兴，我这是高兴，我娃过上城里人日子了。

　　方民赶紧扶着她坐在沙发上，说，妈呀，今后这个家就是你和娟子操持。

　　娘说，男人是个耙耙，女人是个匣匣。不怕耙耙没齿儿，就怕匣匣没底儿。所以民你只管挣，娟子你要趁着花。

　　娟子笑着对方民说，看，咱娘说让我管账呢，你要把经济交给我管。

　　方民说，你就没听进去下一句，就怕匣匣没底，是啥意思？就是要你节省节约。

　　娟子说，你又没交给我啥，我花啥？

　　方民故意瞪了一眼，说，还说呢，没给你？

　　娘说，你俩别争了。方民你把那个大包拿来，方民知道娘的意思，就从小屋取出了尼龙袋的大包。娘要解，方民赶紧解开了。拉出娘缝的大红缎子新被子。娘说，这是八斤好棉花呢，我和你二姐缝了两天，暖和着呢。

　　方民说，娟子，你铺到床上，这就是我俩新婚的被子。

　　娟子拿不动，方民一块帮着拿进屋，娟子小声说，真土！方民瞪了一眼，说，这比买的好多了，你罩上被罩，不就好了。在娘面前，你少说这些话。

　　娟子不吭声了。

　　方民问她，你走时没有给华姐说吧。娟子说，我说了，也说你可能在这边忙，也可能回去也可能不回去，反正晚饭不吃了。

325

方民说，今天晚上咱就在这里开火，有啥，赶紧弄点，都饿了。

娟子说，有面，要不下点挂面吧，还没有买面粉呢。

娟子说着就朝厨房走，娘也听见了，说，我一块儿做。方民说，城里做饭简单，一会儿就好，厨房俩人有点挤，你也不熟悉，不管了，安安稳稳坐着。

娘忽然想起什么，站起来朝小房间走，方民说，你干啥？我去拿。

娘没有吭声，只管去了小房间，不一会儿拿出两根红蜡烛和一把香。她问，有碗吗，盛一碗沙子，给灶爷看看香火。

方民说，碗都是新的，一次性纸杯行不？娘说，啥都行，要沙子呢。方民知道外面道边就有施工剩的沙子，他很快出去弄来一杯，娘把杯子放在饭桌上，点燃两根蜡烛，又点上三根香，插在杯子里。

娘嘴里念着，灶爷灶爷保佑一家人平平安安。说着就要跪下，半天跪不下去，方民要帮忙，她推开了，跪下后磕了三个头。方民赶紧也跪了下来，学着娘也磕了三个头。

磕完扶着娘站了起来，慢慢走向沙发，坐了下来。

方民又打开电视，给娘放了个打仗片，他自己来到厨房。看着娟子正在择菜烧水，电磁炉发出滋滋的响声。方民说，你没有试天然气有了吗？

方民拉开阀门，打上火，没想到蓝色的火苗蹿了起来，原来天然气已经有了，听说里面只放了十方，要赶紧买。不过今天晚上做饭够了。娟子很高兴，说以为没有来也没有试，谁知竟然有了。她把锅换到天然气上继续烧。

当方民把一碗热气腾腾的汤面条端到娘的跟前时，娘说，看来你们长大了，不要我能成了。方民说，咋会呢，你还有很多事要做，没你咋成？

娘说，我晚上这个时间不吃饭，今天不一样，要吃，这是开火饭，红红火火过日子嘛。

三个人一起吃了在新房的第一顿饭。

收拾完，方民拉着老娘的手说，跟我来。他带着老娘来到小房子，小房子已经铺好被褥，方民说，妈，这就是你的房间。老娘摸摸床上的新被褥，说，都是新的。说着就从尼龙包里塞塞窣窣取出一张花单子，她在新褥子上铺整齐，方民说，不用铺。娘说，铺着我能睡踏实。方民不再言语了。

方民还要回店里睡，娟子不准，方民说，那就我睡隔壁，你睡新房。

娟子问，为啥？

方民说，不是还没有压床呢嘛！娟子说，你还封建的啥一样？！

娟子拉他，方民悄声说，等结婚那天才神圣。娟子戳了一下他，自己回屋了。方民也睡在了次卧，他闭了灯，第一次盖这么新的被褥，方民还有些岔铺，半天睡不着，想着想着不知不觉就迷糊了。正恍惚间，有一个人钻进了被窝，方民一摸，身体滑溜溜的，他一下子明白是娟子，刚想嗔怪，忽然想起老娘就在小屋，估计此时还没有睡着呢。

他只好伸出胳膊，把娟子整个身体盘在怀里，方民有些羞涩，还有些紧张，但是胸前两只软绵绵的东西让他瞬间有了感觉，又不敢翻动，新床哪儿没有安装合适，还发出一些吱呀声。他就按捺着，抱着她迷迷糊糊进了梦乡。

方民感觉有动静时，睁开眼睛，原来是娟子穿着睡衣上卫生间回来，娟子去掉睡衣，露出白晃晃的身体时，方民一下子就冲动了，当娟子一股脑趴在他的身上时，方民再也按捺不住。一阵狂风暴雨之后，方民浑身湿热，看着娟子也是湿漉漉的头发盖住了眼睛，他替她捋好，娟子一下子又趴在他身上，方民拍拍她的背，睡吧睡吧。

（六十五）

工地上各干各的，刘亮像个监工的，一会儿跑这儿，一会儿到那儿，一会儿训斥，一会儿又赔笑脸，方民在值班室坐着，和门卫聊着，都看在眼里。

方民坐了一会儿，觉得没有啥可干的，就开车回来了，他在心里盘算一件事，一年一度结束了，也该兑现华姐、小民的分红了。

这次的工程还没有完也算不进来了，就拿元旦做个阶段吧，方民想。按说农历年最好，可是结了婚，娟子就会插手，谁知会是什么样子，还是现在好些。

方民在店里算算写写，一直忙到吃了中午饭，他打电话给娟子。娘吃了吗。娟子说娘自己做的臊子面，刚吃完。

方民打完电话喊来华姐，说，华姐，我娘来了，在我新房那边，咱们今天都过去，在新房吃一顿团圆饭，一年了，谢谢姐。

王华说，你要结婚了，我太高兴了，姐祝福你。

方民望着王华说，姐，你永远是我的姐，谢谢你。

王华抹着眼泪，方民递给她纸巾，王华笑着说，我是高兴。

过了一会儿，方民说，姐，他们俩回来让小民拉着你一块儿过来，我娘想见你呢。

王华说，好，好，我一定来！

方民出来先去了一趟银行，银行办完了又赶到超市买了些现成凉菜，还有牛肉、耳朵、冻肉一类的，又买了一袋面粉和时鲜蔬菜，娘习惯擀面，家里不能没有。

方民到楼下，隔着窗户喊娟子，娟子应着出来了，帮着他把东西一块拿回家。方民告诉娟子今晚那边几个人都过来，大家在一块吃顿团圆饭，也一起高兴高兴。

娟子说，好啊，也让他们看看咱们的新家。方民说，你可不能显摆啊，他们都是自家人。

娟子说知道了。方民在客厅没有看见老娘，又到小房子看见娘又在做着针线。方民说，妈，你在这儿也不歇歇，还做啥呢？老娘说，我闲得慌，还剩几双鞋垫，马上就好了。

方民出来，又到厨房帮着娟子一块弄凉菜。方民又把菜花、大辣椒、蒜薹、蘑菇几个收拾一堆，想着再弄几个热菜。

娟子调凉菜还行，炒热菜不会，方民只好自己动手，尽管他也是胡弄，有些还是给华姐当下手锻炼出来的，他的调料重，小民还说有味。

刚炒了一个蘑菇，就听见敲门声。方民赶紧让娟子去开门，刘亮一进来就说，香，真香。小民一进门就大喊，呀，这是进了皇宫了，真棒啊！

华姐也是露着喜悦看着，方民从厨房出来赶紧招呼都坐，华姐问老娘呢？方民说，她闲不下在小屋做鞋垫呢。

王华就跟着方民进了房间，进门就喊，娘，你身体好啊！老娘抬起头说，好，好着呢，你就是王华吧？老娘听方民说过，没想到就记下了，方民又指着小民说，这是小民。老娘说，小伙子长得浓眉大眼，精神得很。方民又拉着刘亮给老娘说，这是亮子。老娘说，你就是那年到家里去过没停就走了那个娃？刘亮赶紧说，姨啊，是我，你还记得我呀！

老娘说，记得，记得。

在小屋有些挤，方民让大家都坐在客厅，老娘说，你们坐，我手上这活马上就完，你先去坐着，喝水，倒水了吗？

方民说，倒上了，你别管了。

王华听说正在炒菜，就直奔厨房勒上围腰开始掌勺。方民笑着说，华姐来了就好了，我这是赶鸭子上架。

餐桌只有四把椅子，刘亮说，小民跟我拿椅子走。小民说好嘞，就跟着刘亮到了对面。一进屋，小民就喊，真漂亮啊，我啥时候能有这么一套房啊？

刘亮说，再过几年，你也会有。

说着俩人把这边两把椅子也搬了过来，六个人够了。

这时候凉菜已经摆起了，小民就想上手，王华说，你个馋猫，等不及呀。

小民要喝酒，方民从酒柜上拿出一瓶葡萄酒，拿出一瓶酒鬼酒。刚放到桌子上小民就迫不及待要打开，刘亮说，正好符合你这酒鬼。

几个人都笑了。方民招呼大家坐餐桌，王华说，让老娘先座。这时候老娘从屋里出来了，也招呼大家坐。刘亮说，你老人家不坐，我们晚辈哪敢坐？说着扶着老娘坐在了中间位置上。

娟子把牛肉汤端上来一块坐了下来，刘亮提议大家举杯，先敬老娘一杯，祝她老人家福如东海长流水，寿比南山不老松。老娘抿了一点，大家干完了第一杯。小民说，我知道了，第二杯要敬一对新人夫妻恩爱白头到老，是吧？刘亮说，可以呀，不错。方民和娟子站起来，娟子说，你们都是好朋友，自家人，我平时不会说话，你们多担待，谢谢你们的祝福。方民感觉娟子今晚很会说话呢，也说，谢谢大家，谢谢姐，谢谢小民，谢谢亮子。

王华和娟子喝的是葡萄酒，他们三人喝的白酒，老娘吃了一点说，你们吃，我晚上不吃饭，吃得多怕胃受不了，你们吃，多吃点，我进屋歇会儿。方民说都别管，我妈就是晚上不太吃饭，由她去吧。

又吃了一会儿，方民说，我跟大家说一件事，都安静一下，今天也算是年终总结聚会，同时我也把今年的公司运营情况给大家汇报一下，并且还有好事要宣布。

小民说，还神秘得很，有啥哥你就说嘛。

方民说，我怕你喝醉了，所以先说说正事。今年咱们公司总的来说不错，总利润接近五十万元，按照我原先给大家设定的股份所以今晚把分红情况给大家说一下。本来公司有刘亮的股份，但是他硬不要，我只好就不算他的了。刘亮打断了方民的话，说，我已经拿过了，只限于这一次，已经声明拿过了。我买的房子都是方民帮的忙，里面的家具都是他买的，所以我已经拿过了。

娟子睁大了眼睛，筷子停在半空，脸上的笑容消失了。

方民装作没看见，继续说，小民股份是8%，按照总利润48.25万元，他

329

应得分红 3.86 万元，华姐和娟子是 5%，应得 2.4125 万元。我下午去了趟银行，这是卡，连同十二月工资都在里面，这是小民的。方民递给小民，小民在身上擦了一把手，接过来，高兴地说，哥，这是怎么说，还真有啊？

方民又递给王华，说，华姐，这是你的。王华说，我不要，我没有功劳。方民郑重地说，华姐，这是必须的，这是规定，必须拿上。王华一脸惶恐，接过来，不知所措。方民又递给娟子，这是娟子的，拿上。娟子说，我的就是你的，你拿着。方民说，这是两码事，这是你挣的，拿上。娟子接过来放在餐桌上。

刘亮说，小民，你一个月七千元，加上分红，一年不少哎。

小民羞涩地说，我这是民哥照顾我。

方民说完，又对华姐说，华姐，给你放三天假，元旦你来帮忙，刘亮和小民你还得坚持到三十号。

小民说，没问题，要不是你的大喜事，不放假都成。说完端起酒就要敬方民，方民说你少喝点，明天别耽搁事。小民说，哥，你放心，这一瓶三个人分能喝多少。

一瓶酒喝完了，小民又把红酒也喝完才说算了，明天晚上再喝。

几个人要走了，老娘从屋里出来，拿着一沓鞋垫给了一人一双，说，给我娃们一人一双，没有人家卖的好，也是我一针针缝的，我的一点心，你们甭嫌弃。王华拿在手上说，娘啊，你还会绣花，好得很。老娘说，我是照猫画虎，胡绣的。

方民让把货车放这里，不要开了，明天刘亮开过去。让小民打个的，拉上华姐回。

小民说，没问题，你放心好了。

等送完他俩，刘亮说，我今晚也是第一次进新房，就是差个新人，哈哈。

方民说，你放话，几天就会有。刘亮说，再见，你赶紧回，正是温柔富贵乡之时，去吧，我关门了。方民指着他，说，你说啥呢，赶紧睡去。

关了门，又招呼娘睡了，方民进了次卧，娟子已经收拾完了也进来了。方民脱了鞋，想上床，娟子却说，先别急，你说清楚，刘亮的家具是他的钱还是咱的？

方民说，有些事你不知道，就别掺和了。

娟子说，这家是俩人的，我咋叫掺和。你说清楚。

方民说，本来人家刘亮有股份，如果按股份人家应该拿二十万元，现在买家具你只花了五六万元，你占大便宜了，还说啥！

娟子大声问，刘亮凭啥拿股份？他几年都没有在，为啥给他股份？

方民说，你知不知道要不是刘亮哪来的公司？那年我在南门擦皮鞋，刘亮拿了五万元家当，成立了公司。那时候的五万元是现在的多少倍？他走了拿了一部分，留了一半，你说咋能不给人家？你不给良心能过去吗？况且刘亮这次回来人家不缺钱，人家现在纯属帮咱们的忙，人家图什么？

娟子不服气地说，那你不是给他买房子便宜了吗？

方民说，刘亮还是我的好哥们儿，就是没有公司的事情我也应该帮忙，和这件事是两码事。

娟子沉默了一会儿，又问，那给小民和王华发工资为啥还给分红？

方民没好气地说，不为啥。

娟子也来了气说，不为啥，你给他们分红？你是钱多咋的？

方民站起来说，王华救过我，给多少都不多，这你就不用说了。小民凭什么黑白给你卖命地干，他不敢八小时下班去玩，去喝酒。为啥你随时能让干啥就干啥，而且有些活他能干而我干不了。就是这理由。

娟子闷了一会儿，说，反正我想不通。

方民拉开门说，想不通慢慢想，我看会儿电视。

方民坐在沙发上，打开电视，又关了灯，他没有放声音，他怕娘听见。

方民其实也没有心思看电视，本来有点困，想早睡，可是这会儿没了睡意，只是在想着这些烦心事。他真的不想吵，就这娟子还不知道借钱的事，要知道是白佳愉的，还不闹翻了天。

在沙发上躺了没一会儿，娟子就出来了，站在他面前不说话，方民也没吭声。娟子说，你咋不准备睡了？方民说，我看一会儿，你先睡。

娟子从茶几上拿着遥控一下关掉了电视，方民怕一吵让娘听见，就站起来，向屋里走去。娟子跟着也进了来，方民一骨碌钻进被窝背身对着外面，娟子关了灯，也钻进来，扳着他的肩膀，方民不愿意，娟子说，你还准备生一晚气，是吗？见方民就是不吭声，她拧他的背，掐他的脖子，方民不愿意再吵，翻过身，揽住她的头，说，睡吧。

娟子才止了，钻到他怀里，用牙咬他，方民忍着疼不吭声，半天她才松了口，才又温顺地钻进怀里。

（六十六）

　　元旦早上四点半，娘就起来了，点了香火。堂桌上挂着父亲的遗像，方民照着相片磕了三个头，嘴里说，爸，儿子今天结婚了。你保佑今天一切顺利，你也放心，娘她都好着呢，我会照顾好娘的。

　　方民昨晚睡得晚，起来头昏昏沉沉，浑浑噩噩跟着司仪到了酒店，他看见了亲戚们，看见了江海波、康小军、马凯、王雪妮、刘晶还有廖如等同学们，看见了黑子、郑总、赵岩等人，就是没有见白佳愉。其实他早料到白佳愉不会来，为啥还要想她，自己已经结婚了，有了妻子。

　　他隐约知道给娘磕了头之后，娘掏出一个红包，给了娟子。并且把她结婚时候只带过一回的一对银镯子给了娟子。记得小时候娘就说过，她没有舍得给哥哥姐姐，就要留给她这个巴巴儿。

　　方民也不知自己喝了多少酒，反正就是迷迷糊糊，最后结账他给服务台递卡的时候，刘亮过来说，你钱够不？他说够。刘亮说，你分红用了不少，工地又用了些，买东西又用，真的够？

　　方民感觉已经醉了，他还有意识，说，谢谢兄弟，你是我最好的兄弟。白佳愉也是够意思，够哥们儿，你们都是我的好哥们儿。

　　娟子过来说，你喝那么多干啥？亲戚走了，你也不送？说完又转过身问刘亮，刚才方民说借钱？还说白佳愉够哥们儿是啥意思？刘亮一听赶紧说，他高了，逮谁说谁，胡说呢。

　　由于方民醉了，晚上他们几个想过来闹新房，也就只好作罢了。

　　方民在一阵强烈的口渴中醒了过来，房间的灯亮着，但是只有他一个人，他从床上下来，感觉头还有点晕，看看床头的手机，十一点半，他拉开虚掩的房门，客厅电视忽明忽暗的光刺着他的眼睛，借着光他看见娟子穿着睡衣躺在沙发上，电视声音很低，方民走过去问道，你咋还不睡？娟子没有吭声。方民就自己找水喝，暖水瓶里空空如也，他又去找烧水壶，在龙头接了半壶水，然后把插销接在电视旁的插座上，不一会儿就传来滋滋的声响。方民找到水杯，放在茶几上，然后坐在沙发上，摸到娟子的肩膀，娟子一拨拉，没有吭声。方民说，咋啦，身体不舒服还是不高兴？娟子说，死了才好。

　　方民便不再理她了，不知哪根筋又犯了。水开了，他倒了一杯，又给娟子倒了一杯，推给她，说，喝点水吧！依然是沉默。

方民喝完了这一杯，看着还是这样的气氛，就主动开了口，怎么了？生什么气呢？你也该说明白，让人莫名其妙。

娟子忽站起来，指着方民恨恨地说，方民，你别过分。我今天不想和你在这儿吵，要吵到房间去。

娟子起身就走向了房间，方民也起来跟了进去，娟子啪一声推上门，方民说，你犯的什么神经？轻点。

娟子瞪着眼睛问，今天你的心上人为什么没有来？

方民说，你说什么？我听不懂？

娟子说，别装了，你的白佳愉怎么没有来？

方民说，人家爱来不来，我能管得着吗？来不来是人家的事，不来也是罪？来了还要咋样？

娟子说，没来吗？我看看礼单。娟子把放在梳妆台上的礼单翻开找着，翻了一会儿停住了说，没来，怎么行礼了？还是很高啊。1888，好大一份礼啊！

方民说，她人没来，也许是让谁带的礼。至于行得多，是人家有钱。

娟子冷笑着说，钱多，多得很，连结婚也是人家的吧！

方民一下子愣住了，娟子怎么知道的？这事只有刘亮知道，难道是他说的？不会，刘亮不会，难道是自己哪儿露出了蛛丝马迹。他奋力想了想，也没有啊。

娟子见方民没有吭声，说，说对了吧！你们什么时候见面的？不，什么时候约会的。

方民说，别说得这么难听。

娟子说，让我怎么说得好听？我男人结婚前和别的女人幽会我还要说得好听？你说什么时间幽会的？

方民说，别瞎说，没有的事。

娟子说，别背着牛头不认脏，你二十号下午四点多没有打电话，那天有了三个小时你不知去了哪儿，就是约会去了。是不是，你说？

方民知道不能隐瞒了，她肯定翻了他的手机，方民说，我们是见了面，她从外地回来，我顺便告诉她我们要结婚了，就这些。

娟子说，她回来为啥要见你，是会情人吧？你们既然扯不清，干吗要和我结婚？

方民倒显得冷静了，说，我承认她对我有好感，但是我既然选择了你，我们是不可能了，所以我告诉她我们要结婚了，也让她死了心。

娟子大声喊道，我不要这种施舍，也不要你的怜悯，你不要看在我妈、我哥的份上跟我结婚，我不要这种可怜的婚姻。

娟子说完大哭起来。

方民不知所措，但是也没有去劝，只是坐在床头，想着许多纷杂的事。

看着她不再喊了，方民站起来说，娟子，我郑重地给你说，我以前没有答应你对我的爱，直到那次回老家，我是真的才决定放下我的感情，接受了你。从那时候起，我就决定和你过一辈子，不离不弃，也没有什么施舍、可怜，婚姻就是过日子，我就是要和你过一辈子的日子。你要是这么想，我真没有办法。

娟子哭着不说话，隔了一会儿她说，那你为什么借她的钱？或者是她给你的钱，结婚这么大的事，你没有钱结什么婚？而且借谁怎么会借她？你这不是还保持联系是什么？

方民知道那时候接到白佳愉打来的钱就有些后悔，是啊，为什么要接受白佳愉的钱呢？唉，方民，你真糊涂，为什么啊！

方民不再吭声，他的任何解释对娟子都是苍白的。

娟子也许是哭累了，和衣而卧，方民拉着被子一角也是和衣而卧，直到两三点才昏沉沉睡着了。

第二天方民醒来时已是八点多了，她看见娟子还沉睡着，腿后半截还在外面，他下了床，给她盖好被子，轻轻开了门又轻轻掩上。却看见娘正收拾着茶几上零乱的东西，娘看见他轻声说，你多睡会儿，我都把饭做好了，你要不把娟子叫起来吃？方民说，你别管了，她头有点疼，让她多睡会儿，咱们先吃。

方民接过盘子里的垃圾倒在了垃圾桶，又去洗了盘子放在了茶几上。娘说，我给你盛了先吃，我等娟子一起吃，我也不饿。

方民本想说那就一起，又怕娟子起来不愿意跟他一起吃，就自己喝着娘端来的稀饭和热了的昨天的剩菜就着馒头，忽然想起了刘亮，他给娘说，妈，再盛一碗，刘亮也没吃呢。

方民过去敲了敲门，没人应，他又使劲敲着，里面传来刘亮慵懒的声音，谁呀？方民说，懒蛋，起来，吃饭了！

刘亮说，不吃，让我多睡会儿。方民说，先开门。

门开了，刘亮裹着被子说，结婚第一天，也不多睡会儿，起来这么早干吗！

方民说，我娘做好早饭，起来吃一点吧。刘亮说，不吃不吃，困得很，我继续睡呀！

方民一把拉住他，睡啥呢，我问你个话。刘亮说，有话就说，快点，困得很。方民说，是不是你告诉娟子白佳愉给我借钱的事了？

刘亮急得睁大了眼说，是你自己昨天喝醉了说的，娟子就在你身后，你还说？

方民说，唉，完了，你咋也不提醒我？

刘亮说，怎么了？看你睡眼蒙眬的样子，昨夜估计没好过吧？

方民说，岂止没好过？唉，不说了。

刘亮说，要我帮忙吗？方民说算了算了，越帮越乱。

刘亮也睡不着了，干脆洗了脸，随着方民过到对面。

老娘说，去这么大工夫，饭都凉了，我再热热去。

方民一摸，还有温度，就说不了，还热着呢。刘亮跟老娘打了招呼坐下就吃，说稀饭真好吃！老娘说，就你会说话，不好也说好。刘亮笑着说，真好呢，还有吗？

老娘说还有呢，完了给你盛。

这时候娟子从里面出来了，老娘说，听方民说你不舒服，多睡会儿嘛。

娟子像是没有发生什么事情一样，笑脸说，娘，我睡好了。

老娘就要去盛饭，娟子说她去。老娘说你先去洗脸，我盛去。

等娟子洗好脸过来，刘亮说，娟子，我整天吃白食，你不烦吧？

娟子说，吃一辈子都成，别一起狼狈为奸，瞒着我干坏事就行。刘亮说，我给你看着他，他要干坏事我立马报告给你。娟子说，你，鬼才信你。

老娘端上来饭，又要给刘亮盛，刘亮说，娘啊，吃不动了，明天再吃您的吧，我肚子有限，香是香，真的吃不动了。

老娘说，你吃饱啊，甭撒谎啊，不吃你就自己饿着。

方民递给娟子一个馒头，娟子不领情，打掉他的手，自己拿了一个掰了半拉。

刘亮故意笑着说，你俩这是唱的哪一出，像小孩过家家，这可不是过家家啊。

335

娟子拿筷子要敲打刘亮，看见老娘过来，才不吭声了。

吃罢饭，老娘在她的房间又开始了她的针线活儿，都不知她要做什么，总有做不完的活儿。娟子把许多亲戚送的东西整理到柜子里，方民不知要干什么，就把屋里的花儿齐齐又浇了一遍。

上午娘要做饭，娟子说，娘啊，咱包饺子吧。娘俩就在厨房叮叮咚咚做了起来。方民觉得这一点还欣慰，娟子对自己不待见，对老娘好着，他也就放心了。

一直到晚上，娟子对他爱理不理的。

直到娟子进了房间，老娘才悄声问方民，你咋把娟子得罪了？去，赔个不是。方民说，您别管，她是发神经。

方民为了不让娘操心，就也进了房间，他听到娘关了客厅的灯。

娟子说，谁让你进来的？你睡隔壁去。方民要拉门，她又说，你敢？

方民说，你这是去也不是，不去也不是？你到底要咋？

娟子说，我要你跟那狐狸精一刀两断，断彻底。

方民说，本来就没有什么，硬让你说得好像有啥似的。

娟子说，别说得那么好听，鬼才信呢。

方民说，那你到底想怎样？娟子闷了一会儿说，你给我说实话，你们上过床没有？方民睁大眼睛说，你说啥呢？你想得也太龌龊了吧。

娟子看像是真的，又说，那抱过吧，亲过嘴吧！

方民想起了第一次和白佳愉的吻，也想到最后一次的吻，他不知道怎么说了。娟子说，我说对了吧，你说亲了吧，我只要你承认就行，就是想听你说一句真话。娟子一脸真诚的样子，方民不想再闹了，就准备承认说吻过。可是他听康小军一次酒桌上说过，一个女人问你恋爱细节，千万不敢实话实说，否则就成了把柄，成了万年脏。所以只要贼无脏硬似刚，你只要过了这个诈你的过程，就轻舟已过万重山，否则你将万劫不复。

方民想到这里就说，没有，我们就是一起散散步，吃吃饭。

娟子不信，忽然趴到他的身上撒娇着说，你就老实说嘛，我就是知道，从此不问了。方民故意说，说什么呀，没有你让我说啥。

娟子看诈不出来，就又变了脸，说，看来你是软硬不吃啊！那么你就别想睡。方民不理他，结果一会儿眼皮就打起了架，刚迷糊，娟子一把掀了被子，说，你想睡，不行，没说老实话就不能睡。方民说，您能不能明天再说，

336

我的姑奶奶。娟子说,姑婆也不成。方民就转过头,不一会儿又上眼皮接下眼皮,娟子又抓住他的衣领,说,你还没有把我心情安慰好,就想睡,没门。方民怒了,你到底想咋?娟子说,我不想咋,就是说你和她亲过嘴吗。方民大声说,亲过,抱过,睡过,你爱咋的咋的吧。

娟子说,我就知道是真的,果不其然说真话了吧。那个狐狸精一看就不是好东西,睡过几次?说。

方民声嘶力竭地说,睡过一百次,满意了吧。

娟子反而扑哧笑了,一百次,不信,你也没有那么大精神。我问你,到底有没有?

方民说,我告诉你有也不信,没有也不信,你到底要怎样?

娟子说,我最后问一遍,真的没有吗?方民说,我说没有你不信嘛。娟子说,这回说了我信。方民说,没有。

娟子说,今天算了。今天就饶了你,睡吧。

方民终于可以盖上那个被子,他躺在床上想哭,却哭不出来。娟子对老娘蛮体贴,别的毛病倒没有,就是这样,真受不了。他实在很累,他觉得再这样就真的崩溃了。想着想着就睡着了。

(六十七)

方民早上爬起来时,头昏脑涨。虽然是元月二日,但是工地工程紧,而且记得赵岩在婚礼上说元旦过了让他去一趟,没说啥事。

方民喊了刘亮,俩人就奔汇丰这边来了。

刘亮继续招呼工程的事,方民上了二楼找赵岩。刚进门,赵岩说,老板说,用料要最好的,不要怕花钱,质量要一劳永逸。你们的刘亮还顺便给我们帮了不少忙,好多电路的毛病,还有库房的一点补漏活都是你们工人腾出时间干的,让算一下工钱,他还不要。所以老板满意,就说第一时间段进度款也可以先拿给你们了。方民很高兴,连忙感谢赵岩,赵岩说不用谢我,要谢你们呢。我给财务说了,你一会儿去,看是打到合同账户上还是现金支票,你自己去办吧。方民应着,高兴地去了。

方民办完下楼把情况给刘亮说了,说你做得真棒。刘亮说,诚心交换呗,你好他也好,这社会才能美美与共。

方民说，你还真能哎！

两个人正说着，手机又响了，是娟子的。方民接了，娟子让他回来捎点茴香，她想吃茴香饺子。方民说你在门口菜店看有没有，我这儿正忙着呢。

娟子说，我不管，你反正要买，谁叫你早上走连个招呼都不打。

方民本想着上午和刘亮小民一起，再把赵岩叫上一起吃个饭，他在家里待着也难受。谁知道娟子又叫他买菜，她是故意的。

方民只好给刘亮交代了几句，就往回走。在秋林公司超市菜市场却忘了娟子叫她买什么，他打电话过去，娟子没有信号，打不通，他知道屋里信号就是不太好。好像记得是香菜，所以他买了一把香菜就赶回了家。

娟子和娘在厨房里，娘在擀饺子皮，娟子剁着肉馅。方民把菜放到厨房就去了卫生间。刚蹲一会儿，就听见娟子喊他，你在哪儿？

方民上完出来看见娟子杏眼倒立，指着他问，我叫你买的什么菜？方民说香菜呀。娟子说，谁叫你买香菜了，我让你买茴香。方民才记起来是茴香。连忙说，我记错了，对不起。

娟子说，我说的你一下就忘了，要是别人说的你保准记得准准的。

方民说，要不我给你再买去。

娟子说，不用了，晚了，我不想吃了。

老娘从厨房出来说，已经买了算了，香菜放点蒜苗和肉在一起很好吃呢。娟子没说话坐在沙发上，娘说，我来拌馅，一会儿一起包。

娘剁好了馅，喊方民、娟子都来包饺子，娟子不情愿地来了，方民洗了手，坐在娟子旁边，娟子向外挪了挪，不理方民。

娟子吃了一枚，忽然脸就转晴了，对娘说，还蛮好吃呢。娘说，啥馅都能包，只要剁碎，调料搭好，都好吃。

下午方民在店里整理资料，一边打电话联系用料。王华过来看了两遍，方民一边打字一边问，华姐，你有事吗？

王华支吾着说，没有，没有，我看你需要帮忙不？

方民笑着说，不要，你忙你的，我自己就行了。

等到下了班，小民回来时，方民和他商量了明天的材料问题，小民还以为方民没有联系呢，知道他联系好了，明早就送过去，很高兴说，哥，工地你不用管了，只要材料到位，我那儿不用操心。

方民告了辞，回到了小区。他直接敲了刘亮的门，刘亮正在洗澡，披着浴巾出来开了门，说，你早不来晚不来，刚进来你就敲门。

方民看到桌子上的方便面盒子，知道刘亮已经自己搞着吃了。

刘亮出来了，方民说，你咋不过去吃，又吃方便面？

刘亮说，没事，我喜欢吃方便面。在深圳，我经常吃泡面，现在还能煮着吃，下一点青菜，蛮好啊。

方民说，是不是嫌我们的饭不好吃？还是娟子怎么了？

刘亮说，别瞎想。我好着呢，不过刚回来碰见娟子了，问我见你了吗。我都不敢回答了，回答没有见，她一定会找你麻烦，回答见了，我真的没有见。你俩是不是这两天……

看着刘亮欲言又止，方民说，不说她了。你那边还好吧，黑子和飞鹏他爸活干得咋样？

刘亮说，没问题，我是恩威并施，我说你每天都会偷着来看，哪儿出了问题你了如指掌，小心扣你的钱，所以他们都感激我，好着呢。

方民笑着说，我原来成了黑煞魔王。

刘亮说，你是黑煞魔王好，一个红脸一个白脸，这是管理的办法。

方民说，真有你的，你没有当个官真是屈才了。

刘亮说，诸葛亮、关张赵再厉害都不如刘备。你就是刘备刘玄德。

方民说，瞎说。说完俩人都笑了。

刘亮说，哎，回去好点，我反正觉得你这几天不对劲，如果实在有解不开的疙瘩，哪天我带你去见一个高人，我姑父说的，是一个懂玄学的人。我也想见见，要不哪天一块去。

方民想，清官难断家务事，就说，再说吧！

方民用钥匙开了门，发现饭桌上已经摆好了三个菜，看见他回来，娟子说，干啥去了，为啥不接电话？

方民说，没见你打啊！娟子说，打了三遍，还说没打，你拿给我看。方民拿出电话发现果然有三个未接，就说，调了静音，没听见。

娟子刻薄地说，有啥见不得人，还静音。

方民也有个毛病，听不得手机铃声，尤其夜晚，自己有失眠的习惯，听了电话更睡不着了。再说那些闲电话、骚扰电话太多，一听见就想接，就得啰唆半天，成了头疼的事。政府的一些官员，特别是那些同学都喜欢把电话调到静音，方民也有这个习惯，但是给娟子解释不清。

好在娘端着最后一个菜来了，娟子不再发问。

方民边吃边问，妈，昨晚睡得咋样？今天在家都干啥了？

娘说，昨晚总听见有人说话，睡得不实。今天做一些乱七八糟的活。

方民说，你没事就看电视嘛，想出去就在外面转一会儿。

娘说，我知道，不爱转，老腿疼。看电视看不懂。

娟子说，给她开电视也不看，我说带她转超市她也不去。

吃罢饭，娘要洗锅碗，方民起来要洗，娟子说，还是我洗吧。

娘看见娟子进了厨房，就悄声问方民，得是又吵了，吵啥呢？娟子也没有谁了，你要多担待点，多让些。夫妻总有磕磕绊绊的，过几年就好了。

方民说，你放心，妈，我知道。

方民想着老娘人老心不糊涂，就冲她努努嘴，让别说了。

方民昨晚没睡好，吃了饭，放着电视看了二十分钟，就打盹。他站起来对着老娘说，妈，你看，我睡去了。

娘说，你去吧，好好睡一觉，看你没精打采的。

方民进了屋，躺在新床上，感到很暖和，捂住头，就昏沉沉睡去了。

方民感到一阵冷的时候，睁开了眼，看见身上的被子被娟子揭开了，娟子站在床头，看着他。方民说，又来了，是吧！

娟子说，就是。

方民说，你又犯傻神经了？说完要拉被子，娟子拽住，不让拉。方民干脆坐起来，就这样冻着。

娟子发问，今天下午做啥去了？

方民知道审问又开始了，说，在店里整理资料，备工地的材料。

娟子问，那咋不接我的电话？为啥把电话要调到静音？方民不耐烦了，说，我给你说了一百遍，这是我的习惯，现在都这样，过一会儿看看，有事就回，没事嫌骚扰电话多。你刚才打电话我已经回来了，在刘亮那边，和他说几句话。

娟子说，你俩又商量啥去了，是不是给他学我管你太多，诉苦去了？回来不先回家，先去人家屋。怪不得刘亮不来咱家吃饭了。

方民叹着气说，我真的有事，刘亮累了，他随便吃一点想睡，由他去。我诉啥苦呢嘛！

娟子说，我看就是去诉苦，去说我的不是，让人都知道我是个不讲理的人。

方民说，你现在就不讲理嘛。

我咋不讲理了？

你不让人睡觉就是不讲理，给你解释你又不相信，让我说啥。

你就是不重视我，光知道你的那些朋友，你的事。

我咋不重视你？

让你买茴香，你买成了香菜，你是重视我？

我到超市给你打了电话，也打不通，我记成了香菜，就买了。

你哪打了？我没接收到。我手机一个都没接到，你骗谁呢？

方民拿了自己电话说，我给你找，他翻开电话栏，给娟子看，娟子看了，果然有，就不吭声了。娟子拿着方民的电话又向前翻，翻到白佳愉，说，这是啥时候通的？

方民一看说，这还是上一次通的。

娟子说，唬谁呢，这最后一次是上午打的，你看。

方民一看果不其然有一个，他忽然记起了，上午他翻卖材料的电话时无意中给白佳愉拨出去了，仅仅三秒，赶紧就挂。就这也变成罪状了。他说，这是上午无意拨出去的，你看才三秒，我打不会三秒吧。

娟子说，说不定心想着她，打出去又后悔了挂断了。

方民说，你真会想象。

方民拉上被子打算不理娟子，娟子也上了床。俩人都没有睡着，但是看着娟子不再有动静，方民不一会儿就瞌睡了。谁知娟子忽一下又揭开他的被子，他一下子被惊醒，顿时火就冒了上来，大喊，你到底想咋？

娟子说，我心里还窝着火呢，你倒是打起了呼噜，我心没安慰好，你就睡不成。

方民说，你简直就是个疯子，不可理喻！

娟子也发疯似的说，我就是疯子，就是。

方民哭笑不得，你有啥倒是明天再说，先睡觉成不？

不成！娟子斩钉截铁地说。

不成你到底想咋？

不想咋，就是不成！

方民简直要疯了，说，你到底是为啥？就是不过了离也行，你不要折磨

341

人成不？

哦，你原来早想说这话了是不？

方民气就不打一处来，说，是、是，成不成？！

我早知道你没安好心，原来果不其然是这样！我活着有啥意思，有啥意思？妈呀，哥呀，你可怜可怜我！娟子哭着闹着。

方民自己扇了自己几巴掌，说，我这是为啥？这是为啥？

娟子哭得更厉害了，甚至跌打着，在柜子上撞着头，方民还真怕出事，虽然自己委屈不情愿拉但是还必须拉住她，怕她做傻事。

结果俩人闹得精疲力竭，方民光着身靠在床背上，娟子没了力气和衣而卧。方民昏睡着，也不知已经几点，斜着身子，盖着被子角角睡了。

第二天方民起来时，看见娘热好昨天剩的汤面条已经放在桌子上，估计娘听见自己起来了，已经舀好。娘说，娟子没起来？方民说，不管她，咱吃咱的。

娘说，是不是又吵了？昨晚我就听见有人说话，以为是楼上的。

娘朝他们房子走去，推了一点点门，说，娟，起来吃饭了。

娟子弱弱地回答，我不想吃，头疼，你吃你的。

娘叹了一口气，走过来说，你们不会是嫌我在这儿吧？我老了，可能干啥让她不称心的事让她不高兴，所以和你吵了。

方民说，妈，你别胡思乱想，不关你的事。不是因为你，你不要乱猜了。

娘说，我也该回家了，一个家没人收拾就废了，门口还有苞谷秆没有拾掇，下了雪就点不成炕了。

方民说，这儿就是你的家，你咋还想回那个家？你不要有这想法，我不同意。

娘说，我还没有不能动弹，等我动弹不来了，就随你。

方民忽然想流泪，自己苦心巴力筑了个家，就是为让老娘住个安稳，谁知家是筑成了，娘却不愿意待。

方民忽然很悲怆，他很快刨完饭，自己就出了门，眼泪刷就下了来。忽然对面的门开了，刘亮出了来，准备到工地去，看见方民的模样，赶紧问，咋了咋了？方民一抹眼，说，没事，没事。

方民拉着刘亮，刘亮说，说嘛，到底咋了？

方民停了车，眼泪又不自觉流了下来。

方民说，我辛辛苦苦想要有个家，可是有了难道就是这个结果，人到底是为什么要活着？你说，刘亮。

刘亮说，看来你是遇到了难解的疙瘩。

方民一点点诉说着几天的状况，刘亮给他点上一支烟，就在车里边抽边听方民诉说。方民是个不爱说自己苦的人，但是对于刘亮，他觉得只有亮子可以理解他。

刘亮说，那咱俩去我姑父说的那个高人那里，说不定还能有帮助呢！

方民不太相信，迟疑着，刘亮说，工地没有事，有事打电话。就当是散散心。

方民点点头。刘亮于是给他姑父打电话，他姑父说，你俩要去，我再忙也得去呀。

（六十八）

别看南山离平安县城只是十来里，但是方民只进去过三回，上了一回观音山，那上面有老家的社庙，那年庙会他上去过一回，爬了四个小时，到了岱顶，待了半小时，又用了三个小时，才下到山下；还有一回，和江海波他们去了一趟沣峪里的栗园坪，山清水秀，真是避暑的好地方；最后一次是去了二龙塔看桃花，还是大前年和刘亮一起去的，是个春天，那儿满山遍野都是桃花，山坡桃李芳菲，犹如人间仙境。

这一次听说这位雅士在天子峪里，顺着平安大道一直到山边，再向西大约五里再向南就是天子峪口，天子峪村口有一座古寺，叫百塔寺，是很小的一个寺院，面积有百余平方米，可能是方民见到的最小的佛寺。进去两分钟就可以转完，然而别小看这座小庙，它可是晋代的三阶教祖庭。曾经塔林累累，需要骑马才能关山门。这个地方地势高敞，视野辽阔。置身山顶向东可眺五台翠华，群峰耸立；向西可览圭峰如黛，听草堂钟声；向北俯视阡陌桑田，城市如棋局。龙脉龟背，风景绝佳，难怪能成为佛家僧侣修行宝地。

最特别的是，寺内有一棵 1700 年的银杏树，枝叶繁茂，一到夏季，白果累累，引来无数游客。据说此树曾经是秦王李世民和尉迟敬德拴马之处，秦王之母窦皇后经常进山里的华严祖庭至相寺烧香礼佛，李世民也常来，所以此峪被叫作"天子峪"。

进天子峪约十里就是至相寺，车子又进里行了二十多分钟，翻过一处山坳，忽然开朗起来，刘亮姑父说，此处向西可以到抱龙峪，向东就是天子峪，此处叫"王家坪"，有大约二十户人家。

虽然是冬季，冬季自有冬季的美，更像一幅水墨画，山谷清幽，别有味道。

前面已经没有路了，停了车，方民带着车上的一盒茶叶和一盒黑枸杞，他临出发的时候专门到农特产品店里买的。刘亮姑父说，不用，人家啥都不缺，供养的老板有好多都是上亿元资产的。我认识得早，听说他十三岁就在山上，已经二十多年了。那个时候我就认识了他，经常去他这儿喝茶聊天，就成了老朋友。

方民问，那这位师父是佛家还是道家？

刘亮姑父说，是佛是道，非佛非道，我也搞不清。曾经问师父，人家说，何必执着？你说先有鸡还是先有蛋？

方民一想也是。顺着一条小道，走了约五分钟，看见一片竹林，竹林旁有一条小溪，虽然冬季无水流淌，白石毕显，但是觉得清幽雅静，竹林有一可容两人出进的竹子栅栏门，上面挂了一个牌子，修行之地，请勿打扰，游客止步！刘亮说，不会是师父没在吧？

他姑父说，肯定在，我打过电话了，没有接。只回了信息，说欢迎上山。

竹门挂着锁，方民、刘亮不知所措，看着里面有一间茅棚离着甚远，估计喊人也不会应。刘亮姑父说，别慌，我来开门。师父怕人打扰，都是从里面锁上门，这样就不会有人随便进去了。我来拿钥匙，在里面隐处挂着呢。

刘亮给他姑父让开道，他姑父手伸进里面，从背后摸出一把钥匙，随即开了门，里面的狗随即也叫起来。他们进来后，他姑父又从里面锁上，然后挂好钥匙，原来钥匙挂在门背后的一颗钉子上，外人真的很难发现。

顺着石块铺就的小路，穿越一片菜地，来到一座茅棚跟前，方民向后望去，后面还有两三座同样的茅棚，只是这一座大些。他们仨刚跨进茅棚，就听见里面有人说，你们来了？进来吧！

茅棚里分成内外两间，外间正中供奉的是太上老君，香案上燃着香烛，青烟袅袅。地上有几个蒲团。

方民掀开青布门帘，里面灯火明亮，中间是一座大木案台，上面有一座茶台，非常别致，挨着茶台是一座钢炭火炉，里面很暖和，和外面简直两个天地。

墙上是一张老子青牛图，对着的有一座小案台，上面供奉的却是弥勒佛。

迎面是书架，上面都是一些旧书线装书，却没有见师父的人。

忽然听见有声音，有一位穿着似汉服式样衣服的人从里面出来，原来竟然还有机关，门是木格，从外面很难看出是门，方民不知道里面是卫生间还是卧室。

那人抬头的时候，方民只觉得他目光如炬，留着长长的髯须，不是刘亮姑父提前说了年龄，方民猜不出他的年龄。

那人笑着说，坐，都坐，今天怎么有时间上来？

刘亮姑父说，这是方总，这是我侄子刘亮，他们有事咨询师父，我也是好长时间没来看望您，所以就上来了。

看来刘亮姑父很尊敬这位比他小的师父。方民赶紧呈上见面礼，师父头也没抬，只顾弄着茶，说，何必客气。方民放在墙根，刘亮姑父却拿起来一样供在弥勒佛前，一样供在老子像前。

师父理好茶，用很长的一把木勺舀着容器里面的茶水倒在洗好的杯子里，杯子像铁的，却很轻，像瓷的也像木质的，黑紫的，很特别。刘亮姑父说，这茶很好喝，是什么茶？师父。师父说，是我自制的，加了黄芪、麦冬，还不错吧。

不错不错，好喝。几个人都异口同声说道。

刘亮姑父挤挤眼，让刘亮、方民说话，方民不知怎么说，刘亮开了口，问道，师父，我想开一个典当行，您说会怎么样？我要是动，什么时间最佳？

师父停了片刻，说，这一行生命力很短暂，跟政策息息相关，如果经营得当，有三五年利益，可得快财，随后即转金融。你再说说你的生辰八字。

刘亮写在纸片上递给师父，师父闭上眼，大拇指和其他四个指头都过了一遍，然后说，三四月间，逢六九之日皆可。

刘亮说，谢谢师父，我记下了。

方民想了一会儿了，所以刘亮说完，知道到他说了，他就把最近三四天的事情简单说给了师父，主要说自己对婚姻家庭的怀疑。

师父听后说，你不必说了，一切都是因缘。

然后他说，先喝茶吧。给大家倒好茶，师父说，我给你们讲一个故事吧。

师父站起来，背对着他们仨，开始讲述。

有一对夫妻，吵了一辈子。一个秋天，他俩相约和一队驴友去爬山，结果迟到了。老婆就埋怨老公,说是他不提前说好时间害得跟不上队伍。老公说,就是你忘了这,又要拿上那,所以耽搁了。

老婆说,你就是一笨蛋,我都懒得跟你说一句话,也不想看你一眼。

老公说,我也早烦透你了,整天唠唠叨叨,一辈子不得安宁。

老婆说,我早都懒得跟你过了,看你就像看见一坨屎。

老公说,我也早就想离了,要不是现在离得远,现在就办离婚手续,谁还懒得跟你这泼妇说一句。

老婆说,你就是现在死在我面前,我也不想看一眼。

俩人就这样边吵边走在山头。

忽然前面的老公脚下一滑踩了空,就顺着悬崖往下溜去,老婆赶紧用手拽住他的胳膊,可是老公半个身子都悬在空中,他又很胖,老婆使着浑身的力气拉着他,渐渐手上没有劲了。她老公说,不要费力了,我肯定是完了,你赶紧松手吧。你不是巴不得我死吗?现在正好。

老婆说,我要回去把你吵死,你不能死在这儿。

老公说,算了,你放手吧。你放了咱俩都轻松了。不过,我最后说一句,老婆,我爱你,和你说的那些话都是气话,我不会跟你离的。

老婆说,老公,你不能死,你死了我跟谁吵去。老公,你死了,我肯定活不了。你要相信我,你别泄气。

老婆慢慢手都麻木了,老公又向下溜了一些。山上看不见一个人。老公说,放手吧,你尽力了,我爱你,来世我还要娶你。

老婆说,老公,我和你一天不吵我不舒服,我要你活着,回去我还要吵你。

老公说,好,下辈子我再和你吵吧。你松手吧,谢谢你,你真的尽力了。

老婆说,你省点力气,别说话,只要我有一口气,你就不能走。

说着,她的头慢慢下探,她用牙齿咬住了老公的衣领,就这样也不能说话了,她死死咬住,可是还是没有一个人,她的嘴由于长时间用力,慢慢渗出了血,可是她依然没有一点松口,就这样过去了几十分钟,终于有人发现了她俩,他们获救了。

故事完了,就这样,一切都是宿怨。

你听明白了吗?几个人都听得如醉如痴,方民也是仿佛从梦境回来一般,师父问他,他只是唯唯诺诺。师父说,如果没有懂,回去慢慢想。

车子在回去的路上疾驰,回来是亮子姑父开的,方民一直在想着这个故事，还沉浸在那对夫妻长情中。

山里一会儿斑驳，一会儿秀，一会儿秃，一会儿又青松翠竹，一会儿又怪石嶙峋，大山莫不包容。山路蜿蜒，从山巅到半山又到山口，一下子豁然开朗，方民突然像明白什么似的，眼泪夺眶而出。他知道了，人生就是从山下到山顶，又从山顶到山下的过程，最后出了山，都是平坦的旷野。

而你待得最多的就是这平淡无奇的地方。婚姻莫不是如此，就是由一种让你充满难受和喜悦的平凡日子组成的，婚姻也就是一份力量，一种如那个人的老婆坚持的力量。

方民没有了怨恨，一切都是生活的本色。和谁都是一辈子，哪来那么多的浪漫，既然选择就没有错对，就要靠毅力坚守下去。

娟子是个好姑娘，她对娘没有一点不好，而且很爱自己，就是爱得太自私与纯粹。

车子回来了，在工地刘亮和姑父下了车，方民要去一趟店里，他想把给余下梁总的规划方案再看看，要未雨绸缪，别等到那边要而自己却没有准备好，这也不是他的风格。

方民到店里的时候，看着王华坐在店里发呆，方民进店的时候，王华竟然没有察觉。方民叫了一声华姐，王华才回过神。方民说，华姐，你想什么呢？这么出神。

王华不好意思了，说，没，没有什么。

方民觉得王华肯定有心事，忽然想起那天王华就想说什么，自己当时忙没有在意。就关切地问，姐，到底怎么了？你说说，有什么事要跟我说啊！

王华说，你不忙吗？你忙了就忙，忙完了我再说。

方民说，我不忙，你就说吧，别让我着急。

王华说，三十那天你放了两天假，我回了一趟老家。

方民想起来，怪不得那两天没有见华姐，自己忙也没顾上问。

王华继续说，我这次回去了，小飞他爸竟然没有给我一点脸色，变得我不认识了。他对我很好，我做饭，他烧火。我甚至骂他数落他，他也只是笑，说，都是他的错。我临走的时候，他跪着哀求我回来，不像原来骂我打我，而且是商量着说，我要是不想回来也不勉强，真的像变了个人。

小飞也上初中了，学习也越来越紧张，我真有点放心不下。但是我已经拿这儿当作家了，从这儿离开我真是舍不得啊。

347

方民说，我相信这次小飞他爸真的改变了，也许是经历了许多事，也许是你欠他的还完了。如果真的好了，我当然很欣慰。如果回去不好，这儿永远是你的家。你就是我的华姐，永远的华姐。

　　王华已经哭得像个泪人，方民递给她纸巾，王华说，我能有你这个弟弟真是我的福分，要不是你我可能早就不在人世了。我走了，这儿没有人，姐把这摊子给你甩下，真的觉得对不起。

　　方民也哭了，说，姐，虽然我舍不得你离开。但是一个完整的家正是我盼望的，姐好了，就是我最大的福分。没有姐，哪来我，所以姐的幸福就是我的幸福。姐，不管你在不在，你的分红是一辈子的，只要公司在，就有着一份分红。它是我们姐弟俩的生命和感情的延续。

　　王华说，姐有愧呀！

　　方民揽着王华的肩头说，姐，去吧，我会经常去看你的。

　　方民出来时，夕阳已经西下，坐在车里。残阳映在脸上，他的心开始如春一样温暖。

　　方民闭上眼睛，他觉得人有时就像关机开机，等待开机的过程，也是清理自己的心的时候，过去的就让它过去吧，用心甘情愿的态度，过随遇而安的生活。

　　想一个人，但不打扰，静静的，有一份思念就好，把最后一点尊严留给自己。从现在起，从回到家开始，方民将不再期待已失去的再回来，而是会好好珍惜现在所拥有的。

　　想到这里，方民回去，不再愁眉苦脸，就是娟子再大的怨和恨，他都欣然接受。老娘如果真要回老家，他也不阻拦，在这里，他高兴，老娘痛苦；在老家，老娘高兴，他痛苦。所以他不再痛苦了，只要娘高兴，就随她吧。只不过自己辛苦点，每个礼拜来回多跑几回而已。

　　想到这儿，方民给娟子打了一个电话，刚接通就说，娟子，晚上吃啥饭？你爱吃啥菜，我捎点回来。

2006 年开始创作
2020 年 2 月 23 日初稿
2023 年 9 月 7 日终稿